BASTEI
LÜBBE
TASCHENBUCH

Weiterer Titel des Autors:

15 966 Code Red
16 401 Red Alert

Über den Autor:

Peter Sasgen diente in der U. S. Navy und arbeitete später als Grafikdesigner und Fotograf in Washington, D. C. Heute lebt er mit seiner Frau in Philadelphia und arbeitet an seinem nächsten Roman.

Peter Sasgen

RED ALERT

Thriller

Aus dem Englischen von
Barbara Först

BASTEI
LÜBBE
TASCHENBUCH

BASTEI LÜBBE TASCHENBUCH
Band 16 558

1. Auflage: November 2010

Vollständige Taschenbuchausgabe

Bastei Lübbe Taschenbuch in der Bastei Lübbe GmbH & Co. KG

Deutsche Erstausgabe

Titel der Originalausgabe: »The Last U-Boat«
Published by Arrangement with Peter Sasgen
Dieses Werk wurde vermittelt durch die
Literarische Agentur Thomas Schlück GmbH, 30827 Garbsen

Textredaktion: Gerhard Arth
Titelillustration: © Artwork HildenDesign, München unter
Verwendung eines Motivs von Snaprender/Shutterstock
Umschlaggestaltung: HildenDesign, München
Satz: Urban SatzKonzept, Düsseldorf
Gesetzt aus der Garamond
Druck und Verarbeitung: GGP Media GmbH, Pößneck
Printed in Germany
ISBN 978-3-404-16558-2

Handelnde Personen

Deutsche
Kapitänleutnant Horst Becker, Kommandant der *U-233*
»LI«, Leitender Ingenieur der *U-233*, Freund und Vertrauter Beckers
Leutnant Lothar Freitag, Erster Wachoffizier (I WO) der *U-233*

Briten
Sir Stewart Mackenzie, »C«, Direktor des britischen Secret Service (MI-6)
Martin Blackthorne, Leiter der Spionageabwehr des MI-6
Commander Geoffrey Fleming, RN (Royal Navy), Kommandant des britischen Zerstörers HMS *Ulster*
David Rees, Verbindungsoffizier zwischen MI-6 und SHAEF (Supreme Headquarters Allied Expeditionary Forces; Hauptquartier der Alliierten Streitkräfte)
Houghton-Vickers, Chief Inspector, Scotland Yard

US-Amerikaner
Captain Roy Parker, US-Navy, Einsatzoffizier der US-Seestreitkräfte SHAEF
Vice Admiral Tom Ghorman, US-Navy, Oberbefehlshaber der US-Seestreitkräfte SHAEF

Major-General Lucian Carroll, USA, Stellvertretender Befehlshaber der US-Streitkräfte Nordeuropa

Russen

Tatjana Iwanowa, Agentin des Volkskommissariats für Staatssicherheit (NKGB) der Sowjetunion

Alexi Suwerow, Tatjanas Führungsoffizier; NKGB-Agent

Iwan Karpenko, sowjetischer Agent, der sich als Major Kurt Jäckel vom SD (Sicherheitsdienst) ausgibt

Andre Petrow, sowjetischer Agent, der sich als Hauptmann Heinz Franke vom SD ausgibt

Weroschilow, NKGB-Agent

Putin, NKGB-Agent

Für Karen

Anmerkung des Autors

The Last U-boat ist ein Roman, die Erfindung eines Schriftstellers. Dem aufmerksamen Leser wird auffallen, dass ich mir sowohl bei der Beschreibung deutscher U-Boot-Einsätze wie auch in der geschichtlichen Überlieferung und der Schilderung einiger historischer Persönlichkeiten Freiheiten erlaubt habe. Dennoch basiert mein Roman auf einer faszinierenden, kaum bekannten Geheimoperation der Nazis, und wäre diese erfolgreich gewesen, hätte sie den Lauf der Geschichte ändern können.

Im Frühjahr 1945 lief ein deutsches U-Boot mit Kurs auf Japan aus. Es hatte Rohmaterial an Bord, das in Nazi-Labors entwickelt worden war und für den Gebrauch in Massenvernichtungswaffen bestimmt war. Die Japaner benötigten diese Rohstoffe zum Kampfeinsatz gegen die Amerikaner und hatten dem Reich als Bezahlung zwanzig Tonnen Goldbarren geboten (heutiger Wert ca. 80 Millionen Euro). Bevor jedoch das U-Boot sein Ziel erreichen konnte, war der europäische Krieg durch die Kapitulation Deutschlands beendet.

Was mit der Ladung des U-Boots geschah, blieb jahrzehntelang ein Rätsel. Wir wissen jedoch inzwischen, dass besagtes Rohmaterial in einem supergeheimen US-Labor landete, wo es ausgerechnet in Waffen eingearbeitet wurde, die *gegen* Japan eingesetzt wurden, und, im Hinblick auf den drohenden Kalten Krieg, möglicherweise auch gegen die Sowjetunion.

Nun stellen Sie sich vor, dieses Rohmaterial wäre anstatt in den Vereinigten Staaten in der Sowjetunion gelandet …

Peter Sasgen

WDSCA[1]/269 Tokio
ACHTUNG: KLASSIFIKATION PURPUR (verschlüsselt)
Zusammenfassung

Der Beschuldigte, Heeresarzt bei der kaiserlichen japanischen Armee, gab zu, in der Einheit 731 in der Mandschurei an chinesischen, koreanischen und amerikanischen Kriegsgefangenen medizinische Experimente vorgenommen zu haben.

Der Beschuldigte sagte aus, er habe ohne den Einsatz von Betäubungsmitteln Eingriffe an Gefangenen durchgeführt, bei denen innere Organe (z. B. Leber, Bauchspeicheldrüse, Lungen und Herz) zu Untersuchungszwecken exzidiert wurden. Er gab auch zu, Experimente an den Gefangenen durchgeführt zu haben, um ihre Widerstandsfähigkeit gegen extreme Hitze und Kälte, Hunger und Röntgenstrahlen zu testen. Er sagte aus, nach Impfung Hunderter von Häftlingen mit Anthrax- und Pockenbakterien, um die Wirksamkeit biologischer Kampfstoffe zu testen, seien er und seine Vorgesetzten zu dem Schluss gekommen, dass für die weitflächige Verbreitung per Flugzeug leistungsfähigere Bakterienstämme* vonnöten wären. (Die gesamte Mitschrift des Verhörs ist beigefügt.)

---

1 Kriegsministerium, Stabschef des Heeres
* Siehe Verweis 81A, sogenannte »ergiebige Stämme«. Siehe auch: »Report on Reich Commission for Medicine and Health«, und »Doctor's Trial Proceedings in Military Tribunal I of the United States«. (Verw. 81B, United States High Commissioner.)

Auswertungsdokument 21–508 SCAP[2] G-2 Oberkommando Fernost
Vorgelegt am 30. Oktober 1947
Vernehmungsbeamter: Winston Sayers, Lt.Col., G-2 (SfS) SCAP
Kampfmittelerforschung (biologisch/medizinisch/atomar)
Aktenordner 8110; Berichtgruppe 508 SCAP;
Untergruppe: Geheimdienstoperationen
Archiv (XA II), Fort Detrick, Maryland

2 Oberkommandierender für die Alliierten Mächte (die Bezeichnung SCAP wurde nur in Japan verwendet). (Anm. d. Übers.)

Prolog

Habe wohl acht auf deine Feinde,
denn niemand bemerkt deine Fehler
schneller als sie.

Antisthenes

Las Cruces, New Mexico, 8. September 1944

Cesar Vargas war in der Stimmung zu töten.

Er stand am Fenster seines Zimmers im San Patricio Hotel und starrte hinab auf die fast menschenleere Montoya Avenue, über die alkalischer Staub wirbelte. Der heiße Wind aus der hochgelegenen Wüste im Süden hatte den salzigen Staub hergeweht, der sich wie eine Schicht über die Stadt legte. Vargas schmeckte ihn auf den Lippen, fühlte ihn beißend in den Augen.

Wieder sah er die Stationen seiner Reise vor sich. In nördlicher Richtung war es von Mexiko-Stadt nach Juarez gegangen, dann in einem stickigen Bus voller mexikanischer Tagelöhner nach Las Cruces. In abgetragenen Kleidern, mit einem zerbeulten Pappkoffer, den fleckigen Sombrero aus Stroh tief in sein schönes spanisches Gesicht gezogen, hatte Vargas am Grenzübergang El Paso den Boden der Vereinigten Staaten betreten. Die überheblichen amerikanischen Grenzbeamten hatten ihn einfach durchgewinkt: Für sie war er nur ein Arbeitssklave auf dem Weg in den Norden, bereit, die Knochenarbeit zu erledigen, für die sich *Gringos* zu schade waren. Vargas tröstete sich damit, dass sein Auftrag bald erledigt war. Dann würde er in die spanische Botschaft in Mexiko-Stadt zurückkehren und bald darauf nach Madrid und zu einem Leben voller Annehmlichkeiten – erkauft durch die Peseten, die er mit seinen Spionagediensten für die Nazis verdient hatte.

Nachdem Vargas zugesehen hatte, wie ein hechelnder gelber Köter gegen einen Laternenpfahl pinkelte und sodann die Montoya Avenue hinabtrottete, wandte er sich ab und den beiden Mexikanern im Zimmer zu. Er war am Ende seiner Geduld.

Der Mann, den Vargas nur als Alvarez kannte, knetete die Krempe seines Sombreros mit seinen knotigen Händen.

»Wo ist Medina?«, fragte Vargas.

Alvarez sah die Wut in den Augen des Spaniers.

»Medina sollte doch auch hier sein! Wo steckt er?«

Der andere Mann, Ramos, warf Alvarez einen Blick zu.

Alvarez zuckte die Achseln. »Er ist in Española.«

»Española? Das ist zwanzig Meilen nördlich von Los Alamos.«

»*Si.*«

»Was macht er denn da?«

»Eine Frau, *Señor*«, platzte Ramos heraus, als wäre damit alles geklärt.

»Er hat sich mit einer Frau getroffen, statt unsere Verabredung einzuhalten?«

Alvarez blinzelte nervös. »Ich habe sie gesehen, *Señor.* Sehr schön. Was wir eine *caja de chocolates* nennen – eine Schachtel Pralinen!«

Ramos grinste und zeigte schiefe braune Zähne. »Schokolade! Süß! Verstehen Sie? Sehr süß!«

»So so«, entgegnete Vargas. »Medina will also lieber diese Frau vögeln, diese Pralinenschachtel, als sich für die Informationen bezahlen zu lassen, die er besorgen sollte.«

Die beiden Mexikaner schwiegen.

Vargas ging zu seinem Pappkoffer, der aufgeklappt auf dem Bett lag, und holte eine Halbliterflasche Whisky heraus, die in ein schmutziges Hemd gewickelt war.

»Mit Medina befasse ich mich später. Bis dahin ...« Er reichte Alvarez den Whisky.

»*Gracias, Señor, gracias.*«

»... könnt ihr mir erzählen, was ihr gesehen habt.«

Alvarez wischte sich den Mund und reichte die Flasche an Ramos weiter. »Bei Alamogordo, *Señor*, südlich von Compañia Hill, bauen die *Gringos* einen Stützpunkt.«

»Einen Stützpunkt?«

»*Si.* Einen großen.«

Vargas entnahm seinem Koffer eine Karte und breitete sie auf dem Bett aus. »Zeig mir, wo.«

Alvarez' dicker brauner Finger wanderte über die südlichen Ebenen und Mesas New Mexicos, stoppte, fuhr ein Stück zurück, tippte dann entschlossen auf eine Stelle. »Äh ... hier, *Señor.*« Sechzig Meilen nordwestlich von Alamogordo, zwischen dem Rio Grande und der Sierra Oscura. Ein riesiges Gebiet, eine flache, mit Buschwerk bewachsene Wüste mit Namen Jornada del Muerto – die Tagesreise des Todes. Die US-Luftwaffe hatte Tausende Hektar in ihren Besitz gebracht, um Waffen zu testen. Die nächste Stadt, Bingham, lag ungefähr zwanzig Meilen nördlich.

»Erzähl weiter«, sagte Vargas.

Alvarez zuckte die Achseln. »Tag und Nacht – bauen. Die *Gringos* bauen Straßen, um Sachen in die Jornada del Muerto zu bringen.«

»Was für Sachen?«

»Beton. Stahl. Sie bauen einen Turm in der Wüste.«

»Einen Turm?«

Der Mann schüttelte staunend den Kopf und verdrehte die Augen nach oben. Hob eine Hand hoch über den Kopf. »Bis zum Himmel.«

»Hast du ihn gesehen?«

»Nein, *Señor.* Aber ich habe einen Mann getroffen, der ihn gesehen hat. Am Santa-Fé-Güterbahnhof von Alamogordo, wo ich gearbeitet und einen Zug entladen habe, der aus dem Norden kam, mit Baumaterial. Dieser Mann, ein *Gringo*, hat mir gesagt, dass er angestellt ist, um Nachschub zu dem Stützpunkt in der Jornada del Muerto zu fahren. Er sagte, er hat auch geholfen, Zementsäcke abzuladen, die wurden gebraucht für die Turm-« Er hielt inne, suchte nach dem Wort, und zeigte, da er es nicht fand, mit Nachdruck auf den Boden.

Vargas verstand, was er meinte. »Eine Basis: Fundamente.«

»*Si, si.* Fundamente für den Turm.«

Vargas strich sich über den Schnurrbart und überlegte. Neue Straßen. Ein Stahlturm mitten in der Wüste. Zu welchem Zweck? Als Ziel für Jagdbomber? Das ergab keinen Sinn.

»Was noch?«

Alvarez hob die Schultern. »Mehr konnte ich nicht hören. Außer ...«

»Außer was?«

»Vor zwei Tagen haben Soldaten alle Straßen zur Jornada del Muerto gesperrt. Keiner kann dorthin, nur noch mit Sondergenehmigung.« Er sah Vargas an. »Sehr geheimnisvoll, *no?*«

Vargas schwieg eine Weile, dann wandte er sich an Ramos.

»Ich war in Los Alamos, *Señor*«, begann dieser. »Ich habe zwei Wochen auf der Caldera Ranch gearbeitet. Mein Job war, Ausreißer wiederzubringen. Das sind Kühe, die in die Arroyos laufen, und ich musste –«

»Komm zur Sache.«

»Ich war gerade in der Nähe von South Mesa, da hörte ich mehrere laute Explosionen. Sie kamen von einem Arroyo ungefähr zwei Meilen westlich von der Mesa. Ich bin so nahe wie möglich herangeritten, dann zu Fuß weitergegangen. Da waren Soldaten, die die Canyonstraße zum Arroyo bewachten. Also bin ich auf die andere Seite an den Nordrand des Arroyos geschlichen, aber auch da waren Soldaten. Ich hab mich versteckt und gewartet. Es gab wieder Explosionen. Schließlich sind die Soldaten in einem Lastwagen mit ein paar Männern weggefahren, die wohl in dem Arroyo gearbeitet haben. Ich hab so lange gewartet, bis ich sicher war, dass sie weg waren, dann bin ich in den Arroyo geklettert und hab nachgeschaut, was die da gemacht haben.«

»Was hast du gefunden?«, fragte Vargas.

Ramos legte seine Hände so zusammen, dass sie eine flache Schale bildeten. »In dem trockenen Bachbett habe ich ... wie heißt das noch ...?«

»Krater – Sprengkrater gesehen?«

»Und Reifenspuren und überall Fußspuren. Aber es wurde dunkel, und da bin ich schnell weggelaufen.«

»Bist du noch einmal dorthin gegangen?«

»Zweimal.«

»Und was hast du gefunden? Noch mehr Krater?«

Ramos zog einen schweren Gegenstand aus einer Tasche seiner weiten Arbeitshose. »Und das hier.« Er reichte Vargas ein verbogenes Rohr, ungefähr vier Zoll lang und mit einem Durchmesser von zwei Zoll.

Das eine Ende des eisernen Rohres war zerborsten, das Eisen geschmolzen, als sei es enormer Hitze und Druck ausgesetzt gewesen. Das andere Ende jedoch hatte ein intaktes Gewinde und einen unbeschädigten Deckel.

»Das hast du in dem Arroyo gefunden?«

»In der Nähe der oberen Kante. Es war halb vergraben in der Erde zwischen zwei Felsen. Ich glaube, die Männer haben danach gesucht – denn die Erde unter der Kante war überall aufgegraben –, aber sie haben es nicht finden können und dann aufgegeben.«

Vargas wog das malträtierte Rohrstück in der Hand. In dem Arroyo waren Probeexplosionen durchgeführt worden. War dieses Rohr nur ein wertloses Teil oder ein wichtiger Hinweis auf das, was die amerikanischen Wissenschaftler in Los Alamos testeten? Welche Verbindung bestand zu dem Stützpunkt, der zurzeit in der Jornada del Muerto errichtet wurde? Was für eine Bedeutung hatte dieses »Manhattan Project«?

»Wann hast du Medina zuletzt gesehen?«, fragte er Ramos.

»An dem Abend, als er mir sagte, er würde nach Española fahren.«

»Hat er gesagt, dass er etwas darüber wisse, was die Amerikaner in ihrem geheimen Stützpunkt in Los Alamos tun?«

»Er hat gesagt, er hätte etwas sehr Wichtiges erfahren. Aber ...« Ramos lächelte verschmitzt. »Er wollte eigentlich nur über die Frau in Española reden.«

Vargas ging wieder zum Fenster und schaute hinaus. Alles war unverändert. Keine Bewegung auf der Straße – außer dem Staub und dem Hund, der nun an dem Laternenpfahl schnupperte, den er zuvor markiert hatte. Er pinkelte den Pfahl ein zweites Mal an und trollte sich. Was auch immer Medina in Los Alamos entdeckt hatte – nun hütete er sein Wissen in Española, in Gesellschaft jener Frau, die so süß war wie eine Schachtel Pralinen.

»*Señor?*«

Vargas wandte sich wieder den beiden Mexikanern zu.

Alvarez drehte immer noch seinen Sombrero in Händen. »Wir haben Ihnen alles gesagt, was wir wissen, und ...«

Vargas steckte das zerschmetterte Rohr ein. »Ja, ja, ich weiß, ihr wartet auf euren Lohn.«

Er ging zum Bett und tastete mit der Hand unter den Kleidern in seinem Koffer. Er holte tief Luft, dann wirbelte er herum und zielte mit einer schallgedämpften Llama Ruby Automatik auf die beiden Männer.

Sie erstarrten. Entsetzte Augen hefteten sich auf die Pistole, die Vargas mit ausgestrecktem Arm und ohne zu zittern auf sie richtete.

Alvarez ließ seinen Sombrero fallen und stöhnte wie ein verwundetes Tier. Doch die Ruby brachte ihn mit einem trockenen, kurzen Knall zum Schweigen. Das 9mm-Geschoss traf in sein rechtes Auge und riss ihm den Hinterkopf weg.

Mit weit aufgerissenen Augen taumelte Ramos rückwärts zur Wand, eine Kugel im Hals, die andere in der Stirn.

Langsam senkte Vargas die Ruby. Ein feiner roter Dunst hing im Zimmer. Die beiden Körper lagen ausgestreckt am Boden, Hirnmasse mischte sich mit Knochensplittern. Vargas sammelte die drei Patronenhülsen ein, ließ jedoch die verstöpselte Whiskyflasche am Boden neben Ramos liegen. Er entlud die Waffe und wickelte sie in das schmutzige Hemd, dann packte er seinen Koffer und verschnürte ihn sorgfältig.

Zeit, nach Norden zu fahren und Medina zu suchen.

Teil eins

Sollten die Achsenmächte tatsächlich über eine so furchtbare Waffe verfügen, dann gäbe es gegen diese keinerlei Schutz.

Wissenschaftliche
Einschätzung in
Großbritannien, 1944

1. Kapitel

Kiel, Deutschland, 13. Februar 1945

Das Zimmer unter dem Dach war kalt. Becker spürte, wie die Frau sich regte und in dem schmalen Bett Rücken und Hintern an ihn schmiegte. Er rauchte und starrte aus dem Fenster auf den metallgrauen Winterhimmel, auf Kräne und Schornsteine, die sich über den glasüberdachten Montagehallen der U-Boote erhoben: Dort lag die riesige Germaniawerft von Krupp, die den Hafen beherrschte.

Martha drehte sich zu ihm herum und legte ihm ein Bein über die Schenkel. Becker steckte eine zweite Zigarette an und gab sie ihr. Sie bedankte sich und ließ ihre Hand zwischen seine Beine gleiten.

Er rieb sich eine schmerzende Stelle über dem Auge. Zu viel Schnaps.

Sie schaute ihn an, seine blasse, gefurchte Haut, die tief liegenden Augen, die roten Bartstoppeln am Kinn. »Versuch, nicht an sie zu denken.«

Becker rauchte.

Behutsam berührten ihre Finger seinen Penis. »Ich liebe dich.«

Sein Blick blieb an den Tauben hängen, die über das Fenstersims stolzierten. »Das tut mir leid für dich.«

Sie überhörte es. »Der Krieg ist bald vorbei. Wir könnten wieder leben.«

Leben? Was war das? Das Leben, das er gekannt hatte, war

vorbei. Dasjenige, das er zurzeit führte, konnte jeden Augenblick zu Ende sein. Fast wünschte er es. Und dennoch hatte er Glück gehabt. Er lebte mit einer Hure zusammen, die ihn liebte. Manche Männer hatten nicht einmal das. Viele, die er gekannt hatte, waren tot.

Martha streichelte nun sein Gesicht. Er wandte ihr den Kopf zu. Sie küsste ihn auf den Mund. »Wirklich – ich liebe dich.«

Becker jedoch dachte an seine Frau und seine Tochter. Er versuchte sich zu erinnern. Versuchte, sich ihre Gesichter vorzustellen.

* * *

»Guten Tag, Herr Kaleun.« Der Erste Wachoffizier, von Becker überrascht, sprang von seinem Stuhl auf, nahm Haltung an und salutierte.

»Auch Ihnen einen guten Tag, Hauber.«

Becker betrachtete das schäbige Schiffsbüro, das in einer Wellblechhütte auf dem Pier untergebracht war, an dem die U-Boote zur Reparatur lagen; auch seines war dabei. Die Hütte war voller Rauchschwaden von einem massiven, knisternden Kohlenofen. Feuchte Lederjacken und Wollhandschuhe waren über dem Ofen auf eine Leine gehängt worden. Überall lagen Papiere verstreut.

»Ich – ich habe Sie nicht erwartet, Herr Kaleun«, stammelte Oberleutnant zur See Erich Hauber. Er räumte einen Stuhl für seinen Vorgesetzten frei und begann die Papiertürme auf seinem abgenutzten Schreibtisch zu ordnen.

»Ich brauchte frische Luft.«

»Natürlich, Herr Kaleun. Man kann ja nur –«

»Bis zu einem gewissen Punkt saufen und vögeln, was?«

Hauber wirkte schockiert.

Becker zündete sich eine Zigarette an und stieß den Rauch durch die Nase aus. »Unser Führer hat verfügt, dass wir uns gut ausruhen sollen, um uns für den Endsieg vorzubereiten.«

Hauber räusperte sich. »Herr Kaleun, Großadmiral Dönitz –«

»Weilt bei einem Gefreiten in Berlin. Für ihn gibt's weder Wein noch Weib.«

Hauber rang sich ein Lächeln ab. »Vielleicht arbeitet er fieberhaft an einer neuen Strategie.«

Becker erwiderte nichts darauf. Das musste er auch gar nicht. Jeder Soldat in der *U-Boot-Waffe* der deutschen Kriegsmarine wusste, dass das Ende nahte. In sechs Kriegsjahren hatte die Marine mehr als 700 Schiffe und 28 000 Soldaten verloren. Kein feierlicher Empfang in der Heimat für sie, keine Blumensträuße von strahlenden jungen Frauen, die davon träumten, ihre Schenkel um einen der Helden des Reiches zu schließen. Und Dönitz' Traum, dass die neuen Walter-Elektroboote die drohende Niederlage abwenden könnten, war eben dies: lediglich ein Traum. Die zweite Armee des britischen Generals Bernard Montgomery würde bald bis zur Elbe vorstoßen. Und war Hamburg erst einmal eingenommen, so lag Kiel nicht mehr weit.

»Ja, Sie haben sicher recht, Hauber.«

Becker betrachtete durch den kräuselnden Zigarettenrauch das Gesicht des jungen Offiziers, der so leicht durch abfällige Bemerkungen über die deutsche Führungselite zu schockieren war. Erfahrene U-Boot-Kommandanten wie Becker – so sie noch am Leben waren – waren Realisten und daher kaum geneigt, ihre Meinung über den Krieg oder gar über den Führer und seine Kumpane zu verbergen. Doch solches Gerede bereitete dem jungen Hauber Unbehagen, wie Becker festgestellt hatte, denn es schmeckte nach Defätismus, und diesen fürchtete Hauber fast ebenso sehr wie die Schmach, als Feigling tituliert zu werden, wenn er die Wasserbomben und Jagdraketen, die die Alliierten auf das U-Boot abfeuerten, nicht aushielt.

Wieder räusperte sich Hauber. Er nahm ein Bündel Unterlagen zur Hand und widmete ihnen seine ganze Aufmerksamkeit.

»Probleme, Hauber?«

»Der Leitende Ingenieur und seine Dieselmotoren. Ich wollte gerade mit ihm sprechen.«

»Verstehe.«

»Möchten Sie jetzt das Boot inspizieren, Herr Kaleun?«

Becker warf seine Zigarette auf den Boden und trat sie mit seinem korkbesohlten Seestiefel aus. »Gehen Sie nur voran.«

* * *

Die dunkelgraue, düster wirkende *U-858* lag zusammen mit einigen anderen U-Booten am Tirpitzkai und wartete auf ihre Reparatur. Als Boot des Typs IX C 40 war sie knapp 77 Meter lang und hatte eine Wasserverdrängung von 1 257 Tonnen. Die Hälfte der siebenundfünfzig Mann starken Besatzung hatte Urlaub bekommen oder war freigestellt worden, die Übrigen arbeiteten an der Seite von Zivilisten mit klappernden Nietpistolen und spuckenden, blitzenden Acetylenschweißbrennern an der Außenhülle. Auf dem Kai schleppten Arbeiter schweres Gerät, während fauchende, dampfgetriebene Kräne Lasten auf Wagen hoben.

Becker verzog das Gesicht. Der schwefelhaltige Dampf aus den Retortenöfen der Germaniawerft, in denen Akkumulatorsäure für U-Boote hergestellt wurde, biss in die Augen. Dieselölpfützen schaukelten im Hafenbecken und schimmerten in allen Regenbogenfarben. Tote Fische hingen in Trauben am teerverschmierten Pfahlwerk des Kais. Wohin Becker auch blickte, sah er verbogene Stahlträger, zerborstene Eisenteile und Ziegelsteine. Sogar eine entgleiste und umgestürzte Lokomotive. All dies legte Zeugnis ab über die Zielgenauigkeit und zunehmende Heftigkeit der britischen Bombenangriffe.

Ein Mann erschien auf dem Turm der *U-858*. Er salutierte elegant. »Herr Kapitän!«

Becker erwiderte den Salut und winkte. Der Mann kam über den Steg auf den Pier, übersah Hauber geflissentlich und steuerte direkt auf Becker zu.

»Kapitän, gute Nachrichten. Wir können in zwei Tagen auf Testfahrt gehen.«

Mit riesigen Roststellen, Kabeln und Schläuchen, die sich wirr über seine Oberseite schlängelten und aus offenen Luks heraushingen, mit einem Kommandoturm, der von den 20-Millimeter Geschossen eines RAF-Mosquito-Bombers durchlöchert worden war, wirkte Beckers Unterseeboot kaum fahrtauglich.

»Was ist mit den Trimmpumpen, LI? Arbeiten sie wieder ordentlich?«

»Jawohl, Herr Kaleun. Wir haben einen neuen hydraulischen Akkumulator eingebaut. Viel leiser jetzt.«

»Und die Diesel?«

»Tja.« Der Leitende Ingenieur bohrte beide Hände in die Taschen seiner grauen Arbeitslederjacke und spuckte ins Hafenwasser. »Nummer zwei macht Probleme.«

»Und ...?«

Der Leitende Ingenieur grinste verschlagen, wobei er schiefe, braune Zähne zeigte. »Bis morgen ist das Miststück repariert und läuft. Mein Wort drauf.«

Testfahrt in zwei Tagen. Eine Standardübung, die vor jeder Feindfahrt vorgenommen wurde. Wohin sollte es diesmal gehen? Vielleicht in den gefährlichen Nordatlantik. Alle diese jungen Matrosen, die jetzt ihren Urlaub bei ihrer Familie oder ihren Freundinnen verbrachten oder auch bei Huren, in Hamburg, Berlin und in anderen Städten ... Es konnte ihr letzter Urlaub sein. Becker dachte an die Frau, die er unter der Bettdecke in seinem Zimmer am Jensendamm zurückgelassen hatte. Vielleicht war es auch sein letzter Urlaub gewesen.

Hauber hielt dem Leitenden Ingenieur ein Papier unter die Nase. Mahnend sagte er: »Die Maschinen müssen zuerst einen Kompressionstest bestehen und dann zwei ganze Tage mit voller Kraft laufen, bevor ihre Seetauglichkeit bestätigt ist.«

Mit vor Verachtung triefender Stimme erwiderte der Angesprochene: »Ja, sicher, *Herr* Wachoffizier. Aber Sie haben eins vergessen: Wir befinden uns im Krieg.« Er spuckte vor Hauber auf das Kopfsteinpflaster. »Und im Krieg zählt jeder Tag.«

Hauber reckte trotzig sein Kinn. »Ich weiß sehr wohl, dass wir uns im Krieg befinden ...«

Ein junger Matrose auf der *U-858* rief nach Hauber: Es gab ein Problem, dessen er sich annehmen musste.

Der I WO stopfte das Papier, das er dem Ingenieur unter die Nase gehalten hatte, in die Tasche seiner Seemannsjacke und stampfte über den Steg.

Der Leitende Ingenieur gesellte sich zu Becker, der den Pier entlangspazierte und die *U-858* begutachtete.

»Nicht wie in den guten alten Zeiten, was, LI?«

»Welche guten alten Zeiten, Kapitän? Weiß gar nicht, ob ich mich an die noch erinnere. War das, als die U-Boot-Besatzungen noch 30 000 Mann zählten? Als täglich noch zehn Boote aus der Helling kamen? Meinen Sie die glücklichen Zeiten, wo wir's fast geschafft hätten, sämtliche Handelsschiffe der Amis und Tommys zu versenken? Oder die Zeiten, als wir noch fähige Männer hatten, echte Unterseebootmatrosen? Nicht solche Kerle wie Hauber.«

Becker zündete sich trotz der allgegenwärtigen »Nichtraucher«-Schilder eine neue Zigarette an. »Leider sind Männer wie Hauber alles, was uns noch geblieben ist.«

»Er ist ein arschkriechender Hitleranhänger.«

»Der Krieg wird nicht mehr lange dauern. Und wer weiß? Vielleicht gehen wir überhaupt nicht mehr auf Feindfahrt.«

Um sie herum wurde fieberhaft an den U-Booten gearbeitet. Lastwagen und Pferdekarren mit Werkzeugen und Gerät ratterten kaiauf und kaiab. Werftarbeiter wichen Becker und seinem Leitenden Ingenieur geschickt aus. Wie die *U-858* hatten auch sämtliche anderen am Tirpitzkai vertäuten Boote Schäden von Bombenangriffen und feindlichen Jagdunterseebooten davongetragen. Sie waren die Überlebenden, und Becker wusste sehr wohl, dass ihre Zahl täglich kleiner wurde.

Der Leitende Ingenieur machte eine Kopfbewegung zu den U-Booten und den arbeitenden Männern. »Sehen Sie nur, Kapitän – wie erpicht sie darauf sind, wieder zur See zu fahren, um für den kleinen Gefreiten zu sterben!«

Becker machte abrupt kehrt und spazierte langsam zu seinem Unterseeboot zurück. »Sie tun es nicht für ihn, LI, sondern sie tun es, weil sie der Marine den Treueid geleistet haben. Es sind stolze Männer.«

»Ja, das sind sie. Und wie Sie selbst eben gesagt haben, machen wir womöglich gar keine Feindfahrt mehr. Aber wenn doch, dann bin ich der Erste an Bord, das schwöre ich. Dennoch hätte ich am liebsten mehr als nur eine winzige Chance, wieder lebend nach Hause zu kommen.«

»LI, vertrauen Sie mir nicht mehr?«

Der Ingenieur sah ihn erstaunt an. »Natürlich vertraue ich Ihnen, Kapitän. Ich mache mir Sorgen, weil Hauber so ein Paragrafenreiter ist, bei dem alles seine sture Ordnung haben muss. Und wie ich hörte, ist er auch wilden Feiern nicht abgeneigt.«

»Lassen Sie sich von ihm nicht die Laune verderben. Hauber ist harmlos. Es fehlt ihm nur ein wenig an Erfahrung. Wenn wir wieder auf Fahrt gehen, werden wir ihn schon zurechtstutzen – und dann wird sich ja herausstellen, wie viel von seinen sturen Vorschriften übrig bleibt.«

Auf der Höhe des durchlöcherten Turms der *U-858* blieben sie stehen.

»Kapitän, ich diene jetzt vier Jahre unter Ihrem Kommando. Wir haben manchen Sturm erlebt. Aber wir sind immer durchgekommen, weil wir uns von Bug bis achtern auf unsere Mannschaft verlassen konnten. Es wäre schön, wenn das bis zum Ende des Krieges so bliebe, aber ich fürchte, Hauber wird Misstrauen und Angst unter der Besatzung säen. Ständig horcht er die Männer über ihre politischen Ansichten und ihre Meinung zum Krieg aus. So kann man keine Kameradschaft schüren.« Er schüttelte den Kopf und fuhr fort: »Hauber ist wie ein Pickel auf dem Arsch der Mannschaft.«

Becker lachte. »Und Sie wollen, dass ich ihn ausdrücke, ja?«

Der Leitende Ingenieur nickte heftig, und sie setzten sich wieder in Bewegung.

Becker nahm seine Schirmmütze ab, deren weiße Oberseite ihn als U-Boot-Kommandanten auswies, und fuhr sich mit den Fingern durch die Haare. »Ich rede mal mit ihm, ja? Stelle sicher, dass er kein Spion Himmlers ist, falls Sie das befürchten.«

»Tja –«

Becker verharrte mitten im Schritt und schaute zum Himmel, die Hand schützend über den Augen. Er spürte es, noch bevor er es sah und hörte – das schwere, reißende Grollen von Rolls-Royce-Merlin-Motoren, Dutzende von ihnen.

»Fliegeralarm!«

Die Männer auf den Booten hatten ihre Arbeit unterbrochen und hoben die Köpfe.

Becker schaute hinüber zu den Montagehallen der Germaniawerft. Da! Niedrig fliegende Lancaster-Bomber der Royal Air Force im Formationsflug.

»Was ist mit der Flak, verdammt? Worauf warten die noch?«

Keine schwarzen Rauchspuren der Flak am kristallgrauen Himmel.

»Kapitän!« Der Leitende Ingenieur packte Becker am Arm und versuchte ihn mitzuziehen. »Hier lang – zum Luftschutzkeller!«

Doch Becker stand wie angewurzelt auf dem Kai und starrte auf die Flugzeuge. Zuerst hatten sie ausgesehen wie kleine schwarze, fliegende Käfer, doch im Näherkommen erkannte man die viermotorigen schweren Bomber, deren Motoren im Anflug dröhnten wie Donner.

Nun begannen die Flakbatterien rund um den Hafen zu rattern, und gleichzeitig fingen die Sirenen an zu heulen. Die Arbeiter flüchteten in alle Richtungen. Ein Lastwagen kam zum Halten, und heraus sprangen Männer, verzweifelt nach Deckung suchend. Becker und sein Leitender Ingenieur wurden fast über den Haufen gerannt. Offiziere brüllten Befehle und winkten Matrosen von den U-Booten herunter. Manche gehorchten den Befehlen nicht und versuchten, die auf den Oberdecks der Boote installierten Flaks gefechtsklar zu machen, merkten jedoch rasch, dass diese vorschriftsmäßig nicht geladen waren.

»Kapitän! Nun kommen Sie schon!«

Irgendwo ratterten Maschinengewehre; Spuren von Leuchtschussmunition wölbten sich über ihren Köpfen. Das Knattern der Flaks war ohrenbetäubend.

Im gesamten Hafen spritzten Schuttfontänen von Kais und Gebäuden hoch, der Lärm der Detonationen war einen Moment später zu hören. Becker sah einen gezielten Treffer auf eine Montagehalle der Krupp-Germaniawerft. Einen Augenblick später schoben sich zwei Unterseeboote aus der Montagestraße und kippten wie ausrangierte Spielzeuge in das Hafenbecken. Hässliche braune Pilzwolken und schwarzer Rauch unzähliger Feuer hüllten die Stadt ein. Nichts und niemand wurde verschont.

Die erste Welle niedrig fliegender Lancaster-Bomber brauste über ihre Köpfe. Becker duckte sich instinktiv. Nun wälzten sich riesige Wassersäulen durch den Hafen auf den Tirpitzkai zu.

War es in Berlin auch so gewesen? Wiederholte, zermürbende Angriffe von Lancaster- und Boeing-B-17-Bombern, die die Stadt in Schutt und Asche legten. Das dumpfe Dröhnen und die Einschläge, die immer näher kamen. Katia und Hedda im Luftschutzkeller ihres Hauses. Es gebe nichts zu fürchten, hatte Katia ihm beharrlich versichert, das alte Haus habe eine gute Bausubstanz und könne jedem Angriff standhalten.

Sie und Hedda mussten gehört haben, wie die Balken einstürzten, wie die Böden nachgaben. Becker stellte sich vor, wie sie in dem stockdunklen, von Staubschwaden durchzogenen Keller gehockt hatten. Und dann plötzlich ein Überdruck, entstanden durch eine detonierende 1000-Pfund-Bombe ...

Der Anrufer aus Berlin hatte sich knapp und treffend ausgedrückt. Frau Becker und ihre Tochter waren tot. Kein Irrtum möglich. Ihr Haus war zerstört, der gesamte Block war zerstört.

Kein Stein war auf dem anderen geblieben. Es würde Wochen dauern, bevor die Behörden auch nur daran denken konnten, die Toten aus den Kellern zu bergen. Es waren so viele … Becker musste feststellen, dass er nur ein schönes Foto von ihnen besaß: Da hatten sie den Zoo besucht, aßen ein Eis. All das war so lange her, dass es ihm vorkam wie ein Traum.

Er betrachtete die Wassersäulen, die sich heranschoben wie dicke, abscheuliche Beulen. Würde er hier in Kiel sterben, an Land, statt in einem tödlich getroffenen Boot, das in unergründliche Tiefen sank? Fast wünschte er es.

»Kapitän! Runter mit Ihnen!« Der Leitende Ingenieur zerrte Becker förmlich aufs Pflaster nieder und warf sich schützend über ihn.

Einen Moment später brauste die zweite Angriffswelle riesiger schwarzer Bomber über sie hinweg. Sie flogen so tief, dass man glaubte, sie mit ausgestreckter Hand berühren zu können. Becker versuchte hochzuschauen, doch er konnte sich nicht rühren, da sein Leitender Ingenieur ihn mit seinem ganzen Gewicht zu Boden drückte.

Genau vor ihnen wurde ein U-Boot getroffen. Relingstützen, Teile des Schanzkleids, Gewehrläufe, verbogene Eisenrohre, alles schleuderte kreiselnd durch die Luft, prallte auf den Kai und rutschte weiter, benetzt von einem Wasserschwall aus dem schmutzigen Hafenbecken.

Wieder eine ohrenbetäubende Explosion, und diesmal sah Becker die *U-858*, deutlich sichtbar vor dem weißen Wasser, taumeln wie einen Betrunkenen. Einen Moment schien es, als würde sich das Boot wieder aufrichten, doch dann drehte es sich hart steuerbord vom Kai weg, schwenkte wieder zurück und lag schließlich quer. Aus einem offenen Luk im Achterdeck quoll schwarzer Rauch.

Eine dritte Staffel Lancasters brauste über sie hinweg. Dann war es vorüber.

Stille. Nicht lang, und die Verwundeten begannen zu schreien. Männer rannten in alle Richtungen und bellten Befehle, wiesen Feuerwehrmännern und Nothelfern den Weg. Der Kai war eine Schlachtbank voller Leichen, verstümmelter Pferde und verstreuter Trümmer. Öliger schwarzer Rauch quoll aus der Treibstoffgrube gen Himmel. Irgendwo im Hafen gellte eine einsame Sirene. Ein Leichentuch aus dunkelgrauem Rauch war über Kiel gebreitet. Auch die Stadt war schwer getroffen worden. Kurz trat Becker ein Bild der Frau vor Augen, die er schlafend in seinem Bett zurückgelassen hatte. Dann war es verschwunden.

Der Leitende Ingenieur half ihm auf die Beine. »Herr Kaleun, alles in Ordnung?«

Becker antwortete nicht. Er eilte zu seinem Boot, wich den Männer aus, die mit Schläuchen und Beilen hantierten.

Matrosen der *U-858*, viele von ihnen rußbedeckt und keuchend, halfen ihren benommenen Kameraden aus einem vorderen Ausstiegsluk.

Geschwärzte Hände wurden ausgestreckt, um Becker auf das schräg geneigte Deck zu helfen.

»Wie viele Tote und Verwundete?«

»Keine, soweit wir wissen, Herr Kaleun«, erwiderte ein benommener Maschinist.

»Wie schlimm ist der Schaden?«

»Im Dieselraum hat eine Bombe die Hülle beschädigt und ein Feuer ausgelöst. Aber wir haben die Abteilung abgeriegelt. Achtern Wassereinbruch.«

Auch der Leitende Ingenieur kletterte nun an Bord. Er reichte Becker seine beschmutzte Schirmmütze. »Ich hol mir ein Atemgerät und schau nach, wie schlimm es ist.«

Er wandte sich zum Gehen, doch Becker ergriff seinen Arm. »Nein, LI. Zu gefährlich. Die Abteilung ist doch abgeriegelt. Soll das Feuer doch brennen, bis es verlischt ...«

»Kapitän!« Ein Matrose auf dem Turm hatte etwas entdeckt.

Hand über Hand zogen sich Becker und der Leitende Ingenieur zu dem schief geneigten Turm und schwangen sich über die Reling.

Der Ingenieur folgte der Richtung des zeigenden Fingers und wandte sich schaudernd ab, die Faust vor dem Mund. »Herrgott!«

Becker hatte sich hingehockt und betrachtete das, was von Oberleutnant zur See Erich Hauber übrig geblieben war. Ein scharfes Bruchstück einer Stahlplatte, das sich vom Deck eines der bombardierten Boote gelöst hatte, war zu einem Geschoss geworden und hatte mit chirurgischer Präzision Haubers Kopf in Höhe der Stirn durchtrennt. Tote Augen starrten zu Becker empor. Leicht geöffnete Lippen, die zu lächeln schienen, rahmten zwei Reihen regelmäßiger weißer Zähne ein.

Becker studierte Haubers Gesicht und versuchte, dessen überraschten Ausdruck zu ergründen. Vielleicht hatte Hauber etwas über den Krieg fragen wollen, hatte wissen wollen, warum Menschen kämpfen. Becker hätte ihm die Antwort geben können: Damit sie überleben. Und damit sie ihren Kameraden beweisen, dass sie nicht feige sind, denn jeder Soldat fürchtet die Feigheit mehr als den Tod.

Er bedeckte Haubers geschändetes Gesicht mit seiner Schirmmütze. Hauber hatte Glück gehabt. Er musste keine Angst mehr haben, für einen Feigling gehalten zu werden.

»Speer. Gut, dass Sie gekommen sind.«

Albert Speer, Reichsrüstungsminister und Generalbauinspektor, unterdrückte nur mit Mühe seine Bestürzung.

Adolf Hitler hatte das Konferenzzimmer des Bunkers betreten. Sein Kopf zitterte leicht, sein linker Arm hing schlaff herunter, und er sah vollkommen erschöpft aus.

Das Leben im Führerhauptquartier, jener abgeschotteten Kommandozentrale des Dritten Reiches tief unter der Erde Berlins, wo er seit Mitte Januar residierte, hatte Hitlers Haut leichengrau gefärbt. Am Vortag hatte ein Angriff von tausend alliierten Fliegern der 8. US Air Force Berlin schwer zugesetzt. Selbst der »Führerbunker«, fünf Meter unter der zerstörten Reichskanzlei gelegen und durch eine dicke Stahlbetondecke geschützt, hatte unter der Gewalt des Angriffs gebebt. Feiner gelber Staub war von Wänden und Decken gerieselt und bedeckte nun sämtliche ebenen Flächen. Hitler, der die ganze Nacht wach gelegen hatte, hatte ein verquollenes Gesicht; seine silbergraue Uniform war beschmutzt und zerknittert. Er machte den Eindruck eines Mannes, der sich in sein Schicksal ergeben hatte. Speer empfand fast Mitleid mit ihm.

»Sagen sie Fräulein Junge, dass ich sie hier brauche«, trug Hitler seinem Leibwächter auf. Dann wandte er sich an Speer. »Wie geht es Ihnen?«

»So gut, wie es unter diesen Umständen möglich ist, mein Führer.« Ganz der steife Arier und stets nervös, wenn er zu einer Unterredung mit Hitler gebeten wurde, wartete Speer geduldig, bis sein Gönner zur Sache kommen würde.

Hitler ging zu der Generalstabskarte an der Wand und blieb sinnend davor stehen. Rote Pfeile zeigten die Stellungen der sowjetischen Truppen und Panzer an. Es war deutlich zu sehen, dass die Verteidigungslinie der Deutschen im Osten im Zusammenbruch begriffen war.

»Die Russen«, sagte Hitler so leise, dass Speer den Kopf neigen musste, um ihn zu verstehen, »stehen an der Oder. Ich habe Keitel befohlen, sämtliche zur Verfügung stehenden Divisionen zur Verteidigung Berlins einzusetzen.«

Ein langes Schweigen folgte.

Hitler richtete den Blick auf Speer. Seine Augen waren stumpf, leblos. »Keitel denkt, wir sind am Ende. Was glauben Sie, Speer?«

»Ich – die Einzelheiten der taktischen Lage sind mir nicht vertraut.« Speer deutete auf die Karte. »Die Russen stehen, wie Sie sagen, sechsundneunzig Kilometer vor Berlin. Keitels Truppen können bewirken, dass sie nur zwei Kilometer pro Tag vorstoßen ... Ich bin sicher, er wird sein Bestes tun ...«

Doch Hitler hatte sich bereits von der Karte abgewandt. Die Hände auf dem Rücken gefaltet sagte er: »Ich überlasse es dem Schicksal, ob ich hier sterbe oder auf dem Obersalzberg. Aber es wird keine Kapitulation geben.«

Speer nickte. Die Deutschen kontrollierten nur noch eine Nordsüdverbindung im Land, und selbst diese konnte jeden Moment abgeschnitten werden.

»Jeder verrät mich. Wem kann ich noch trauen? Göring? Himmler?« Wütend fauchte er seinen Rüstungsminister an: »Denken Sie mal nach! Wer könnte mein Nachfolger sein?«

»Mein Führer, ich ...«

»Ich habe Ihnen eine Frage gestellt.«

Speer stand wie erstarrt, unsicher, wie er antworten sollte. Hitler war in einer seiner streitlustigen Stimmungen: Es ging im Grunde nicht darum, wer das sterbende Reich führen sollte, falls er den russischen Angriff nicht überlebte – nein, er wollte vielmehr Speers Loyalität prüfen.

»Niemand kann Sie ersetzen. Aber«, Speer neigte ehrerbietig den Kopf, »wenn Sie aus irgendeinem Grund nicht weiterregieren können, würde ich vorschlagen, Großadmiral Dönitz zu Ihrem Nachfolger zu ernennen.«

Hitler hielt Speers Blick fest. Dann lachte er unvermittelt auf. Es klang wie ein Bellen. »Immer der Diplomat, was, Speer? Nicht besonders erfahren in der Beurteilung der taktischen Lage, aber ein Meister der Strategie.«

Speer wollte etwas sagen, doch Hitler hielt eine Hand hoch. »Übrigens eine ausgezeichnete Wahl: Dönitz. Sie haben meine Absicht erraten, Speer.«

Dieser neigte erneut den Kopf.

»Aber auch Ihren eigenen Interessen äußerst dienlich, möchte ich hinzufügen. Ich weiß sehr wohl, dass Sie niemals mit Göring und Himmler zusammenarbeiten könnten.«

»Dönitz ist Realist.« Was Speer verschwieg, war, dass der Großadmiral Deutschland mit Würde, Umsicht und Menschlichkeit in die Kapitulation führen würde. Doch er sah auch Probleme voraus. Dönitz war ein Mann der Marine, er hatte niemals Interesse an der Position des Führers gezeigt. Und er hatte sein Urteil über Hitlers Scheitern weise hinter der Pose des altgedienten Marineoffiziers verborgen.

In diesem Augenblick betrat Hitlers Sekretärin Traudl Junge, eine stämmige, tüchtig aussehende Person im braunen Kostüm, das Konferenzzimmer. Sie brachte eine rote Aktenmappe mit Ledereinband und ihr Stenonotizbuch mit.

Ohne seine Sekretärin zu begrüßen, nahm Hitler die Aktenmappe entgegen, die den Anlass zur Besprechung mit seinem Rüstungsminister enthielt. Er reichte Speer einen blassblauen

Bogen mit dem Emblem der Kriegsmarine. Fräulein Junge nahm am Konferenztisch Platz und bereitete sich auf das Diktat vor.

Speer las das vertrauliche Memo von SS-Brigadeführer Walter Schellenberg, dem Leiter des Reichssicherheitshauptamts (RSHA), das an Großadmiral Karl Dönitz gerichtet war, den Oberkommandierenden der Kriegsmarine und Befehlshaber der U-Boote.

Von: Leiter RSHA, Amt VI – SD Ausland
An: BdU

Herr Dönitz,

gemäß Weisung des Führers sichere ich meine volle Unterstützung bezüglich Operation Kondor zu. Wenngleich der Führer keine Änderungen der ursprünglichen Pläne wünscht, erfordern einige Punkte, die Sie in der Einsatzbesprechung an das RSHA erwähnten, eine Erläuterung.

Da es den Vereinigten Staaten gelungen ist, ihren Fuß in die östlichen Territorien zu setzen, die unter der Herrschaft unserer japanischen Verbündeten stehen, benötigen wir eine schlagkräftige Waffe, um den Krieg entscheidend zu wenden. Da laut Ihren Informationen die Amerikaner bereits mit der Entwicklung einer Uranbombe beschäftigt sind, sollten wir unbedingt sobald als möglich der Bitte unserer japanischen Verbündeten nachkommen und das erbetene Material und Techniker senden.

Ich möchte betonen, dass wir uns trotz der Enttäuschung über Deutschlands Unvermögen, eine gleichartige Bombe zu entwickeln, dennoch keine Schwäche erlauben sollten oder in unserer Entschlossenheit wankend werden dürfen.

Ich nehme an, dass die unüberwindlichen Schwierigkeiten, mit denen Deutschlands hervorragende Wissenschaftler zu kämpfen haben, den Amerikanern ebenfalls zu schaffen machen, und dass sie nicht rechtzeitig genug mit ihren Versuchen fertig werden, um den Ausgang des Krieges noch zu beeinflussen. Dennoch glaube ich, dass der japanischen Regierung nur noch eine Möglichkeit zum Handeln bleibt, indem die von uns gegebene Unterstützung angenommen wird. Die moralischen Implikationen dieser Entscheidung tun für uns nichts zur Sache.

Hochachtungsvoll,
Schellenberg

»Lesen Sie auch dieses Memo«, sagte Hitler und spielte mit dem Eisernen Kreuz 1. Klasse, das an seiner Uniformjacke steckte. Es handelte sich um den Durchschlag einer Nachricht von Dönitz an den Leiter der BdU-Organisationsabteilung, Kommandierender Admiral Hans-Georg von Friedeburg.

Geheim; 2. Januar 1945

Angesichts der außergewöhnlichen Umstände geben Sie bitte baldmöglichst Status Ihres U-Boot-Stützpunktes in Penang, Malaya, bekannt. Der Plan hat die zuständigen Ministerien durchlaufen und ist abgesegnet. Vieles bleibt noch zu tun, und unsere Zeit ist begrenzt, doch ich kann rasche Durchführung garantieren, sobald alle Parteien zugestimmt haben. Technische Maßnahmen und Materialbeschaffung sind für den Erfolg ausschlaggebend. Deshalb benötigen wir dringend Ihre Einschätzung dieser Angelegenheit.

Zweitschrift an Admiral Paul Wenneker, Marineattaché Tokio

»Baron Oshima wartet auf meine Antwort bezüglich seines Ersuchens«, sagte Hitler. Hiroshi Oshima war Japans Botschafter in Berlin. »Was soll ich ihm sagen?«

»Dass wir das Material per Lastwagen nach Kiel geschafft haben. War ziemlich schwierig wegen der vielen Luftangriffe. Eine weitere Lieferung wird in zwei Tagen ankommen. Das wäre dann alles. Die Techniker und das Personal des SD werden am Wochenende eintreffen. Auslaufbefehl wird bald vorliegen, ebenso der ausgewählte Kapitän und seine Mannschaft. Das sollte den Botschafter zufriedenstellen.«

»Und Schellenbergs Spion in Amerika ...«

»Der Spanier, Vargas.«

»Was hat er sonst noch über dieses Manhattan Projekt herausgefunden?«

»Dass die Amerikaner Probleme mit der Isotopentrennung haben.« Speer sagte dies, wohl wissend, dass Hitler weder von Kernspaltung noch etwas von dem ungeheuren industriellen Aufwand verstand, der zur Entwicklung einer transportablen Atomwaffe nötig war.

Speer den Rücken zuwendend betrachtete Hitler Fräulein Junge, deren Block sich rasch mit Stenokürzeln füllte.

»Wie Sie wissen«, fuhr Speer fort, »hat uns Dr. Heisenberg vor dem ungeheuer aufwendigen Verfahren der Isotopentrennung gewarnt. Doch einer Nation, die in den Besitz der Atombombe gelangen will, bleibt nichts anderes übrig.«

»Was?«, fragte Hitler zerstreut über seine Schulter hinweg. Dann winkte er mit schlaffer Hand ab. »Ja, ja, natürlich.«

»Admiral Dönitz versichert, dass Kondor ein Erfolg wird.«

Hitler nickte zerstreut. »Und dass es den Japanern mit unserer Hilfe gelingt, ihre Heimatinseln zu verteidigen?«

»Vielleicht.«

Hitler fuhr auf. »›Vielleicht‹ …?«

Speer wartete einen Moment, dann sagte er: »Mein Führer, gewisse Realitäten lassen sich nicht so einfach ignorieren.«

»Werden Sie deutlicher!«

»Sollten die Japaner die von uns zur Verfügung gestellten Waffen einsetzen und die amerikanische Invasion ihrer Heimat dennoch nicht aufhalten, und sollten die Amerikaner später entdecken, dass wir das Rohmaterial für die Waffen lieferten, dann haben wir uns der Zuwiderhandlung gegen das Genfer Protokoll von 1925 schuldig gemacht. Ich stimme nicht mit Schellenberg überein, dass die moralischen Implikationen uns nichts angehen. Im Gegenteil, ich bin der Meinung –«

»Ihre Meinung steht Ihnen zu«, fuhr ihm Hitler mit schneidender Stimme ins Wort. Und da er ansonsten völlig ruhig blieb, keinen seiner Wutanfälle bekam oder vortäuschte, wirkte er umso unberechenbarer und gefährlicher.

Speer hielt Hitlers eisigem Blick stand.

»Aber Sie werden Ihre Meinung keinem anderen als mir offenbaren. Ich verbiete Ihnen, mit anderen darüber zu sprechen!« Speicheltröpfchen sprühten aus seinem Mund, und seine Stimme schraubte sich unversehens eine Oktave höher. »Wir kämpfen gegen einen Feind, der Deutschlands und Japans Untergang beschlossen hat! Jeder, der im Zusammenhang mit dem totalen Krieg von moralischen Implikationen spricht, redet von Niederlage und wird als Verräter gebrandmarkt! Haben Sie das begriffen?!«

Speer schaute an Hitler vorbei auf Fräulein Junge, deren Gesicht zu einer Maske der Furcht erstarrt war. »Ja, mein Führer.«

Hitler wischte sich mit dem Handrücken den Speichel aus den Mundwinkeln. Schweiß war ihm auf die Stirn getreten.

»Was die Japaner mit dem Rohmaterial anstellen, das wir ihnen geliefert haben, geht uns nichts an«, wiederholte er Schellenbergs Ansicht. »Wir haben nur sicherzustellen, dass es heil dort ankommt und dass der Transfer der japanischen Goldbarren in die Reichsbank rasch erfolgt. Teilen Sie das Dönitz mit.«

»Ja, mein Führer.«

Hitler fuhr mit der Fingerspitze über ein staubiges Sideboard aus Walnussholz, auf dem schmutziges Geschirr gestapelt war. Nachdem er seine Fingerspitze begutachtet hatte, als haftete darauf ein Staatsgeheimnis statt gelben Staubes, klatschte er in die Hände und sagte: »Ich mutmaße daher, dass es keinen Grund gibt, warum Operation Kondor nicht unverzüglich starten sollte.«

Speer betrachtete das Memo. »Wie Dönitz sagt: Sobald alle Parteien zugestimmt haben, kann er für die Durchführung garantieren.«

»Dann sorgen Sie dafür, dass sich alle Parteien einig sind.«

Speers Nerven lagen allmählich blank. Er sah Hitlers baldigen Tod voraus, und damit würde der Bann, unter dem ihn der Führer so viele Jahre lang gehalten hatte, brechen. Er ahnte das Ende des Krieges voraus, Millionen von Toten – auf dem Schlachtfeld und in den Vernichtungslagern und in den zerstörten Städten. Und nun würde es aufgrund von Operation Kondor weitere Millionen geben. Wie sollte er jemals seine Schuld sühnen? Er wusste es nicht.

»Gibt es sonst noch etwas, das Sie bezüglich Kondor besprechen wollen?«

Speer schüttelte den Kopf. »Nein.«

Hitler begab sich zum Konferenztisch und entrollte mithilfe Fräulein Junges einige Pläne.

»Ich möchte, dass Sie einen Blick hierauf werfen, Speer.«

Der Minister gesellte sich zu seinem Führer, der begeistert eine Reihe Entwürfe von Hermann Giesler betrachtete, dem prominenten Architekten der Stadt Linz, wo der Führer einen Teil seiner Jugend verlebt hatte.

Mit Besitzerstolz breitete Hitler seine Arme über die Pläne aus. »Nun sagen Sie mal, was Sie von Gieslers Entwürfen für mein Grabmal halten.«

BLETCHLEY PARK, ENGLAND, 18. FEBRUAR

Ein schnaufender Güterzug ratterte durch Bletchley Park, einem fünfzig Meilen nördlich von London gelegenen Knotenpunkt zwischen Cambridge und Oxford. Ein wenig abseits an einem See thronte ein mit Zierrat und Türmchen überladenes Backsteingebäude, ein Herrenhaus aus spätviktorianischer Zeit, in dem die Dechiffrierabteilung des britischen Geheimdienstes untergebracht war.

Umgeben von Stacheldraht und Flakbatterien diente die gesamte Anlage mit ihren Betonbunkern, Wachposten und Wellblechhütten seit fast sechs Jahren ausschließlich dem Knacken der Codes, die von der deutschen Chiffriermaschine Enigma abgefangen wurden. In jüngster Zeit hatte das Arbeitstempo ein wenig nachgelassen, da die Menge der deutschen Nachrichten an sämtlichen Fronten und auf See abgenommen hatte. Für die Geheimdienstanalysten, die die abgehörten Funksprüche auswerteten, bewies die darin enthaltene Information ganz eindeutig, dass das Dritte Reich kurz vor dem Zusammenbruch stand.

Eine feuchte Kälte durchdrang Baracke 8, in der einige Kryptoanalysten an den neuesten Nachrichten arbeiteten. Heute Nacht waren es Morsebotschaften, die von der Hauptfunkstelle »Koralle« in der Nähe von Bernau bei Berlin an U-Boote auf See und auf Stützpunkten in Norddeutschland und Norwegen gefunkt wurden. Die codierten Botschaften waren von Abfangstationen in Scarborough an der Nordseeküste und aus Winchester in Südengland hergeleitet worden, wo Abhörtechniker rund um die Uhr arbeiteten.

Colin Gayhurst, der die dritte Schicht in Baracke 8 schob, brütete über der Botschaft, die er soeben entschlüsselt hatte: Geheim, von Admiral Paul Wenneker, Marineattaché Tokio, an Großadmiral Karl Dönitz, Befehlshaber der U-Boote, Berlin.

Gayhurst läutete beim Offizier vom Dienst und fuhr fort, über der Nachricht zu brüten, während er auf Einlass zum Archiv wartete. Nachdem er eingetreten war, fuhr er unter den wachsamen Augen des Offiziers mit dem Zeigefinger über die Rücken der eingestellten Protokolle, bis er das richtige gefunden hatte und vom Regal nahm. Er benetzte seinen Daumen und blätterte Hunderte eingehefteter Seiten durch – Kopien alter Nachrichten, nach Datum und Inhalt sortiert –, bis er das Schlüsselwort fand, nach dem er gesucht hatte: Es stand in einer Nachricht von Dönitz an Wenneker, die vom 2. Januar 1945 datierte. Die Botschaft, die er soeben dechiffriert hatte, war Wennekers Antwort darauf.

»Wenneker an Dönitz. Ist eben durchgekommen«, sagte Gayhurst zu dem Leiter des Marinegeheimdienstes in Baracke 4, einem Commander der Royal Navy mit Namen Price.

Price las die Botschaft und hob eine Braue. »Kondor.«

»Ich glaube, das ist endlich das, worauf die Zentrale so lange gewartet hat.«

Price stimmte dem zu. Nachdem Gayhurst gegangen war, zog er einige Namen auf einer geheimen Verteilerliste zu Rate und bestellte schließlich seine Nummer Zwei zu sich.

»›Streng vertraulich.‹ Sie überbringen es unverzüglich und persönlich.«

Der Sub-Lieutenant warf einen besorgten Blick auf die Uhr an der Wand.

»Keine Sorge, ich rufe vorher an«, versicherte ihm Price.

»In Ordnung, Sir. Brauche ich bewaffneten Schutz?«

»Ja, ich habe bereits den Sicherheitsdienst informiert. Und nehmen Sie selbst auch eine Waffe mit.«

2. Kapitel

Mayfair, London, 20. Februar

Der zerzauste Blondschopf an seiner Seite hob sich aus den Kissen. Rees erwachte aus unruhigem Schlaf. Er hatte einen Kater. Das schrillende Telefon klang wie eine pfeifende Bombe.

Rees brauchte einige Zeit, bis er sich zurechtfand. Er war in seinem eigenen Haus, stellte er fest, in seinem Schlafzimmer. Wie spät war es? Das Bett war feucht von Schweiß und Sex. Nun fiel ihm alles wieder ein: Der Blondschopf gehörte diesem hübschen weiblichen Lieutenant aus dem Marineamt, Alicia. Er erinnerte sich, wie sie gestöhnt hatte, sich ihm hingegeben hatte. Ihr Geschmack lag ihm noch auf der Zunge. In dieser Nacht hatte sie ihn schamlos benutzt, alle Kraft aus ihm gesogen.

»David?«

Er kannte die Stimme am Telefon. »Ja, ich höre. Meine Güte, wissen Sie, wie spät es ist?«

»Machen Sie sich fertig. Ich hole Sie in einer halben Stunde ab.«

»Verdammt noch –«

Das Gespräch wurde unterbrochen.

Alicia warf die Bettdecke zurück. Sie war nackt.

»Ich muss weg«, sagte Rees.

»Meine Güte – so früh.«

Er schwang die Beine aus dem Bett und stellte sich taumelnd auf die Füße, drehte ihr den Rücken zu.

Sie trat von hinten an ihn heran. Er spürte ihre Zunge in der Spalte zwischen seinen Gesäßbacken.

»Junge, Junge, hast du immer noch nicht genug?« Er schob sie fort.

Alicia saß immer noch nackt im Bett, als er aus dem Bad kam. Sie sah zu, wie Rees seine Armbanduhr anlegte und Geld und Schlüssel in die Taschen stopfte. Rees war ein ziemlich dünner Mann. Er trug einen grauen Savile-Row-Anzug und ein weißes Hemd mit einer weinroten Seidenkrawatte. Sein pomadisiertes Haar war spärlich und dunkel und eng an den Kopf geklatscht, stand aber an den Seiten unvorteilhaft ab. Seine Oberlippe war wegen seiner vorstehenden Zähne leicht vorgeschoben.

»Kommst du bald zurück?«

»Ich denke eher nicht.« Rees warf ein paar Münzen und Bezugsscheine aufs Bett. »Vielleicht gibt's Kalbfleisch auf dem Markt. Versuch, noch etwas zu bekommen.«

»Stimmt etwas nicht?«

»Was?«

»War das eben Helen?«

»Nein, bloß eine Besprechung.«

»In Whitehall?«

»Warum stellst du so viele Fragen?«

Sie zog einen Schmollmund.

Rees stand am Bettrand und schaute auf die junge Frau hinab. Alicia ließ ihre Hand sein Hosenbein emporgleiten bis in den Schritt und liebkoste ihn durch den Stoff hindurch.

»Braves Mädchen«, sagte er anerkennend und zwickte sie in eine Brustwarze.

* * *

Martin Blackthornes Rover bog in die Mews ein, eine der hinteren Türen war bereits geöffnet. Rees stieg ein und roch sogleich Rasierwasser. Der Träger des Duftes saß gekrümmt in den Polstern, über seinen Schultern hing ein wasserdichtes Cape.

»Ich hoffe doch sehr, dass es wichtig genug war, um mich zu–«, begann Rees, doch Blackthorne gebot ihm mit einer Handbewegung Schweigen.

Der Fahrer legte den ersten Gang ein und rollte mit der Limousine durch das dunkle, verlassene Zentrum Londons. Nachdem sie Chelsea hinter sich gelassen hatten, schob Blackthorne die Trennscheibe zwischen Fahrer und Rückbank zu und brach endlich das Schweigen. »Wie geht's Helen und den Mädels?«

»Ganz gut.«

Blackthorne sah durch das Seitenfenster zum Mond auf. »Sind wohl ziemlich einsam, den ganzen Tag so allein in der Riesenwohnung?«

»Dazu hatte ich in letzter Zeit zu viel zu tun.«

Blackthorne erwiderte nichts darauf.

Rees' Kopf schmerzte. Er hatte eindeutig zu viel Wodka getrunken. Seine Gedanken wanderten zu Alicia, und sofort bekam er wieder einen Steifen. Sie kniete vor ihm, hatte die Ellenbogen aufgestützt und den Kopf gedreht, um ihm zuzuschauen, wie er gegen das weiche Fleisch ihres Hinterns rammte. Schweiß brach ihm aus. Was wusste Blackthorne? Rees schaute ihn an, sah jedoch nur die Silhouette seines Profils, erleuchtet von einem Mond, der hinter den Ruinen zerbombter Häuser Verstecken spielte. Blackthorne, der zweite Mann des MI-6, wusste über alles und jeden Bescheid.

»Martin, ich glaube kaum, dass Sie mich zu einer Mondscheinfahrt eingeladen haben, nur um mit mir über mein Privatleben zu sprechen.«

»Sagt Ihnen ›Operation Kondor‹ etwas?«

»Kondor?«

»Also nicht – hatte ich mir schon gedacht.« Blackthorne starrte durch die Scheibe auf die geisterhaften Londoner Vororte. »Wir haben kürzlich einige interessante Nachrichten abgefangen. Scheint, als hätten die Jerrys eine Operation in Fernost in die Wege geleitet. Hat irgendwas mit Hirohito und seinen Jungs zu tun.«

»Mit Kaiser Hirohito? Sind Sie sicher?«

»Einigermaßen. Aber wir sind uns nicht sicher, wie ernst wir diese Sache nehmen sollen. Denn die Deutschen haben diese Nummer schon einmal versucht.«

»Was für eine Nummer?«

»Eine Lieferung nach Japan – oder besser gesagt, einen Tausch. Material, Techniker, Lebensmittel. Was halt so gebraucht wird. Ein Tropfen auf den heißen Stein, ehrlich gesagt. Denn wie viel Fracht kann ein U-Boot um die halbe Welt schleppen?«

»Ein U-Boot?«

»Ja. Das einzige Transportmittel, das ihnen geblieben ist. Eine ätzende Reise. Beneiden Sie die armen Kerle bloß nicht. Muss ja die reinste Hölle sein, monatelang in so einem eisernen Abflussrohr eingepfercht zu sein. Und um das Maß voll zu machen: Fast alle U-Boote, die auf diese weite Fahrt gingen, wurden versenkt. Im Grunde ist es ein Selbstmordkommando.«

»Warum kümmert ihr euch dann überhaupt darum?«

»Weil diese Kondor-Geschichte ein wenig anders ist. Dönitz selbst ist involviert. Ziemlich ungewöhnlich, finden wir. Jetzt, da das Reich um ihn herum in Stücke zerfällt, sollte er doch Wichtigeres zu bedenken haben als den Transport von ein paar Schiffszwieback zu den Japsen.«

»Sie glauben also, dass die Jerrys und die Japsen unter einer Decke stecken?«

»Ja. Möglicherweise ein ›Tube Alloys‹-Projekt, ein Atomprogramm, wenn Sie mir folgen können.«

»Aber die Amerikaner haben diese Möglichkeit doch schon durch ihre Alsos-Missionen ausgeschlossen. Ihre besten Leute konnten keine Beweise finden, dass die Nazis jemals ein taugliches A-Bomben-Projekt aufgelegt hätten. Alles, was sie gefunden haben, waren ein paar kaputte Testlabore und ein rudimentärer Atommeiler.«

»Das ist völlig richtig, David. Das Problem ist nur, dass die Yankees keine Alsos-Mission nach Japan schicken können. Zumindest jetzt noch nicht. Und deshalb können wir ein japanisches Bombenprogramm nicht unbedingt ausschließen.«

»Blödsinn! Die Japsen haben gar nicht das Knowhow dafür!«

»Ja, das glauben *wir.*«

»Wollen Sie damit sagen, die Jerrys schicken den Japsen per U-Boot das nötige Material, um die Bombe zu bauen?«

»Wir schließen diese Möglichkeit nicht aus. Deshalb hat ›C‹ ja die Besprechung angesetzt.«

Rees wandte den Blick wieder nach vorn und sackte in den weichen Polstern zusammen. Seine Nerven lagen blank, weil er zu wenig geschlafen hatte und immer noch unstillbares Verlangen nach Alicia verspürte. »Um vier Uhr in der Frühe? Warum glaubt er, dass wir immer nach seiner Pfeife tanzen?«

»Weil wir's immer schon getan haben, David.«

Sie verfielen in Schweigen. Der Wagen schlug die nördliche Richtung nach Catterham ein. Der Mond verschwand hinter tief hängenden Wolken.

* * *

»C« war Major General Sir Stuart Mackenzie, Leiter des MI-6, des britischen Auslandsgeheimdienstes.

Als er Rees die Hand schüttelte, hielt er in der anderen einen Pink Gin. »Tut mir leid, dass ich Sie so früh hergebeten habe, David«, entschuldigte sich Sir Stuart. »Möchte einer von Ihnen auch einen Drink? Nein? Dann also Kaffee.«

Mit diesem Auftrag entließ Mackenzie den Wachmann der Königlichen Marine, der Blackthorne und Rees vom Wagen eskortiert hatte, und führte sie in ein riesiges Arbeitszimmer, das gleich neben der Eingangshalle seines ausgedehnten, gut bewachten Domizils in Catterham Green lag.

Rees betrachtete die vertrauten Details des Raumes, die schweren, blickdichten Vorhänge, den dicken weichen Teppich, die gepflegte Holzvertäfelung und die alten Möbel. Alles zeugte von der Exklusivität und dem Reichtum, der Mackenzies Umgebung prägte. Die Bar hinter dem Schreibtisch war ebenso gut sortiert wie jene bei White's, Rees' Club in der St. James Street.

Mackenzie stand vor dem prasselnden Kaminfeuer und musterte seine Besucher. Selbst seine funkelnden grauen Augen drückten tiefe Besorgnis aus.

»Ich setze voraus, dass Sie von dieser Kondor-Geschichte gehört haben«, begann er.

»Martin hat mich gerade ins Bild gesetzt, Sir Stuart.«

»Ein bisschen rätselhaft, das Ganze. Dass die Jerrys so spät noch ein Kommando nach Fernost schicken wollen. Sieht ihnen gar nicht ähnlich, so viel Mühe auf etwas so Kompliziertes zu vergeuden, das am Ende möglicherweise gar nicht klappt.«

»Und genau deshalb, David«, schaltete sich Blackthorne ein, »sind wir ja so misstrauisch.«

»Also schön.« Mackenzie stürzte seinen Drink hinunter und

stellte das Glas ab. »Hintergrund. Vor drei Monaten schickte uns Bletchley eine entschlüsselte Nachricht von Admiral Wenneker, dem deutschen Marineattaché in Tokio. Die Japaner hatten dem deutschen Oberkommando eine ihrer üblichen Einkaufslisten geschickt: Wolfram, Zinn, Kupfer, Kautschuk, Wolframit. Daran war nichts Ungewöhnliches. Die Jerrys haben diese Bestellungen stets erfüllt, haben ein U-Boot mit kleinen Mengen der benötigten Substanzen auf den Weg nach Japan gebracht, und uns ist es fast immer gelungen, das fragliche Boot schon vor den Azoren abzufangen. Sie müssen bedenken, dass es sich immer um Operationen auf untergeordneter Ebene handelte. Jemand zeichnet die Bestellung ab, die Ware wird verladen, das Boot begibt sich auf die Fahrt. Und meines Wissens war Dönitz nie in irgendeine dieser Missionen involviert – bis jetzt.«

»Und deshalb sollten wir uns Sorgen machen«, bestätigte Rees und nahm seine Tasse Kaffee in Empfang.

»Ganz genau. Wir haben dieser Kondor-Geschichte anfänglich nicht viel Aufmerksamkeit geschenkt. War eben nur eine weitere Lieferung, etwas, um die Japsen zufriedenzustellen – oder zumindest haben wir das geglaubt.«

Unruhig schritt Mackenzie im Zimmer auf und ab. Der alte Holzboden knarrte wie die Deckplanken eines vor Anker liegenden Schoners.

»Als weitere Dechiffrierungen bezüglich Kondor eintrudelten, wurden wir aufmerksam. Sobald wir wussten, was es mit Kondor auf sich hatte, planten wir, die Amerikaner zu warnen. Die hätten ihre Jagd-U-Boot-Verbände alarmieren können, die im Südatlantik operieren, damit sie sich mit den Deutschen befassten. Reine Routine, wie Sie sehen, David.«

Rees wusste über die Jagdweise und Vernichtungstaktik dieser U-Jagd-Verbände nur, dass es sich um äußerst schwierige

Manöver handelte. Die Entschlüsselung des Enigma-Codes machte es zwar möglich, die Luftschlacht über dem Atlantik gegen die deutschen Junkers »Ju«-Bomber zu gewinnen – aber ein einzelnes Unterseeboot aufzuspüren und zu zerstören, war eine ungleich schwierigere, wenn nicht gar unmögliche Aufgabe. Der Atlantische Ozean war riesig und die Suche nach einem U-Boot fast unmöglich. Rees begriff nun die Tiefe des Unbehagens, das Mackenzie und Blackthorne überkommen hatte.

Mackenzie verharrte mitten im unruhigen Schritt und blieb vor dem Kamin stehen, starrte in die Flammen. »Vor sechs Wochen fing Bletchley ein Signal vom Rüstungsministerium der Nazis ab, in dem die Rede von gewissen ›Beständen‹ war, die in Kiel eingetroffen seien, und die, wenn wir die Nachricht richtig verstehen, auf ein Unterseeboot verladen werden sollen, um nach Japan geschickt zu werden. Wir wissen auch, welches U-Boot für diese Fahrt ausgewählt wurde: *U-233*. Und wir wissen, dass zwei japanische Techniker an Bord sind, die Kapitäne Ito und Sawada. Außerdem zwei Sicherheitsoffiziere des RSHA mit Namen Jäckel und Franke.«

»Meine Hochachtung!«

»Und wir haben eine ziemlich genaue Vorstellung davon, wann die *U-233* ablegen wird.«

»Die Ladung. Haben Sie denn auch eine Idee, was diese sogenannten ›Bestände‹ beinhalten?«

Mackenzies Blick wanderte von den lodernden Holzscheiten zu Rees. »Nein. Und das ist der springende Punkt. Wir sind sämtliche abgefangenen Nachrichten durchgegangen und haben einen Anhaltspunkt gesucht. Martin hat seine Leute Tag und Nacht daran arbeiten lassen. Doch bis jetzt haben wir kein Glück gehabt.«

Blackthorne ergriff das Wort. »Einen Tag nach der Bestätigung durch das Rüstungsministerium meldete Dönitz die eingetroffene Lieferung an Baron Oshima, den japanischen Botschafter in Deutschland. Oshima setzte sogleich Tokio in Kenntnis, dass die Jerrys der Bitte Japans um diese ›Bestände‹ nachgekommen seien. Und das war der Punkt, an dem bei uns die Alarmglocken losgingen.«

»Es handelt sich also um ein japanisches Atombombenprojekt.«

»Genau. Oshima hat in seiner Nachricht an Tokio eine indirekte Anspielung darauf gemacht. Sagte, die ›Bestände‹ stünden zu Testzwecken für die Armee zur Verfügung, und zwar in Hungnam in Einheit 731, wo immer das auch ist. Wir wissen, dass die Japaner eine atomare Forschungsstation in Hungnam, Korea, unterhalten. Dort haben sie einen rudimentären Teilchenbeschleuniger und vermutlich auch Uran zu Testzwecken. Aber wir wissen nichts über Spaltprozesse – oder ob sie überhaupt schon so weit sind.«

»Ich bin kein Atomwissenschaftler«, mahnte Rees. »Nun komme ich nicht mehr mit.«

»Das ist jetzt auch unwichtig«, sagte Mackenzie schneidend. »Es genügt festzustellen, dass die Japaner irgendetwas Einschneidendes in dieser Einheit 731 in Korea treiben. Was es ist, wie weit es fortgeschritten ist, wissen wir nicht. Hingegen wissen wir, dass die Jerrys irgendwie versuchen, den Japanern zu helfen. Und ...«

»Ja ...?«

»Kondor ist den Japanern so wichtig, dass sie den Jerrys zwanzig Tonnen Goldbarren für das Material zahlen wollen.«

Rees war wie vom Schlag getroffen. »Großer Gott!«

»Genau so habe ich auch reagiert.«

Rees stand auf und trat neben Mackenzie vor den Kamin. »Ein japanisches Atombombenprojekt, zwanzig Tonnen Goldbarren … Verzeihen Sie, Sir Stuart, aber das scheint mir alles, nun … reichlich weit hergeholt.«

»Ach ja?«

»Wie ich bereits zu Martin sagte«, fuhr Rees fort, »geht die Vorstellung, dass die Nazis überhaupt noch jemandem helfen *könnten*, doch wohl ein bisschen zu weit. Wenn sie nicht einmal ein eigenes Atomprogramm auf die Beine stellen können, wie sollen sie da den Japsen helfen? Die USA sind das einzige Land, das über die Ressourcen verfügt, um die Bombe zu bauen. Die Amerikaner werden sie also bald haben, aber bedenken Sie, wie lange die Entwicklung gedauert hat. Und wer weiß, ob das verdammte Ding überhaupt funktioniert, wenn's drauf ankommt.«

»Wir wissen *nicht*, inwieweit die Deutschen dazu fähig sind, wie der Kenntnisstand ihrer Wissenschaftler ist und was sie für die Japsen tun können«, widersprach Mackenzie. »Und genau deshalb machen wir uns solche Sorgen.«

»Eines aber ist sonnenklar«, meldete sich Blackthorne wieder zu Wort. »Die Amerikaner haben es mit der Sicherheit ein wenig lax gehalten. Es ist möglich, dass inzwischen die Roten wichtige Informationen über die Bombe erhalten haben, und zwar von einem Sympathisantenkader, der in Los Alamos arbeitet. Das FBI fahndet mittlerweile nach einem Spanier namens Cesar Vargas, der in New Mexico für die Nazis spioniert. Es heißt, er habe drei Mexikaner getötet, die er zur Informationsbeschaffung angeheuert hatte. Hat sie wahrscheinlich nicht mehr gebraucht, die armen Schweine. Wir haben dem FBI alles übermittelt, was über Vargas in unseren Akten stand. Leider haben die Amis zugelassen, dass er ihnen durchs Netz geschlüpft ist. Und kein Mensch weiß, welche Informationen er den Jerrys übermittelt hat. Wie die Bombe funktioniert ist kein Geheimnis, die Crux liegt darin, wie man sie zur Initialzündung bringt. Könnte sein, dass Vargas dies in Erfahrung gebracht hat, und nun geben die Jerrys diese Information an die Japsen weiter. Wir nehmen mit ziemlicher Sicherheit an, dass alle diese Bestandteile zur Operation Kondor gehören. Und wenn wir mit unserer Vermutung richtigliegen, dann könnte die Geschichte wirklich böse werden.«

Rees bat um einen Drink. Mackenzie nahm ihn von der Hausbar und sagte: »Vor etwas mehr als zwei Wochen – genauer gesagt, vor sechzehn Tagen – haben wir ein weiteres Signal von der Hauptfunkstelle des BdU abgefangen. Die *U-233* ist seeklar gemacht worden. Bald wird sie auf dem Weg nach Japan sein. Und da wir ihren ungefähren Einsatzplan kennen, sollten wir in der Lage sein, sie aufzuspüren.«

»Und sie umgehend zu versenken«, fügte Rees hinzu.

»Das ist nicht unbedingt das, was uns vorschwebt, David.«

»Wie bitte?«

»Tatsächlich hoffen wir vielmehr, sie unversehrt zu kapern.«

* * *

»Sie fragen sich nun, wo Sie ins Spiel kommen.« Mackenzie stocherte mit der Feuerzange in den glühenden Scheiten und beschwor einen Funkenregen herauf.

»Ja, ich wollte eben darauf zu sprechen kommen«, sagte Rees.

»Es ist eigentlich ganz simpel. Wir wollen, dass Sie unsere Erkenntnisse den Amerikanern präsentieren und ihnen helfen, einen Plan zu entwerfen, um die *U-233* abzufangen. Sie arbeiten gut mit den Amerikanern zusammen, sie respektieren Sie und werden auf Sie hören. Ich weiß, unsere Informationen sind ein wenig dürftig et cetera. Dennoch ist es wichtig, dass die Amerikaner handeln und das bald. Natürlich versteht es sich von selbst, dass Sie nicht ausplaudern dürfen, dass wir über die Fortschritte *ihres* Bombenprojekts Bescheid wissen, und dass wir ähnliches Wissen im Lager der Sowjets vermuten. Darum kümmern wir uns später.«

Mackenzie starrte ins Feuer. »Es ist eine heikle Angelegenheit, David. Die Amerikaner sind so verdammt überzeugt, die Einzigen zu sein, die über die Bombe verfügen, dass sie zu selbstgefällig geworden sind. Sie glauben einfach nicht an eine Gefahr von Seiten der Jerrys oder der Japsen. Doch ich sage voraus, dass sie eines Tages im Pazifik eine böse Überraschung erleben werden.«

»Sie glauben doch wohl nicht, Sir Stuart, dass die Japsen fähig sind, eine Atombombe zu bauen und sie gegen die Amerikaner einzusetzen?«

Mackenzie schürzte die Lippen und warf Rees einen scharfen Blick zu. »Die Amerikaner bauen eine Atombombe. Und planen deren Einsatz gegen die Japaner. Muss man noch mehr dazu sagen?«

Blackthorne klappte seinen Aktenkoffer auf und holte ein versiegeltes Päckchen heraus. »David, hier sind die Informationen, die wir bislang über Kondor gesammelt haben.« Er legte das Päckchen auf Mackenzies Schreibtisch. »Wir möchten, dass Sie sich alles ansehen und dann so rasch wie möglich eine Besprechung mit Admiral Ghorman und seinem Stab anberaumen. Sobald die Amis überzeugt sind, bekommen sie von uns jede erdenkliche Unterstützung, um dieses Unterseeboot zu finden und zu kapern. Wir würden nämlich zu gern einen Blick auf die Ladung werfen, damit wir wissen, was die Jerrys eigentlich vorhaben.«

Rees schaute zweifelnd drein.

»Was ist, David?«, fragte Mackenzie.

Rees setzte an, zögerte.

»Raus damit!«

»Nun, es ist nur ... ich meine, setzen wir da nicht ein bisschen zu viel voraus? Dass die Amerikaner die *U-233* abfangen können, gar nicht zu reden von Aufbringen und Anbordgehen?«

»Natürlich ist das viel verlangt. Aber wir haben keine andere Wahl. Und riskant? Natürlich ist es riskant. Nichtsdestotrotz müssen wir es versuchen. Und uns bleibt nicht mehr viel Zeit.«

»Ich verstehe«, sagte Rees.

Mackenzie nahm das Päckchen und reichte es Rees. »Sie werden dieses Material selbstredend als ultrageheim behandeln.«

»Natürlich, Sir Stuart.«

Mackenzie drehte sich um und starrte wieder in den Kamin. »Der Ausgang des Krieges kann davon abhängen, ob wir es schaffen, Operation Kondor zu stoppen.«

KIEL/BERNAU, 23.-25. FEBRUAR

Regen klatschte gegen die Fenster. Feuchte Kälte war ins Zimmer gedrungen und zwang sie, sich unter der Decke zu verkriechen. Sie hatten sich geliebt, waren dann eingeschlafen. Nun war Becker erwacht und fühlte Martha, die sich im Schlaf an ihn drückte.

Er rauchte und schaute den Regentropfen zu, die an der Scheibe hinabrannen. Die Aussicht auf den Kieler Hafen hatte sich seit dem letzten Bombenangriff stark verändert: Eine Montagehalle der Germaniawerft war nur noch ein Trümmerhaufen, ein Kran und zwei Schornsteine fehlten.

Becker versuchte, nicht an Katia und Hedda zu denken, doch die Erinnerungen ließen ihm keine Ruhe. Er stellte sich die beiden in Berlin vor, wie sie Tag für Tag erneut den Kampf um Seife und warme Kleider aufgenommen hatten, wie sie vor dem Lebensmittelladen des jüdischen Ehepaares Schommer Schlange gestanden hatten. Das Geschäft war nun vermutlich auch verschwunden, ebenso wie die Schommers.

Bei Beckers letztem Besuch in Berlin waren ihm die Menschen wie betäubt vorgekommen, verloren in einem Meer aus Ruinen, die einst Häuser, Büros und Fabriken gewesen waren. Und in dieser Zerstörung waren Katia und Hedda gestorben.

Er zwang sich, an andere Dinge zu denken. Hauber, dieser arme Hund. Zusammen mit den anderen Opfern des Luftangriffs würde er in einem Lagerschuppen verrotten, bis die gefrorene Erde taute oder bis die Luftwaffe, oder wer auch immer, Soldaten freistellen konnte, die mittels Sprengungen frische Gräber aushoben. Hauber war ein Trottel gewesen, doch den Tod hatte er nicht verdient – ebenso wenig wie einer der vielen anderen Männer, die in U-Booten untergegangen waren.

Die *U-858* würde wohl nicht mehr zu reparieren sein. Man konnte ihre Hülle flicken, man konnte das Wasser auspumpen, doch auf Fahrt würde sie nie wieder gehen. Eine Zeit lang hatte Becker gewähnt, die Zerstörung von *U-858* habe ihm und seiner Besatzung versehentlich das Leben gerettet, doch der Ruf zum BdU in Bernau bei Berlin hatte solche Hirngespinste rasch vertrieben. Berlin. Vielleicht würde er genug Zeit haben, um das zu finden, was er suchte.

Er schwang die Beine aus dem Bett und warf seine Zigarette in die Schnapsflasche.

»Geh nicht«, murmelte Martha schläfrig. »Bleib bei mir.«

»Sie haben mich zum OKM beordert.«

Martha warf die Bettdecke zurück und drückte sich eng an ihn, sodass er ihre harten, warmen Nippel spüren konnte.

Becker überlegte, ob er sie von sich stoßen sollte, um aus dem Bett zu kommen.

Martha zog ihn zurück, beugte sich über ihn. Ihr Haar fiel auf sein Gesicht, hüllte es ein wie ein Zelt. Sie hatte eine leichte Fahne.

»Ich will dich nicht verlieren«, sagte sie und sah ihm tief in die Augen.

Ihre frei schwingenden Brüste erinnerten ihn an Katia. Er schloss die Augen und war wieder im Schlafzimmer im Hause von Katias Eltern in Dresden. Unten tranken ihre Eltern Tee und lasen die Abendzeitung. Alles fiel ihm wieder ein: die gleißende Sommerhitze, das spärliche Licht, das schräg durch die hauchzarten Vorhänge einfiel, der süße Duft von Katias Haut.

»Geh nicht, geh nicht.«

Becker öffnete die Augen. Aber es war nicht Katia, die ihn küsste, dabei leise Seufzer ausstieß und hauchte: »Ich liebe dich.«

* * *

Becker zeigte seinen Ausweis einem Wachmann der Kriegsmarine vor und wurde durch die Sicherheitskontrolle des OKM gewinkt, das sich in einem wenig einladenden Bunkerareal bei Bernau befand, einem kleinen Ort nördlich von Berlin. Vorher hatte das Oberkommando der Wehrmacht im Berliner Hotel am Steinplatz residiert, doch aufgrund der Bombengefahr war im Januar beschlossen worden, den Stab in ein ruhigeres Gebiet zu verlagern. Es gab ein Offizierskasino, Baracken, einen Löschteich und viele Eingänge in das unterirdische Reich. Fast alle Gebäude waren durch Gänge unter der Erde miteinander verbunden.

Die Stimmung beim OKM war verzweifelt und düster; Becker sah es an den grimmigen Gesichtern der Offiziere und Soldaten und ebenso in der verbissenen Miene eines SS-Hauptsturmführers, der im Vorbeischreiten Befehle bellte.

»Hier entlang, Kapitän«, sagte ein Adjutant. Nun ging es an Holzbaracken vorbei durch den Wald zum Wohnhaus von Großadmiral Dönitz, das gleichzeitig als Büro genutzt wurde.

Bereits beim Eintreten vernahm Becker viele klingelnde Telefone und klappernde Schreibmaschinen. In der Halle des Hauses stapelten sich Akten, Handbücher und Werkzeuge, die darauf warteten, erneut verladen zu werden, weil auch der Standort »Koralle« letztlich als nicht sicher eingestuft wurde. Rauch drang hinter dem Haus hervor: Bereits jetzt wurden weniger wichtige Dokumente von Soldaten verbrannt. Es war schließlich kein Geheimnis, dass das Eintreffen der Russen nur noch eine Frage der Zeit war.

Der Adjutant führte Becker in einen dunklen Raum mit hohen Wänden im ersten Stock, in dem lediglich drei Stühle und ein Schreibtisch standen. Das spartanische Büro gab den passenden Hintergrund für den Befehlshaber der U-Boote ab, einen Mann, der sich durch seine Arbeit und seine Ergebenheit für den Führer auszeichnete.

Becker war neugierig, aber nicht beunruhigt, dass er zum BdU gerufen worden war. U-Boot-Kommandanten wurden nur aus zwei Gründen zum Rapport bei Großadmiral Karl Dönitz beordert: Entweder für eine Ordensverleihung, oder aber um das Kommando aberkannt und vor ein Kriegsgericht gestellt zu werden. Becker trug das U-Boot-Kriegsabzeichen mit Brillanten, eine Auszeichnung, die er aufgrund seiner Tapferkeit und als einer von Dönitz' so genannten U-Boot-»Assen« erhalten hatte. Und da er auch das Ritterkreuz des Eisernen Kreuzes mit Eichenlaub am Revers trug, war es höchst unwahrscheinlich, dass er jetzt eine noch höhere Auszeichnung erhalten würde. Vielleicht wollte Dönitz mit ihm über Haubers Tod sprechen oder über die Vernichtung der *U-858*. Und was sollte Becker dazu sagen? Dass jeden Tag in Berlin Tausende von Zivilisten starben? Dass Katia und Hedda einfach vom Erdboden gewischt worden waren? Was bedeutete da schon ein Toter mehr?

Becker hörte Schritte im Korridor. Gedämpfte Stimmen voller Furcht. Kein Wunder. Während der albtraumhaften Autofahrt von Kiel nach Bernau hatte er eine Menge Panzer und erschöpfter Soldaten auf dem Rückzug gesehen. Wenn der letzte schreckliche Augenblick dieses Krieges kam, würde Dönitz dann seinen Matrosen erlauben, sich zu ergeben, statt bis zum Tode zu kämpfen? U-Boot-Männer stellten Hitler und Dönitz gern einander gegenüber: als Macht und Geist. Dennoch würde Dönitz sich kaum von pessimistischen Einschätzungen beeinflussen lassen, dass Deutschland sich gegen den übermächtigen Gegner nicht behaupten könne. In dieser Hinsicht war er keinen Deut besser als Hitler.

An der Wand hing eine große Karte des Indischen Ozeans, eine Region, mit der Becker gar nicht vertraut war. Er wusste, Dönitz wollte, dass er diese Karte sah. Und das bewies, was Becker schon die ganze Zeit geahnt hatte: Wie Hitler war auch Dönitz fest entschlossen, den Krieg fortzusetzen.

Die Tür flog auf, und herein trat Karl Dönitz, gefolgt von zwei Stabsoffizieren. »Guten Morgen, Becker.«

Er nahm Haltung an. »Guten Morgen, Herr Großadmiral.«

Der falkengesichtige Dönitz in seiner prächtigen blauen Uniform mit den goldenen Tressen wirkte hagerer und sorgenvoller als bei ihrer letzten Begegnung im ehemaligen französischen U-Boot-Stützpunkt Kernével in der Bretagne, vor der Invasion der Alliierten und dem deutschen Rückzug. Dönitz stellte die beiden Offiziere vor, den Leiter der U-Boot-Operationsabteilung, Konteradmiral Eberhardt Godt, und den Stabschef, Fregattenkapitän Günter Hessler, Dönitz' Schwiegersohn.

»Wie war die Fahrt?«, erkundigte sich der Großadmiral nach dem obligatorischen Austausch von Höflichkeiten.

»Schwierig, Herr Großadmiral«, gestand Becker.

Godt runzelte die Stirn. »Soweit ich weiß, sind die Dinge im Norden in Auflösung begriffen. Ist dies auch Ihre Einschätzung der Lage?«

»Ja. Vom Süden Hamburgs bis zu den Vororten von Berlin habe ich Truppen und Panzer auf dem Rückzug gesehen.«

Godt warf Hessler einen wissenden Blick zu. Dieser zupfte an seiner Nase, sagte jedoch nichts.

Dönitz räusperte sich. »Wie sieht es denn in Kiel aus? Ich habe gehört, dass die Engländer Ihnen die *U-858* praktisch unterm Hintern weggeschossen haben. Ist sie irreparabel beschädigt?«

»Ich fürchte ja. Sie wurde nicht versenkt, aber ihre Hülle wurde getroffen. Meine Besatzung versucht zu retten, was zu retten ist.«

»Vielleicht ist das gar nicht so schlimm ... ah ja!«

Ein Diener war eingetreten und deckte den Tisch mit einem silbernen Kaffeeservice und einem Tablett mit Gebäck.

Becker hatte seit Stunden nichts gegessen, und der Anblick eines solchen Festschmauses machte ihn leicht benommen.

»Wenn ich mich recht erinnere, trinken Sie Ihren Kaffee schwarz«, sagte Dönitz und reichte Becker eine bis zum Rand gefüllte Porzellantasse. Lebensmittel für die Berliner Bevölkerung waren rationiert, aber die Kriegsmarine leistete sich jeden Luxus, dachte Becker. Dennoch nahm er dankend an.

Godt und Hessler schenkten sich ebenfalls ein.

Dönitz nahm ein Gebäckstück und fragte, während er Puderzucker von seiner Uniformjacke stäubte: »Kennen Sie den Zustand von *U-233*?«

»Ein großes Boot, Typ XB. Verdrängung mehr als siebzehnhundert Tonnen. Wurde als Langstrecken-Minenleger gebaut. Vor Kurzem zum Transportboot umgerüstet. Als ich es zum letzten Mal sah, lag es in Kiel auf Trockendock.«

»Wie wir hörten, wurde die *U-233* bei dem Luftangriff nicht beschädigt«, schaltete sich Godt ein.

»Das stimmt. Das Boot liegt an der Nordseite des Hafens. Die RAF hat es verfehlt.«

Dönitz begab sich zur Wandkarte. Er betrachtete sie eine Weile, dann wandte er sich wieder an Becker. »Wie ich bereits sagte: Der Verlust der *U-858* ist vielleicht gar nicht so schlimm.« Er legte das Gebäckstück auf einen Teller, stellte seine Tasse hin und nahm einen langen Zeigestock zur Hand, mit dem er mehrere Male auf die Westküste der malaiischen Halbinsel tippte.

»Was würden Sie sagen, Becker, wenn ich Ihnen mitteilte, dass wir vorhaben, ein U-Boot mit Rückfahrkarte nach Fernost zu schicken?«, sagte er, seine Worte mit dem Zeigestock akzentuierend. »Zu unserem Stützpunkt in Penang?«

Becker spürte, dass Dönitz, Godt und Hessler trotz ihrer zur Schau getragenen Zuversicht Zweifel an der Durchführbarkeit eines solchen Unternehmens hegten.

Und wer würde das nicht? Gerüchteweise hieß es, dass bereits mehrere Boote sich an einer solchen Reise versucht hatten, jedoch nie zurückgekehrt waren.

»Sie können ganz frei sprechen, Becker«, sagte Dönitz und schob den Zeigestock zwischen den Händen zusammen. »Ich bitte um Ihre ehrliche Meinung.«

Becker unterteilte die Reise in drei Etappen und rechnete fieberhaft. Etappe eins: von Kiel in die Nordsee und weiter in den Atlantik. Etappe zwei: nach Süden an der Küste Afrikas entlang und um das Kap der Guten Hoffnung herum. Etappe drei: quer über den Indischen Ozean zur Straße von Malakka und der Insel Penang. Und er musste auch die amerikanischen und englischen U-Jagd-Verbände in die Rechnung mit einbeziehen, die im Atlantik umherkreuzten, als wäre es ihr Privatteich.

»Ich würde sagen, Herr Großadmiral, dass Sie ein Selbstmordkommando planen.«

Hessler machte den Mund auf, schloss ihn aber wieder nach einem mahnenden Blick von Dönitz.

»Ein Selbstmordkommando?«, fragte der Großadmiral verblüfft. »Erklären Sie bitte, warum Sie das so sehen.«

»Penang liegt ungefähr auf der anderen Seite der Erdkugel. Das ist eine Reise von über zehntausend Seemeilen, die mindestens drei Monate in Anspruch nehmen wird – nicht gerechnet eventuell nötige Reparaturen oder eine ausgedehnte Schlechtwetterperiode. Auf einer solchen Fahrt müssten mindestens zwei, wenn nicht drei Betankungen auf dem Meer vorgenommen werden, gar nicht zu reden von den ungeheuren Mengen an Proviant und Ersatzteilen, die an Bord mitgeführt werden müssten. Dann sind da die U-Jagd-Verbände der Alliierten …« Becker zuckte die Achseln. »Es wäre, wie gesagt, ein Selbstmordkommando, selbst für ein so großes und leistungsfähiges Boot wie die *U-233*, die Sie wahrscheinlich für diese Fahrt im Sinn haben.«

Dönitz schob seine schmale Unterlippe vor. Sein Blick wanderte zu Hessler.

Der sagte: »Gesetzt den Fall, die U-Boot-Tanker lägen bereits in Position, um das Boot zu betanken und mit neuem Proviant zu versehen? Würde das nicht alles ändern?«

Becker runzelte die Stirn. »Sie wollen ›Milchkühe‹ dorthin schicken? Die auf jeden Fall von den Jagdverbänden aufgespürt werden? Und was dann?«

»Die Tankschiffe würden nur so lange wie nötig positioniert, um die Betankung zu ermöglichen.«

Becker schüttelte den Kopf. »Unmöglich.«

Nun schaltete sich Godt ein. »Wir könnten die Position dieser Jagdverbände möglicherweise exakt bestimmen. Wir könnten das Boot um sie herum manövrieren.«

Becker wunderte sich, dass ein erfahrener U-Boot-Offizier mit so einer Idee kommen konnte. »Seit wann sind wir denn in der Lage, ihre Codes verlässlich zu dechiffrieren?«, fragte er bitter.

Schweigend erwogen Dönitz, Godt und Hessler das Problem, während sie auf die Karte starrten.

»Und hinzu kommt die politische Lage«, fuhr Becker fort.

»Wir haben Sie nicht nach Ihrer Meinung über die politische Lage gefragt!«, fauchte Godt ihn an.

»Lasst ihn sprechen«, befahl Dönitz und begab sich zu seinem Schreibtisch, wo er Papiere aufeinanderschichtete.

»Danke, Herr Großadmiral.« Becker wandte sich direkt an Godt. »Deutschland kann besiegt werden, bevor die Mission erfüllt ist. Nicht gerade ein unwichtiger Punkt, würde ich meinen.«

Godt schnaubte vor Wut. »Das ist Unsinn! Sie reden wie ein Defätist, Becker. Ich dulde solches Geschwätz nicht!«

Dönitz warf Godt einen vernichtenden Blick zu. »Kapitänleutnant Becker ist gekommen, um uns zu beraten. Er darf seine Meinung offen sagen. Dies ist kein Verhör.«

Godt bezwang seine Wut und nickte.

Dönitz setzte sich hinter seinen Schreibtisch. Das trübe Licht der Lampe wurde von den Papieren reflektiert und verlieh seinen Zügen ein leichenhaftes Aussehen. »Becker, ich weiß zu schätzen, was Sie uns gesagt haben. Unter den gegebenen Umständen wäre eine solche Fahrt unmöglich durchzuführen. Sie haben diese Mission als ›Selbstmordkommando‹ bezeichnet.«

»Ja, Herr Großadmiral.«

»Und dennoch muss sie durchgeführt werden.«

Becker nickte; er wusste bereits, was kommen würde.

»Da der Führer fest entschlossen ist, unseren Verbündeten zu helfen, müssen wir Mittel und Wege finden, um jede Taktik einzusetzen, die für den Erfolg notwendig ist. Sie, Becker, haben der U-Boot-Waffe und dem Reich Ehre eingebracht. Die Mission nach Penang kann nur mit einem Befehlshaber wie Ihnen ein Erfolg werden. Sie sind hartnäckig. Sie sind befähigt. Sie haben unzählige Male Ihre Loyalität gegenüber der U-Boot-Waffe und dem Führer bewiesen. Deshalb befehle ich, dass Sie das Kommando der *U-233* übernehmen und sich auf die Fahrt vorbereiten.«

Becker zuckte nicht einmal mit der Wimper, doch er war erleichtert, dass er beim Zusammenbruch des Reiches vermutlich auf See sein würde; auf diese Weise würde er sowohl den russischen Erschießungskommandos als auch der Kriegsgefangenschaft der Amerikaner oder Engländer entgehen. Falls er zum Zeitpunkt der Kapitulation noch unter den Lebenden weilte, dann hatte er eine, wenn auch winzige Chance, wieder ein normales Leben zu führen.

Dönitz unterzeichnete mehrere Dokumente, dann lehnte er sich zurück und sprach ohne jede Emotion. »Die *U-233* braucht einen Kommandanten. Sie gehört nun Ihnen. Sie können nach Belieben Teile Ihrer Mannschaft oder auch Ihre gesamte Mannschaft von der *U-858* zur *U-233* versetzen. Die Ausrüstung und Überholung des Bootes wird am Wochenende abgeschlossen sein, danach werden Sie unverzüglich mit Testfahrten, Seeübungen und der Verladung beginnen.«

»Was soll denn verladen werden, Herr Großadmiral?«

Dönitz blickte auffordernd zu Hessler, der zwischen ihnen stand und mit dem zusammenschiebbaren Zeigestock auf seine Handfläche schlug. »Rüstungsminister Speer hat auf Anweisung des Führers eine Sondermission für die U-Boot-Waffe befohlen. Es geht darum, bestimmte, äh, Rohstoffe zu unseren japanischen Freunden zu schaffen. Entsprechend dieser Order haben wir einen operativen Plan zur Durchführung entworfen. Die Mission trägt den Decknamen Operation Kondor. Der Geheimbefehl wird vor Ihrer Abreise aus Kiel ergehen. Kurz gesagt, Sie werden auslaufen, sobald das fragliche Material sowie Techniker und Sicherheitspersonal und alles Sonstige für den Erfolg der Mission Erforderliche an Bord der *U-233* sind.«

Hessler fuhr den Zeigestock aus und unterstützte seine weiteren Ausführungen, indem er auf verschiedene Stellen der Karte tippte. »Zusammengefasst heißt das, dass Sie nach dem Ablegen und der Durchquerung des Atlantiks die Südspitze Afrikas umschiffen und im Golf von Guinea auftanken werden. Weiter südlich werden Sie erneut tanken, diesmal vor der ceylonesischen Küste. Bei der Ankunft in Penang werden Sie ein japanisches U-Boot der I-Klasse treffen. Diesem übergeben Sie sämtliches Material und Personal, das die *U-233* an Bord führt, und nehmen dafür eine Sonderfracht auf, die von den Japanern nach Penang transportiert wurde.

Nach einer kurzen Erholungsphase nehmen Sie und Ihre Mannschaft erneut Proviant an Bord und laufen aus Penang aus. Sie fahren auf demselben Wege zurück und tanken an den gleichen vorher bezeichneten Positionen. Sie kehren nach Kiel zurück, es sei denn, die Lage erfordert es, dass Sie nach Narvik ausweichen.«

Hessler schob den Zeigestock wieder zusammen und trat Becker gegenüber. »Noch Fragen?«

Becker schauderte innerlich. Eine fast 40 000 Kilometer lange Reise per U-Boot durch feindliche Gewässer war nicht schlicht als »Feindfahrt« zu bezeichnen. Ob Dönitz sich überhaupt die physische und emotionale Anspannung vorstellen konnte, die auf solch einer Fahrt herrschen würde? Doch, das konnte er sicher. Aber Operation Kondor war ja auch eine Kopfgeburt Hitlers, eines Mannes, dem jegliches Wirklichkeitsgefühl abging.

»Was ist das denn für eine Ladung?«

»Das hat Sie nicht zu interessieren«, beschied Godt Becker. »Ihnen obliegt lediglich die Aufgabe, die Ladung sicher bei den Japanern abzuliefern.«

»Im Gegenteil – wenn wir angegriffen werden und das Boot Treffer abbekommt, kann es erforderlich werden, die Ladung zu verschieben oder Ballast umzuschichten, um Reparaturen auszuführen. Aus diesem Grunde wäre es klug zu wissen, welche Art Ladung an Bord ist und ob sie möglicherweise eine Gefahrenquelle darstellt.«

Godt streckte das Kinn vor. »Sie werden sich auf die Erfordernisse Ihrer Mission beschränken. So lauten Ihre Befehle. Mehr werde ich dazu nicht sagen. Ist das deutlich?«

»Ja, Herr Admiral.«

»Da hat er gewiss recht, denke ich«, schaltete sich Dönitz ein. »Ich kann Ihnen nur so viel verraten, Becker, dass Sie in Penang von den Japanern zwanzig Tonnen Goldbarren übernehmen werden, die für die Reichsbank bestimmt sind.«

Becker hielt dem Blick aus Dönitz' kalten blauen Augen stand. »Zwanzig Tonnen ...«

»Diese Information wollen Sie bitte für sich behalten. Ich hoffe, Ihre Neugier ist damit befriedigt.«

»In der Tat, Herr Großadmiral.«

»Haben Sie sonst noch Fragen?«

Becker überlegte einen Moment und wandte sich dann an Godt. »Welche Vorkehrungen haben Sie für unseren Funkverkehr getroffen? Die Amerikaner und die Engländer hören unseren Funk ab, können vielleicht sogar unseren Enigma-Code knacken. Die Verbindung zwischen unserem Boot und der Hauptfunkstelle des BdU ist von entscheidender Bedeutung, denn wir müssen Positionen und Zeitpunkte der Begegnung mit den Tankschiffen und unsere Ankunftszeit in Penang erfahren. Unsere Funksprüche müssen mehrere Wochen lang über riesige Distanzen gesendet werden. Somit dürfte der Feind reichlich Gelegenheit haben, unsere Position exakt zu bestimmen, vielleicht sogar unseren Kurs zu ermitteln.«

»Wie mir scheint, Becker«, bemerkte Godt kalt, »setzen Sie kaum Vertrauen in unsere U-Boot-Waffe, betrachten jedoch die Amerikaner als Übermenschen. Ja, das stimmt. Leugnen Sie's nicht ab. Die Enigma ist nicht zu knacken. Ich wünsche auch keinesfalls über diese vorzügliche Maschine zu diskutieren. Wir haben dafür gesorgt, dass zu genau festgelegten Zeiten Hochgeschwindigkeitsübertragungen möglich sind. Und wenn wir einer Enigma-Übertragung ein bestimmtes Passwort voranstellen – ›Helix‹ –, dann ist damit eine Pseudonachricht gekennzeichnet, mit der wir die Amerikaner und die Engländer verwirren wollen. Sie hingegen sollen solche Nachrichten ignorieren. Genaueres steht in Ihrem Einsatzbefehl. Gibt es sonst noch etwas, das Ihnen Sorgen bereitet?«

»Nein, Herr Konteradmiral.«

Godt schaute Dönitz an.

Der Großadmiral erhob sich und schritt durch den Raum auf die Tür zu. »Becker, wir nehmen Ihre Sorgen durchaus ernst. Ich versichere Ihnen, diese Mission nach Penang ist für die Japaner überlebenswichtig. Auch sie kämpfen ja um ihr Leben. Die Amerikaner sind selbstgefällig und auf Vergeltung aus. Sie werden alles vernichten, was ihnen bei der Forderung nach absoluter Kapitulation im Wege steht. Aber wir können sie aufhalten.«

Becker roch den Rauch der brennenden Papiere hinter dem Haus. Deutschland war nur noch ein Land aus Asche. Auch die Japaner waren dem Untergang geweiht. Und sie wussten es.

Charlottenburg, Nachmittag des 25. Februar

»Warten Sie hier«, sagte Becker zu seinem Fahrer, einem Matrosen der *U-858* namens Thomsen.

Er stieg aus dem schlammbespritzten Horch. Knirschend bohrten sich die Absätze seiner Stiefel in verstreute Glasscherben. Vor ihm erstreckte sich eine Ruinenlandschaft. Ausgebrannte Häuser, Berge aus Ziegeln und Holz, geschwärzte Pappeln und Erlen zu beiden Seiten einer Straße, an der einst hübsche Mehrfamilienhäuser und Villen gestanden hatten. Becker fielen die Worte ein, die in Stein gemeißelt über dem Säuleneingang des Reichstagsgebäudes standen: »Dem Deutschen Volke«. Wie überaus passend war dieser Anblick für Hitlers Vermächtnis aus Tod und Zerstörung.

Er spürte das Leichentuch der Stille, das über die Stadt gebreitet war. Kein Verkehr. Keine Menschen. Keine bellenden

Hunde und keine spielenden Kinder. Alles, was einst zum Leben auf diesen Straßen gehört hatte, war einfach verschwunden.

Becker schritt die Straße entlang. Er orientierte sich, indem er die ausgebrannten Häuser abzählte, bis er zu dem Trümmerhaufen gelangte, der einmal das Haus Nr. 21 gewesen war. Er blieb stehen, fixierte sein Ziel mit starrem Blick. Blinde Fenster starrten zurück. Eine Badewanne mit zerborstenen Leitungen und Hähnen lag auf dem Bürgersteig. Ein zerbrochener Fensterrahmen klapperte im Wind.

Der Block sah nun anders aus als vor neun Monaten, als er aus Kiel gekommen war, um Katias und Heddas Leichen zu identifizieren und zu beerdigen. Damals hatten die meisten Wohnhäuser noch gestanden, wenn auch schwer beschädigt. Nun waren sie Schutthaufen.

Becker hatte feststellen müssen, dass es keine Leichen zu identifizieren gab. Ein älterer Volkssturm-Mann erklärte ihm, dass man nach der Abkühlung des Schutts haufenweise verbrannte Knochen aus dem Keller geholt und fortgeschafft hatte, vermutlich in ein Massengrab. Doch wohin genau, das wusste niemand.

Jetzt, in der Stille, mit der Sonne im Gesicht, glaubte Becker ihre Stimmen zu vernehmen. Die Einbildung war erschreckend real. Sie waren im Zoo. Die Luft roch herbstlich. Knietief durchs Laub schlurfend rannte Hedda auf ihn zu. Katia, deren blondes Haar zu dem goldenen Lockenkranz ihrer Tochter passte, küsste zuerst ihn, dann Hedda. Beckers Blick sog sich fest an ihren regelmäßigen Gesichtszügen, der festen, weichen Haut, den vorgeschürzten Lippen. Verlegen wischte sie sich ein eingebildetes Staubkorn aus dem Augenwinkel. Es war der letzte Tag seines Heimaturlaubs gewesen, bevor er den

Zug nach Kiel genommen hatte. Damals sah er sie zum letzten Mal.

* * *

»Ha! Also *Sie* sind der Marineoffizier!«

Die Stimme rasselte, als wäre die Kehle ihres Besitzers mit Schleim verstopft. »Ich hab Sie beobachtet.«

Becker versuchte, keine Überraschung zu zeigen. Der alte, einbeinige Mann, der humpelnd an einer selbstgebauten Krücke ging, war plötzlich wie aus dem Nichts hinter einem Schutthaufen erschienen.

Die beiden beäugten einander neugierig. Dann zog Becker eine Packung Zigaretten aus seinem Mantel. Er steckte sich eine an, schüttelte eine zweite aus der Packung und hielt sie dem Mann mit ausgestrecktem Arm hin.

Der Alte humpelte geschickt um die Schutthaufen herum auf Becker zu und nahm die Zigarette.

»Wie heißen Sie?«

»Manfred.«

Der Mann war furchtbar schmutzig. Er trug schmuddelige Fetzen, und seine Füße waren in Lumpen gewickelt. Eine speckige Kappe saß auf den verfilzten Haaren. Becker schätzte ihn auf ungefähr sechzig, doch er mochte ebenso gut erst fünfzig Jahre zählen oder gar schon siebzig sein. Die Menschen im sterbenden Berlin alterten rascher. Dennoch hatte sich der Mann einen Rest Würde bewahrt.

Manfred genoss die Zigarette, sog jeden Zug tief in die Lunge ein. Seine tief im Schädel liegenden Augen musterten Beckers Gesicht und Uniform. Welche Schrecken diese Augen gesehen hatten, konnte Becker nur erraten.

»Was tut ein Marineoffizier in Charlottenburg?«

»Ich habe früher hier gewohnt.«

Rauchend schien Manfred abzuwägen, ob er das Gesagte glauben sollte oder nicht.

»Meine Frau und meine Tochter sind bei einem Luftangriff getötet worden.«

Eisiger Wind wehte Staub von den Schuttbergen. Becker drehte dem Wind den Rücken zu.

»Die Flieger haben alle getötet«, bemerkte Manfred. »Ob jung oder alt. Arm oder reich. Die Bomben treffen jeden.«

Becker fragte sich, ob der Alte verrückt war. Eine Totenstadt, in der sämtliche Hakenkreuze und Adler zu Schutt geworden waren, konnte jeden in den Wahnsinn treiben. Wie hatte Manfred überlebt?

»Meine Frau ist erstickt. Ein Feuersturm hat die Luft aus unserem Luftschutzkeller gesaugt. Ich war gerade draußen, wollte was zu essen auftreiben, als der Angriff kam. Musste in 'ne Polizeiwache flüchten. Wäre ich bei meiner Frau geblieben, wäre auch ich erstickt.«

»Das mit Ihrer Frau tut mir leid.« Becker fiel eine schwere Verbrennung im Gesicht des Mannes auf, kaum zu erkennen unter dem Bartgestrüpp.

»Es ist besser für sie, dass sie nicht den Russen in die Hände fällt.«

Becker hatte ebenfalls Gerüchte gehört, dass die einfallenden Russen Rache an deutschen Zivilisten nehmen würden. Sie würden Männer und Knaben erschießen, hieß es, und Frauen und Mädchen vergewaltigen. Jedes weibliche Wesen in Berlin trug angeblich eine Rasierklinge bei sich oder hatte eine tödliche Zyanidkapsel. Sobald die Russen die Außenbezirke Berlins erreicht hätten, werde es eine Selbstmordwelle geben, hieß es.

»Ich kannte die meisten Leute in diesem Block nicht. Haben Sie und Ihre Frau hier gewohnt?«

»Nein, wir haben zuerst in Schöneberg gewohnt, dann in Wilmersdorf. Nachdem meine Frau tot war, habe ich mich in der Stadt rumgedrückt und mich meistens versteckt, damit ich nicht in den Volkssturm eingezogen wurde.« Er hielt inne, um Beckers Reaktion auf sein Eingeständnis des Hochverrats abzuwarten, der laut einer Bekanntmachung Heinrich Himmlers mit dem Tode bestraft wurde.

Becker schwieg.

»Nachdem ich mein Bein verloren hatte«, fuhr Manfred fort, »konnte ich ihnen nichts mehr nützen. Bin von einem Balken unter einem eingestürzten Haus festgeklemmt worden. Sie mussten ihn durchsägen, um mich frei zu bekommen.«

Becker stellte sich eine Säge vor, die einen Knochen durchtrennte.

»Manchmal wünschte ich fast, sie hätten mich dort sterben lassen«, brummte Manfred. »Können Sie verstehen, warum ein Mensch lieber tot sein möchte als lebendig? Können Sie das?«

Becker verstand nur zu gut, wie die entsetzliche Landschaft des totalen Krieges den Lebenswillen eines Menschen zerstören konnte. Vielleicht war der Alte gar nicht verrückt. Vielleicht war er der letzte Überlebende mit Vernunft.

»Ja. Wir haben zu viel verloren. Der Krieg hat den Frieden unerträglich gemacht.«

Manfred spie einen Schleimklumpen aus. »Dann sollten wir am besten anfangen, unsere Gräber zu schaufeln.«

»Ich habe zu viele Männer gesehen, die ihr Grab im Meer gefunden haben.« Becker wandte sich zum Gehen.

»Warten Sie einen Moment. Geben Sie mir noch eine Zigarette.«

Becker gab ihm die ganze Packung. Er riss ein Streichholz an, hielt es in der hohlen Hand und gab dem Alten Feuer.

Der Alte hob paffend den Kopf. »Hören Sie das?«

Leise summend begannen die Sirenen zu heulen, wurden rasch lauter.

»Das sind die Amis. Die Amis greifen bei Tag an, die Engländer nachts.«

Becker vernahm das Donnern heranbrausender Flugzeuge, eine Sekunde später die Bomben. Am westlichen Horizont stieg Rauch in den Himmel auf. Braunolive B-17-Bomber und glänzende P-47 Thunderbolts verdunkelten den Himmel, ihre wirbelnden Propeller glitzerten in der Sonne. Schwarze Bomben stürzten aus den Schächten der B-17.

Becker spürte, wie sich ihm der Magen umdrehte. Diese Stadt war nur noch ein Krematorium.

Nun eröffnete die Flak das Feuer auf die Angreifer, auch die Batterien auf den gigantischen Flaktürmen in Humboldthain, Friedrichshain und am Zoo begannen zu schießen, und über den Himmel Berlins zogen in hohen Bögen rote und gelbe Spuren der Leuchtmunition. Die unzähligen Geschosse drohten die Sonne zu verdunkeln.

Der Alte wies in den Himmel. Eine B-17 mit einer wehenden Rauchspur hatte sich aus der Formation gelöst, trudelte Richtung Erde. Eine weitere folgte. Dennoch flogen Hunderte von Flugzeugen unbehelligt durch den Kugelhagel der Flaks in östlicher Richtung weiter und näherten sich der Straße, in der sie standen.

»Sie sollten mir lieber folgen«, riet der Alte. »Rasch!«

»Mein Fahrer …«

Thomsen war ebenfalls aus dem Horch gestiegen und suchte nach einer Deckung.

Becker winkte ihm. »Hierher!«

Thomsen wandte sich um und wollte die Wagentür schließen.

Die Erde begann zu beben. »Verdammt, lassen Sie das!«

Geschickt auf seiner Krücke hüpfend führte der Alte Becker und Thomsen durch ein Labyrinth aus Mörtel und Backsteinen, versengten Balken, Latten und abgeplatztem Stuck. Becker entdeckte ein handgeschriebenes Warnschild. Es wies auf eine Fliegerbombe hin, einen Blindgänger, der noch nicht detoniert war.

Der Alte lief, bis er in den Garten einer ausgebrannten Villa kam – nur noch ein Krater mit geschwärzten Baumstümpfen und zerschmetterten Statuen.

Das Donnern der Bomben rückte näher.

Becker duckte sich, als aus der Gartenmauer Steine polterten. Die Mauer knickte ein und brach schließlich in einer Staubwolke zusammen.

Manfred fiel auf sein Knie und mühte sich mit einem verrosteten Wellblech ab. »Helft mir!«

Zuerst begriff Becker nicht, was er wollte, doch dann sah er, dass das Wellblech den Eingang zu einem unterirdischen Luftschutzkeller verbarg. Thomsen schob den Alten zur Seite, hob das Wellblech hoch und legte eine Holztreppe frei, die in den Unterschlupf hinabführte.

Ohne ein weiteres Wort tauchte Manfred in das Loch ab, schleifte seine Krücke nach. Becker und Thomsen folgten ihm und schoben das Blech von unten wieder an seinen Platz.

»Am Fuß der Treppe rechts halten!«, warnte Manfred.

Becker tastete sich an der Wand entlang, bis er eine Lücke fand und in eine schwarze Grube taumelte. Er kam sich vor wie in der *U-858*. Sie waren soeben von englischen Zerstörern mit dem Ortungssystem ASDIC aufgespürt und eingekesselt worden. Wasserbomben wurden abgeworfen – es klang, als hämmere ein Unterwasserriese mit einem Vorschlaghammer auf den Rumpf des Bootes ein. Die *U-858* knirschte und zitterte. Die Luft an Bord war vergiftet und verbraucht. Die Matrosen rangen nach Atem. Becker hatte die Wahl zwischen Kapitulation oder Tod.

Thomsen weinte und rief nach seiner Mutter.

* * *

Tageslicht drang durch das Loch im Boden; das Wellblech war durch die Wucht der Explosionen fortgeschleudert worden. Becker sah Thomsen, der sich zu einer Kugel zusammengerollt hatte, die Arme schützend um den Kopf geschlungen.

Das Bombardement hatte sich Richtung Norden entfernt, die Amis beschossen nun das Gebiet um die Moltkebrücke, nahe der Schweizer Botschaft.

Becker setzte sich auf und bürstete den Staub vom Mantel. Mit zitternden Händen riss er eine frische Packung Zigaretten auf, zündete sich eine an. »Ihre Mutter muss Sie wohl gehört haben, mein Junge. Immerhin leben wir noch, was?«

»Ich muss mich entschuldigen, Herr Kaleun.« Thomsen sah ein wenig verlegen drein. »Aber wir sind nun schon zweimal bombardiert worden. Erst in Kiel und jetzt in Berlin.«

»Seien Sie froh, dass Sie U-Boot-Matrose sind. Und nicht so ein armes Schwein von Panzergrenadier an der Front.«

Manfred humpelte umher und zündete Kerzen an.

Erstaunt sah Becker sich um. Der Schutzkeller war mit Orientteppichen, einem eingesunkenen Plüschsofa, einem Ohrensessel, einem Paraffin-Heizkörper und einem Spirituskocher sowie mit einem prächtigen englischen Gateleg table, einem ausklappbaren Tisch, ausgestattet. An die Stützpfeiler des Gewölbes waren Ölgemälde gehängt worden: Landschaften und Genreszenen aus dem Rheinland. Das Kerzenlicht warf lange, flackernde Schatten auf Wände und Möbel und verlieh der tristen Umgebung ein wenig anheimelnde Wärme.

»Wie ich sehe, gefällt es Ihnen, Herr Kaleun«, sagte Manfred mit einer theatralischen Verbeugung und zog seine Kappe.

»Das stimmt. Selbst im Krieg sollte ein Mann nicht auf Luxusgüter verzichten«, sagte Becker.

»Gerettete Güter«, betonte Manfred. »Die Leute, denen diese Sachen gehört haben, sind tot. Ich glaube, es würde ihnen gefallen, was ich damit gemacht habe.«

»Sie haben das alles allein gemacht?«

»Das hier ist der Keller einer alten Garage, die auf den Garten oben hinausging. Ich habe ihn ein wenig ausstaffiert. Und die Wände verstärkt, damit er unter dem Bombardement nicht einbrach.«

»Na, jedenfalls hat er uns das Leben gerettet.« Becker nahm seine Mütze ab und klopfte sie aus. Sein Mantel, seine Stiefel und seine Uniformhosen waren ebenfalls staubig.

Thomsen ließ sich aufs Sofa fallen, aus dem prompt eine Staubwolke aufstieg. Er schlug die Beine übereinander und machte es sich gemütlich. »Sehr nett.« Er klopfte auf den zerschlissenen Stoff, schüttelte die Kissen auf, sodass neue Staubwolken wirbelten.

Becker musste grinsen. Vor wenigen Minuten noch hatte der junge Mann geglaubt, sterben zu müssen. Jetzt rekelte er sich in den Besitztümern toter Menschen. Vielleicht war es das erste Mal, dass Thomsen von solchem Luxus umgeben war. Sollte er ihn ruhig genießen. Dort, wo sie hinmussten, gab es keinen Luxus.

Der Luftschutzkeller mit seiner spärlichen Beleuchtung und dem beengten Raum erinnerte Becker an das klaustrophobische Innere der *U-858*. Er stellte sich das chaotische Gewirr von tropfenden Rohren und Ventilen vor, die schwitzenden, angsterfüllten Gesichter der Männer auf ihren Gefechtsstationen. Wie in der *U-858* stank auch die Luft in diesem Keller nach Schweiß, Verwesung und menschlichen Ausscheidungen. Das Einzige, was fehlte, um das Bild komplett zu machen, war der beißende Gestank von Dieselöl.

Und noch etwas fehlte. Becker dachte an explodierende Torpedos und brennende Schiffe, Männer in Öllachen, die im eisigen Nordatlantik ertranken. In seinem Beruf gab es keinen Platz für Sentimentalitäten. Dennoch spürte er die Last einer lauernden Schuld im Hinterkopf und fragte sich, ob es möglich war, einen Bruchteil seiner verlorenen Menschlichkeit wiederzuerlangen.

Manfred stöberte derweil in einer Kiste. Er fand das Gesuchte und stellte drei Blechbüchsen und drei angeschlagene Tassen auf den Tisch. Als Nächstes zündete er den Spirituskocher an und begann eine Melodie zu summen, betätigte sich wie eine muntere Hausfrau in der Erwartung von Gästen.

Becker gab Thomsen ein Zeichen zum Aufbruch. Wie gründlich er auch suchte, in Charlottenburg würde er doch nur Gespenster finden.

»Wohin wollen Sie?«, fragte Manfred.

»Es ist eine lange Fahrt bis Kiel.«

»Aber was ist, wenn Ihr Wagen beschossen wird?«

»Dann besorgen wir uns eben einen anderen.«

Manfred schnaubte verächtlich. »Ach, glauben Sie? Jedenfalls können Sie jetzt noch nicht hinaus. Ist viel zu gefährlich.«

»Der Angriff ist doch vorbei.«

Manfred schüttelte verzweifelt den Kopf, als müsse er einem störrischen Kind etwas erklären. »Sie verstehen nicht. Wir müssen auf die Entwarnung warten. Manchmal drehen die Amis noch einmal um und kommen zurück. Sie finden es toll, die Leute im Freien zu erwischen.«

Er legte Becker die Hand auf den Arm. »Außerdem habe ich noch etwas Besonderes da, das ich extra für Besuch aufgehoben habe. Passen Sie auf.«

Der Alte zerrte eine verbeulte Seemannskiste aus einer tiefen Nische, die er unter einer rohen Werkbank in die Erde gegraben hatte; darin bewahrte er seinen Spirituskocher, seine Töpfe und Teller und sechs Milchflaschen auf, in die er Wasser gefüllt hatte.

Er öffnete die Kiste und hielt den Deckel hoch, sodass Becker und Thomsen seinen Schatz sahen, wertvoller als Gold: eine Büchse mit echtem Kaffee.

»Ich habe lange auf eine besondere Gelegenheit gewartet.«

Manfred tauchte wieder in die Kiste und brachte eine braune Flasche zum Vorschein. »Und Cognac als Begleiter zum Kaffee. Wir feiern die Ankunft der Russen.«

* * *

»Ich glaube, meine Laufbahn ist nicht so interessant.« Es war der beste Kaffee, den Becker seit Jahren getrunken hatte.

»Bei allem Respekt, da möchte ich widersprechen, Herr Kaleun«, sagte Manfred. »Ich empfange für gewöhnlich keine Besucher. Aber wenn der Kapitän eines U-Bootes auf meiner Schwelle steht, möchte ich doch gern alles über ihn wissen.«

»Kapitän, zeigen Sie ihm doch Ihr U-Boot-Abzeichen mit Brillanten«, warf Thomsen ein. »Und Ihr Ritterkreuz.«

Becker sah Thomsen mahnend an. »Orden bedeuten mir persönlich nichts. Ich trage sie zu Ehren meiner Besatzung. Diese hat sie an meiner statt verdient.«

Manfred beugte sich erwartungsvoll vor, während Becker den Soldatenmantel aufknöpfte und aufhielt, damit der Alte den Orden sehen konnte, der an seine Uniformjacke geheftet war. Es war ein vergoldetes Kriegsabzeichen, das Hakenkreuz darauf war mit neun Brillanten besetzt. Um den Hals trug Becker das schwarzsilberne Ritterkreuz am schwarz-silbern-roten Band.

»Mein Gott«, staunte der Alte. »Sie sind ja ein Held!«

»Ein U-Boot-Ass, Herr Manfred«, ergänzte Thomsen.

»Wie viele Schiffe haben Sie denn versenkt?«

»Fünfunddreißig.«

»Englische?«

»Und amerikanische.«

»Einhundertfünfzigtausend Tonnen«, sagte Thomsen ehrfürchtig.

Becker zuckte die Achseln. »Es gibt andere, die noch mehr versenkt haben.«

»Aber nicht viele, möchte ich wetten«, sagte Manfred. »Und ich wette auch, dass nicht viele von denen noch in Berlin rumlaufen.«

Becker steckte sich eine Zigarette an. »Nein, die meisten von ihnen sind tot. Ist kein Beruf, in dem man alt werden und seine Rente genießen kann.«

»Aber Sie haben überlebt. Wie haben Sie das geschafft?«

»Indem ich vorsichtig war.«

»Sie sind viel zu bescheiden. Ich nehme an, nur Vorsicht reicht nicht aus, um ein U-Boot-Ass zu werden.«

»Glück spielt dabei auch eine Rolle, finden Sie nicht, Thomsen?«

»Ja, Herr Kaleun. Aber nur eine kleine.«

Manfred goss heißen Kaffee und Cognac nach. »Haben Sie immer in der Marine gedient?«

Becker stieß ein verächtliches Lachen aus. »Sehe ich etwa wie ein Junker aus?«, fragte er in Anspielung auf die Kaste der adligen Großgrundbesitzer, aus denen sich einst die Führungselite des preußischen Militärs rekrutiert hatte. »So wie die Typen, die den Krieg für Onkel Adolf führen?«

»Nein, natürlich nicht. Ich wollte doch nur erfahren, wie Sie – wie ein Marineoffizier dazu kommt, ein U-Boot zu befehligen?«

»Ganz einfach: Man will Karriere in einem zivilen Beruf machen, doch unversehens liegt das Vaterland mit ganz Europa im Krieg. Und man selbst findet sich in der Vorbereitung einer militärischen Laufbahn. Eigentlich wollte ich Architekt werden, aber mein Vater war dagegen. Er hatte im Ersten Weltkrieg gedient und war nach dem Waffenstillstand Beamter geworden. Er glaubte fest daran, dass eine Regierungslaufbahn das Wahre sei – bis zu dem Tag, als er und Mutter starben, weil ihr Auto von englischen Bombern nahe Hamburg beschossen wurde.«

Manfred und Thomsen lauschten schweigend.

»Sie haben mich gefragt, ob ich immer schon bei der Marine war. Das stimmt. Nun ist es zu spät, auf Architektur umzusatteln, obwohl wir nach dem Krieg dringend Architekten für den Wiederaufbau brauchen werden. Mein Vater aber riet mir von der Architektur ab und drängte mich, auf die Kadettenschule zu gehen. Ich begann auf Torpedobooten, wechselte aber bald auf U-Boote. Zuerst hasste ich die Dinger – den Schmutz, die Enge –, aber mit der Zeit lernte ich die Kameradschaft schätzen und das Wissen, Teil einer Elitegruppe zu sein. Weniger als zehn Prozent der Soldaten, die sich für U-Boote bewarben, wurden angenommen. Also konnte ich mich glücklich schätzen und lernte mit Feuereifer alles über U-Boote. Mein Vater hätte es nicht besser planen können, was?

Als Onkel Adolf Polen überfiel, fuhr ich als Wachoffizier zur See. Ich erinnere mich noch gut an unsere Erregung und Begeisterung: Jetzt würden wir englische Schiffe versenken! Doch der U-Boot-Krieg begann schleppend. Um eine Provokation Frankreichs und Englands zu verhindern, wurde befohlen, dass wir uns strikt an das internationale Seefahrtsrecht zu halten hatten. Es war verboten, Passagierschiffe anzugreifen, ohne sie zuvor von unserer Absicht in Kenntnis zu setzen, und wir mussten für die Sicherheit von Besatzung und Passagieren Sorge tragen. Die Ironie an der Sache war, dass Hitler nach der Kriegserklärung Englands die U-Boote von der Leine ließ, und das erste versenkte Schiff war natürlich ein unbewaffnetes englisches Passagierschiff, die *Athenia*. Danach versenkten wir alliierte Tonnage schneller, als der Feind sie ersetzen konnte. Bald übernahm ich das Kommando über ein U-Boot des neuen Typs VII C. Wir nannten diese Zeit die Glücklichen Tage. Wir waren nicht aufzuhalten. Dann traten die Amerikaner in den Krieg ein, und die Engländer entwickelten neue Anti-U-Bootwaffen. Unsere Verluste nahmen zu. Seit 1942 sind sie verheerend. Wir wussten damals schon, dass wir den Krieg zu Wasser und zu Lande verlieren würden. Dann kam Stalingrad. Und ... na ja, den Rest kennen Sie.«

Becker verstummte. Er war verlegen, dass er so weitschweifig geworden war, die Tiefe seiner Verbitterung so deutlich offenbart hatte. Seit langer Zeit hatte er nicht mehr an seine Eltern gedacht und auch nicht an seinen früheren Wunsch, Architekt zu werden. Ihm schien, als sei dies alles vor hundert Jahren geschehen, als kenne er kein anderes Leben als das auf einem U-Boot. Und selbst jetzt, da das Kriegsende in Sicht war, kam er nicht davon los.

Draußen heulten die Sirenen Entwarnung. Berlins Maulwürfe durften sich wieder ans Licht wagen.

»Genug geredet«, sagte Becker. »Wir müssen gehen.« Die Kellerwände schienen näher gerückt zu sein, und der stinkende Rauch des Paraffinofens verursachte ihm Kopfschmerzen.

Thomsen begab sich zum Eingang und begutachtete die Schuttmenge, die fortgeräumt werden musste.

»Ich hoffe, Sie glauben nicht, dass ich Sie aushorchen wollte«, sagte Manfred.

»Das haben Sie nicht. Ich *wollte* darüber reden.«

Sie schwiegen betroffen. Jäh wurde ihnen bewusst, dass sie einander nicht wiedersehen würden. Langsam bewegten sie sich Richtung Treppe, wo Thomsen mit einem Holzeimer von oben fallende Erde und Steine auffing und so einen Weg ins Freie bahnte. Ein Sonnenstrahl drang in den Keller ein.

Manfred beschattete die Augen mit der Hand. »Ich habe Ihnen etwas verschwiegen.«

Becker stand wartend am Fuß der Treppe. Auch Manfred wartete, bis Thomsen fertig war und hinauskroch, um den Zustand des Wagens zu inspizieren.

»Ich hatte einen Sohn. Er war auf der *Bismarck*, als sie sank«, erzählte Manfred. »Die Besatzung zählte über neunhundert Mann. Nur einhundertzehn haben überlebt. Mein Sohn war nicht unter ihnen.«

»Das tut mir leid.«

»Er hatte eben erst sein Seemannspatent bekommen. Die *Bismarck* war sein erstes Schiff. Er hatte keine Chance, aber ich glaube, wenn er überlebt hätte, dann wäre er vielleicht ... wie Sie ... ein Held geworden. Ist es falsch, wenn ich das sage?«

Becker wusste, was der Krieg den Menschen angetan hatte; wie er alles verändert hatte, so viele junge Männer getötet hatte, die keine Gelegenheit mehr bekamen, ihren Wert zu beweisen. Für das Reich waren sie Kanonenfutter, das man dem Feind zum Fraß vorwarf. Ein Wall, aus Leichen errichtet, mit dem man den Feind am Eindringen hindern wollte.

»Sie müssen mir nicht antworten«, sagte der Alte.

Doch Becker sprach die Wahrheit aus, die er erkannt hatte. »In diesem Krieg gibt es keine Helden. Nur Soldaten.«

»Herr Kaleun.« Thomsens schmutziges Gesicht erschien am Kopf der Treppe. »Wir haben Glück. Der Wagen steht noch da.«

Becker tauchte aus dem Untergrund in eine Landschaft empor, die sich wieder vollkommen verändert hatte. Rauchende Bombenkrater und pulverisierte Ziegelsteine waren nun alles, was von dem Garten übrig geblieben war. Die Umfassungsmauer war vollständig zusammengebrochen und hatte eine Schutthalde hinterlassen. Inmitten dieser Halde stand der Horch mit laufendem Motor, unbeschädigt bis auf die gesprungene Windschutzscheibe. Thomsen hatte Habtachtstellung eingenommen und wartete neben der geöffneten Fondtür.

Becker salutierte vor dem alten Mann, dann kletterte er hinein. Das Auto fuhr an. Er schaute sich nicht um.

BULWELL HALL, NOTTINGHAMSHIRE, ENGLAND, 26. FEBRUAR

Suwerow machte die Scheinwerfer aus. Regen trommelte auf das Wagendach. Quietschend glitten die Scheibenwischer über die Windschutzscheibe.

»Du kommst doch mit hinein, ja?«

Suwerow steckte sich eine Zigarette an und betrachtete Tatjana durch die flackernde Streichholzflamme, die den Hillman kurz in orangerotes Licht tauchte. »Sie haben mir befohlen, im Wagen zu warten.«

»Aber du kannst doch ebenso gut mitkommen und drinnen auf mich warten.«

Rauch strömte aus Suwerows Nase. »Du solltest jetzt besser reingehen.«

Tatjana rieb mit ihrem Schal die beschlagene Scheibe sauber und warf einen Blick auf das düstere Gebäude im palladianischen Stil. Bang drückte sie Suwerows Hand.

»Alexi Petrowitsch ...«

Suwerow löste den Blick von der dampfenden Motorhaube und wandte ihr langsam den Kopf zu.

Tatjana versuchte seine Augen zu erkennen, seine Gefühle einzuschätzen. Doch sein Gesicht war eine starre Maske.

»Wenn das hier vorbei ist, fahren wir dann heim?«

»Es ist noch lange nicht vorbei.«

»Aber ich glaube, du irrst dich, Alexi. Es wird bald vorbei sein.«

Suwerow zuckte die Achseln. »Es ist ein Fehler, so weit vorauszuschauen. Außerdem habe ich nicht zu bestimmen, ob ich gehe oder bleibe, und auch nicht, ob ich sterbe. Und du auch nicht. Verstehst du das?«

»Alexi ...«

Er nahm ihr Kinn in die Hand. »Verstehst du das?«

»Ja.«

Suwerow griff über sie hinweg und öffnete die Tür. »Er wartet auf dich.«

* * *

Tatjana wurde von einem Zivilisten mit stumpfen Gesichtszügen durch eine Doppeltür geleitet und mitten in einer eichengetäfelten, fast völlig dunklen Bibliothek stehen gelassen. Am anderen Ende des riesigen Raumes sah sie einen Mann am Schreibtisch, der beim Licht einer Lampe mit grünem Glasschirm arbeitete. Hinter ihm im Kamin stand ein Koksofen, der sein Bestes gab, um den englischen Winter zu vertreiben. Tatjana rümpfte die Nase: Es roch nach muffigen, fadenscheinigen Teppichen und alten Büchern. Sie spürte, dass sie und der Mann am Schreibtisch nicht die einzigen Anwesenden waren: Da war noch eine andere Person im Raum, die sich jedoch verborgen hielt.

»Setzen Sie sich«, sagte der Mann auf Russisch, ohne von seinen Papieren aufzublicken.

Tatjana erblickte einen Besucherstuhl vor dem Schreibtisch. Rasch durchquerte sie die Bibliothek und nahm Platz. Sie strich ihren Regenmantel und ihren Rock glatt, achtete darauf, dass die Knie bedeckt waren, nahm ihren Schal ab und schüttelte ihr nasses Haar. Dann wartete sie gespannt, die behandschuhten Hände im Schoß auf ihrem gefalteten Schal ruhend.

Der Mann hinter dem Schreibtisch würdigte sie keines Blickes. Obwohl die rechte Seite seines Gesichtes im Schatten lag, vermochte Tatjana hervorstehende Wangenknochen, einen Kurzhaarschnitt und kräftig aussehende Hände zu erkennen, die gefaltet auf einem Dossier lagen. Vom Sehen kannte sie die Männer, die in der sowjetischen Botschaft in London arbeiteten, und war deshalb sicher, diesen Mann noch nie gesehen zu haben. Dennoch begriff sie instinktiv, dass er alles über sie und über ihre Arbeit in London wusste.

Ihr Mund war trocken geworden, und ihre Zunge fühlte sich an wie ein Stück Holz. Sie fürchtete, nicht antworten zu können, wenn er Fragen stellte. Sie wünschte, Suwerow wäre mitgekommen, um ihr beizustehen, damit sie nicht allein sein musste mit dem Mann hinter dem Schreibtisch und dieser lauernden Präsenz, die sie im Dunkeln spürte.

»Tatjana Iwanowa.« Die Stimme des Mannes, krächzend von jahrelangem starkem Rauchen, ließ sie hochfahren.

»Ja?«, erwiderte sie verlegen.

»Sprechen Sie mich freundlichst mit ›Sir‹ an.«

»Entschuldigung. Ja, Sir.«

Der Mann hob den Kopf und sein Blick glitt von dem Dossier zu Tatjanas Gesicht.

Fast hätte sie nach Luft geschnappt. Seine rechte Gesichtshälfte bestand fast nur aus tiefrotem, welligem Narbengewebe. Das rechte Ohr fehlte, an seiner Stelle saß nur noch ein ausgefranster Knorpellappen. Rote, wie Pergament aussehende Hauttransplantate überdeckten die hervorstehenden Wangenknochen.

Ein längeres Schweigen entstand, während der Mann den Knöchel eines Zeigefingers an seine verkniffenen Lippen presste und ihr Gesicht musterte.

Tatjana hatte ihr Aussehen verändert. Auf dem Foto, das an ihr Dossier geheftet war, trug sie das dunkle Haar schulterlang, jetzt jedoch war es kurzgeschnitten und lag am Kopf an. Da sie stärker geschminkt war, wirkte sie älter und ein wenig streng. Sie konnte durchaus als Tschechin oder Polin durchgehen. Der Mann holte einen Satz Legitimationspapiere hervor, die auf den Namen Nadzia Radziwill lauteten, beschäftigt als Übersetzerin beim Zweiten Botschaftssekretär der Sowjetischen Botschaft. Ihre neue Tarnung würde bestenfalls einen Monat vorhalten. Danach wurde sie auch nicht mehr gebraucht. Während die Blicke des Mannes auf ihr ruhten, schaute Tatjana auf ihre Hände, die sie im Schoß zu Fäusten geballt hatte.

»Ist mein Gesicht so abstoßend?«

»Wie? Aber nein, natürlich nicht, Sir!«

Seine Lippen verzogen sich zu einem hässlichen Lächeln. »Lügen Sie immer so mühelos?«

»Ich lüge nicht.« Aber sie wusste, dass er sie durchschaut hatte.

Der Mann zündete sich eine Zigarette an, steckte das Feuerzeug in die Tasche und blies den Rauch seitlich aus, während er sich wieder ihrem Dossier widmete. »Sie stammen aus Moskau?«

»Ja, Sir.«

»Ihr Mann ist tot?«

»Ja, Sir. Er ist bei Stalingrad gefallen.«

»In welcher Einheit?«

»In der 64. Armee, die von General M. S. Schumilow befehligt wurde, 93. Pionierbrigade. Er fiel am Anfang der Schlacht gegen General Paulus' 16. Panzerkorps. Er und seine Kameraden haben tapfer gekämpft, wie man mir sagte.«

Der Mann nickte, um zu zeigen, wie sehr ihn ihre genaue Kenntnis der Schlacht von Stalingrad beeindruckte.

»Sie haben ein Kind?«, fragte er dann.

»Aber das wissen Sie doch sicher, Sir.«

Sein Gesicht nahm einen versteinerten Ausdruck an.

»Ja, Sir. Eine Tochter. Sie heißt Alexandra.«

»Wie alt?«

»Vier – viereinhalb.«

»Wo in Moskau lebt sie?«

Tatjana hatte ihre Tochter seit mehr als einem Jahr nicht gesehen. Die Fragen, die der Mann auf sie abfeuerte, und die Antworten, die sie gab, die kalten harten Fakten über die Existenz des Mädchens, bar jeder Mutterliebe und Wärme, brachten in ihr eine unheilvolle Saite zum Klingen.

»Sie lebt bei meiner Stiefmutter und meinem Onkel.«

»Ihre Stiefmutter ist keine Russin?«

»Nein, Sir. Sie ist Polin.«

»Und Sie sprechen gut Polnisch?«

»Wir haben zu Hause Polnisch und Russisch gesprochen.«

»Ihre Stiefmutter ist krank?«

»Ja, Sir. Sie braucht dringend Behandlung. Ich weiß nicht, was sie hat, aber mein Onkel, ihr Bruder, hat mir geschrieben, dass es ihr schlechter geht.«

Der Mann fuhr mit dem Finger über ein Blatt, bis er zu der Stelle kam, an der »Krebs, unheilbar« stand.

Er beobachtete Tatjana einen Moment durch den Rauchschleier seiner Zigarette. »Und würden Sie gern nach Moskau fahren, in die Heimat, zu Ihrer Tochter?«

Natürlich will ich das!, hätte Tatjana am liebsten geschrien. Ich will sie in die Arme nehmen, ich muss ihr unbedingt sagen, wie sehr ich sie liebe. Das können Sie sicher verstehen. Sie wusste aber, dass auch diese Dinge dem Mann bekannt waren. Deshalb sagte sie: »Ja, Sir. Man hat mir versprochen, dass ich nach Moskau zurückkehren könnte, sobald ich meinen letzten Auftrag in London erledigt hätte. Und das habe ich getan.«

Da hörte sie ein Geräusch, offenbar eine Schuhsohle, die über den Boden streifte. Irgendwo hinter ihrem Befrager. Jemand, der sich im Verborgenen hielt, jemand, der lauschte.

Die Augen des Narbengesichtigen hielten Tatjana fest, bis sie es nicht mehr wagte, den Blick abzuwenden. Sie sah den zuckenden Puls unter seiner Haut, die nicht nur rot, sondern auch gefleckt war; es sah aus, als dringe wässeriges Blut unter der Haut hervor und laufe ihm den Hals hinab. Verbrennungen. Der Mann war Flieger gewesen. Tatjana sah im Geiste ein Flugzeugwrack, von Flugbenzin angefachte Flammen.

»Die momentane Lage hindert uns daran, Sie aus England herauszubringen.« Er schob ihr die neuen Papiere hin.

Tatjana betrachtete ihre neue Identität und fühlte sich, als hätte sie einen Schlag in den Magen bekommen. »Aber sie haben es mir versprochen! Sie haben gesagt, es sei kein Problem, mich hinauszuschmuggeln, sie wüssten Mittel und Wege.«

»Die bringen Sie auch noch heraus. Nur jetzt noch nicht. Bald.«

Ohne es verhindern zu können, landete ihre Hand auf ihrem Mund. Sie spürte die unterdrückten Tränen, einen brennenden Schmerz in der Brust.

»Bis es so weit ist, werden Sie einen neuen Auftrag ausführen.«

»Einen neuen ...?« Einen Augenblick lang glaubte Tatjana ein Aufflackern von Mitleid in dem kalten Blick des Mannes wahrzunehmen. Eine Welle der Übelkeit überkam sie. Sie rutschte auf dem Stuhlsitz nach vorn, stützte die Ellenbogen auf die Knie und kämpfte dagegen an.

»Wir sind immer noch im Krieg«, machte der Mann geltend. »Immer noch sterben im Osten unsere Genossen. Keiner von uns hat die Freiheit der Wahl, auf welche Weise er für das Vaterland kämpfen will. Diese Entscheidung fällen andere. Wir folgen nur ihren Befehlen.«

»Aber sie haben es mir versprochen«, wiederholte sie bitter.

»Und Sie, Tatjana Iwanowa, haben einen Eid geleistet, Befehlen zu gehorchen.« Seine Stimme wurde schärfer. »Sie haben ein besonderes Talent«, sagte er ohne Bosheit. »Männer fühlen sich von Ihnen angezogen. Sie spüren das Bedürfnis, mit Ihnen zu reden, sich Ihnen anzuvertrauen. Sie wissen, was ich meine?«

Tatjana wusste es nur zu gut. Die Männer, die sie verführt hatte, waren stets sehr offen gewesen. Die meisten waren einsame und gelangweilte Diplomaten im mittleren Dienst gewesen. Der NKGB baute den Kontakt auf und inszenierte die Rendezvous, und nachdem Tatjana die von Moskau erwünschte Information von den Männern erhalten hatte, erschien Suwerow auf der Bildfläche, um sie aus der Beziehung zu erlösen und den Schaden zu begrenzen, wenn welcher entstanden war.

Doch bei ihrem letzten Auftrag war etwas fürchterlich schiefgegangen, und Tatjana war von sich selbst angewidert und von Schuld zerfressen gewesen.

Von Anfang an hatte sie Georg Lukács verachtet, denn er war ein viehischer und egoistischer Liebhaber. Es sei doch nur ein Job, hatte sie sich einzureden versucht. Zwar waren die sexuellen Demütigungen, die zu erdulden er sie gezwungen hatte, mitunter makaber gewesen, dennoch hätte sie ihm nie den Tod gewünscht. Lukács hatte frei von der Leber weg erzählt, hatte über seine Kollaboration mit den ungarischen antisowjetischen Abgeordneten der Nationalversammlung berichtet und geprahlt, dass er eine Liste mit ihren Namen in seinem Safe aufbewahrte.

Tatjana erinnerte sich, wie Lukács ein paar Nächte nach dieser Enthüllung betrunken und geil in sein Arbeitszimmer gestürzt war, nur um den Safe offen vorzufinden, während Tatjana eine Schreibtischleuchte hielt und ein Mann von der sowjetischen Botschaft die Liste fotografierte.

Lukács, ein Bär von einem Mann, hatte sich voller Wut auf Tatjana geworfen. Aber ein Schlag wie von einem Hammer in die Seite riss ihn von den Füßen, und Lukács blieben nur Bruchteile von Sekunden, um festzustellen, dass ein zweiter Mann ihm ein Stilett in die Eingeweide gejagt hatte.

Tatjana erinnerte sich noch deutlich an das, was danach geschehen war: Der Mann mit der Kamera hatte ihre Hand gepackt und sie angefaucht, sie solle bloß die Lampe ruhig halten, dies sei die letzte Aufnahme.

Vermutlich suchte die Sonderabteilung von Scotland Yard sie bereits im ganzen Land. Selbst mit neuer Identität konnte ein weiterer Auftrag in London ihren sicheren Tod bedeuten: Wenn die Sicherheitsbehörden sie schnappten, würde sie gehängt. Wenn sie andererseits den Auftrag ablehnte, würde sie ihre Tochter nie mehr wiedersehen. Der NKGB konnte Menschen, die er für entbehrlich hielt, schreckliche Dinge antun. Tatjana wusste dies, weil sie kurz nach ihrer Rekrutierung gezwungen worden war, eine Szene in einem Kellerraum der Moskauer Lubjanka mit anzusehen. Dort hatten zwei Männer eine junge Frau mit diversen Instrumenten traktiert. Die Frau war auf einen Tisch geschnallt gewesen, wie er auf Entbindungsstationen zu finden war, komplett mit Spannbügeln.

Man hatte Tatjana gezwungen, die Schreie der Frau anzuhören, zu sehen und zu riechen, wie sich Blase und Darm entleerten, man hatte sie gezwungen zuzusehen, wie das Opfer im Laufe der Folterung seinen Verstand verlor und einen langsamen, qualvollen Tod starb.

Tatjana bezwang ihre Übelkeit, setzte sich wieder auf dem Stuhl zurecht und sah ihr Gegenüber aufmerksam an.

»Wer ist der Mann, den ich verführen soll?«

3. Kapitel

London, 28. Februar

Rees blickte aus einem Fenster des Konferenzsaals im vierten Stock am Grosvenor Square 20. In diesem Haus neben der amerikanischen Botschaft war das US-Hauptquartier des European Theater of Operations, der Europäischen Kriegsführung, untergebracht.

Rees vermeinte fast, durch den kalten Dauerregen Piccadilly und sogar sein heimisches Mayfair zu erkennen. Die letzte Nacht kam ihm wieder in den Sinn. Er stellte sich Alicia vor, nackt auf Ellenbogen und Knien, den Kopf in die Kissen gedrückt und den Hintern in die Höhe gereckt. Sofort bekam er wieder einen Steifen.

»David?«

Rees drehte sich um und schaute die Männer an, die am Konferenztisch saßen und ihn anstarrten. »Ja?«

Captain Roy Parker von der US-Marine, Einsatzoffizier der US-Seestreitkräfte Europa, erhob sich und begann kühl und mit gemessenen Worten zu sprechen.

»Wie ich bereits sagte, David, war Ihre Darstellung durchaus beeindruckend, aber leider haben Sie uns nicht viel Material geliefert, mit dem wir arbeiten können. Die Bletchley-Dechiffrierungen sind uns nicht präzise genug, um darauf basierend einen Plan zu entwerfen. Die Funksprüche der Japaner verfolgen wir so genau, als wären sie an uns gerichtet, doch von einer Operation namens Kondor haben wir noch nie etwas gehört.

Ich fürchte, wir brauchen bessere Informationen als Basis für einen Einsatz. Ihr Bauchgefühl reicht uns da nicht.«

»Es handelt sich nicht um *mein* Bauchgefühl«, wandte Rees ein, »sondern um das Sir Stuarts. Und es ist nicht bloß so eine Ahnung. Ich stimme mit ihm überein, dass Kondor, was auch immer es ist, eine große Sache ist.«

»Ja, natürlich«, sagte Parker. »Aber ein japanisches Atombombenprojekt kommt mir ein bisschen weit hergeholt vor, wenn ich den jämmerlichen Zustand ihrer Industrie bedenke.« Er sah sich in der Runde um; die anderen bestätigten nickend seine Einschätzung.

»Aber wollen wir das voraussetzen und es darauf ankommen lassen?«

»Das ist doch alles Mist!«, schaltete sich Tom Ghorman ein, Vizeadmiral der US-Marine und Koordinator der US-Operationen zur See. »Wenn Sie erwarten, dass wir handeln, dann müssen Sie uns akkurate Daten liefern, mit denen wir die Fahrt des U-Bootes zielgenau ermitteln – damit wir überhaupt wissen, wo in dem ganzen gottverdammten Atlantik wir suchen sollen. Sie wissen verdammt genau, dass wir nicht die ganze Hölle nach einem U-Boot absuchen können! Und ich kann auf keinen Fall zu Admiral King gehen und um ein Einsatzkommando bitten, bevor ich nichts Konkretes vorzuweisen habe.«

Ghorman, ein hünenhafter Mann, zündete sich eine neue Zigarette am Stummel der alten an und drückte diese in dem schweren gläsernen Aschenbecher aus, der mitten auf dem Tisch stand. »Ich würde Ihnen ja gerne helfen, David, aber da müssen Sie und Ihre Freunde beim MI-6 schon mit besseren Informationen rüberkommen.«

»Tom hat recht.« Major General Lucian Carroll schob seinen Stuhl zurück und stand auf.

Carroll, Verbindungsoffizier des US-Heeres zu den Alliierten Streitkräften, war derjenige, der Eisenhower und seinen Stab im französischen Reims von dem Plan unterrichten musste, zu dessen Durchführung Rees seit einer Stunde Parker, Ghorman und Carroll zu überreden versuchte.

Carroll, der messerscharfen Bügelfalten und polierte Abzeichen hatte, sagte nun: »Ich denke, wir alle sind uns einig, Rees, dass der MI-6 hier eine interessante, aber, wie Roy schon sagte, reichlich weit hergeholte Theorie aufstellt.«

»Die einem aber trotzdem Sorgen bereiten, finden Sie nicht?«

»Da bin ich nicht so sicher«, schaltete sich Ghorman wieder ein. »Bei allem schuldigen Respekt gegenüber Mackenzie und dem MI-6 glaube ich nicht, dass wir uns im Pazifik auf eine derartige Bedrohung gefasst machen müssen – und schon gar nicht vonseiten der Japaner. Zum Teufel, unser Geheimdienst meldet, dass die Japsen in Hungnam kein Stück weitergekommen sind! Und ich wüsste nicht, warum ich an unseren Informationen zweifeln sollte. Ich meine, die Japsen kämpfen doch ums nackte Überleben, ich kann mir absolut nicht vorstellen, wie sie eine dieser Atombomben bauen könnten. Außerdem ist das ganze Gerede über diese Bomben nichts als Geschwafel. Niemand wird sie bauen können, nicht in hundert Jahren.«

Rees war nicht sicher, ob Carroll und die anderen etwas über das Projekt in New Mexico wussten oder nicht oder ob sie ihr Wissen vor ihm geheim halten wollten. Wahrscheinlich Letzteres, dachte er.

»Dennoch, Gentlemen, ist Kondor existent. Wir haben immerhin die Dechiffrierungen.« Rees wies auf die Papiere, die auf dem Tisch lagen. Er musterte ihre Gesichter, sagte dann schließlich: »Was ist nötig, um Sie zu überzeugen, dass wir sofort handeln müssen?«

»Geben Sie uns eine Information über die mögliche Ladung dieses U-Bootes«, schlug Parker vor.

Rees runzelte die Stirn. »Aber darum geht es doch gerade, nicht wahr? Ich würde sagen, aus genau diesem Grund bin ich hier und spreche mit Ihnen. Ich möchte Sie dazu bringen, ein Einsatzkommando aufzustellen, um diese Kerle zu finden und das Geheimnis ihrer Ladung aufzudecken.«

Geringschätzig schüttelte Ghorman den Kopf, während ihm Rauch aus den Nasenlöchern strömte. »Haben Sie überhaupt irgendeine Vorstellung davon, wie verdammt schwer – nein, was sag ich da? – wie nahezu *unmöglich* es ist, ein U-Boot im Ozean zu finden? Von seiner Aufbringung gar nicht zu reden!«

»Ja, Herr Admiral, ich …«

»Und, Teufel auch, selbst wenn wir es finden – welches Boot ist es, die *U-233*? –, kein Kapitän der Krauts wird uns sein Schiff kampflos überlassen und uns freundlich einladen, an Bord zu kommen. Selbst wenn wir das verdammte Ding fänden, würden wir wahrscheinlich bloß darauf schießen und es versenken. Die Ladung können Sie also getrost vergessen.«

Rees biss sich auf die Lippen.

General Carroll nickte zum Zeichen, dass die Unterredung beendet war, und Parker und Ghorman erhoben sich. Carroll kam um den Tisch auf Rees zu.

»Ich werde Reims unterrichten. Sehen Sie in der Zwischenzeit zu, dass Sie mehr Material zusammenbekommen, das uns einen Grund liefert, dieses U-Boot zu suchen. Aber ich würde mir an Ihrer Stelle nicht zu große Hoffnungen machen.«

»Ich werde es versuchen, General. Aber es ist, wie ich schon gesagt habe, ein Wettlauf mit der Zeit. Dieses U-Boot kann jeden Tag ablegen. Und ist es erst einmal auf Fahrt, finden wir es nicht mehr.«

»Kopf hoch, Rees«, sagte Ghorman im Gehen. »Wir verlieren vielleicht ein verdammtes U-Boot, aber nicht den Krieg.«

Allein geblieben im Konferenzsaal überlegte sich Rees stichwortartig den Bericht, den er Mackenzie würde geben müssen. Sein Auftrag, so fand er, war gescheitert. Er stellte sich vor, wie Mackenzie über die kolossale Blödheit der Yankees schimpfen würde sowie über Rees' Unvermögen, die Amerikaner zum Handeln zu bringen. Die wähnten sich ohnehin in Siebenmeilenstiefeln und in luftigen Höhen über der Welt, von wo sie auf Hitler und den gerissenen Joe Stalin herabblickten, und auf die Japaner allemal. Und wenn Mackenzies Einschätzung korrekt war und die Jerrys einen letzten verzweifelten Versuch unternahmen, um den Japanern zu helfen, dem Krieg im Pazifik eine Wendung zu geben, dann konnte es am Ende dazu kommen, dass sich die Yankees mit einer unvorhergesehenen Katastrophe konfrontiert sahen. Rees behagte es gar nicht, Mackenzie berichten zu müssen, dass die Amerikaner seiner Meinung nach Kondor als nicht existent abtaten, weil sie den Krieg für so gut wie gewonnen hielten. Er stellte sich vor, wie Mackenzie in Catterham auf seinen Anruf wartete, und wie er die Stirn runzeln würde, wenn er die Neuigkeiten hörte.

Doch seine Gedanken über die Arroganz der Amerikaner wichen bald dem Bild der hübschen Marinesoldatin, der das weiße Seidenhöschen an den Fesseln hing und die ihren rosigen Hintern einladend in die Höhe streckte. Er überließ sich ganz dieser Phantasie, spielte im Geiste jede Bewegung, jedes Detail nach, bis sein Schwanz sich aufgerichtet hatte, was aufgrund der engen Hose Schmerzen mit sich brachte. Plötzlich wurde ihm seine Umgebung wieder bewusst. Seine Erektion schrumpfte und mit ihr auch das Bild von Alicia.

Verdammte Amerikaner! Eingebildete Schnösel. Er sammelte seine Papiere ein und verließ den Saal.

Kiel, 2. März

Becker studierte die Personalakte, die ihm sein Leitender Ingenieur gegeben hatte.

»Dieser Neue, Freitag. Schlimmer als Hauber. Ist uns vom BdU geschickt worden. Mit dem bekommen wir Ärger, wenn Sie mich fragen.«

Der Leitende Ingenieur lehnte sich über die Reling der *U-233* und spie ins Wasser. Das große Boot lag an einem beschädigten Pier in einem abseits gelegenen Teil des Kieler Hafens.

Becker nickte. »Wie ich sehe, war er I WO auf der *U-329*. Übernahm den Posten, als der vorige Wachoffizier getötet wurde.«

»Und glaubt jetzt, alles zu kennen und zu wissen. Hab ich schon gemerkt, als ich ihn das erste Mal gesehen habe. Denken Sie an meine Worte, Käpt'n, mit dem kriegen wir nichts als Ärger.«

»Im Hauptquartier heißt es, er sei der einzige Offizier, den sie uns als Ersatz für Hauber zuweisen können.«

»Wenn Sie mich fragen, dann ist er Godts Spion.«

Becker klopfte dem Leitenden Ingenieur auf den Rücken. »Wir haben eine lange Reise vor uns. Ob Spion oder nicht, er muss lernen, sich einzufügen.«

»Sie wissen doch, Käpt'n: Ein Mann vom BdU lässt sich überhaupt nichts sagen.«

»Wo steckt er übrigens?«

»An Land, kümmert sich um unseren Proviant.«

»Wie es die Aufgabe eines guten I WO ist, stimmt's, LI?«

»Na ja.«

»Kopf hoch«, ermunterte ihn Becker. »Wir haben noch genügend Zeit, Herrn Freitag zurechtzustutzen. Wenn er kommt, dann soll er sich bei mir melden.«

Der Leitende Ingenieur salutierte und begab sich kopfschüttelnd nach achtern, um das Laden von Motorersatzteilen zu überwachen.

Becker wusste, dass der Leitende Ingenieur die Fähigkeit besaß, Probleme zu wittern. Er hatte bei Hauber recht gehabt und irrte sich vermutlich auch nicht bei Leutnant Freitag. Der BdU hatte ihnen einen Offizier geschickt, der kaum für die verantwortungsvolle Stellung des I WO auf einem Unterseeboot geeignet war. Damit war bewiesen, dass der U-Boot-Waffe so wenige Männer zur Verfügung standen, dass selbst die *U-233*, betraut mit Dönitz' wichtiger Mission, sich mit einem unerfahrenen Offizier begnügen musste.

Becker schob sich auf Deck vorwärts, um die letzten Vorbereitungen vor dem Ablegen zu beaufsichtigen. Auf dem Pier schwenkte ein selbstfahrender Kran den letzten von zehn Edelstahlbehältern an Bord, die vor Morgengrauen auf einem Lastwagen angekarrt worden waren. Fluchend und schwitzend hievten Matrosen den acht Zoll langen und vier Fuß im Durchmesser großen Behälter an Bord und senkten ihn zu einem der vertikalen Minenschächte herab, die zu Laderäumen umgebaut worden waren.

Becker staunte über den Aufwand, der hier betrieben worden war. Die Minenschächte dienten ursprünglich dazu, Ankertauminen zu halten. Die flutbaren Schächte saßen in doppelter Reihe an der Mittelachse des Bootes, waren von oben durch aufklappbare Luks zu beladen und hatten unten durchlöcherte

Ausstoßöffnungen. Diese Öffnungen, ähnlich der Bombenklappen an einem Flugzeug, dienten auch dazu, die Schächte mit Meerwasser zu fluten. Waren die Schächte mit Minen bestückt, so saßen diese aufrecht in ihrer Aufhängung. Eine hydraulische Ausklinkvorrichtung an der Unterseite jedes Lukdeckels, deren Bügel an einer Öse der Mine hing, sorgte dafür, dass die Mine auf See gesichert war. Um Minen zu legen, musste ein Mann im vorderen Minenraum lediglich die Bügel lösen, das untere Luk öffnen und auf das verräterische Zischen horchen, mit dem die Mine vom Kiel des Bootes in die Tiefe sank. Die Edelstahlbehälter wurden auf ähnliche Weise verankert. Becker prüfte ihre Befestigung, um sicherzugehen, dass alles in Ordnung war. Wenn sich ein Behälter aus seiner Verankerung im Schacht löste, konnte dies ihrer aller Untergang bedeuten.

Becker schaute zu, wie der letzte zylinderförmige Behälter, der wie ein dicker glänzender Torpedo aussah, in seinem Schacht versenkt wurde. Was in diesen Behältern steckte, konnte er nur erraten. Jedenfalls etwas, das das Kriegsglück der Japaner entscheidend wenden sollte. Etwas, das einen Wert von zwanzig Tonnen Goldbarren besaß. Natürlich handelte es sich um Waffen. Aber welche Art Waffe musste in einer Röhre aus Edelmetall transportiert werden? Becker hatte Gerüchte über Geheimwaffen gehört, die den Ausgang des Krieges wenden sollten, sie jedoch als Hirngespinste verzweifelter Generäle abgetan. Nun war er nicht mehr so sicher.

Der obere Teil des Behälters verschwand unter dem Rand des Minenschachtes. Sicherheitsketten klirrten, und Kabelrollen ächzten, als der Kranausleger zurückschwenkte. Unter Beckers wachsamen Blicken verbanden zwei Matrosen den Ausklinkbügel mit der Öse an der Mine, dann schlossen sie den Lukdeckel. Es kam ihm vor wie die Schließung eines Sarges.

Becker ging unter Deck. In allen Abteilungen waren Offiziere und Seeleute eifrig mit der Prüfung der Geräte beschäftigt, verstauten Lebensmittel und Ausrüstung, bereiteten das Boot zum Auslaufen vor. Die Männer salutierten und pressten sich eng an die Schotts, als Becker sich zwischen ihnen durchdrängte, um zur Offiziersmesse zu gelangen. Im Gegensatz zur *U-858* hatte die *U-233* eine geräumige, gut ausgestattete Offiziersmesse, in der die Offiziere entspannen, ihre Mahlzeiten einnehmen und Strategien planen konnten.

Becker schenkte sich Kaffee ein und breitete eine Seekarte aus.

Der alte Dönitz träumte wohl. Von Kiel in die Nordsee und weiter in den Atlantik bedeutete eine Reise von ungefähr 1500 Seemeilen, die zwei ganze Wochen in Anspruch nehmen würde. Um der Entdeckung durch englische und amerikanische Patrouillenboote vorzubeugen, musste die *U-233* auf dieser ersten Etappe mehr als die Hälfte des Weges auf Tauchfahrt zurücklegen und ihren Schnorchel benutzen. Keine besonders angenehme Aussicht.

Der Schnorchel war ein ausfahrbares Rohr, das Luft von der Oberfläche zu den beiden Dieseln leitete und ihre Abgase nach außen. Wenn man mit Schnorchel fuhr, steigerte man die Unterwassergeschwindigkeit eines U-Bootes enorm.

Becker wusste jedoch aus Erfahrung, wie gefährlich das »Schnorcheln« war. Über Wasser erzeugte der Schnorchel eine große Kielwasserwelle und eine Auspuffwolke, die meilenweit zu sehen war. Unter Wasser machte der betäubende Lärm der Diesel jegliche Echoortung unmöglich, deshalb konnte man nicht nach feindlichen Schiffen lauschen. Und es gab noch eine andere Gefahr: Kohlenmonoxid und verklemmte Einlassventile brachten die gefräßigen Dieselmotoren dazu, jedes Luftmolekül an Bord abzusaugen. Das war beinah auf der *U-858* geschehen – und nur das rasche Handeln des Leitenden Ingenieurs hatte das Unglück verhindert.

Nun ja – was nutzte das Grübeln? Wenn Schnorchelfahrt befohlen war, musste mit Schnorchel gefahren werden. Becker hatte seine Befehle. Er musste eine geheimnisvolle Ladung zu den Japanern bringen, mit einem Goldschatz zurückkehren und keine Fragen stellen. Der Krieg war noch lange nicht vorbei, vor ihnen lagen Monate eines harten Kampfes. Weitere Tausende würden sterben, aber war das nötig? Was würde geschehen, wenn die Japaner diese kostbare Fracht nicht erhielten? Würden sie kapitulieren? Wäre der Krieg dann zu Ende? Natürlich nicht – keine ihm bekannte Waffe besaß die Macht, den Ausgang eines Krieges zu entscheiden.

Becker studierte die Seekarte und erwog Alternativen. Er hatte U-Boot-Kommandanten offen darüber reden hören, was sie tun würden, wenn das Ende nahte. Manche sagten, sie würden sich den Amerikanern ergeben, denn sie glaubten, dass diese ihre Kriegsgefangenen fair behandelten. Ebenso die Engländer. Becker war sich da nicht so sicher. Immerhin hatte man von geplanten Kriegsverbrechertribunalen gehört. Andere Kommandanten glaubten, man werde sie in Südamerika willkommen heißen. Dort könnten sie ein neues Leben beginnen, und überdies sei das Wetter besser als in Großbritannien oder den Vereinigten Staaten, abgesehen von Florida und Kalifornien, die sie aber nur aus Hollywoodfilmen kannten.

Becker wusste, dass die U-Jagd-Verbände der Alliierten einem U-Boot-Kommandanten hart zusetzen würden, bevor dieser die Überfahrt schaffte, um sich beispielsweise in Buenos Aires oder Montevideo zu ergeben. Außerdem musste er seine Mannschaft überzeugen. Keine leichte Aufgabe. Die Alleinstehenden würden sich möglicherweise ohne Widerspruch anschließen, doch die Familienväter und die Männer mit Freundinnen würden sich dem Kommandanten entgegenstellen, und wer wollte es ihnen verübeln? Der Leitende Ingenieur würde natürlich mitmachen, schon aus Loyalität. Aber was war mit dem Neuen, diesem Freitag? Und morgen schon sollten die Leute vom SD und die japanischen Techniker eintreffen. Es war unmöglich. Es fiel Becker schon schwer genug, sich selbst zu überzeugen, Befehle zu missachten, sein Land im Stich zu lassen. Er schob den Gedanken also beiseite – allerdings auch wieder nicht zu weit fort, um für alle Fälle gerüstet zu sein.

»Guten Tag, Herr Kaleun. Leutnant Lothar Freitag meldet sich zum Rapport.«

Becker schaute auf in ein rosiges, glattes Gesicht, dem es an jeglicher Emotion mangelte. Rosige Kopfhaut schimmerte unter dem sehr kurz geschnittenen dunklen Haar. Ein massiger Körper in gut geschnittener Uniform. Freitag hatte strengste Habtachtstellung eingenommen, die Fingerspitzen der rechten Hand berührten kaum die Braue unter dem Schirm seiner Mütze.

Becker wartete zwei Sekunden. »Willkommen an Bord, Freitag. Nehmen Sie Platz.«

Doch Freitag salutierte unverdrossen, wartete darauf, dass sein Kommandant den Gruß erwiderte.

Becker tippte einen Finger an seine Mütze. »Ich hab gesagt, nehmen Sie Platz. Sie sind an Bord eines U-Boots, nicht auf der *Bismarck*.«

Freitag nahm seine Mütze ab und setzte sich an die Back, Becker gegenüber.

Becker studierte Freitags Transferbefehl. »Sie waren Erster Wachoffizier auf der *U-329*. Was ist dort passiert?«

»Das steht in meiner Akte.«

»Ich möchte es aber lieber von Ihnen hören.«

»Wie Sie wünschen, Kapitän. Wir wurden südlich der Dänemarkstraße von den Engländern angegriffen.«

»Geleitzug?«

»Ja, ein riesiger Konvoi auf dem Weg nach Murmansk. Wir hatten gerade zwei Tanker versenkt und einen dritten im Visier, als eine verdammte Fregatte der Tommys uns entdeckte. Sie warfen Wasserbomben und was weiß ich nicht alles. Unsere Hydraulik und unsere Pumpen wurden beschädigt. Wir tauchten auf, um zu kämpfen, und hatten Glück! – unsere Artilleristen feuerten den ersten Treffer in ihre Brücke. Als sie das Feuer erwiderten, wurde unser I WO getötet. Wir gingen wieder auf Tauchfahrt und schafften es, zu fliehen. Später haben wir die nötigsten Reparaturen ausgeführt und sind nach Hause gehumpelt.«

Becker wusste, wie es im Nordmeer zuging: Eine Hölle aus Nebel, Eis und wirbelndem Schnee. Stürme, die kein Ende zu nehmen schienen. Er erinnerte sich an brennende Schiffe, die er torpediert hatte, an ölverschmierte Männer, die im eisigen Wasser um ihr Leben kämpften. Für Rührseligkeit gab es im U-Boot-Krieg keinen Platz, nur für den Rausch des Tötens.

»Also hatten Sie nie ein eigenes Kommando.«

»Ich wurde für die Indienststellung eines neuartigen Elektrobootes vom Typ XXI vorgeschlagen, aber beim BdU war man der Meinung, ich könnte auf der *U-233* von größerem Nutzen sein. Darf ich Kaffee nehmen?«

Becker nickte. Freitag war von seinem einzigen Kampfeinsatz heil und in einem Stück zurückgekehrt, er hatte Verbindungen nach oben und hätte, selbst im Angesicht des bald verlorenen Krieges, etwas Besseres verdient. Stattdessen hatte man ihn an Bord der *U-233* beordert. Admiral Godts Spion? Der LI hatte wirklich eine Nase für so etwas.

»Ich nehme an, man hat Sie über die Mission instruiert?«

Freitag, der sich Süßstoff in den Kaffee löffelte, sagte: »Ja. Admiral Godt persönlich hat mich unterwiesen.«

Becker lehnte sich zurück und zündete eine Zigarette an. »Und was halten Sie von unserem Selbstmordkommando?«

Freitag verengte die kalten Augen. »Ein Selbstmordkommando? Bei allem schuldigen Respekt, Kapitän, das ist doch wohl übertrieben. Wir haben die Ehre, den Weisungen des Führers Folge zu leisten. Da unsere Mission für den Ausgang des Krieges entscheidend sein könnte, ist es unsere Pflicht, dafür zu sorgen, dass wir jedes zur Verfügung stehende Mittel nutzen, um zum Erfolg zu kommen. Wir werden Mühsal und Härte erleiden, aber unsere Aufgabe ein Selbstmordkommando zu nennen dient keinesfalls unserem ...«

Becker blies Freitag eine Rauchwolke ins Gesicht. »Ich habe Sie nicht gebeten, eine Festrede zu halten. Wissen Sie überhaupt, worauf wir uns da einlassen? Auf eine Reise um die Welt durch feindliche Gewässer.«

»Ja, Kapitän, und ich hege keinen Zweifel, dass wir siegen werden –«

»Wissen Sie, dass wir unsere ›Milchkühe‹ finden müssen, bevor die Engländer oder die Amerikaner sie aufspüren und versenken? Wissen Sie, dass wir den Südatlantik und den Indischen Ozean durchqueren und nach Penang gelangen müssen, ohne entdeckt zu werden? Wissen Sie, dass wir tage-, wenn nicht wochenlang ›schnorcheln‹ müssen? Dass wir uns keinen Motorausfall, keine Defekte an den Instrumenten leisten können? Dass kein Mann erkranken oder verletzt werden darf? Dass wir, wenn uns Proviant oder Treiböl ausgehen, schon so gut wie versenkt sind? Dass wir hoffen müssen, dass unser Nachrichtenverkehr nicht behindert wird? Und dass wir nach

Ankunft und Entladung in Japan und Beladung mit dem, was immer die Japaner nach Penang gebracht haben – dass wir danach noch nach Deutschland zurückkehren müssen? Wenn es dann noch ein Deutschland gibt ...«

Sie musterten einander einen Augenblick lang.

»Ja, so sieht es aus, Freitag«, sagte Becker rau. »So sieht ein Selbstmordkommando aus. Aber wir dürfen das Kind ja nicht beim Namen nennen, was?«

Freitag schwieg.

Becker versuchte eine andere Strategie. »Sie sind der *U-233* als Erster Wachoffizier zugeteilt worden. Ich brauche einen Offizier, auf den ich mich verlassen kann, einen, der dem Job gewachsen ist. Einen, der weiß, was nötig ist, um unsere Fahrt erfolgreich auszuführen, und nicht einen Leuteschinder ohne Erfahrung, der glaubt, er könne Erfolg haben, indem er die Binsenweisheiten der Parteibonzen nachplappert. Habe ich mich deutlich genug ausgedrückt?«

Freitag sah so erschrocken aus, als habe Becker ihm ins Gesicht geschlagen. »Jawohl, Herr Kaleun. Sehr deutlich.«

»Wie Sie sicher wissen, wurde der Mann, den Sie ersetzen, bei dem Luftangriff getötet, dem auch die *U-858* zum Opfer fiel. Dieser Mann trug ein Regelwerk in der Tasche und griff zu jeder gegebenen Zeit darauf zurück. Es gibt jedoch Zeiten, in denen solch ein Buch nichts taugt. Tatsächlich habe ich an Bord der *U-233* noch keines gesehen. Und der Grund liegt darin, dass ich mich lieber auf Männer verlasse, die gesunden Menschenverstand beweisen.«

»Sie können sich auf mich verlassen, Kapitän.«

»Das werden wir noch sehen.« Becker drückte seine Zigarette aus. »Sind Sie jemals mit einem Boot vom Typ XB auf See gewesen?«

»Nein, nur mit einem VII C-Boot.«

Becker zeigte auf eine Reihe langer, flacher Schubladen, die unter die Essenstheke eingebaut waren.

»Dort finden Sie Blaupausen der *U-233*. Machen Sie sich mit ihnen vertraut. Dieses Boot ist ein Biest, es war ursprünglich ein Minenleger, wurde aber überholt und umgebaut, um Fracht nach Fernost zu bringen. Letzte Woche haben wir unsere Probefahrten abgeschlossen. Die *U-233* ist schon ein ganz schöner Brocken. Taucht sehr langsam, aber wenn sie erst einmal unter Wasser ist, kann sie hundertsechzig Meter schaffen, möglicherweise vielleicht sogar noch tiefer. Wir haben aber festgestellt, dass sie auf Tauchfahrt schwer zu steuern ist. Denken Sie daran. Und besonders schnell ist sie auch nicht, hat nur zwei 9-Zylinder-Diesel mit Aufladegebläse. Jeder von ihnen hat zweitausendeinhundert PS. Die beiden Elektromaschinen bringen jeweils fünfhundertsechzig PS. Unsere Reichweite beträgt vielleicht zehntausend Meilen. Das ist das Grundwissen. Was Sie sonst noch brauchen, finden Sie im Befehlshandbuch. Wenn Sie dann immer noch Fragen haben, wenden Sie sich an den Leitenden Ingenieur. Er kennt die *U-233* bereits in- und auswendig.«

Becker erhob sich und setzte seine Mütze auf. »Und eines noch. Diese Badewanne hat nur zwei Torpedorohre, beide am Heck. Wenn wir also in ein Gefecht verwickelt werden, müssen wir beim Abfeuern den Engländern und den Amis unseren Arsch zeigen.«

London, 8. März

Flackernde Gaslampen auf der Straße und die strahlend hell erleuchteten Häuser, deren Fenster nicht mehr mit Verdunkelungsvorhängen bedeckt waren, hatten Berkeley Square und den Straßen von Mayfair ihren anheimelnden Vorkriegscharme zurückgegeben. Suwerow hatte jedoch keinen Blick dafür. Seine Aufmerksamkeit galt dem viktorianischen Prachtbau in der Mitte des Blocks: Dort fuhren laufend Wagen vor, deren Insassen von livrierten Portiers begrüßt wurden.

»Weiter fahre ich nicht«, sagte Suwerow. Er hielt ein brennendes Streichholz an seine Zigarette, dann schüttelte er es, bis es erlosch.

Tatjana blickte sich suchend um. »Ich sehe Andre gar nicht.«

»Der wartet auf der anderen Straßenseite.« Suwerow ruckte mit dem Kopf in die Richtung. »Sobald ich dich allein lasse, kommt er rüber. Es wird schon alles klappen.«

Tatjana entdeckte Andre Rostow am Rande eines Lichtkegels einer Straßenlaterne. Zuerst hatte sie nur einen Schatten gesehen, doch als dieser sich bewegte, erkannte sie, dass es sich um den stämmigen NKGB-Residenten handelte. Dieser schaffte es in seiner Rolle als Angehöriger der sowjetischen Handelsmission stets, eine Einladung zu gesellschaftlichen Ereignissen zu bekommen, die von Menschen besucht wurden, über die der NKGB etwas herausfinden wollte. Und ein Empfang für Stanislaw Mikolajczyk, den Kopf der polnischen Exilregierung in London, hatte sich als perfektes Vehikel für das Vorhaben des NKGB erwiesen. Hier würden sich Angehörige sämtlicher ausländischer Regierungen einfinden, die zurzeit in London weilten. Einschließlich Tatjanas Zielperson.

»Ich hab Angst«, bekannte sie und zitterte in der feuchten Nachtluft.

Suwerow betrachtete Tatjana, ihre blasse Haut, das tadellose Make-up. Ihr glänzendes schwarzes Haar war zu einem Bob im

Stil von Louise Brooks geschnitten worden. Sie sah sehr schön aus. Zu schön.

Tatjana hielt seinen Blick fest. »Alexi Petrowitsch, ich wünschte, du würdest mitkommen.«

Suwerow wandte den Blick ab.

Sie berührte seinen Arm. »Ich meine, anstelle von Andre.«

»Du hast es doch schon mal getan. Es gibt nichts, worüber du dir Sorgen machen müsstest. Zieh es nur nicht zu lange hin. Verschaff dir heute Nacht noch Zutritt zu seiner Wohnung.«

»Aber was geschieht, wenn ich es nicht kann?«

»Tu's einfach.«

Suwerow schnippte die Zigarette fort. Am Bordstein parkten die Autos bereits in der zweiten Reihe. »Es ist so weit.«

Tatjana biss sich auf die Unterlippe. »Bist du sicher, dass er auch kommt?«

»Ist alles schon geplant.«

Sie nickte resigniert. Kämpfte gegen die Tränen, die ihr kunstvolles Make-up zu zerstören drohten.

»Noch eins«, sagte Suwerow. »Wenn du Mikolajczyk vorgestellt wirst, dann sag so wenig wie möglich. Lass dich nicht in ein Gespräch mit ihm oder einem seiner Begleiter verwickeln. Dein Polnisch ist zwar gut, aber nicht perfekt. Und solltest du gefragt werden, hüte dich, etwas anderes als Banalitäten über die Jalta-Konferenz und über Polens Zukunft zu sagen. Wenn du deinen Job machst, bleibt dafür auch gar keine Zeit.«

Wieder lag ihre Hand auf seinem Ärmel. »Und danach ist es endlich vorbei, Alexi? Auch für dich?«

Er gestattete es, dass ihre Hand liegen blieb, vermied es jedoch, in ihre tränenfeuchten Augen zu sehen. »Es gibt Sachen, die sie auch mir nicht mitteilen.«

»Dann sag mir doch, was *du* denkst.«

Doch er schaute schon quer über die Straße zu Andre und nickte kurz.

Tatjana ließ ihre Hand sinken. »Alles Gute, Alexi.«

Auf hohen klackernden Absätzen eilte sie auf den NKGB-Agenten zu, der ihr über die Straße entgegenkam und ihr seinen Arm reichte.

Suwerow schaute ihnen nach, wie sie untergehakt auf das Haus zumarschierten, eine bewachte Pforte passierten und mit mehreren anderen Gästen im Haus verschwanden.

Er setzte zurück, bog um eine Ecke und hielt an. Wieder zündete er ein Streichholz an und hielt es an eine Zigarette und stellte fest, dass seine Hände unkontrolliert zitterten.

* * *

Andre half Tatjana aus dem Mantel und reichte ihn einem Butler. Stimmen und Gelächter drangen aus einem riesigen Salon am Ende des Korridors, der mit beeindruckenden Figurinen der Han-Dynastie auf Marmorsockeln geschmückt war.

Tatjana wartete, während Andre vor einem großen Empire-Spiegel stehen blieb, um seine Krawatte zu richten. Dann strebte sie dem Licht und dem Lärm zu.

Andre holte sie ein und hielt sie grob zurück. »Wir sind zusammen, hast du's vergessen?«

Sie betraten den überfüllten Raum, in dem alle gleichzeitig zu reden, zu trinken und Canapés zu essen schienen. Köpfe wurden in ihre Richtung gedreht. Andre mit seinem Leibesumfang, seinem Bart und dem schlecht sitzenden russischen Anzug zog fragende Blicke auf sich. Wer war die Frau an seiner Seite? Seine Geliebte? Denn seine Ehefrau war sie sicher nicht.

Tatjana schritt durch die Bresche, die Andre durch die Menge bahnte. Der Salon war überheizt und roch nach teurem Parfüm, Zigarettenrauch und Alkohol. Ihr wurde klar, dass es hier um mehr ging als um einen Empfang für Stanislaw Mikolajczyk und die polnische Exilregierung. Dies war gleichzeitig eine vorweggenommene Siegesfeier von Londons Patriziern, die dort weitermachen wollten, wo sie 1939 aufgehört hatten, versessen darauf, das Dazwischenliegende zu vergessen.

Tatjana ließ sich von einem der umhereilenden Kellner ein Glas Sekt kredenzen. Andre schnappte sich Scotch und Wasser.

»Mikolajczyk.« Er schwenkte sein Glas in die Richtung. »Dort drüben.«

Tatjana schaute durch die Menge und sah einen Mann mit schlechter Haut und dunklen Ringen unter den Augen. Er war von einem Schwarm Speichellecker umgeben, die einander zu übertönen suchten.

Tatjana wandte sich von Mikolajczyk ab und suchte die Menge nach dem Mann ab, den sie hier kennenlernen sollte. Doch es waren so viele Männer da, Zivilisten und Militär, und alle rauchten, tranken, schwatzten.

»Da hinten steht er«, sagte Andre in sein Glas hinein und verdrehte die Augen. »Links, links ...«

David Rees stand an der Bar und sprach mit einem amerikanischen Heeresoffizier, der plötzlich den Kopf zurückwarf und lauthals lachte.

Jetzt erkannte sie Rees aufgrund der beiden Fotos, die Suwerow ihr gezeigt hatte: Überwachungsbilder, die in der Nähe von Whitehall und der MI-6-Zentrale am Broadway 54 geschossen worden waren.

Andre sah, wie Tatjana die Lippen zusammenkniff. »Schau nicht so bekümmert, *daragaja*, vielleicht ist er ja ein guter Liebhaber.«

»Andre …« Doch er war bereits in der Menge verschwunden.

* * *

Der amerikanische Offizier erzählte gerade: »In der Ardennenschlacht haben wir die Jerrys schließlich zahlenmäßig untergekriegt … Passen Sie auf!«

Tatjana rannte förmlich in Rees hinein; er stolperte und schlug unwillkürlich gegen ihren Arm. Sekt spritzte auf ihr schwarzes Wollkleid.

»Ich bitte vielmals um Verzeihung, Miss …«

»Nein, ist meine Schuld …«

Sie bückte sich, um ihre Handtasche aufzuheben.

»Erlauben Sie …?«

Ihr Kleid sprang vorne auf, und Rees erhaschte einen Blick auf ein Paar kleiner Brüste mit rosa Nippeln.

Der Amerikaner sah sie auch. Rasch war er mit einer Serviette zur Hand. Tatjana stand auf und betupfte den Fleck damit.

»Es ist mir äußerst peinlich«, sagte Rees, während er mit einer Hand Tatjanas Ellenbogen stützte und ihr makelloses Gesicht betrachtete, als wollte er sich jede Einzelheit einprägen. »Ich versichere Ihnen, dass nicht alle Engländer so unbeholfen sind. Was kann ich tun, um es wiedergutzumachen?«

»Mir vielleicht ein frisches Glas bestellen?«

Rees gab dem Barkeeper ein Zeichen. Als der Amerikaner näher treten wollte, wich er nicht von der Stelle.

»Chub Kennedy, New York.«

»Das in Man-a-hattan liegt?«

»Hey, waren Sie schon mal da?«

Rees bedachte Kennedy mit einem vernichtenden Blick.

»Tja. Ich muss los, David. War mir ein Vergnügen, Sie kennengelernt zu haben, Miss.« Der Amerikaner neigte zum Abschied den Kopf und verdrückte sich.

Zwei frische Sektflöten wurden auf die Theke gestellt. »Auf die wiederhergestellten internationalen Beziehungen.«

Sie lächelte, dann erschien ein skeptischer Ausdruck auf ihrem Gesicht.

»Sie erwarten sicher, dass ich mich vorstelle: Mein Name ist David Rees.«

»Sie sind vielleicht Lehrer, das, was Sie einen ... Professor nennen?«

Er lachte leise. »Nein, ich fürchte nicht.«

»Aber Sie sehen so aus, wie sagt man ...?« sie berührte seinen Ärmel, »und ich hoffe, es stört Sie nicht ... würdevoll aus.«

»Nun, nein, das stört mich gar nicht.« Er fuhr sich durch seine lächerlich abstehenden Haare.

Sie lächelten und stießen erneut an.

»Und Sie sind ...?«

»Nadzia Radziwill.«

»Polin?«

Sie nickte.

»Ihr Englisch ist hervorragend. Wo haben Sie es gelernt?«

Tatjana ging nicht darauf ein und fragte stattdessen: »Was arbeiten Sie?«

»Nicht viel. Man könnte sagen, ich bin im Nachrichtengeschäft.«

»Dann müssten Sie doch wissen, ob es wahr ist, dass die Deutschen besiegt sind.«

»Fast, zumindest wurde uns dies gesagt. Was tun Sie, wenn ich fragen darf?«

»Ich bin eine, wie sagt man, Schreibkraft, eine ...«

»Sekretärin?«

»Manchmal arbeite ich für eine Agentur, die Dokumente aus Fremdsprachen für verschiedene Regierungen übersetzt.«

»Welche Regierungen?«

Tatjana zuckte die Achseln. »Das sagen sie mir nicht. Ich tippe nur Wörter.«

»Wie interessant. Und wie ist der Name dieser Agentur?«

»Ähm, Sie müssen verzeihen, ich kann es kaum aussprechen ... Inter-Government Service Company. Ja? Sie ist nur eine kleine Agentur und nicht weit von meiner Wohnung entfernt.«

»Und die liegt in ...?«

»Schell-sie.«

»Ach wirklich? Sie wohnen in Chelsea?« Rees starrte Tatjana nun ganz dreist an, sog jede Einzelheit ihrer Erscheinung in sich auf.

»Ich teile mir eine Wohnung mit drei anderen Mädchen von der Agentur.«

Schallendes Lachen ertönte aus der Gruppe, die sich um den polnischen Staatsmann versammelt hatte.

»Sie kennen diesen Mann, Mikolajczyk?«, fragte Tatjana.

»Nein, ich bin nur gekommen, um den Saal zu füllen.«

»Wie bitte?«

»Ich wollte lediglich meine Loyalität zur polnischen Exilregierung bekunden. London macht sich gewisse Sorgen, denn da letzten Monat in Jalta über Polens Zukunft entschieden wurde, besteht die Gefahr, dass das Land ein Trabant der Sowjetunion wird. Wie es heißt, soll in Polen ein Kabinett aus nicht kommunistischen, demokratischen Führern gebildet werden.« Er zuckte die Achseln. »Ich fürchte nur, es wird nichts anderes sein als ein von den Sowjets genehmigtes Parlament.«

Sie starrte ihn verständnislos an.

»Verzeihung. Ich dachte, weil Sie Polin sind, gehörten Sie möglicherweise der polnischen Befreiungsbewegung an.«

»Nein, ich bin auch hier wie Sie, um den Saal zu füllen.«

»Ich habe gesehen, dass Sie mit einem Herrn gekommen sind. Ihr Ehemann …?«

Tatjana wedelte verächtlich mit der Hand. »Nur ein Bekannter auf der Suche nach Geschäftskontakten.«

Rees strich sich über den Schnurrbart. »Ich verstehe. Dann sind Sie also nicht …?«

»Seine Geliebte?« Sie sah ihn bedeutungsvoll an.

»Verzeihung, das wollte ich damit nicht …«

Sie berührte seinen Arm, trat näher heran und senkte die Stimme. »Glauben Sie, ich würde mit einem solchen Mann schlafen?« Dann trat sie wieder zurück, den Kopf keck auf die Seite gelegt. Ein Lächeln umspielte ihre Lippen.

Rees lief rot an, dann grinste er verlegen und entblößte seine vorstehenden Zähne. Er strich sein Haar glatt. »Nein, das hätte ich wirklich nicht angenommen.«

Tatjana begegnete seinem bohrenden Blick ebenso dreist. »Sie sind vielleicht verheiratet, haben Familie?«

»Was? Ja, stimmt. Es gibt eine Mrs Rees. Aber sie hat sich mit ihrer Mutter in die Cotswolds zurückgezogen, so lange, bis dieser verdammte Krieg vorbei ist. Wir haben auch eine Tochter, und die ist bei ihrer Mutter. Ist natürlich nicht sehr angenehm für die beiden, und der Oma ging es nicht so gut, aber auf Dauer gesehen ist es auf dem Lande sicherer.«

»Der Krieg hat für alle Menschen das Leben schwer gemacht, besonders in meinem Land.«

»Ja, das verstehe ich gut.«

»Ich weiß nicht, ob Sie verstehen können, ob irgendjemand

verstehen kann. Ich war nur sehr kurze Zeit verheiratet. Mein Mann kämpfte bei der polnischen Luftwaffe gegen die Deutschen und wurde getötet.«

»Oh, das tut mir schrecklich leid. Furchtbar, so etwas. Armes Polen. Wenn man sich vorstellt, dass die Sowjets der polnischen Heimatarmee in Warschau nicht zu Hilfe gekommen sind … Mehr als eine Viertelmillion Polen tot, Hunderttausende weitere in Konzentrationslager geschafft. Manche Leute arbeiten ja jetzt an der Wiedergutmachung, daran, dass die Polen ihr Schicksal selbst bestimmen sollen. Wobei mir einfällt: Möchten Sie vielleicht Mr Mikolajczyk vorgestellt werden?«

»Ich bin nicht so interessiert an polnischer Politik.«

Rees hörte die Schärfe aus ihrer Stimme heraus, wie ein Diamant, der durch Glas schnitt. »Verstehe. Und was interessiert Sie?«

»Noch ein Glas Sekt zu trinken … aber vielleicht ein anderes Mal.«

»Aber wir unterhalten uns doch gerade so nett. Wer weiß, wann wir uns … Vielleicht könnten wir zu mir fahren. Das wäre doch schön. Ich wohne in Mayfair. Kennen Sie Mayfair?«

»Ja, ich habe gehört, dass es sehr schön ist.«

Rees lächelte zufrieden. Er war erleichtert, dass Polens Schicksal ihm nicht den Abend verderben würde.

»David? Oh, da sind Sie ja!«

Tatjana erblickte hinter Rees eine hübsche englische Marinesergeantin, die ihm aus der Menge zuwinkte. »Doch wenn Sie andere Verpflichtungen haben, verstehe ich.« Sie nahm ihre Handtasche von der Theke und tat, als wende sie sich zum Gehen.

»Nein, warten Sie. Seien Sie ein Schatz, geben Sie mir eine Minute.«

»David.« Die Frau hatte sich mit hochgehaltenem Glas schon halb durch die Menge gedrängt.

Tatjana schüttelte den Kopf. »Aber ich glaube, wir sollten es vielleicht nicht tun.«

»Bitte, Sie werden nicht enttäuscht sein ... ich kümmere mich schon darum. Sie ist bloß eine Kollegin.«

In diesem Augenblick drängte die Menge nach vorn. Mikolajczyk war in die Mitte des Saals getreten, um eine Rede an seine Anhänger zu halten. Sobald er losgelegt hatte, würden Tatjana und Rees in der Menge gefangen sein, sie würden sich durchdrängen müssen, wenn sie gehen wollten, und dadurch Aufmerksamkeit auf sich lenken. Die Sergeantin hatte sich Mikolajczyk zugewandt und achtete nicht mehr auf Rees.

»Ich muss gehen«, sagte Tatjana wieder. »Ich mag politische Reden nicht.«

Verzweifelt nach einem Strohhalm greifend sagte Rees: »Bitte warten Sie vor der Tür auf mich. Ich hole meinen Wagen.«

Minuten später hielt er in einem blassgrünen Sunbeam-Talbot, einem Vorkriegswagen, an der Bordsteinkante. Er stieg aus, kam um den Wagen herum und half Tatjana beim Einsteigen, steckte den Mantel um ihre Knie fest. Dann legte er knirschend den Gang ein und brauste los.

Er warf einen verstohlenen Blick auf Tatjanas Profil. Scheinwerfer und glänzender Asphalt warfen grelle Lichter durch die verschmierte Windschutzscheibe, die als farbige, durchbrochene Streifen über ihr schönes Gesicht zogen.

Tatjana wandte sich ihm zu und sah in seinen Augen den Ausdruck, den sie so gut kannte: Er hatte die Linie überschritten, es gab kein Zurück.

* * *

Rees parkte auf einem Platz hinter seiner Wohnung, und sie betraten sein Domizil durch den Garteneingang. Während Tatjana im Dunkeln darauf wartete, dass er die Tür aufschloss, meinte sie ihn heftig atmen zu hören und fragte sich, ob er nicht auch die dumpfen Schläge ihres Herzens vernehmen konnte.

In der Wohnung half Rees ihr aus dem Mantel und legte sogleich einen Arm um ihre Taille. Sein Mund presste sich auf ihren und erstickte ihren überraschten Ausruf. Tatjana versuchte loszukommen, doch er hielt sie eisern fest, und seine Hitzigkeit in Verbindung mit seiner überraschenden Kraft jagten ihr ein wenig Angst ein.

Sein Atem streifte heiß ihren Hals. »Was ist?«

»Aber du hast erst einen Drink versprochen.« Sie berührte leicht seine Lippen mit den Fingerspitzen. »Außerdem gibt es Dinge, die ich tun will, aber nicht im Stehen.«

Sein Mund wanderte von ihrem Hals zu ihrem Ohr. »Sag mir doch, was für Dinge du gern tun würdest.«

»Das würde ich dir lieber zeigen ... aber zuerst einen Drink!«

»Ja, gut.« Heftig atmend knipste Rees das Licht an und begab sich zu einem Servierwagen, der in einer Ecke der winzigen Küche stand.

»Scotch?« Es war eine Vorkriegsmarke. Die Kristallgläser sahen neu aus.

»Was für ein schönes Heim du hast.« Tatjana fiel auf, wie aufgeräumt und sauber alles war. Die Teller stapelten sich in einem Sideboard, das Tafelsilber ruhte im Besteckkasten. Sie begutachtete einen offenen Schrank, der gleichzeitig als Speisekammer diente: Packungen mit Frühstücksflocken aus den USA, Zuckerbüchsen, Bohnen und Erbsen von Del Monte, australische Kekse, ein halbes Dutzend Dosen mit Kakao.

»Wasser?«

»Ein bisschen.«

Tatjana sah sich im Wohnzimmer um. Alles, worauf ihr Blick fiel, trug den Stempel der Hausherrin: die Möbel, die Textilien, selbst die Zugbänder für die Verdunkelungsvorhänge, die nun nicht mehr gebraucht wurden. Alles sah sauber und neu aus, trotz des kriegsbedingten Mangels. An den Wänden hingen gerahmte Fotos – Brighton, Ascot, der Lake District –, und auf einem ansehnlichen Wangentisch waren teuer aussehende Glasvasen und silberne Nippesfigürchen aufgebaut. Selbst der Teppich sah neu und teuer aus.

»Bitte sehr!«

Rees kam mit einem Tablett ins Wohnzimmer. Er zündete den Gaskamin an, zog sein Jackett aus und warf es über eine Sessellehne.

Sie traten zum Kamin, um sich aufzuwärmen. Tatjana stieß mit Rees an und schaute ihn mit leicht geöffneten Lippen an. »*Na zdrowie.*«

»*Na zdrowie.*«

Sie zeigte auf ein silbern gerahmtes Porträt auf dem Kaminsims. »Sie ist deine Frau?«

»Himmel, nein! Das ist meine Tochter Pamela.«

»So hübsch ...«

Rees war hinter Tatjana getreten. Er liebkoste ihre Brüste und küsste ihren Nacken.

Sie drehte sich in seinen Armen um und wölbte sich ihm entgegen.

»Ich glaube, David Rees, dass es gut ist, dass wir so um Polens Schicksal besorgt sind.«

»Genau«, keuchte er.

Tatjana legte ihm die Hand auf die Lippen, auf die Wange,

dann umschlang sie seinen Hals. Sie küssten sich, ihre feuchten Zungen erforschten den Mund des anderen. Eine Hand drückte sich auf ihre Brust. Sie fasste Rees an die Hose, in der seine Erektion anschwoll, sich gegen ihren Bauch drückte.

»Hilf mir.« Tatjana drehte sich um und Rees knöpfte die obersten Knöpfe ihres Kleides auf, dann kümmerte sie sich um die übrigen. Er schaute zu, wie sie sich Stück für Stück entblätterte.

»Meine Güte, was bist du schön!«

Er legte Krawatte und Hemd ab. Ließ seine Hose fallen und schleuderte sie fort. Tatjana stieg aus ihrem weißen Seidenhöschen und legte ihre Arme um seinen Hals. Langsam ließ er eine Hand über ihren weichen Rücken und ihre Gesäßbacken gleiten, während er mit der anderen grob zwischen ihre Beine fuhr.

»Jetzt sag mir, was du gerne tun würdest.«

Zwanzig Kilometer südlich von Kiel, 9. März

Zwei Unteroffiziere der Wehrmacht standen mitten auf der Straße und schwenkten Taschenlampen vor herannahenden Scheinwerfern. Der französische Panhard verlangsamte die Fahrt und kam mit quietschenden Bremsen zum Stehen. Seine abgeblendeten Scheinwerfer beleuchteten die feldgrauen Uniformen der beiden Soldaten, ihre Stahlhelme und Knobelbecher und das dahinter stehende Daimler-Motorrad mit Beiwagen.

Einer der Unteroffiziere, ein Feldwebel, ging mit seiner Schmeisser-Maschinenpistole im Anschlag auf den Panhard mit seinen beiden Insassen zu.

»Papiere!«

Der Fahrer des Panhard, ein Hauptmann, kurbelte das Fenster herunter und rief: »Wollen Sie mich gefälligst nicht anleuchten! Welcher Kontrollpunkt ist denn das?«

Der Posten stieß die Mündung seiner Schmeisser durch das offene Fenster. »Ihre Papiere …«

»Wir haben freie Durchfahrt bis Kiel, dringlicher Auftrag«, erklärte der Beifahrer, ein Major. »Und Sie werden demnächst gefälligst grüßen, wenn Sie Vorgesetzte anreden.«

Der Feldwebel überhörte dies. Er studierte die Papiere im Schein seiner Taschenlampe, während der Fahrer ungeduldig aufs Lenkrad trommelte und den anderen Unteroffizier musterte, der ebenfalls seine Schmeisser auf den Panhard richtete.

Der Major beugte sich zum Fenster. »Können Sie nicht lesen? Ich habe doch gesagt, dass wir Durchfahrtsrecht haben.«

»Diese Papiere tragen nicht den Stempel des OKW Nord. Ohne ihn dürfen sie Kiel nicht betreten.«

»Sind Sie wahnsinnig? Dringliche Aufträge haben Vorrang vor jeder anderen Feldorder.«

Der Unteroffizier schüttelte den Kopf. »Sie werden umdrehen und zurückfahren müssen.«

»Welcher Einheit gehören Sie an, Feldwebel?«, fragte der Hauptmann, während er den Mann scharf musterte. »Und wer ist Ihr befehlshabender Offizier?«

»Ja, mit dem möchte ich reden«, fiel der Major ein. »Sofort!«

Der Feldwebel trat ein paar Schritte zurück und winkte mit seiner Schmeisser. »Er ist in der Nähe. Ich bringe Sie zu ihm.«

* * *

»Heil, Hitler.« Vorstehende Wangenknochen und ein schmales Gesicht. Mund und Kiefer wie erstarrt. Nutzlos hing der steife Arm an der Seite.

Becker erhob sich von seinem Stuhl an der Back der Offiziersmesse und begrüßte die beiden Offiziere des Reichssicherheitshauptamtes, während Lothar Freitag im Hintergrund Habtachtstellung eingenommen hatte und die Vorgänge aufmerksam verfolgte.

»Ich bin Major Kurt Jäckel, RSHA.« Er nickte zu dem anderen Mann. »Und dies ist Hauptmann Heinz Franke, RSHA.«

Franke, der zwar jünger, aber ebenso schmallippig war wie Jäckel, salutierte steif und gab ein zackiges »Heil Hitler« von sich.

Becker erwiderte den Gruß nicht, sondern sagte: »Ich möchte den Kieler Hafen vor Tagesanbruch hinter mir lassen. Wir haben nicht viel Zeit.«

»Wir sind südlich von Kiel aufgehalten worden«, erklärte Jäckel, während er Soldatenmantel und Handschuhe ablegte. »Überall sind Kontrollpunkte.«

Im Gang hinter ihnen mühten sich Besatzungsmitglieder mit Jäckels und Frankes persönlicher Habe ab, einem Seesack und zwei Seemannstruhen.

»Macht nichts. Jetzt sind Sie ja da.« Becker drehte sich um und wies auf zwei Japaner, die in einer Ecke der Offiziersmesse saßen. Beide waren drahtige Männer und trugen die Uniform der Kaiserlichen Japanischen Armee mit goldenen Kapitänsabzeichen.

»Das sind Dr. Ito und Dr. Sawada«, stellte Becker vor. »Techniker, die mit der Obhut unserer Ladung betraut sind. Aber vielleicht haben Sie sich ja bereits kennengelernt?«

»Das haben wir nicht«, sagte Jäckel. Er nickte steif und ehrerbietig zu den beiden Japanern hin.

Diese verbeugten sich so tief und respektvoll, wie es in der Enge möglich war.

»Wir haben Spezialübungskurse abgelegt in Deutschland«, sagte Ito in gutem, aber ein wenig steifem Deutsch, »und sind nun begierig, nach Japan zurückzukehren. Wir heißen Sie auf Kapitän Beckers schönem Schiff willkommen und sind sicher, dass wir eine gute Reise haben werden.«

»Die Ladung ist an Bord und gesichert?«, fragte Franke.

»Ja, Herr Hauptmann«, erwiderte Sawada. »Kapitän Beckers Männer haben sich darum gekümmert.«

Jäckel reichte Becker einen Umschlag. »Unsere Befehle. Unterzeichnet von SS-Brigadeführer Schellenberg, Leiter des Reichssicherheitshauptamtes. Darin steht, welche Pflichten uns an Bord der *U-233* obliegen.«

Die Befehle machten deutlich, dass Jäckel und Franke verantwortlich waren für die allumfassende Sicherheit der Mission, und dass Becker, obzwar Kommandant der *U-233*, dennoch Jäckels Befehlsgewalt unterstand.

»Was können Sie mir denn über diese Ladung sagen?«, fragte Becker. »Ich wüsste gern, was sich in diesen Edelstahlbehältern befindet, die in unseren Minenschächten stecken. Sie verstehen sicherlich, dass wir uns bei Feindberührung gegebenenfalls werden verteidigen müssen. Und dann möchte ich von der Sorge befreit sein, dass der Inhalt dieser Behälter sich losreißen und durch die Gegend fliegen könnte.«

Jäckel reckte sein Kinn vor. »Die Information über den Inhalt der Behälter ist geheim und nur Dr. Ito und Dr. Sawada bekannt.« Sein Ton verriet, dass weiteres Nachfragen zwecklos war. »Unsere Pflicht beschränkt sich strikt auf die Einhaltung der Sicherheit. Jeder von uns hat also seine Aufgabe.«

Nachdem Ito dies gehört hatte, redete er in schnellem Japanisch auf Sawada ein, nickte dann Becker zu. »Major Jäckel hat ganz recht, Kapitän. Wir können keine Informationen über den

Inhalt unserer Ladung enthüllen. Aber Sie haben nichts zu befürchten. Für die Sicherheit ist gesorgt. Ich gebe Ihnen mein Wort darauf.«

»Na schön«, sagte Becker zu Jäckel. »Leutnant Freitag wird Sie und Hauptmann Franke auf dem Boot herumführen und Ihnen dann Ihr Quartier zeigen. Sollten Sie Fragen haben, wird er sie beantworten. Richten Sie sich ein, sobald Sie können.«

Die Japaner verbeugten sich. Jäckel und Franke salutierten zackig. »Heil Hitler!«

Becker sah zu, wie sie sich aus der Offiziersmesse hinauszwängten, der ehrerbietige Freitag am Schluss. Er ergriff Freitag am Arm. »Wissen Sie noch, Freitag, was ich Ihnen gesagt habe: Dass die *U-233* nicht die *Bismarck* sei?«

Freitag schaute unsicher. »Ja, Herr Kaleun, i-ich erinnere mich.«

»Dann werden Sie als mein Erster Wachoffizier dem Major und dem Hauptmann erklären, dass ich ab jetzt auf meinem Boot keinen Hitlergruß mehr hören will!«

* * *

Am Abend gab Becker in der Offiziersmesse ein Dinner für seine Gäste. Die Japaner stopften sich mit fettigen Würstchen und Klößen voll, während sie dem freundlichen, aber kühlen Gespräch zwischen Becker und Jäckel zu folgen versuchten. Die übrigen Anwesenden – Franke, Freitag, der Zweite Wachoffizier, Oberleutnant zur See Peter Cremer, sowie der Navigationsoffizier, Obersteuermann Johann Rotteck – lauschten schweigend. Der Leitende Ingenieur rauchte Kette und beäugte die Japaner und die Offiziere des RSHA argwöhnisch und mit einer gewissen Neugier.

»Sie sind im Osten gewesen?«, fragte Becker Jäckel, wobei er den Backschafter übertönte, der mit Schüsseln und Tellern klapperte.

»Ja, in Berlin. Im Reichssicherheitshauptamt.«

Becker spürte die Anspannung des Mannes. »Und gehe ich recht in der Annahme, dass Sie aus dem Osten des Reiches stammen, aus Cottbus oder ... lassen Sie mich raten ... Schwedt?«

Jäckel musterte ihn kühl. »Nein, ich stamme aus Süddeutschland, aus Mannheim.«

»Ich meinte, einen ostdeutschen Akzent vernommen zu haben ...«

»Da irren Sie sich wohl. Ich bin in Mannheim geboren und aufgewachsen.«

Becker schaute von Jäckel zu Hauptmann Franke. »Und Sie ...?«

»Berlin.«

»Sie waren auf der Militärakademie, stimmt's?«

Franke schob seinen Teller mit den Resten fort. »Nein, Kapitän, ich wurde eingezogen und habe mich dann für die Offiziersschule angemeldet.«

»Und was ist mit Ihnen, Dr. Ito?«, schaltete sich Jäckel ein. »Stammen Sie aus Tokio?«

Ito lächelte gewinnend. Seine Augen leuchteten auf. »Aus Nagasaki. Meine ganze Familie. Seit über drei Generationen.«

»Und Ihre Angehörigen befinden sich hoffentlich wohl?«

Ito machte ein besorgtes Gesicht. »Das weiß ich nicht. Die Amerikaner haben Tokio unbarmherzig mit Brandbomben belegt. Tausende und Abertausende sind gestorben. Wir kämpfen gegen einen brutalen Aggressor, der weder Gewissen noch Moral kennt. Wir kämpfen nur, um als Nation, als Volk zu überleben. Wir brauchen jede Unterstützung, die wir bekommen können. Deutschland ist sehr großzügig. Wir sind dankbar für die Unterstützung Ihres Führers.«

»Unglücklicherweise wird die Heimreise sehr lang.«

»*Hai.*« Dennoch hellte Itos Miene sich ein wenig auf. »Wir kamen auch mit dem Unterseeboot nach Deutschland, wir wissen, was wir zu erwarten haben. Aber es wird nicht leicht.«

»Das stimmt«, sagte Becker. »Das muss uns allen klar sein.«

»Wenn Sie es sagen, Kapitän«, brummte Jäckel. »Aber vielleicht übertreiben Sie die Gefahren, die auf uns warten. Schließlich sind Dr. Ito und Dr. Sawada der lebende Beweis dafür, dass diese Reise gemacht werden kann. Der Führer setzt absolutes Vertrauen in uns.«

»Natürlich tut er das, Major, er war ja auch noch nie in einem U-Boot auf See.«

»Ihr Zynismus erzeugt weder Vertrauen in Ihre Fähigkeit, uns sicher dorthin zu bringen, noch vermag er mich zu beeindrucken.«

»Ach nein? Würden Sie sich wohler fühlen, wenn ich an Bord den Hitlergruß gestatten würde?«

Eisiges Schweigen war die Antwort.

»Hätte ich auch nicht gedacht.« Becker stand auf und blickte auf Jäckel hinab. »Ich würde Ihnen dringend eine Dosis Realität empfehlen.«

Er befahl, dass abgeräumt werden sollte, und hieß Freitag Seekarten ausbreiten, die den Weg der *U-233* von Kiel bis in dic Nordsee zeigten.

»Paradoxerweise könnte sich ausgerechnet diese Etappe, die durch deutsche Hoheitsgewässer führt, als die gefährlichste erweisen«, erklärte Becker. Mit dem Finger zeichnete er die Route der *U-233* durch das Kattegat, die Meerenge zwischen Schweden und Dänemark.

»Wollen Sie damit sagen, dass wir ausgerechnet diese Gewässer nicht kontrollieren?«, fragte Franke.

»Genau. Die Gewässer zwischen Dänemark, Schweden und Norwegen sind von den Alliierten vermint worden. Neben ihrer Luftüberlegenheit ist das ein weiteres Problem, mit dem wir fertig werden müssen.«

Jäckel nickte langsam.

Becker stieß mit dem Finger auf die Karte. »Untiefen hier, hier und hier. Engpässe zwischen Sjælland und Fyn und zwischen der Halbinsel Jütland und der schwedischen Küste.«

»Wie seicht sind diese Untiefen?«, fragte Jäckel.

»An vielen Stellen weniger als zehn Faden – circa achtzehn Meter. Die *U-233* ist ein großes Boot. Braucht mindestens fünfundzwanzig Meter unterm Kiel, um zu tauchen und sich zu verstecken. Sie merken allmählich, worauf wir uns eingelassen haben, meine Herren?«

Ito und Sawada beugten sich sichtlich grübelnd über die Karte, sagten jedoch kein Wort.

Becker fuhr fort. »Nach dem Ablegen werden wir strengste Funkstille halten. Während unserer Testfahrten haben wir mehrere hundert Nachrichten zwischen Kiel und dem BdU hin und her geschickt. Um unsere Abfahrt zu tarnen, wird Bernau weiterhin Blindnachrichten senden, die so klingen, als befänden wir uns noch im Hafen. Kiel wird in unserem Namen Nachrichten zurückfunken.«

»Aber wie alle U-Boote nutzen wir doch den Enigma-Code, und der ist nicht zu knacken!«, wandte Franke ein.

»Nicht zu knacken?«, entgegnete Becker höhnisch. »Es ist schon ein wenig zu oft passiert, dass alliierte U-Jagdeinheiten ›zufällig‹ unsere ›Wolfsrudel‹ aufbrachten. Ich teile das Vertrauen unserer Befehlshaber in die Enigma nicht. Außerdem müssen wir uns ohnehin vor der norwegischen und der dänischen Küstenwache schützen, die jede U-Boot-Bewegung an die Alliierten melden. Deshalb müssen wir ja auch im Schutz der Dunkelheit ablegen.«

Die Japaner besprachen leise miteinander, was Becker soeben erläutert hatte.

»Also«, fuhr dieser fort, indem er eine neue Karte unter dem Stapel auf dem Tisch hervorzog. Mit der Hand glättend breitete er sie aus. »Der schwierige Weg in die Nordsee stellt erst den Anfang unserer Reise dar. Von Norwegen aus steuern wir in nordwestlicher Richtung bis zur Passage zwischen den Shetland- und Orkneyinseln. Wieder ein Engpass, der zudem scharf kontrolliert wird, aber mit dieser Route gewinnen wir fast eine ganze Woche. Danach gelangen wir südlich von den Färöern in den Atlantik und begeben uns auf die längste Etappe unserer Fahrt, die wir schnorchelnd zurücklegen werden – eine verdammt unerfreuliche Art, per U-Boot zu reisen, weil sie uns körperlich und seelisch allerhand abverlangen wird ... aber anders ist es nicht möglich.«

Becker wandte sich an den Leitenden Ingenieur.

»Ja, die Schnorchelfahrt ist die Hölle, aber, wie der Kapitän schon gesagt hat, notwendig. Wir waren zusammen auf solch einer Fahrt, als die Luftzufuhr abgeriegelt wurde und die Diesel sämtlichen Sauerstoff aus dem Boot absaugten, sodass die Besatzung fast erstickt wäre. Die verdammten Motoren haben so ein Vakuum erzeugt, dass wir nach dem Auftauchen fast die Luken nicht aufgekriegt hätten. Und als wir's endlich geschafft hatten, hat die einströmende Luft den I WO von der Turmleiter geschleudert, und er hat sich beide Beine gebrochen.«

Becker schaute seine Gäste der Reihe nach an. »Noch Fragen?«

Jäckel und Franke erwiderten Beckers Blick nicht, sondern hefteten die Augen auf die Seekarte. Becker nahm an, dass sie nun zum ersten Mal mit der harschen Realität konfrontiert worden waren und sie erst einmal verdauen mussten.

Die Japaner redeten wieder miteinander, dann sagte Ito: »Wir sind zuversichtlich, Kapitän, dass Sie uns durch diese Meerengen und diese verminten Gewässer bis in den Atlantischen Ozean bringen können. Und auch nach Penang.«

Becker wünschte, er könnte ebenfalls so zuversichtlich sein. Er wusste es besser: Er wusste, dass ihrer aller Schicksal womöglich nicht durch seine Fähigkeiten als U-Boot-Kommandant entschieden würde, sondern durch pures Glück.

* * *

Als die Männer die Messe verließen, sagte Becker: »LI, bleiben Sie bitte. Ich habe ein paar Fragen zu den Motoren.«

Er zog den schweren grünen Vorhang zum Gang zu. Dann bot er dem Leitenden Ingenieur eine Zigarette an und gab ihm Feuer. Der Mann legte den Kopf zurück und blies den Rauch nach oben, in das Gewirr aus Kabeln und Rohren.

»Ich schätze, Herr Kaleun, dass Sie mit mir nicht unbedingt über die Maschinen sprechen wollen.«

»LI, Sie und ich sind alte Kameraden, wir haben schon viele Fahrten zusammen gemacht. Elf Kriegseinsätze, nicht wahr?«

»Zwölf.«

»Und auf mindestens sechs Einsätzen haben Sie mir das Leben gerettet.«

»Ach was.« Der Leitende Ingenieur schüttelte den Kopf. »Hab nur meine Pflicht getan.«

»Und deshalb sind Sie der Mann, an den ich mich stets um Rat wende. Sie haben mich noch nie enttäuscht, LI.«

Neugierig schaute der ihn an.

Becker spielte mit dem schweren vernickelten Aschenbecher, der in der Mitte des Tisches stand. »Ich möchte hören, wie groß Ihrer Meinung nach die Chance ist, diese Männer und ihre Ladung heil zu den Japanern zu bringen. Sie wissen so gut wie ich, dass die Chancen fünfzig zu fünfzig stehen. Oder sollte ich mich irren?«

Der Leitende Ingenieur zögerte keine Sekunde. »Sie haben recht – aber Ihre Schätzung ist zu optimistisch. Ich setze unsere Aussicht auf Erfolg geringer an.«

»Und was halten Sie von diesen Leuten: von Jäckel, Franke und den Japanern?«

»Jäckel ist ein aufdringlicher Klugscheißer. Wenn's hart auf hart kommt, wird er versuchen, das Kommando zu übernehmen. Franke ist Jäckels Lakai, der lernen will, wie man ein aufdringlicher Klugscheißer wird. Die Japsen werden wohl beim ersten Anzeichen von Gefahr die große Flatter kriegen.«

Becker nickte nachdenklich. »Da stimme ich Ihnen zu, LI. Die machen uns noch Probleme.«

»Und ich sag Ihnen noch eins, Herr Kaleun: Diese Ladung – ich hab da ein ganz blödes Gefühl ...«

»Irgendeine Vermutung, was in den Behältern stecken könnte?«

Der Leitende Ingenieur blickte düster drein. »Nein. Die machen mir einfach nur Bauchschmerzen.«

»Und mir erst. Aber wir haben unsere Befehle, und selbst wenn kaum Aussicht auf Erfolg besteht, haben wir keine andere Wahl, als die Befehle zu befolgen.«

»Da bin ich mir nicht so sicher.« Der Leitende Ingenieur

blickte Becker direkt in die Augen, dann wandte er den Blick ab.

»Sprechen Sie sich ruhig aus.«

Der Ingenieur warf einen Blick über die Schulter zu dem verhängten Gang. »Hitler ist fertig«, sagte er mit gedämpfter Stimme, »wir alle sind fertig. Selbst wenn wir's überleben, wie wird unser Land dann aussehen? Aufgeteilt unter den Amis und den Roten. Ich hab Gerüchte gehört, dass manche U-Boot-Kommandanten mit ihren Mannschaften nach Südamerika abhauen wollen. Wenn ich die Wahl hätte, dann wäre ich auch für –«

»Ein wärmeres Klima und ein neues Leben?«

Becker wusste, dass der Leitende Ingenieur Frau und drei Kinder beim Angriff auf Dresden verloren hatte, einem Vorläufer von Itos zerbombtem Tokio. Und wie Manfred, der Höhlenbewohner von Charlottenburg, so hatte auch der Leitende Ingenieur seinen einzigen Sohn verloren, als dessen U-Boot im Mittelmeer versenkt wurde. Obwohl ihre Welt um sie herum in Stücke zerbrochen war, sprachen Becker und der Leitende Ingenieur nie darüber.

Beckers Gedanken wanderten zurück nach Charlottenburg, zu der gemütlichen Wohnung, in der Katia und er gelebt hatten, zu der sonnigen Küche an einem Frühlingsmorgen, in der Katia beim Kaffeekochen leise vor sich hin summte. Er fragte sich, wie schwer es sein würde, nach dem Krieg ein neues Leben aufzubauen – *falls* er überlebte. Und Martha. Was würde aus Martha?

»Was halten Sie denn von Südamerika?«, erkundigte er sich vorsichtig.

»Käpt'n, Sie kennen doch meine Antwort: Ich gehe dahin, wo Sie hingehen.«

»Was wäre mit der Mannschaft, mit den Männern, die Familie haben?«

»Vielleicht könnten ihre Familien nachkommen.«

»Und unsere Gäste?«

»Die Japsen könnten um Asyl bitten, bis die Amis mit Tokio fertig sind. Und was Jäckel und Franke angeht ...« Wieder warf er einen Blick auf den grünen Vorhang. »... wäre ich dafür, sie über Bord zu werfen. Können ja nach Deutschland zurückschwimmen.«

Becker grinste. »Sie sind aber grausam, LI.«

»Ist ja auch ein grausamer Krieg.«

In diesem Augenblick ertönte ein Klopfen am Rahmen des Schotts, das vom Gang in die Messe führte. Becker schob den Vorhang beiseite und blickte seinem I WO ins Gesicht, Mütze und Schultern feucht von schmelzendem Schnee.

»Was gibt's, Freitag?«

»Herr Kapitän. Ich soll Ihnen Folgendes von Major Jäckel ausrichten: Ein Oberstleutnant vom Reichssicherheitshauptamt ist mit Dokumenten eingetroffen, die Sie bitte unterzeichnen wollen.«

»Na schön. Danke für den Bericht, LI. Ich werde jede Pferdestärke brauchen, die Ihre Maschinen leisten können.«

»Dann sehe ich zu, dass Sie sie kriegen.« Der Leitende Ingenieur drängte sich an Freitag vorbei und verschwand im Gang.

* * *

»Herr Kapitän.« Oberstleutnant Erich von Manstein berührte seinen Mützenschirm.

»Was sind das für wichtige Dokumente, die meiner Unterschrift bedürfen?«

»Die Ladeliste, zum Beispiel«, erklärte Jäckel.

Von Manstein schüttelte seinen Soldatenmantel aus und bettete seine Handschuhe in die Mütze, die er auf den Tisch gelegt hatte. Dann holte er einen Schlüssel aus der Tasche und schloss die Handschelle auf, mit der sein Handgelenk an einen polierten Metallaktenkoffer gefesselt war, auf dem der Reichsadler prangte. Er holte eine Reihe Papiere aus dem Koffer und schraubte einen Füllfederhalter auf, den er Becker präsentierte.

»Soll ich denn blind unterzeichnen – ohne zu wissen, worum es sich handelt?«, fragte dieser.

»Eine reine Formalität«, sagte von Manstein.

Auf dem Tisch lag ein mehrseitiges Dokument, das an seiner offenen Seite mit dunkelrotem Band verschnürt war. Von Manstein wies auf eine Stelle des Aktendeckels, wo Becker unterzeichnen sollte.

»Ihre Unterschrift bezeugt, dass Sie die Ladung an Bord Ihres Schiffes angenommen und für die Fahrt verstaut haben. Danach haben Sie die Ladung der Obhut Major Jäckels übergeben, sodass Sie von jeder weiteren Verantwortung dafür entbunden sind.«

»Dann unterschreibe ich gern.« Becker nahm den dargebotenen Füller und unterzeichnete. »Was immer in diesen Behältern ist, gehört nun Ihnen, Major. Ein ganz schöner Packen, den Sie sich da aufhalsen.«

»Und Sie wollen bitte hier unterschreiben, Herr Major«, sagte von Manstein.

Jäckel kritzelte seine Unterschrift. Von Manstein starrte verblüfft auf den Schnörkel.

»Haben wir uns schon einmal getroffen, Herr Major?«, fragte er neugierig.

»Ich glaube nicht, Herr Oberst.«

»Vielleicht in Berlin, im Reichssicherheitshauptamt. Ihr Name kommt mir bekannt vor, nicht aber Ihr Gesicht.«

»Ich denke, ich würde mich daran erinnern, wenn wir uns kennengelernt hätten.«

»Nun, heutzutage ist ja alles durcheinander«, sagte von Manstein, steckte die Dokumente wieder in den Koffer und befestigte die Handschelle.

Jäckel schaute auf seine Uhr. »Sie sagten doch, Sie wollten vor Morgengrauen auslaufen, Kapitän. In dem Falle habe ich noch einiges zu erledigen.«

Von Manstein nahm seine Mütze vom Tisch. »Und ich habe eine lange Fahrt nach Berlin vor mir.«

Freitag erbot sich, den Oberstleutnant nach oben zu bringen.

»Jedenfalls wünsche ich Ihnen eine gute Reise«, sagte von Manstein abschließend, während er kopfschüttelnd die drangvolle Enge der *U-233* betrachtete. »Ich für mein Teil ziehe es ja vor, festen Boden unter den Füßen zu haben. Ist doch irgendwie sicherer.«

* * *

Ihre Augen verfolgten ihn. Nachdem Becker seinen Seesack gepackt hatte, saß er auf der Kante des zerwühlten Bettes und begegnete ihrem Blick. Martha hatte geweint, und nun waren ihre Augen rot und verschwollen. Dennoch war sie eine schöne Frau. Sie kam an seine Seite. Er roch das Parfüm, das sie in die Haare gekämmt hatte, und ihre Schnapsfahne. Er wollte unbedingt in dem Bewusstsein gehen, dass er sie weder verletzt noch benutzt hatte, aber er wusste, dass dies nicht möglich war – auch wenn sie einst versichert hatte, sie würde ihn gehen lassen, wenn die Zeit gekommen war. Er wusste, Katia hätte dies schwer missfallen: Nicht die Tatsache, dass er sich eine Geliebte genommen hatte, sondern dass er diese Geliebte so kalt behandelte. Er hatte sich verändert. Katia hätte ihn nicht wiedererkannt.

»Das Zimmer ist bis Ende des Monats bezahlt«, sagte Becker. »Du musst also nicht raus.«

»Ich will hier aber nicht bleiben, wenn du fort bist.«

Becker zog ein Bündel Reichsmark aus seiner Seemannsjacke und hielt es Martha hin. »Nimm. Ich weiß nicht, wie lange sie noch gültig sind.«

Martha wollte die Scheine nicht nehmen, deshalb schob er das Bündel in eine Tasche ihres ausgefransten Bademantels. »Du wirst das Geld brauchen.«

»Ich brauche nichts.«

Schweigend saßen sie und lauschten dem steten Tropfen des Wasserhahns. Dem leise knisternden, winzigen Kohlenofen, der das Zimmer nicht zu heizen vermochte. Vor der Pension, die einige Monate ihr Zufluchtsort gewesen war, fuhr ein Lastwagen vorbei, dessen rasselnde Schneeketten die Fenster zum Klirren brachten.

Ein Frösteln durchfuhr Martha. Sie zog die Schultern hoch, zog den Saum ihres Kleides über die bloßen Knie. »Du hast mir noch nicht gesagt, wann du zurückkommst. Vielleicht soll ich es ja auch nicht wissen, und ich verstehe das.«

Becker nahm ihre Hand. »Ich … ich komme vielleicht nicht zurück.«

»Oh«, murmelte sie, als ob dadurch alles erklärt wäre.

Was schuldete er ihr? Als er sie zum ersten Mal gesehen hatte, war sie mit einem anderen Mann zusammen gewesen, einem U-Boot-Matrosen, mit dem sie in einer Kneipe getrunken hatte. Bei ihrer zweiten Begegnung war Martha allein gewesen, und er hatte sie mit auf sein Zimmer genommen. Sie hatten geredet, Cognac getrunken, doch beide konnten nicht warten. Martha hatte volle Brüste mit dunklen Nippeln und ein kastanienbraunes Vlies zwischen den langen Beinen, in der Farbe ihrer Haare. Völlig anders als Katias blondes Haar. Sie war auch ganz anders im Bett, sagte ihm, was sie wollte, was sie brauchte, erregte ihn mit Worten. Sie hatte ihm Hoffnung gemacht, dass ein neues Leben möglich sei. Zumindest dafür schuldete er ihr etwas.

Becker legte einen Arm um Martha, spürte ihr Frösteln. Sie versuchte etwas zu sagen, doch er hielt ihr den Mund zu. Sie schob seine Hand fort und bot ihm den Mund zum Kuss. Er schloss sie in seine Arme, griff mit den Händen in ihr Haar und drückte sie aufs Bett. Dann waren sie vereint, vergaßen die Zeit und alles um sich herum, taten, als hätte nichts sich verändert, als könnten sie ihr Leben fortführen wie bisher.

Drei Kilometer westlich von Schwerin, 9. März

Der Luftangriff kam so unerwartet, dass von Manstein lediglich Zeit hatte, seinem Fahrer eine Warnung zuzubrüllen, bevor er sich auf den Boden des Mercedes warf. Die Gewalt der Explosion hob das große Automobil hoch und schleuderte es zwischen die Bäume, die hoch zu beiden Seiten der Straße emporragten.

Einen Augenblick später waren die sechs RAF-Mosquito-Mk.IV-Bomber bereits über sie hinweggebraust und hinterließen eine Schneise der Zerstörung hinter sich. Die Scheinwerfer des Mercedes hatten selbst bei Abblendlicht ein hervorragendes Ziel abgegeben. Nun war der Wagen nur noch ein Schrotthaufen, halb in einen Baum gebohrt.

Von Mansteins Fahrer Otto Zapp, Unteroffizier der Wehrmacht und Ostfrontveteran, lag auf dem Rücken im Schnee und hörte nur noch Motor und Getriebe des Mercedes, die aus der Motorhaube gerissen worden waren und nun beim Abkühlen leise knackten.

Zapp schmeckte Blut. Sein Unterkörper fühlte sich seltsam kalt an. Er hob ein wenig den Kopf und sah die schwarzen Umrisse der Bäume vor dem heller werdenden Himmel und hoch über seinem Kopf den Baldachin kahler Äste.

»Oberst? Oberstleutnant von Manstein?!«

Zapp stützte sich auf die Ellenbogen und sah sich um. Von Manstein war nicht zu sehen, nur das rauchende Wrack des Mercedes. Er schaute an sich herunter und entdeckte ein Blutbad: Sein Unterkörper fehlte, und etwas, das aussah wie eine Kette grauer Würste – seine Eingeweide – war aus seinem Torso gequollen. Eine riesige Blutlache hatte den Schnee schwarz gefärbt.

Zapps Schreie wurden von einer Hand im schwarzen Handschuh erstickt, die sich über seinen Mund legte. Er schaute in ein dunkles, unbekanntes, wie gemeißelt wirkendes Gesicht. Der Mann legte einen Finger auf die Lippen und bedeutete ihm zu schweigen, dann hielt er eine schallgedämpfte Mauser an Zapps Schläfe. Ein weiterer Mann trat an den Rand von Zapps Gesichtsfeld. Er gab ein Signal, wartete die Hinrichtung ab und winkte dann dem Mann mit der Pistole, ihm zu folgen.

Zapp hörte ihre knirschenden Schritte im Schnee. Er warf den Kopf zurück und wollte schreien, doch er starb, bevor der Schrei seiner Kehle entwichen war.

MAYFAIR, LONDON, 10. MÄRZ

Tatjana wartete bereits auf Rees. Ihre Zunge steckte in seinem Mund, bevor er den Mantel abgelegt hatte. Sie trug das Kleid aus rosenfarbener Seide, das er ihr gekauft hatte, dazu Helen Rees' Granatkette und Armband, die seiner Meinung nach hervorragend dazu passten.

»Du siehst umwerfend aus.«

Er reichte ihr eine Tüte, in der eine Flasche Vorkriegs-Château-Margaux steckte, die er auf dem Schwarzmarkt bekommen hatte. »Sei ein Schatz und schenk uns ein.«

Tatjana fasste ihm an den Schritt. »Zuerst sag mir, dass du mich liebst.«

»Was?«

»Sag es.«

»Natürlich ... ich liebe dich.«

Sie versuchte, ihm die Aktentasche aus der anderen Hand zu nehmen, doch er entzog sie ihrem Griff.

»Nein, nein, darum kümmere ich mich. Sorg du nur für den Wein.«

Rees schloss die doppelt gesicherte Tür zu seinem Arbeitszimmer auf. Er knipste die Schreibtischlampe an, ging in die Hocke und öffnete den Wandsafe hinter seinem Schreibtisch, in dem er Geheimdokumente aufbewahrte. Er holte die Dokumente, die er während der Besprechung in Whitehall benötigt hatte, aus seiner Aktentasche, stieß sie auf bündige Kante und legte sie auf ein oberes Brett im Safe, neben einen brandneuen US-Army Colt 45er Automatik und eine Zigarrenkiste mit Goldsovereigns.

Er bebte am ganzen Körper. Seine Lenden schmerzten. Oh Gott, was sollte er nur tun? Er war besessen von Tatjana. Dieses kleine Luder war versauter als die blonde Marinesergeantin und tat Dinge mit ihm, von denen er bei Helen nur träumen konnte. Er war ein großes Wagnis eingegangen, als er ihr den Wohnungsschlüssel überließ, aber es hatte sich gelohnt, denn er war überzeugt, dass sie sich langsam in ihn verliebte, und das verlieh der Affäre zusätzlichen Reiz. Aber wie sollte er die Geschichte weiterführen? Immer öfter sprach Helen davon, dass sie mit ihrer Tochter Pamela nach London heimkehren wolle, nun, da der Krieg sich dem Ende näherte und ihre Mutter in einem Sanatorium untergebracht war.

Rees hatte aufgepasst, dass er mit Tatjana nie in der Öffentlichkeit gesehen wurde, er hatte achtsam Clubs und Theater gemieden. Tatjana war immer nur durch die Gartenpforte ins Haus gekommen, und er war sicher, dass niemand von der Affäre wusste, auf jeden Fall nicht seine Kollegen des MI-6, in Whitehall und am Grosvenor Square, und auch nicht seine Nachbarn, die genug eigene Sorgen hatten: tote oder vermisste Angehörige, Lebensmittelrationierung und Plünderungen, die hie und da vorgekommen waren. Tagsüber gab es niemanden, der seine Wohnung hätte beobachten können, nur der hiesige Brandwart, und der war für gewöhnlich betrunken. Doch Helen drängte nun mit aller Macht nach Hause, und er sah keine Möglichkeit, sie davon abzuhalten. Die Dinge konnten außer Kontrolle geraten. Rees war verzweifelt, aber er wollte das Mädchen nicht aufgeben. Er schob die schwere Safetür zu.

»Gefalle ich dir, David?«

Tatjana war ins Arbeitszimmer getreten. Abgesehen von Strumpfhaltern, Strümpfen und hochhackigen, vorn offenen Pumps war sie nackt. In der einen Hand hielt sie die Flasche Margaux, in der anderen zwei Weingläser.

Rees sprang mit offenem Munde auf.

Tatjana stellte die Flasche und die Gläser auf den Schreibtisch, dann beugte sie sich über die Platte wie eine räkelnde Katze, wobei sie Papiere, Bücher und Stifte beiseiteschob. Sie streckte die Arme aus und umklammerte die Kante. Die

Brüste auf die Schreibunterlage gepresst spreizte Tatjana die Beine.

»Fick mich, David. Tu mir weh. Sofort.«

Rees riss sich die Kleider vom Leib und drang in sie ein. Sein Stöhnen mischte sich mit ihrem, sie atmete stoßweise auf die Tischplatte. Er gab ein leises Knurren von sich und sagte, er könne sich nicht mehr beherrschen. Sie spürte, wie er zitterte, und klammerte sich fester. Selbst als er härter in sie hineinstieß und zum Höhepunkt kam, hielt sie ihren Blick auf den offenen Safe geheftet.

* * *

Trunken von Alkohol und Sex lag Rees ausgestreckt auf der Couch und schnarchte. Er hatte Tatjana zweimal auf dem Tisch gebumst, beim zweiten Mal hatte sie auf dem Rücken gelegen, die Beine über seine Schultern gelegt. Danach hatten sie den Margaux und einen polnischen Wodka getrunken.

Als Rees sich zur Seite rollte und sein Gesicht in die Sofakissen bohrte, hüllte sich Tatjana in den Überwurf und tappte barfuß den Flur entlang ins Arbeitszimmer. Die Dielen unter ihren Füßen fühlten sich wie Eis an, und sie zitterte vor Kälte. Oder war es die Angst vor Entdeckung?

Sie knipste die Schreibtischlampe an und stellte fest, dass Rees sich nicht die Mühe gemacht hatte, aufzuräumen, nachdem er mit ihr fertig war. Alles im Zimmer war so, wie sie es verlassen hatten, seine umgekrempelten Hosen und die fortgeschleuderte Krawatte lagen noch auf dem Boden. Der Safe war verschlossen, und der Griff über dem Kombinationsschloss in der horizontalen Verschlussstellung. Rees' abgenutzte Aktenmappe lag aufgeklappt da, war aber leer, die Papiere, die er von der Besprechung am Grosvenor Square mitgebracht hatte, lagen wohlverwahrt im Safe. Tatjana war, nachdem sie fertig waren, aufreizend vor ihm auf und ab geschritten, während Rees Wein getrunken und sie angestarrt hatte. Er war so abgelenkt gewesen, dass er die Safetür nachlässig mit dem Knie zugestoßen hatte, doch ob er den Safe auch verschlossen hatte, wusste sie nicht.

Tatjana hielt den Atem an und horchte, ob Rees sich rührte. Nichts. Irgendwo in der Ferne bellte ein Hund, und die Uhr über dem Sims des künstlichen Kamins im Arbeitszimmer tickte leise. Sie sah sich um und schätzte die Entfernung ab, erinnerte sich, wie sie mit dem Gesicht nach unten auf dem Schreibtisch gelegen hatte, dann auf dem Rücken, und entdeckte schließlich eine geeignete Stelle für den Gegenstand, den sie in der Hand hielt. Als sie ihn verstaut hatte, richtete sie die Schreibtischlampe aus, um den Safe besser im Blick zu haben. Sie ließ sich auf Hände und Knie nieder und zog an dem Griff, hoffte, dass die Tür vielleicht nur ge- und nicht verschlossen war.

»Was zum Teufel machst du da?«

Tatjana stieß einen leisen Schrei aus. »Du hast mich erschreckt«, sagte sie.

Rees, der in durchhängender Unterhose und kurzen schwarzen Socken lächerlich aussah, packte ihren Arm und riss sie unsanft in die Höhe.

Tatjana verzog das Gesicht. »Du tust mir weh, David.«

»Ich hab dich was gefragt ...«

»Ich habe ... das gesucht.« Sie zeigte auf den goldenen Ohrring, den sie unter die Anrichte gezwängt hatte. Sie versuchte, ihren Arm freizubekommen, aber Rees hielt ihn eisern fest.

»Wie überaus passend. Ein verdammter Goldohrring.« Er ließ sie los.

»Er muss sich gelöst haben, während wir miteinander schliefen.«

Rees' Blick wanderte von dem Ohrring zu Tatjana, die sich bückte, um das Schmuckstück aufzuheben.

Sie zeigte ihm den Ohrring. »Siehst du. Er gehört Helen. Erinnerst du dich?«

Rees schwieg. Er musterte das Zimmer, als wollte er ein Verzeichnis der darin enthaltenen Gegenstände aufstellen, dann sammelte er seine Kleider ein. Er warf einen Blick auf den Schreibtisch, suchte vielleicht nach irgendwelchen Beweisen für ihr Liebesspiel. Dann sagte er eisig: »Lass dich nicht noch einmal hier drin erwischen. Hast du mich verstanden?«

»David, ich –«

»Hast du verstanden?«

Sie wandte die Augen ab und nickte. Mit der Hand bedeckte sie die hässliche rote Druckstelle an ihrem Arm.

Rees schob Tatjana in den Korridor und löschte das Licht. Er verschloss die Zimmertür mit einem Schlüssel, den er aus der Tasche seiner zerknitterten Anzughose gefischt hatte.

Tatjana berührte ihn. »David, ich wusste ja nicht ... bitte, sei doch nicht böse ...« Sie schob ihre Hände unter den Taillenbund seiner Unterhose und zog sie herunter.

»Tatjana, ich glaube nicht, dass ich schon wieder ...«

Aber sie sah, dass er konnte, und kniete sich vor ihn hin.

CATTERHAM GREEN, 12. MÄRZ

»Es ist alles da, David.«

Rees schaute von Blackthorne zu Mackenzie. »Wie bitte, Sir Stuart?«

»Wir können niemanden ohne schlüssige Beweise überzeugen, so haben Sie es jedenfalls ausgedrückt.«

»Nun ja, stimmt«, gab Rees zu.

»Und genau die haben wir jetzt«, sagte Mackenzie ruhig von der anderen Seite des Zimmers, nachdem er seinen Pink Gin gekippt hatte und an seinen Schreibtisch getreten war. Er nahm einen Ordner vom Tisch und wedelte damit. »Schlüssige Beweise. Alle hier drin.«

»Es war eigentlich ein Glückstreffer«, erklärte Blackthorne. »Vor drei Nächten hat Schwerin von der RAF ordentlich Dresche bezogen. So ganz nebenbei erwischte es auch ein deutsches Offiziersauto, in dem ein Oberstleutnant vom RSHA saß.«

»RSHA? Mein Gott!«, stieß Rees hervor, begierig auf den Rest der Geschichte.

»Und ausgerechnet dieser Oberstleutnant von Manstein hatte keine drei Stunden vorher Kiel besucht. Er hatte Papiere dabei, die das bestätigten.«

Mackenzie übernahm das Wort. »Von dem Mann war nicht mehr viel übrig, aber im Wrack seines Wagens haben sie einen intakten Dokumentenkoffer gefunden.«

»›Sie‹, Sir Stuart?«

»Ein norwegisches Kommando«, erklärte Blackthorne. »Es hatte sich bereits eine Woche früher eingeschmuggelt, um ein paar Brücken in der Gegend um Schwerin zu sprengen. Diese Sprengungen sollten synchron zum Fliegerangriff ablaufen. Die Soldaten waren also in der Nähe und warteten auf ihren Einsatz, als sie die Explosion hörten und den Oberst und seinen Fahrer fanden, Letzteren übrigens noch lebend, aber ohne Beine. Muss schrecklich für den armen Kerl gewesen sein.«

»Und sie haben Dokumente gefunden. Faszinierend«, staunte Rees.

»Die Norweger haben diese Papiere in eine konspirative Wohnung in der Gegend gebracht«, berichtete Mackenzie. »Sie haben sie fotografiert und den Film über Mittelsmänner in Rostock und Kopenhagen zu uns geschleust. Er ist heute Morgen am Broadway eingetroffen.«

Mackenzie öffnete die Mappe und reichte Rees einen Stapel körniger Schwarzweißaufnahmen. »Diese haben wir erhalten, es sind Kopien von drei Ladelisten. Sehen Sie sich Foto Nummer vier der ersten Gruppe an. Es sagt uns alles, was wir wissen müssen.«

Während Rees die Aufnahmen hin und her schob und zu erraten suchte, was er da sah, fuhr Mackenzie fort.

»David, die Deutschen wollen den Japanern nicht die Rohstoffe für eine Atombombe, sondern für etwas anderes schicken, für etwas, das viel schrecklicher und gefährlicher ist.«

»Was könnte schlimmer sein als Materialien, aus denen man die Bombe bauen kann?«

»Rohmaterial für biologische Waffen. Bakteriologische Kriegsführung, David, eine höchst grässliche Kriegsführung, die von sämtlichen zivilisierten Staaten dieser Erde geächtet wird – nur von den Deutschen und den Japanern nicht.«

Mackenzie ließ seine Worte wirken, bevor er fortfuhr. »Ich muss Ihnen ja nicht erst sagen, David, dass die japanischen Kriegsherren durchaus in der Lage wären, aus diesem Rohmaterial eine Waffe zu bauen, die sie gegen die Amerikaner im Pazifik einsetzen und damit das Blatt zu ihren Gunsten wenden könnten. Stellen Sie sich die Millionen Menschen vor, die solchen Stoffen zum Opfer fallen würden: Anthraxerreger oder Beulenpest, von einem Flugzeug über einer Invasionsflotte oder einem Sammelpunkt abgeworfen.« Er schüttelte den Kopf. »Die Verheerungen wären unglaublich.«

»Mein Gott!«, stieß Rees hervor. »Das wird doch wohl die Amerikaner überzeugen, dass sie dieses U-Boot finden müssen.« Er beugte sich wieder über die Fotos und stellte fest, dass das Rohmaterial in Edelstahlkanistern steckte, die in die Minenschächte des Unterseebootes geladen werden sollten.

»Wir würden selbst gern einen Blick auf diese Ladung werfen«, sagte Blackthorne. »Wir können nur hoffen, dass die Amerikaner sämtliche Informationen mit uns teilen werden. Dann können wir vielleicht ähnliche Waffen entwickeln, um die Roten in Schach zu halten.«

Rees wusste alles über die bevorstehende Konfrontation mit Stalin und seinen Volkskommissaren. Offiziell wurde solches Gerede missbilligt, aber am Broadway sprach man ganz offen darüber, sah sich doch das MI-6 in prominenter Stellung, um die Nachkriegspolitik der beiden Machtblöcke zu entwickeln.

Mackenzie machte sich einen frischen Drink, dann stellte er sich in die Zimmermitte und sagte mit einer Geste auf die Fotos, die Rees immer noch in Händen hielt: »Es gibt jedoch eine Komplikation, David.«

Wie immer, dachte Rees. Aber welche? Abhängig von politischen Rücksichtnahmen, vielleicht.

»Als das norwegische Kommando versuchte, die Originaldokumente in das Autowrack zurückzulegen, mussten sie feststellen, dass die Jerrys ihnen zuvorgekommen waren. Die hatten die Bescherung in Windeseile aufgeräumt und waren schon wieder fort, bevor das norwegische Kommando alles in Ordnung bringen konnte.«

Rees zuckte zusammen. »Verdammter Mist! Wissen die, dass wir die Dokumente gefunden haben?«

»Das können wir nicht feststellen, fürchte ich. Wir müssen es abwarten.«

»Vielleicht taucht etwas darüber in den Bletchley-Dechiffrierungen auf«, warf Blackthorne ein. »Und wenn ja ...« Er stand auf und ließ die Schultern hängen.

»Martin hat recht. Es kann nicht lange dauern, bis die Jerrys merken, dass die Dokumente verschwunden sind. Wenn es so weit ist, werden sie zwei und zwei zusammenzählen, und dann wird es wahrscheinlich darum gehen, wer zuerst bei diesem U-Boot ist. Wir oder die.«

»Aber vielleicht pfeifen sie es zurück.«

»Vielleicht. Auf jeden Fall müssen wir ihre Ladung in die Hände bekommen.«

Rees versuchte sich die möglichen Auswirkungen vorzustellen. »Das ist alles so verdammt unwirklich. Ich meine, bakteriologische Kriegsführung. Und in diesem Ausmaß. Eine derartige Waffe könnte die ganze Welt verseuchen.«

»Wir wissen noch nicht viel über biologische Kampfstoffe«, gab Mackenzie zu. »Leider haben wir nicht genug über bakteriologische Kriegsführung geforscht. Vernünftige Menschen sollten mit solchen Substanzen nicht herumspielen. Ich erinnere mich, dass auch wir mal in dieser Richtung Versuche angestellt haben, das war 1931, im Norden von Sunderland. Haben ein paar Schafe und Ziegen gekillt. Ist aber etwas ganz anderes, es auf Menschen anzuwenden. Viel zu grauenhaft, um es auch nur in Betracht zu ziehen. Wir müssen dieses Boot also abfangen. In Bletchley legen sie ab jetzt Sonderschichten ein; wollen doch mal sehen, ob wir nicht den genauen Zeitpunkt seines Ablegens bestimmen können und vielleicht eine ungefähre Vorstellung seiner Route.«

Rees, der immer noch die Aufnahmen studierte, schüttelte den Kopf. »Irgendeine Ahnung, Sir Stuart, welches U-Boot wir jagen?«

»Nicht nur eine Ahnung, es steht schwarz auf weiß in diesen Papieren: die *U-233*. Aber ich weiß sogar noch mehr, ich kann Ihnen den Namen des Kommandanten verraten: Es ist Horst Becker. Und die beiden japanischen Wissenschaftler, die an Bord sind«, er schüttelte den Kopf, »sind extra dazu ausgebildet worden, um diesen Albtraum auf die Amerikaner loszulassen.«

Rees stellte sich eine erneute Lagebesprechung mit den Amerikanern am Grosvenor Square vor. Er stellte sich ihre Gesichter vor, die zuerst ungläubigen, dann erschrockenen Mienen, wenn er die Beweise zeigte, die ihnen schließlich die Bedeutung von Kondor klar machen würde. Er sah Ghormans hervorquellende Augen, sah, wie der geschniegelte Carroll die Warnung telefonisch an Reims weitergab; er stellte sich vor, wie er zu Besprechungen nach Washington gebeten wurde. Die Maschinerie würde mit voller Kraft anlaufen. Flieger und Seeleute würden sich auf die Suche nach der *U-233* begeben. Ein ganz nettes Spektakel. Schade, dass er nicht dabei sein konnte, wenn sie Herrn Beckers Unterseeboot an die Oberfläche zwangen und die Besatzung gefangen nahmen.

* * *

Nachdem Rees gegangen war, stand Mackenzie mit dem Drink in der Hand vor dem Kamin. Über die Schulter sprach er zu Blackthorne. »David sieht fertig aus, finden Sie nicht? Als hätte er unglaublich hart gearbeitet. Hat er das, Martin?«

»Nicht mehr als wir alle.«

Mackenzie schwieg eine Weile, dann sagte er: »Seine Frau – Helen, nicht wahr? – ist fort gewesen?«

Blackthorne stellte sich neben Mackenzie und starrte ebenfalls in das prasselnde Feuer. »Rees hat sie und die Tochter in die

Cotswolds geschickt. Sie wohnt dort bei ihrer Mutter und kümmert sich um die alte Dame.«

»Er ist also in letzter Zeit ganz allein gewesen?«

Blackthorne wurde zurückhaltend. Mackenzies Frage, die wie ein lästiger Schwarm Schmeißfliegen in der Luft hing, war nicht misszuverstehen. »Ich habe niemals Grund gehabt, etwas anderes anzunehmen.«

Mackenzie wandte sich Blackthorne zu. »Verstehen Sie mich recht, ich will ihn nicht einer Sache anklagen, an der er unschuldig sein mag. Ich spüre nur etwas bei ihm, das vorher nicht da war, das vor dieser Kondor-Geschichte nicht da war. Er kommt mir ein bisschen abgelenkt vor. Ich kann es nicht genau ausmachen, aber ...« Er wandte sich wieder dem Feuer zu. »Wir haben ihn mit einer heiklen Mission betraut. Es geht um hochsensibles Material. Verstehen Sie, worauf ich hinauswill, Martin?«

»Durchaus.«

Mackenzie schüttete den Rest seines Gins ins Feuer und betrachtete die aufflackernden Flammen. »Es wäre vielleicht gut, über seine derzeitige Wohnsituation Bescheid zu wissen. Zumindest würde es mich beruhigen.«

»Ich kümmere mich sofort darum«, versicherte Blackthorne.

»Gut. Ich möchte nämlich nicht, dass David uns überrascht, so wie er bald die Amerikaner überraschen wird.«

HYDE PARK, LONDON, 13. MÄRZ

Tatjana entdeckte Alexi Suwerow am Eingang zum Park in der Bayswater Road, wo er rauchend und ohne Hut im Regen stehend auf sie wartete. Er schloss sich ihr an, und zusammen schritten sie langsam in Richtung Kensington Gardens.

»Der Mann ist ein Schwein«, sagte sie. »Ein Rammbock.«

Suwerow schwieg.

»Ich bin so wund, dass ich kaum gehen kann. Ich habe Blutungen.«

»Bitte den Arzt in der Botschaft, dass er dich untersucht«, schlug Suwerow vor.

»Dieses Schwein? Der ist noch schlimmer als Rees.«

Suwerow zuckte die Achseln.

Es schien kälter zu werden. Tatjana schlang die Arme um den Leib und fröstelte.

Suwerow warf seine Zigarette fort, nahm ihren Arm wie ein ungeduldiger Liebhaber und führte sie auf den Round Pond zu. Trotz der Entwarnung und Londons langsamer Rückkehr zur Normalität waren nur wenige Menschen im Hyde Park, und Tatjana spürte Suwerows Ungeduld und Unruhe.

»Hast du den Safe gesehen?«

»Ja, aber er war verschlossen. Die Papiere waren auf jeden Fall darin.« Sie wandte den Blick ab, sah dann wieder Suwerow an. »Aber er hat mich erwischt.«

Suwerow blieb jäh stehen. Drohend schaute er sie über seine zusammengefalteten Hände hinweg an, mit denen er das brennende Streichholz schirmte.

»Hast du für einen Vorwand gesorgt?«

»Natürlich. Ich hatte einen Ohrring hingelegt und habe ihm gesagt, dass ich ihn gesucht hätte.«

Suwerow wedelte das Streichholz aus. »Und – hat er dir geglaubt?«

»Was hätte er denn sonst tun sollen?«

Suwerow pflückte einen Krümel groben schwarzen Machorkautabak von seiner Unterlippe. »Was noch?«

»Er hat lange telefoniert, bevor er ins Bett ging. Ich konnte nicht hören, was er sagte. Heute Morgen schien er besorgt und zerstreut zu sein. Ich bin früh gegangen, habe ihm gesagt, ich müsste zur Agentur, ein besonderer Auftrag. Ich habe mich in der Apotheke versteckt und gesehen, dass er eine halbe Stunde später gegangen ist. Als er ging, hatte er seine Aktentasche dabei.«

Suwerow rieb seine lange Nase. »Bringt er abends immer Papiere in die Wohnung mit und schließt sie im Safe ein?«

Tatjana hob die Schultern. »Ich glaube ja, aber ich bin erst ein paar Tage bei ihm, ich weiß es nicht genau.«

Suwerow setzte sich wieder in Bewegung. Er zog die Schultern hoch und bohrte beide Hände in die Taschen seines Capes. Die Zigarette schien an seiner Unterlippe zu kleben.

»Wir haben nicht viel Zeit«, mahnte Tatjana.

»Warum nicht?«

»Seine Frau.«

»Was ist mit seiner Frau?«

»Sie will unbedingt nach Hause. Er hat mir gesagt, er versucht sie zu überzeugen, in den Cotswolds zu bleiben, bis der Krieg vorbei ist.«

»Es ist schon sinnvoll, wenn sie und die Tochter dortbleiben«, meinte Suwerow.

Tatjana blieb stehen und zeigte auf die andere Seite des Parks. »Siehst du das nicht?«

Suwerow folgte ihrem deutenden Finger zu einer der Flakbatterien, von denen Hyde Park umgeben war. Arbeiter zerrten Sandsäcke von dem eingegrabenen Geschütz fort und karrten sie auf Lastwagen. Auf der anderen Seite waren die Flaks bereits entfernt worden, und die Gruben mit Erde aufgefüllt.

»Der Krieg ist vorbei. Und Mrs will nach Hause kommen. Ich kann sie gut verstehen.«

»Der Krieg ist noch nicht vorbei, Genossin«, erklärte Suwerow kategorisch. »Und es ist dein Job, dafür zu sorgen, dass seine Frau und seine Tochter noch nicht heimkommen.«

Tatjana starrte ihn verblüfft an. »Mein Job …? Aber wie soll …? Ich habe doch keine Macht über …«

»Du besitzt Macht über Rees. Gebrauche sie. Wie, ist mir egal, nur nutze sie. Wir brauchen noch ein bisschen mehr Zeit. Vielleicht eine Woche. Die Dinge entwickeln sich rasend schnell, und Moskau erwartet, dass wir Ergebnisse liefern – bald.«

»Aber Alexi Petrowitsch, ich …«

Suwerow packte Tatjana grob am Arm und zog sie weiter. Ihre Füße knirschten auf dem groben Kiesweg. Schließlich fragte er: »Was für ein Safe ist es?«

»Ein Mosler Sentinel.«

Suwerow schwieg, bis sie sich dem Round Pond näherten. Dort blieb er stehen und wandte sich Tatjana zu. Tropfen glitzerten in seinem schwarzen Haar. Sein Blick ruhte auf ihren schönen, aber traurigen Augen. Er reichte ihr ein kleines Päckchen. »Da sind zwei drin, aber du darfst nur eine benutzen. Zwei würden ihn umbringen. Verstehst du?

»Ja, natürlich.«

»Gut. Mach weiter wie bisher. Ich geb dir Bescheid, wenn wir planen, es zu beenden.«

Tatjana schwieg. Ein Beben durchfuhr sie.

Suwerow wandte sich zum Gehen, hielt aber noch inne. »Denk daran, was ich gesagt habe. Lass dich vom Arzt untersuchen.« Er warf seine Zigarette fort. »Ich möchte nicht, dass dir etwas Schlimmes geschieht.«

Er schlenderte in die Richtung, aus der er gekommen war.

Tatjana legte die Hände auf ihren Bauch und kämpfte gegen die Übelkeit.

Teil zwei

Die moderne Wissenschaft gibt dem
Menschen schier unglaubliche Mittel
zur Zerstörung in die Hand.
Es ist von höchster Wichtigkeit, dass
Deutschland allen anderen Völkern
in der Forschung voraus ist, denn
wer eine revolutionäre Erfindung in
diesen Krieg einbringt, hat die
größere Aussicht auf den Sieg.

Joseph Goebbels

4. Kapitel

Im oberen Kattegat, 14. März

Becker richtete sein Zeiss-Fernglas auf die nebelverhüllte Insel Læsø, die in nordöstlicher Richtung vor der Küste Jütlands lag. Die *U-233* war seit ihrem Auslaufen aus Kiel gut vorangekommen. Vor Kurzem hatte Becker das Patrouillenboot verabschiedet, das, als Geleitschutz und Minensucher dienend, die *U-233* in nördlicher Richtung geführt hatte. Nun, auf sich gestellt und die baldige Morgendämmerung erwartend, war es Zeit abzutauchen und den Schnorchel zu benutzen, um sich vor den feindlichen Fliegern zu schützen, die die norwegischen und dänischen Gewässer patrouillierten.

Über den Bug backbords erspähte Becker die gezackte violette Küstenlinie Dänemarks. Er sah Schwärme von Seevögeln, die von ihren Brutgebieten auf dem Festland aufstiegen und am Himmel kreisten. Er beobachtete, wie der mächtige Bug des Bootes eintauchte und die Wellen teilte, auftauchte und sich vom Sog der Seen befreite. Wenn er so wie jetzt auf dem Turm stand und sich den eisigen Wind und die Gischt um die Ohren wehen ließ, fühlte sich Becker allein auf See, wie ein Entdecker, der ins Unbekannte aufbricht.

Wie zynisch, dass er und seine Männer bis jetzt überlebt hatten, nur um einen wahnsinnigen Befehl des Führers auszuführen, der einen ohnehin verlorenen Krieg verlängern würde. Wenn sie von ihrer Mission zurückkehrten, was würden sie dann vorfinden? Würde man sie zu Helden ernennen? Nein, nach dem Krieg würde es in Deutschland keine Helden mehr geben; darum würden sich die Sieger schon kümmern. Lieber den Fluchtweg nach Südamerika und in das Unbekannte einschlagen.

Die *U-233* ächzte und tauchte in ein Wellental, sodass Gischt über den Turm und über Beckers Gesicht und Schultern sprühte. Er trug graugrüne Ledersachen, kein Ölzeug, und die Gischt, die das Leder schwarz färbte, war unter seinen Kragen gedrungen und nässte Pullover und Hemd. Doch es machte Becker nichts aus; der beginnende Tag und die salzige Gischt waren erfrischend und gaben ihm ein Gefühl der Lebendigkeit.

Mit beiden Händen umklammerte er das Schanzkleid, das die offene Grube umgab, die auf einem U-Boot als Brücke galt, und schloss die Augen. Durch die Korksohlen seiner Seestiefel spürte er, wie das Deck unter dem schweren Stampfen der Diesel vibrierte. Er hörte, wie I WO Freitag einem der beiden Ausgucke einen Befehl zumurmelte. In wenigen Minuten würde er Tauchalarm läuten lassen.

Martha kam ihm in den Sinn. Sie hatte einen Riss in der Mauer gefunden, die er um seine Gefühle gebaut hatte, und sie hatte an diesem Riss gekratzt, bis die Mauer eingestürzt war. Becker hatte sich geschworen, dass dies niemals geschehen sollte, und doch es war geschehen. Jeder andere Mann hätte sich nach dem Tod seiner Liebsten umgebracht, er hingegen hatte eine Mauer um sich gezogen. Doch diese Mauer vermochte ihn nicht vor der eisigen Hand seiner Schuldgefühle zu bewahren. Wieder sah er Martha vor sich, wie sie in der elenden Dachkammer gehockt hatte, traurig und voller Schmerz. Ihr einziges Verbrechen hatte darin bestanden, sich in einen Mann zu verlieben, der immer noch seine tote Frau liebte.

»Herr Kaleun …?« Freitag trat auf Becker zu.

Becker reagierte nicht.

»Soll ich Tauchalarm läuten?«

Sie war seine Traumfrau gewesen. Lang herabwallendes blondes Haar, ein rotes Taftkleid, das um ihre göttlichen Schultern und Hüften raschelte. Als er sie zum ersten Mal sah, saß sie bei Kaffee und Linzertorte mit ihren Eltern in dem eleganten Speisesaal des Luisenhofes. Träge goldene Engel schwebten an der Decke und schauten Dresdens Hautevolee beim Nachmittagskaffee zu.

»Herr Doktor Schumann, Frau Schumann und …« Zusammenschlagen der Hacken und kurzes Nicken von Beckers damaligem befehlshabendem Offizier, einem Freund der Familie Schumann. »Fräulein Katia Schumann. Erlauben Sie, dass ich Ihnen meinen Adjutanten vorstelle, Leutnant zur See Horst Becker?«

Später erinnerte er sich von dieser Begegnung nur an Frau Schumanns schmuckfunkelndes Dekolleté, Doktor Schumanns Spitzbart und gestrengen Blick hinter dem Monokel, und – natürlich – Katia.

»Hast du damals an Liebe auf den ersten Blick geglaubt?«, hatte Katia in ihrer Hochzeitsnacht gefragt, in seine Arme geschmiegt.

»Nicht, bevor ich in den Luisenhof kam«, hatte er fröhlich geantwortet.

Das war keine Lüge: Ihre Begegnung war Schicksal gewesen, davon waren er und Katia überzeugt. Noch oft hatte sie diese Frage gestellt, und seine Antwort war im Laufe der Jahre auf »Luisenhof« zusammengeschrumpft. Katia hatte die Frage auch an jenem Abend gestellt, als Becker in Berlin den Zug nach Kiel bestieg. Da hatte er sich aus dem Abteilfenster gebeugt, vom Dampf der Lok eingehüllt, und seine Lippen hatten die Antwort geformt. Danach warf er Katia und Hedda bei der Abfahrt des Zuges eine Kusshand zu. Es war das letzte Mal, dass er die beiden sah.

Freitag räusperte sich.

Becker stützte beide Ellenbogen auf das Brückenschanzkleid, hob das Glas vor die Augen und richtete es noch einmal auf Læsø. Dann sagte er: »Zwei Grad steuerbord, Herr I WO, auf null-sechs-zwei.«

»Aye, Kapitän.« Freitag wiederholte den Befehl und rief ihn hinab zu dem Rudergänger im Turm.

»Wir werden auf Untiefen stoßen, sie liegen hart an unserem neuen Kurswinkel, eine halbe Seemeile östlich von Hornfisken. Wissen Sie, wo das liegt, Freitag?«

Freitag erstarrte. Verlegen nagte er an seiner Unterlippe.

»Hab ich's doch gewusst.«

»Herr Kaleun, ich ...«

»Halten Sie unseren neuen Kurs fünf Minuten. Dann können Sie den Schnorchel ausfahren und Tauchbefehl geben.«

»Aye, aye, Kapitän.«

Becker begab sich zu dem offenen Luk, um unter Deck zu gehen. Er barg sein Fernglas in der Armbeuge, stützte sich am Lukdeckel ab und trat auf die oberste Leitersprosse. Mit einem Blick gen Himmel überlegte er, ob er ihn wohl noch einmal sehen würde.

Bevor er sich in das Luk hinabließ, sagte er zu Freitag: »Nach dem Mittagessen werden Sie die Seekarten studieren und die Navigationsrisiken der Fahrt durch das Kattegat und den Skagerrak aus unserem Befehlsbuch auswendig lernen. Danach werden Sie mir, dem Leitenden Ingenieur und dem Navigationsoffizier eingehend berichten. Ist das klar, Freitag?«

»Jawohl, Herr Kaleun. Völlig klar.«

»Gut. Dann wollen wir mal sehen, ob Sie uns vor den Klippen bewahren können.«

* * *

Jäckel wartete in der Messe.

»Ist es nicht allmählich Zeit zu tauchen, Kapitän?«

Becker streifte sein Lederzeug ab, gab jedoch keine Antwort. Einer der Köche stellte einen Teller mit Butterbroten, ein Schälchen Marmelade und einen Kaffeebecher an Beckers Platz.

»Es ist schon fast heller Tag«, beharrte Jäckel, »und ...«

»Alaaaa-r-r-r-m-m!«, brüllte Freitag durch das Luk hinab.

Der Tauchalarm scheuchte die Besatzung auf ihre Gefechtsstände; laut trampelten Stiefel durch die engen Gänge.

In der Zentrale brüllte der Leitende Ingenieur gegen die scheppernden Motoren, das Zischen der komprimierten Luft und das Rinnen und Glucksen des Wassers an, das in die Tauchzellen strömte: »Fluten! Tiefe dreißig Meter! Vorne zehn abwärts! Schnorchelventil öffnen und melden.«

Das Deck neigte sich, und Becker balancierte geschickt seine Kaffeetasse, sodass nicht ein Tropfen verschüttet wurde.

»Was sagten Sie gerade, Major?«

Jäckel wandte den Blick ab. »Ach, nichts.«

»Sie haben recht, besorgt zu sein. Ein U-Boot an der Wasseroberfläche ist ein Ziel, von dem jeder Bomberpilot träumt. Und es scheint wirklich ein schöner Tag zu werden. Ungehinderte Sicht. Zu schade, dass Sie nicht oben waren.«

Seit sie in Kiel abgelegt hatten, war Jäckel unter Deck geblieben und hatte Beckers Einladung ausgeschlagen, sich zu ihm auf die Brücke zu gesellen. Franke, der unter leichter Seekrankheit litt, lag in seiner Koje. Die beiden Japaner, von der gleichen Krankheit heimgesucht, hatten Schlaftabletten genommen und waren schon seit Stunden nicht mehr gesehen worden.

Becker hörte ein Knacken in den Ohren. Da die Diesel durch den Schnorchel Luft ansaugten, entstand allmählich ein Vakuum im Boot. Papierschnipsel und anderer Müll wurden langsam durch das Schott der Offiziersmesse in Richtung Maschinenraum gesogen.

Jäckel schluckte, um den Druck in seinen Ohren zu mildern.

»Gewöhnen Sie sich besser daran, Major. Sonst wird es nur schlimmer. Aber für unseren Führer sind wir ja bereit, jegliche Mühsal zu erdulden, nicht wahr?«

Jäckel bedachte Becker mit einem strengen Blick. Seine Stimme klang eisig. »Ich halte nichts von Ihrer ungezwungenen Einstellung unserem Führer gegenüber. Ehrlich gesagt ist sie ein schlechtes Beispiel für Ihre Besatzung. Und außerdem ...«

In diesem Augenblick erschien Freitag in der Tür. Seine Wangen waren von Kälte und Wind gerötet. Er warf einen argwöhnischen Blick auf Becker und meldete, dass II WO Cremer das Kommando übernommen habe. Er nannte Kurs, Geschwindigkeit und Tiefe der *U-233*, dann entschuldigte er sich, um in der Kommandozentrale die Seekarten zu studieren.

»Und außerdem, Major«, fuhr Becker fort, als Freitag gegangen war, »geht meine Besatzung Sie überhaupt nichts an. Sie werden feststellen, dass meine Männer allesamt Realisten sind, gewillt, ihre Arbeit zu tun und ihr Leben aufs Spiel zu setzen, auch wenn sie wissen, dass der Krieg vorbei ist – oder vielleicht sollte ich besser sagen, verloren ist. Es könnte auch Ihnen nicht schaden, diesem Umstand einige Gedanken zu widmen. Wir alle müssen uns den Tatsachen stellen und uns auf eine neue

Welt vorbereiten, eine Welt, in der wir nicht die Eroberer und die Sieger sind, sondern der Rest einer einst stolzen Nation und ihrer Armee.«

»Halten Sie keine Vorlesungen, Becker. Ich bin keiner Ihrer Matrosen.«

»Ich halte keine Vorlesungen, Major. Ich versuche, Ihnen die Fakten begreiflich zu machen. Vor uns liegt eine lange Reise. Ich denke, Sie werden mir beipflichten, dass die Chance äußerst gering ist, dass sich Deutschland bei unserer Rückkehr noch im Krieg befindet. *Falls* wir überhaupt zurückkehren.«

»Wissen Sie, Becker, ich bin Optimist, kein Zyniker. Im Gegensatz zu Ihnen glaube ich an den Führer, der so lange kämpfen wird, wie es möglich ist. Und deshalb werden wir nicht verlieren. Allein die Tatsache, dass wir uns auf dieser Fahrt befinden, ist ein Beweis dafür.«

Becker schürzte die Lippen. Jäckel war gewillt, sein Leben für einen Wahnsinnigen wegzuwerfen, der davon träumte, die Welt zu beherrschen. Gewillt, sich für den Ruhm des Vaterlandes zu Kanonenfutter machen zu lassen.

»Major, ist Ihnen schon mal in den Sinn gekommen, dass unsere Mission keinerlei Auswirkungen auf den Ausgang des Krieges haben könnte?«

»Was wollen Sie damit sagen, Becker? Dass wir umkehren, dass wir unsere Befehle missachten sollen?«

Becker musste lachen. »Nein, nur, dass es nutzlos sein mag, selbst wenn wir es nach Penang schaffen, und dass Sie über Ihre Zukunft nachdenken sollten, über eine Welt ohne den Führer, und wie Sie in diese Welt hineinpassen.«

Jäckel schrak zurück. »Eine Welt ohne den Führer ist undenkbar!«

Becker erhob sich. Er starrte auf seine Kaffeetasse und die

Reste seines Brotes. »Ja, da haben Sie wohl recht. Dennoch gibt es unter uns welche, die sich auf eine andere Welt vorbereiten.«

* * *

Mühsam seine Wut und Verlegenheit unterdrückend lieferte Freitag seine Navigationskenntnisse vor Becker, dem Leitenden Ingenieur und Navigationsoffizier Rotteck ab.

Rotteck, der sich für Freitag schämte, hielt die Augen gesenkt, hatte die Hände in die Taschen gebohrt und nickte zu Freitags Einschätzung der Fahrtbedingungen im Skagerrak.

»Wir werden um 21.00 den Leuchtturm von Kristiansand an der norwegischen Küste passieren – der natürlich verdunkelt ist. Nach meinen Berechnungen werden wir ungefähr um 05.00 morgen früh die Nordsee erreichen.«

»Wo wir uns nordwärts wenden und an den Shetlandinseln vorbeifahren werden«, ergänzte Becker. »Das haben Sie sehr gut gemacht, I WO.«

»Danke, Herr Kaleun.«

Becker zog die Pantograflampe über den Kartentisch und griff Entfernungen auf der Seekarte mit dem Stechzirkel ab.

»Seerohrwache rund um die Uhr, bis wir Kristiansand passiert haben. Halbstündliche Ablösung. Extraportion Dosenpfirsiche für jeden Mann, der eine englische Fregatte oder ein Patrouillenboot entdeckt. Den Tommys gehört die Nordsee, wir müssen also doppelt wachsam sein. Was ist so komisch, LI?«

Der Leitende Ingenieur schüttelte den Kopf. »Ich dachte nur gerade, Herr Kaleun, wie sich die Dinge doch verändert haben. Vor einem Jahr hätten wir der Seerohrwache noch 'nen ordentlichen Schnaps angeboten. Jetzt müssen sie sich mit Pfirsichen begnügen.«

Becker grinste und schob seine weiße Mütze zurück. »Vor einem Jahr hatten wir auch noch *Männer* auf den Booten und keine kleinen Jungen!«

Oberkommando der Kriegsmarine, Bernau, 15. März

Karl Dönitz schaute von dem Bericht auf, den ihm Generaloberst Varnbüler vom RSHA gegeben hatte. Dass ein Offizier von Varnbülers Rang die Dokumente überbrachte, belegte die Wichtigkeit, die Schellenberg diesen beimaß.

Der Mund des Großadmirals bildete eine schmale Linie. Seine Stimme klang hart wie Stein. »Es besteht keine Möglichkeit, dass diese Information falsch ist?«

»Mit Verlaub, Herr Großadmiral«, entgegnete Varnbüler und verneigte sich ein wenig, »Brigadeführer Schellenberg versichert, dass die Suche außergewöhnlich gründlich durchgeführt wurde, die Dokumente jedoch nicht gefunden werden konnten.«

Dönitz reichte den Bericht über die Schulter an Konteradmiral Godt und Fregattenkapitän Hessler weiter. »Der Teufel soll die Engländer holen.«

»Aber wie?«, fragte Godt. »Wie konnten die Engländer die Dokumente bei diesem ... diesem Oberst von Manstein finden? Sie konnten doch unmöglich einen Luftangriff geplant haben, der zufällig von Mansteins Reiseroute kreuzte. Das ist einfach nicht möglich!«

Varnbüler senkte den Kopf. »Wenn Sie erlauben, Herr Admiral Godt ... Wie berichtet wurde, könnten alliierte Kommandos in der Nacht des Angriffs in der Gegend operiert haben. Wir glauben, dass sie in diesem Fall den Beschuss von Oberst von Mansteins Auto gesehen und die Dokumente an sich genommen haben könnten.«

Godt kniff die Augen zusammen. »Alliierte Kommandos?« Er reichte Hessler den Bericht.

»Norweger möglicherweise. In der Nacht davor wurde in Rampow ein Munitionsdepot zerstört. Wir haben Berichte erhalten, denen zufolge eine norwegische Einheit dafür verantwortlich war.«

Nachdem er den Bericht überflogen hatte, fragte Hessler: »Wer hat das Autowrack durchsucht?«

»Eine Panzergrenadiereinheit. Und nicht nur das Wrack, sondern auch die Umgebung, mehr als ein Morgen Waldgebiet.«

»Ist Reichsminister Speer informiert worden?«, fragte Dönitz.

»Nein, Herr Großadmiral. Brigadeführer Schellenberg wartet auf Ihre Entscheidung in dieser Sache.«

»Nun gut. Richten Sie ihm aus, dass wir den Bericht gründlich prüfen. Dann werde ich ihm persönlich mitteilen, ob wir Kondor abbrechen oder nicht.«

Nachdem Varnbüler gegangen war, sagte Godt mürrisch: »Es ist vorbei. Kondor ist gestorben. Die Engländer und die Amerikaner werden Becker jagen. Wir müssen ihn zurückrufen.«

»Er wird es niemals bis Penang schaffen«, stimmte Hessler zu. »Nicht einmal bis in den Atlantik.«

Dönitz presste eine Faust vor den Mund. »Der Meinung bin ich nicht.«

Godt und Hessler musterten ihn verblüfft.

»Das ist doch nicht Ihr Ernst, Karl?«, fragte Godt. »Ich stimme Günther zu, dass Becker absolut keine Möglichkeit mehr hat, die Mission zu erfüllen. Die Alliierten werden ihn jagen und versenken, und die Ladung wird mit ihm untergehen. Und wir müssen uns nicht nur vor Speer, sondern vor dem Führer persönlich verantworten. Wie stehen wir außerdem vor den Japanern da? Verstehen Sie, es geht mir nicht nur um Becker und seine Besatzung, sondern auch ...«

Scharf fiel ihm Dönitz ins Wort. »Nun? Auch um uns, ja? Um unseren guten Ruf, unsere Zukunft?«

»Karl, ich will damit doch nur sagen, dass –«

»Es gibt keine Zukunft mehr, sehen Sie das nicht ein? Wir sind fertig. Deutschland ist am Ende. Der Führer ist am Ende.«

Godt wurde kreidebleich. Nie hatte er Dönitz von Deutschlands Niederlage reden hören, immer nur von Sieg, Sieg und abermals Sieg.

»Der Krieg mit all seinen taktischen Überlegungen ist vorbei«, fuhr Dönitz mit erhobener Stimme fort. »Alles, was uns bleibt, ist unsere Ehre, und ich habe nicht vor, diese leichtfertig zu verschleudern, indem ich mich feige verstecke.«

Der Großadmiral trat mit verschränkten Armen vor die große Wandkarte. »Wenn die Engländer Kopien der Ladeliste besitzen, dann wissen sie, dass Penang das Ziel der Mission ist. Ein wichtiges Detail wissen sie jedoch nicht, nämlich, dass Becker vor zwei Tagen in Kiel abgelegt hat. Diese Information war nirgendwo in von Mansteins Dokumenten zu finden. Also hat Becker einen kleinen Vorsprung, der es ihm ermöglichen wird, in den Nordatlantik durchzuschlüpfen und zu verschwinden.«

»Herr Großadmiral«, wandte Hessler erschrocken ein, »dies ist das Todesurteil für Becker und seine Männer. Denn früher oder später werden die Amerikaner und die Engländer sie finden.«

Dönitz wendete sich seinem Schwiegersohn zu. »Ach ja, sicher?«

Hessler marschierte zur Karte und zeigte, was er meinte. »Die Alliierten haben südlich von Island einen U-Boot-Patrouillenkordon eingerichtet. Es wird sie wenig Mühe kosten, ihre Bomber und Schiffe Richtung Südosten zu den Färöern zu schicken, um nach der *U-233* zu suchen.«

»*Wenn* sie es tun«, konterte Dönitz.

»Mit Verlaub, Karl«, schaltete sich Godt wieder ein, »Sie wissen genau, dass sie das tun werden. Die *U-233* ist nicht mit Minen und Torpedos geladen, sondern mit Anthrax- und Pestbakterien. Wenn es nötig sein sollte, werden die Amerikaner und die Engländer den Ozean *leerpumpen*, um das Boot zu finden.«

»Aber nur, wenn sie glauben, dass die *U-233* irgendwo da draußen ist.«

»Was meinen Sie damit?«, fragte Godt.

Nach einem Moment des Nachdenkens erwiderte Dönitz: »Indem wir so tun, als würden wir Becker zurückrufen, könnten wir die Engländer und die Amerikaner überzeugen, dass wir Operation Kondor abgebrochen haben. Und wir würden ihnen damit zeigen, dass wir wissen, dass sie die Dokumente haben. Dann würden sie die Suche abbrechen, und Becker könnte unbehelligt weiter Richtung Penang segeln.«

Godt schüttelte nachdrücklich den Kopf. »Nein, Karl, das kann nicht funktionieren. Darauf werden sie nie reinfallen. Sie würden das Manöver sofort durchschauen.«

»Nicht, wenn sie darauf bauen, die Ladung heil zu kapern, statt sie mit dem Boot zu versenken.«

»Wollen Sie den Alliierten etwa ein Ziel zur Bombardierung anbieten?«, fragte Hessler.

»Denken Sie mal darüber nach. Wir schicken eine Reihe gefälschter Helix-Funksprüche, damit die Alliierten glauben, die *U-233* werde zurückgepfiffen und laufe Narvik an, nicht Kiel. Becker wird diese Nachrichten ignorieren. Wir senden, dass die *U-233* scharf bewacht und in Kürze entladen wird. Die Alliierten schießen sich auf Narvik ein, weil sie hoffen, die Bakterienstämme entweder zu zerstören oder in die Hände zu bekommen.«

»Und währenddessen fährt Becker gemütlich weiter nach Penang«, sagte Godt nachdenklich. »Ja, das könnte funktionieren.«

»Es muss«, betonte Dönitz. »Uns bleibt keine andere Wahl.«

»Und was ist mit Speer?«, fragte Hessler. »Was wird er dazu sagen?«

»Speer wird nicht unterrichtet«, sagte Dönitz. »Und der Führer auch nicht.«

»Aber Becker muss doch wenigstens Bescheid wissen?«, wagte Hessler einzuwenden.

Dönitz ging zu einem der hohen Fenster seines Büros und schaute hinaus. Sein mageres, schmales Gesicht spiegelte sich in der Scheibe. In der Ferne sah er die Bunker des Lagers Koralle, davor ein Ödland voller Asche. Ein Sinnbild für das zerstörte, verwüstete Land: Deutschland. Dönitz hatte geschworen, bis zum bitteren Ende zu kämpfen, und nun brauchte er Becker, um sein Ziel zu erreichen.

Er wandte sich vom Fenster ab, seine Lippen eine dünne, harte Linie. »Becker erfährt überhaupt nichts. Wir haben unsere Befehle. Jeder von uns muss kämpfen und wenn nötig sterben. Das gilt ebenso für Becker.«

Die Nordsee, 16. März

Morgendämmerung.

Die weiße Schirmmütze verkehrt herum aufgesetzt saß Becker auf dem »Sattel« des Angriffssehrohrs, Hände und Füße an den Steuerhebeln.

Das Auge fest ans Okular gepresst schwenkte Becker das Seerohr jeweils nur um wenige Grad. Er sah den schlangenartigen Kopf des Schnorchels ein wenig verschwommen, weil er dem Periskop so nahe war. Der Schnorchel glitt durch die Wellen, rülpste eine Dieselwolke aus und zog eine Schaumspur hinter sich her. Er gab ein wirklich hervorragendes Ziel ab, dachte Becker.

Dann schwenkte er das Seerohr auf den gegenwärtigen Kurs der *U-233* und stoppte abrupt. Was war das? Er schwenkte ein paar Grad zurück, stoppte wieder. Da war ein Fleck am Horizont. Eine Sturmbö oder Rauch? Ein grauer Regenvorhang oder die Abgasfahne aus dem Schlot eines Schiffes? Und wenn ja, was für ein Schiff?

»Vorne und achtern zehn aufwärts!«, befahl Becker.

»Jawohl, Kapitän.« Der diensthabende II WO Cremer in der Zentrale unter dem Turm gab den Befehl an die Tauchoffiziere weiter.

Das Deck der *U-233* kippte nach oben, die Nadel des Tiefenmessers strich über ein paar Gradzahlen hoch. Langsam stieg das Boot, bis der Turm nur noch wenige Meter unter der Oberfläche war. Wellen umspülten die Aufbauten der Brücke, den Seerohrbock und die Flak-Zwillingskanonen, und machten ein lautes, gurgelndes Geräusch, das fast das Dröhnen der Diesel übertönte.

»Verdammt, halten Sie sie gerade, II WO!«, rief Becker.

Er riskierte die Fahrt an der Oberfläche, damit das Seerohr hoch aus dem Wasser ragte und ihm einen guten Blick auf den nördlichen Horizont gewährte. Besser, er vergewisserte sich, dass von dort keine Gefahr drohte, als eine böse Überraschung zu erleben.

Die Besatzung, auf das geringste Anzeichen von Gefahr horchend, wechselte fragende Blicke. Die Wachgänger in der Zentrale schauten fragend zu Cremer und dem Leitenden Ingenieur, der auf die Fahrtveränderung reagiert hatte und aus dem Maschinenraum gekommen war.

»Was gibt es?«, wollte Jäckel wissen und schlängelte sich neben den Leitenden Ingenieur.

Der sagte nichts. Er rieb sich die öligen Hände an einem Baumwolllappen ab, den er aus der Hosentasche gezogen hatte, und begab sich zum Kartentisch, um den Kurs zu betrachten, der mit Bleistift auf die Karte gezeichnet war.

Nun kam auch Freitag, gefolgt von Navigationsoffizier Rotteck und Hauptmann Franke.

»Was ist los?«, fragte er, an keinen im Besonderen gewandt.

Der II WO Cremer zeigte nach oben, dann zuckte er die Achseln.

Becker hatte das Seerohr auf hohe Auflösung eingestellt und strengte sich an, durch die Nebelschleier am Horizont etwas zu erkennen. Da war etwas ... möglicherweise auch eine Luftspiegelung.

Freitag stellte einen Fuß auf die unterste Sprosse der Aluminiumleiter, die zum Seerohrstand hochführte, und spähte hinauf ins Dunkel. »Kapitän, haben wir Feindkontakt?«

Becker fuhr das Seerohr wieder herab und stieg vom Sattel. »Dachte, ich hätte was gesehen«, murmelte er beim Hinabsteigen. »War mir nicht sicher. Peilung null-null-fünf. Entfernung circa neuntausend Meter. Könnte ein Schiff sein. II WO, Sie können wieder auf Tauchfahrt gehen.«

»Aye, Kapitän.«

Gedankenverloren drängte sich Becker an Freitag vorbei. Er stützte die Ellenbogen auf den Kartentisch und berechnete mithilfe von Gradbogen und Stechzirkel Entfernungen und Kurs. »Möglicherweise auf südlicher Fahrt ... auf uns zu ... Gegenpeilung ... eine Sturmbö oder ...«, er kniff die Lippen zusammen, »... Rauch.«

Rotteck schnappte einen Bleistift, der fast vom Tisch gerollt wäre, als die *U-233* in die Tiefe stieß.

Jäckel torkelte durch die Kommandozentrale auf die Offiziere zu. »Wenn es ein feindliches Schiff auf der Suche nach uns ist, müssen wir uns eine Ausweichtaktik überlegen.«

»Nein, wir halten unseren Kurs.«

Jäckel wollte etwas einwenden, doch Becker gab bereits Befehl an Freitag. »I WO, Sie führen eine neue Sehrohrsuche mit Peilung drei-fünf-null bis null-eins-null durch. Wenn etwas auf uns zukommt, werden wir's in ...«, er warf einen Blick auf den Wandchronometer, »... einer halben Stunde wissen.«

»Aye, Kapitän.« Freitag huschte die Leiter zum Kommandoturm hoch.

»LI.«

»Jawohl, Kapitän?«

»Es mag sich auch als harmlos herausstellen. Aber halten Sie sich bereit, die Diesel abzustellen und das Schnorchelventil zu schließen.«

Die Erleichterung, dass die Schnorchelfahrt unterbrochen werden könnte, stand dem Leitenden Ingenieur ins Gesicht geschrieben. Er begab sich in den Dieselraum.

Becker nahm seine Mütze ab und fuhr sich mit den Fingern

durch das strähnige Haar, dann setzte er die Mütze wieder auf. »Major, Sie hatten etwas gefragt?«

»Was geht da vor, Becker?«

Franke gesellte sich zu ihnen.

»Vielleicht gar nichts. Ich treffe nur Vorsichtsmaßnahmen. Wir müssen damit rechnen, dass alliierte U-Jagd-Verbände das Gebiet überwachen, vielleicht nach uns suchen.«

»Und uns möglicherweise finden.«

»Ich versuche nur, es ihnen so schwer wie möglich zu machen, klar?«

»Ich habe Sie sagen hören, dass wir auf einem nördlichen Kurs sind und dieses feindliche Schiff auf einem südlichen.«

»Es muss nicht unbedingt ein Schiff sein.«

»Wir sollten rasch nach Süden abdrehen, bevor sie unseren Schnorchel sehen.«

Becker rieb sich das Kinn. »Wenn wir nach Süden abdrehen, geraten wir in einen Trichter, in den Ärmelkanal. Um komplette Manövrierfähigkeit zu behalten und unseren Zeitplan einzuhalten, müssen wir die Fahrt nach Norden fortsetzen.«

»Aber wir könnten angegriffen werden.«

»Major, ich schlage vor, dass Sie die Taktik mir überlassen. Ich will Ihnen keine Angst einjagen –«

»Ich habe keine Angst!«

Die Männer an den Stationen der Zentrale tauschten besorgte Blicke, wurden aber von der strengen Miene Cremers ermahnt, sich auf ihre Arbeit zu konzentrieren.

Jäckel reckte sein Kinn vor. »Ich bin für diese Mission verantwortlich, Becker, es liegt in meiner Hand, dass sie ein Erfolg wird. Ich erlaube Ihnen nicht, Mission oder Schiff aufs Spiel zu setzen. Ich werde nicht erlauben, dass Sie Risiken eingehen, um als Held dazustehen. Verstanden?«

Franke versuchte zu intervenieren. »Vielleicht sollten wir Kapitän Becker Zeit zur Identifizierung des Kontakts geben, Herr Major.«

Jäckels Gesicht glänzte im grellen Licht der Deckleuchten vor Schweiß. Er wischte es mit seinem Ärmel ab. »Ja, das scheint sinnvoll.«

»Dann setze ich die Suche fort«, sagte Becker. »Das heißt, falls Sie keine weiteren Einwände haben.«

Jäckel löste sich vom Kartentisch. »Ich bin in der Messe. Rufen Sie mich, sobald Sie etwas herausgefunden haben.«

* * *

Minuten später bestätigte Freitag einen Schiffskontakt.

»Einmaster Peilung zwei Grad Nordost«, meldete er, während Becker bereits auf dem Sehrohrsattel Platz nahm.

»Ich sehe ihn.«

Ein Mast mit einer Matratzenantenne an der Spitze kam über den Horizont.

Während Becker das Schiff beobachtete, wurden die Gefechtsstationen in der Zentrale besetzt. Da Diesel und Schnorchel gesichert waren, hatte sich eine seltsame Stille auf der *U-233* ausgebreitet; das einzige Geräusch kam vom zischenden Sehrohrmotor unter dem Oberdeck, wo Becker saß und mit Hebeln und Pedalen hantierte.

»Alle Gefechtsstationen bemannt und bereit, Kapitän«, meldete Freitag.

»Ist Major Jäckel da?«, rief Becker leise herunter.

»Steht genau unter Ihnen.«

Becker arretierte das Sehrohr und kletterte die Leiter hinunter.

Jäckel suchte seinen Blick. »Und?«

»Ein Zerstörer. Wahrscheinlich ein Engländer. Werden wir bald genau wissen.«

Die Nordsee, 16. März

»Irgendwas zu sehen, Nummer Eins?«

First Lieutenant Jeremy Potter sah von seinem Radarschirm auf. »Nichts, Sir. Nur See-Echos.«

»Großartig!« Commander Geoffrey Fleming von der Royal Navy, Kapitän des Zerstörers HMS *Ulster,* richtete seinen Sarkasmus auf die Radaranlage, nicht auf Potter. Nachdem er dies getan hatte, fühlte er sich ein wenig besser, ließ die selbstschließende Tür des Radarraums los und hörte sie zuknallen, während die Matrosen in dem rot erleuchteten Kabuff über ihren Instrumenten hockten.

Einen Augenblick später gesellte sich Potter zu Fleming auf der Brücke, wo der Kapitän versuchte, mit seinem Fernglas die neblige Morgenluft zu durchdringen. Die Sicht war überdies durch metallgraue, niedrig hängende Wolken erschwert.

Das nasse Deck unter ihren Füßen stampfte im Rhythmus der Schiffsturbinen und Hilfsmotoren. Von Backbord und Steuerbord erklang Platschen und Spritzen, und von oben tönte regelmäßig wie ein Herzschlag das »Ping!« des ASDIC durch einen Lautsprecher auf die Brücke.

»Zum Verrücktwerden«, sagte Fleming. Seine Atemwolke wurde von einer scharfen Bö über die Reling geweht. »Eben war es noch da, jetzt ist es verschwunden.«

»Ich denke nicht, dass wir noch etwas davon sehen werden, Sir, nicht am helllichten Tag. Soll ich einen Funkspruch an Admiral Ghorman vorbereiten?«

Fleming ließ die behandschuhten Hände sinken, und das Fernglas hing nunmehr gesichert am Riemen um seinen Hals. »Ich bin eher geneigt, noch einen Augenblick zu warten, Nummer Eins, ob wir nicht etwas aufscheuchen können, bevor wir Nachricht senden. Ist doch besser, wenn wir nicht nur unsere guten Absichten kundtun. Ah, danke sehr, Harris!«

Fleming und Potter nahmen die Becher mit der dampfenden Ovaltine-Schokolade von einem Steward entgegen. Sie wärmten ihre Hände an den schweren Porzellanbechern, die Wappen und Siegel der *Ulster* trugen.

Während er das heiße Getränk schlürfte, ging Fleming noch einmal im Geiste die Befehle durch, die er von dem U-Jagd-Verband Task Force 71 erhalten hatte, der von Ghorman zusammengestellt worden war und aus englischen und amerikanischen Einheiten bestand. Die *Ulster*, einer von mehreren Zerstörern, die der TF-71 vorausfuhren, war in gemächlichem Tempo fünfzig Kilometer südlich der schottischen Küste gefahren, als die beiden Matrosen im Ausguck etwas gemeldet hatten. Aber was? Fleming starrte über die graugrünen Furchen der Nordseewellen hinweg. Schließlich gab er das Grübeln auf und begab sich ins Brückenhaus. »Folgen Sie mir, Nummer Eins.«

Fleming rief den Navigationsoffizier, Sub-Lieutenant Watson, herbei, und während Potter besorgt zuschaute, sagte er: »Was auch immer der Ausguck im Morgengrauen gesichtet hat – Sehrohr, Schnorchel, auftauchender U-Boot-Turm – befand sich hier.« Er bohrte die Spitze des Zirkels auf 0°15' Ost und 57°3' Nord in die Seekarte. »Geschätzte 140 Kilometer östlich von Aberdeen.«

Potter und Watson schauten auf die Karte, bewahrten jedoch Schweigen.

Fleming warf den Zirkel hin. »Denken Sie *nach*, Gentlemen!

Wir suchen nach einem verdammten U-Boot. U-Boote tauchen ab, wenn sie nicht von ihren Feinden entdeckt werden wollen. Wenn das, was wir gesehen haben, tatsächlich ein auftauchender U-Boot-Turm war, dann hatten die höchstwahrscheinlich ihr Seerohr schon eine gute Stunde auf uns gerichtet, bevor wir sie überhaupt entdeckten!«

»Schön, Sir«, sagte Potter. »Ich sehe, worauf Sie hinauswollen. Wenn es die *U-233* ist, dann blockieren wir ihre nördliche Route in den Atlantik, also schleicht sie nun wahrscheinlich auf Tauchfahrt an der schottischen Küste entlang, um nicht entdeckt zu werden.«

»Ganz genau, Nummer Eins.« Fleming suchte nach seiner Ovaltine und merkte, dass er den Becher wohl auf der Brücke gelassen hatte. »Deshalb ...«

»Deshalb, Sir«, sagte Potter, »sollten wir vielleicht abdrehen und mit dem ASDIC eine Suche an der Küste durchführen?«

Bevor Potter noch die Richtigkeit seiner Folgerung würdigen konnte, gab Fleming bereits Befehle an Offiziere und Steuerleute.

»Neuer Kurs: zwei-sieben-null! Beide Maschinen volle Kraft voraus! Mr Braddock.«

Der Artillerieoffizier der Ulster trat vor und salutierte. »Sir?«

»Geben Sie Alarm und machen Sie Wasserbomben und Igel klar.«

Braddock machte große Augen. »Aye,aye, Sir!«

»Stehen Sie nicht so herum, Mann – Beeilung! Wir wollen diesen *Kraut* doch nicht entkommen lassen!«

* * *

»Alle Mann nach vorn! Schnell, schnell, schnell! Beide Tiefenruder hart abwärts! Beide Maschinen volle Fahrt voraus!«

Auf Beckers Befehl hin stürzten sämtliche Besatzungsmitglieder, die nicht mit der Steuerung des Bootes beschäftigt waren, durch Gänge und Schotts in Richtung Bug. Handbücher, Werkzeuge, Konservendosen, Kohlköpfe, Brotlaibe und Zitronen rollten über das stark geneigte Deck hinter ihnen her. Das Gewicht der Männer brachte die *U-233* dazu, ihre Nase zu senken, drückte sie unter die Oberfläche.

Becker hatte am Horizont die Aufbauten eines englischen Zerstörers ausgemacht und die *U-233* um weitere anderthalb Meter steigen lassen, um ihn durch das Seerohr genauer zu betrachten. Doch ohne Vorwarnung war das Boot so weit aufgetaucht, dass der Turm freikam. Der Tauchoffizier hatte es nicht verhindern können.

»Verdammt, LI, tiefer – sofort!«, hatte Becker gebrüllt.

»Jawohl, Herr Kaleun! Turm wieder getaucht.«

»Und halten Sie ihn unten, verdammt noch mal!«

Der Leitende Ingenieur, mühsam das Gleichgewicht haltend, war vor Beckers Wut zurückgezuckt, vor den Befehlen, die wie Peitschenhiebe niedergingen. Ebenso die beiden Tiefenrudergänger, die nun mit aller Kraft in die Handräder griffen, die den Neigungswinkel der Tiefenruder bestimmten.

»Sie können drauf wetten: Wenn die Tommys uns gesehen haben, geht's uns an den Kragen«, sagte Becker und rieb sich mit dem Handrücken über den Mund.

Mitten in die Aufregung hinein stürzte Jäckel und forderte eine Erklärung.

»Wir führen eine Übung durch«, sagte Becker trocken.

»Sind Sie verrückt?!«, fuhr Jäckel ihn an. »Da oben lauert ein englischer Zerstörer, und Sie führen eine Übung durch? Hat er uns gesehen?«

»Tiefe fünfundzwanzig Meter«, meldete der Leitende Ingenieur.

»Auf fünfzig gehen und halten«, befahl Becker.

Jäckel packte ihn am Ärmelaufschlag. »Ich habe gefragt, ob er uns gesehen hat?«

Becker bedachte den Mann mit einem vernichtenden Blick und machte sich los. »Das erfahren wir in wenigen Minuten.«

Die Matrosen, die Minuten zuvor noch blindlings in die vordere Abteilung geströmt waren, stolperten nun zurück in die Zentrale an ihre Gefechtsstationen. Ein Mann war von seinen Kameraden überrannt worden und hatte etliche blaue Flecke davongetragen, ein anderer war mit einem vorspringenden Maschinenteil kollidiert und hatte eine Platzwunde an der Stirn.

»Lassen Sie das vom Navigator verbinden«, sagte Becker zu dem Verletzten, der einen blutigen Lumpen an seine Stirn presste. Der Navigator, Rotteck, hatte neben der Navigation auch den Posten des Schiffsarztes inne.

Becker drängte sich an Jäckel vorbei und drückte sich in das Funkschapp, das achtern der Zentrale lag. Er tippte dem Funker, der die Kopfhörer des Unterwassermikrofons aufgesetzt hatte, auf die Schulter und zeigte auf sein Ohr.

»ASDIC und Schrauben, Peilung null-eins-acht«, meldete der Mann. »Entfernung ... circa fünftausend Meter, abnehmend.«

»Kurs?«

Der Funker nahm eine erneute Feinjustierung vor. »Genau Süd.«

Becker beugte sich vor und horchte an dem Kopfhörer mit: Er vernahm das Wirbeln der Schiffsschrauben und das fortgesetzte »Ping« des ASDIC.

Er richtete sich wieder auf. »Melden Sie jede Geschwindigkeits- und Richtungsänderung.«

»Jawohl, Herr Kaleun.«

»Rudergänger, steuern Sie Kurs zwei-acht-null. I WO, klarmachen für Schleichfahrt. Alle Mann auf Gefechtsstation!«

Jäckel folgte Becker zum Kartentisch. »Was nun?«

»Wir drehen nach Westen ab. Wenn wir den Tommys ausweichen können, schleichen wir uns die schottische Küste hinauf. Wenn wir schneller sind als sie und es bis Einbruch der Dunkelheit bis Kinnaird Head schaffen, können wir mit Schnorchel fahren. Und wenn wir noch mehr Glück haben, schaffen wir es, im Schutz der Dunkelheit die Orkneys zu umfahren.«

»Wenn, wenn, wenn«, sagte Jäckel und schüttelte ungeduldig den Kopf, als sei Beckers Plan ohnehin voller Fehler und zum Scheitern verdammt. »Viel zu viele ›Wenns‹.«

Fast hätte Becker den Mann angefahren, doch er besann sich. »Dann, Major, hätten Sie besser auf einem Schlachtschiff angeheuert und nicht auf einem Unterseeboot.«

* * *

Die Stunden krochen dahin. Schweigend kaute Becker auf einem Kanten Körnerbrot herum, das durch die feuchte Luft im Boot die Konsistenz und den Geschmack von Gummi angenommen hatte. Er roch seinen Schweiß und den der Männer um ihn herum. Ohne Wasser zum Waschen würde es in den nächsten Wochen noch viel schlimmer werden. Fast meinte er schon den Gestank von offenen Schiffsklos, verdorbenen Lebensmitteln, Dieselbenzin, Kieljauche und entzündetem Zahnfleisch zu riechen.

Becker fuhr sich mit der Hand über die Bartstoppeln. Er kam

sich vor wie ein Landstreicher und sah in seinem fleckigen rotkarierten Hemd, den ausgefransten Arbeitshosen und der speckigen Schirmmütze sicherlich auch so aus. Aber die *U-233* war nun seine Heimat – die einzige, die er noch besaß.

Mit der Führung des Bootes und den Diskussionen mit Jäckel beschäftigt hatte Becker keine Zeit mehr gehabt, sich über den Verlust von Katia und Hedda zu grämen. Auch keine Zeit für Selbstvorwürfe. Es war gewiss ein Fehler gewesen, Katia zu überreden, die Wohnung in Berlin zu behalten, statt mit ihm nach Kiel zu übersiedeln. Das Einzige, was sein Gewissen beruhigte, waren die vielen Häuser in Kiel und Umgebung, die ebenfalls von alliierten Bomben zerstört worden waren. Andererseits machte er sich etwas vor, wenn er glaubte, dies hätte den Ausschlag gegeben.

Martha kam ihm in den Sinn. Becker fragte sich, ob sie einen anderen Mann finden würde, der ihr ein Leben schenkte, wie sie es ersehnte, und dessen Aussicht auf Überleben besser war als seine. Er hoffte sehr, dass Martha so einen Mann fände, auch wenn es ihn eifersüchtig machen würde ... wozu er überhaupt kein Recht besaß, da auch er Martha einem anderen Mann ausgespannt hatte. Was sie in der kurzen Zeit ihres Zusammenseins erfahren hatten, kam einer tiefen Liebe sehr nahe. Becker wusste, wie sehr er sie verletzt hatte, als er sagte, es täte ihm leid, dass sie ihn liebte. Er hatte sie nicht verletzen wollen, aber am Ende hatte er es dennoch getan und hasste sich dafür. Eine weitere Verfehlung, die er seiner Liste schmerzlicher Erinnerungen hinzufügen konnte.

»Herr Kaleun ...« Der Funker zeigte auf seine Kopfhörer. »Zerstörer, schnelle Schraubenbewegungen, von Süd nach Ost.«

Becker sah Angst und fragende Blicke auf schweißglänzenden Gesichtern, spürte die bohrenden Blicke der Männer in seinem Rücken, während er in den hingehaltenen Kopfhörer lauschte.

Wühlende Schrauben und das prasselnde, durchdringende Geräusch des ASDIC, das nach einem Ziel suchte.

Vor ihnen erhob sich die Ostküste Schottlands mit stetiger Strömung und Steilküsten – ein gefährliches Gewässer für ein U-Boot auf Tauchfahrt. Und doppelt gefährlich, wenn man in solchen Gewässern von einem feindlichen Zerstörer gejagt wurde. Aber wenn Becker einen kühlen Kopf behielt und keine Fehler machte, würde er sie heil hier herausbringen.

»Herr Navigationsoffizier, Ihre Schätzung der Durchschnittstiefe innerhalb der Hundert-Faden-Kurve?«

Während Rotteck sich den Kopf zerbrach, wandte Becker sich an den Leitenden Ingenieur. »Wir steuern Richtung Ufer, krabbeln dort über die Felsen. Dass jetzt alles klargeht, ja?«

»Mein Wort darauf, Kapitän.«

Becker spürte die wachsende Spannung und fuhr Rotteck an: »Ich hab jetzt keine Zeit für ...«

»Zweiundzwanzig Faden, Kapitän.«

»Entfernung zum Ufer?«

»Unter zwei Seemeilen.«

Becker rechnete rasch im Kopf: Entfernung zu dem Zerstörer und zum Ufer, Unterwassergeschwindigkeit der *U-233*. Es wurde knapp, sehr knapp. Er wusste, dass sie es vielleicht nicht schafften.

* * *

Achselzuckend sah Geoffrey Fleming zum Morgenhimmel auf. Er roch in der Luft den nahenden Regen vom Festland her. Die

Ulster lief mit einer Geschwindigkeit von dreißig Knoten auf westlichem Kurs. In zehn Minuten würde er ihren Bug nach Nordwesten richten lassen, danach die Fahrt verlangsamen und eine ASDIC-Suche in einem schmalen Korridor zwischen Aberdeen und Kinnaird Head vornehmen. Mit etwas Glück konnten sie das U-Boot in flache Gewässer treiben und zum Auftauchen zwingen. Wenn es versuchen sollte, in tiefere Gewässer zu fliehen, musste es sich aus dem Netz befreien, das Fleming mit dem ASDIC auszuwerfen gedachte. Fleming war sicher, dass er das Boot der wartenden Task Force 71 in die Arme treiben konnte, Vizeadmiral Ghormans U-Jagd-Verband, der die Nordsee nördlich der Orkneys und der Shetlands überwachte. Alles hing somit davon ab, das U-Boot zu finden, es an der Stelle zu lokalisieren, die Fleming für die wahrscheinlichste hielt.

Der Regen kam. Von schweren Tropfen geplagt hüllte Fleming sich enger in seinen Mantel. »Nummer Eins.«

Potter kam aus dem Ruderhaus. »Sir?«

»Geben Sie mir geschätzte Ankunftszeit für Aberdeen und für Kinnaird Head, bei einer Geschwindigkeit von zehn Knoten«.

Potter lief in den Kartenraum.

Fleming beschattete seine Augen und stellte sich die schottische Küste vor, die vor dem Bug der *Ulster* unter rauchschwarzen Wolken lag. Wenn er Glück hatte, konnte er das U-Boot aufbringen und einen Funkspruch an die Task Force schicken, vielleicht bekam er dann eine Auszeichnung. Da der Krieg sich seinem Ende näherte, war dies womöglich eine der letzten Gelegenheiten, Heldentum zu erwerben. Wir haben bei der Aufbringung eines U-Bootes geholfen. Haben Alarm gegeben. Waren die Ersten, die es sichteten. Haben die Task Force auf seine Spur gebracht. Waren die eigentlichen Angreifer. Aber die Befehle aus Ghormans Hauptquartier waren restriktiv: Orten, aufspüren und belästigen. Feuern nur zur Verteidigung. Unbedingtes Gebot, dass U-Boot zur Kapitulation gezwungen wird, dann erst geht Task-Force-Kommandant an Bord und übernimmt.

Sie würden Wasserbomben und Igel brauchen, um das Boot an die Oberfläche zu zwingen. Keine leichte Aufgabe. Und Fleming beneidete die Männer nicht, die an Bord gehen mussten, wo sie möglicherweise auf versteckte Sprengladungen, geöffnete Flutventile oder gar auf eine bewaffnete und zu allem entschlossene deutsche Besatzung treffen konnten. Besser war es, die Jagd in Gang zu setzten und an Ruhm einzuheimsen, was möglich war.

»Ankunftszeiten, Sir. Strömung nicht mit einbezogen.«

»Danke sehr, Nummer Eins.« Fleming studierte die Zahlen auf dem Block, während er zum Schutz vor dem Regen die Hand darüber hielt. »Zwanzig Minuten und fünfundfünfzig Minuten. Ausgezeichnet. Bereithalten für Geschwindigkeits- und Kursänderung auf mein Zeichen.«

»Aye, aye, Sir.«

»Und sagen Sie den Männern am ASDIC, sie sollen sich beeilen.«

»Ja, Sir. Ist aber eigentlich nicht nötig, denn es juckt sie schon den ganzen Morgen, den Jerry am Kanthaken zu kriegen.«

Fleming hielt sein Fernglas auf die schottische Küste gerichtet. »In der Tat, Nummer Eins, das geht uns allen wohl so.«

* * *

»Peilung?«

»Eins-acht-null«, meldete der Funker.

»Geschwindigkeit?«

»Abnehmend, Herr Kaleun.«

»Entfernung?«

Der Mann zögerte. Er war der beste Mann am Unterwassermikrofon, der beste Horcher, den Becker je gehabt hatte. Aber um einem englischen Zerstörer zu entkommen, der ihnen allzu nahe auf den Pelz gerückt war, brauchte er akkurate Informationen, und zwar sofort.

Becker schlug mit der Faust auf den Arbeitstisch. »Entfernung?«

»U-unter siebentausend Meter, aber ich kann es nicht genau bestimmen …«

Becker war bereits auf dem Weg in die Zentrale und bellte Befehle. »Ruder zwanzig Grad backbord! Beide E-Maschinen langsamste Fahrt voraus. Auf dreißig Meter gehen.«

Die *U-233* reagierte, indem sie nach Backbord krängte und die Nase in die Tiefe bohrte.

»Navigationsoffizier. Berechnen Sie einen Generalkurs auf drei-fünf-null. Berücksichtigen Sie eine Entfernung zum Ufer unter einem halben Kilometer.«

»Nur ein halber Kilometer, sind Sie sicher, Herr Kaleun?«, fragte Freitag vom Zeichentisch her. In der Hand hielt er ein eselsohriges Gezeitenverzeichnis der Nordsee.

Eine leise Welle der Bestürzung ging durch die Zentrale, nachdem Freitag Beckers Befehle angezweifelt hatte. Rotteck stand der Mund offen.

»So nahe der Küste getaucht zu fahren, mit all den Felsen und Untiefen …«

Becker sah seinen Wachoffizier böse an. »Wollen Sie sich lieber mit dem englischen Zerstörer anlegen?«

»Nein, Kapitän, nur –«

Becker reckte Freitag den Kopf entgegen und sagte drohend: »Stellen Sie nie wieder meine Befehle in Frage.«

»Kapitän, ich –«

»Haben Sie verstanden, was ich gerade gesagt habe, Freitag?«

Freitag erstarrte. »Jawohl, Herr Kaleun!«

Beckers Blick fiel auf Jäckel, der sich vor dem Schott achtern der Zentrale herumdrückte.

»Sagen Sie Major Jäckel«, sagte er mit einem kalten Blick auf Freitag, »dass ich ihn und Hauptmann Franke in der Messe zu sprechen wünsche.«

* * *

»Ich mache es kurz«, sagte Becker und fuhr sich mit den Fingern durch das strähnige Haar. »Ich glaube nicht, dass die Tommys wissen, wo wir uns befinden. Dennoch müssen wir uns so verhalten, als wüssten sie's. Sie suchen mit ASDIC die ganze Küste ab. Ich will versuchen, bis auf den Grund zu sinken, weil dieser uneben und mit Felsen übersät ist. Er verbirgt uns und stört ihr ASDIC. Die größte Gefahr, abgesehen von dem Zerstörer, liegt also darin, dass wir von der Strömung in seichte Gewässer getrieben werden und auf Grund laufen.«

Jäckel runzelte die Stirn. »Ich habe gehört, was Freitag dazu gesagt hat.«

»Wenn die Tommys glauben, dass ihr ASDIC lediglich Bodenechos übermittelt, dann denken sie vielleicht, dass es uns gar nicht gibt, oder, dass wir jemand anders sind – und in dem Fall drehen sie möglicherweise um und suchen zum zweiten Mal die ganze Küste ab, während wir uns nach Norden davonmachen und ihnen durchs Netz schlüpfen.«

Jäckel warf Franke einen düsteren Blick zu.

Endlich begreifen sie, dachte Becker. Wie sinnlos dieses

ganze Unternehmen ist ... Die winzige, fast nicht existente Chance, diese kaum begonnene Fahrt zu überleben, war bereits jetzt durch die Begegnung mit der ersten großen Gefahr noch kleiner geworden.

»Und wenn sie uns doch finden?«, fragte Franke. »Was dann?«

Ein leises Lächeln umspielte Beckers Mundwinkel. »Das überlasse ich dem Major.«

Jäckel fuhr auf. »Ich verstehe nicht ...?«

»Es ist ganz einfach. Sie haben zwei Möglichkeiten. Sie können befehlen, dass wir uns den Tommys ergeben – oder eben nicht.«

Jäckel klappte der Mund auf.

»So oder so ist der Krieg für uns vorbei.«

Becker setzte die Mütze auf und verließ die Offiziersmesse.

* * *

Eine starke Strömung von achtern bereitete dem Leitenden Ingenieur Kopfschmerzen. Dem Rudergänger auch.

»Verdammt, sie driftet ab, will ans Ufer.«

Die Hydraulik am Bug ächzte bedrohlich.

»Ich brauche mehr Geschwindigkeit, sonst kann ich sie nicht halten!«, brüllte der Leitende Ingenieur.

»Sie müssen, LI.« Becker sah, wie sich der Funker aus seinem engen Schapp in den Gang beugte und vier Finger hochhielt. »Die Tommys sind in weniger als fünf Minuten über uns«, erklärte er.

Das Wirbeln der Schrauben und das Rasseln des ASDIC wurden lauter. Becker stellte sich die Schallwellen vor, die von dem am Bug des Zerstörers angebrachten Umformer wie ein Netz übers Meer gebreitet wurden und nach der Außenhülle der *U-233* suchten; stellte sich die ASDIC-Techniker vor, auf ein Echo lauschend, das ihnen den Fund ihrer Beute bestätigen würde.

Nichts gab es, was er jetzt sagen oder tun konnte. Ihr Schicksal lag in den Händen der englischen Seeleute über ihnen. Er betrachtete die Gesichter seiner Männer. In der Zentrale war es still geworden; alle blickten horchend nach oben. Von achtern näherte sich rasch das beständige Wirbeln der Schrauben und das nervtötende »Ping, Ping, Ping«, das die Hülle der *U-233* wie eine Stimmgabel vibrieren ließ.

Mit unterdrücktem Fluchen befahl der Leitende Ingenieur seinen Tauchoffizieren, das Boot auf der befohlenen Tiefe zu halten. Über die Schulter warf er Becker einen starren Blick zu, der, obzwar trotzig, dennoch nicht seine Angst verhehlte.

Becker heftete die Augen an die Decke. Noch eine Minute, dann würde der Zerstörer, donnernd wie der D-Zug von Berlin nach Hamburg, fast genau über ihren Köpfen kreuzen. Mit beiden Händen packte er die Drahtseile der Seerohrwinde. Sein Gehirn funktionierte einwandfrei, doch die Zentrale schien sich zu drehen wie in einem Traum. Einzelheiten waren nur schemenhaft zu erkennen: Er befand sich im Luftschutzkeller unter seiner Wohnung in Charlottenburg. Bomben fielen. Er versuchte Katia und Hedda mit seinem Körper zu schützen, doch es war zu spät. Sie waren bereits tot.

5. Kapitel

MAYFAIR, LONDON, 17. MÄRZ

Als Tatjana durch den Garteneingang hereinkam, wurde sie bereits von Rees erwartet. Seine verkniffene Miene verhieß nichts Gutes. Sie versuchte, ihn zu küssen, doch er drehte den Kopf weg und packte sie stattdessen grob am Arm.

»Du kommst spät. Wo zum Teufel hast du gesteckt?«

»Ich weiß nicht, was du meinst, David ... Ich war bei der Arbeit ... und jetzt bin ich wieder da.«

Seine Stimme klang rau. Er hatte eine Fahne. »Ich warte schon seit einer Stunde auf dich.«

Tatjana entzog ihm ihren Arm. »Ich verstehe dich nicht, David ...«

Das Treffen im Hyde Park hatte länger gedauert als geplant, weil Suwerow gewartet hatte, bis er sicher war, dass niemand Tatjana folgte. Er hatte sich in einiger Entfernung aufgehalten, bis ein älteres Ehepaar mit zwei Schnauzern endlich den Park verließ. Später dann hatte Tatjana ein Taxi zur Bond Street in Mayfair nehmen müssen und war den restlichen Weg zu Rees' Wohnung im Eiltempo gelaufen. Zweimal hatte sie angehalten, um Atem zu schöpfen, und jedes Mal war ihr wie ein Mantra Suwerows Mahnung in den Sinn gekommen: »Tu es – tu es rasch!« Sie selbst wollte es auch rasch hinter sich bringen und ihren Posten verlassen, doch sie hätte nicht erwartet, Rees so wütend anzutreffen. Sie hatten harmlos begonnen, seine Eifersuchtsanfälle, mit Fragen, was sie tat, wenn sie nicht ihm zusammen war, wen sie traf, in welcher Beziehung sie zu anderen Männern stand. Doch seine Obsession hatte sich mit der Zeit gewandelt: Er begann zu fordern, sie solle ihm Rechenschaft über die Zeit ablegen, die sie nicht mit ihm verbrachte. Suwerow hatte gewusst, dass es eines Tages dazu kommen würde; seine Warnung hallte in ihrem Kopf wider.

Rees' Augen waren wie Messer. »Ich hab dich gefragt, wo du gewesen bist.«

Tatjana kämpfte gegen eine Panikwelle an, die ihr Übelkeit verursachte. Sie stellte ihr Einkaufsnetz ab, schlüpfte lässig aus ihrem Mantel und legte ihn zusammen mit ihrer Handtasche auf die Bank in der Diele. »Ich habe auf dem Weg ... das hier gekauft.« Sie zog eine Flasche Château Margaux aus dem Einkaufsnetz. »Für dich. Für uns.«

»Wo zum Teufel hast du die her?«, wollte Rees wissen.

»Es gibt da ein Geschäft in Chelsea ...«

Rees verstummte, unsicher geworden. Er folgte Tatjana in die Küche, wo sie Gläser aus dem Schrank nahm und die Versiegelung von der Weinflasche löste. Bevor sie jedoch den Korken ziehen konnte, packte er sie an der Schulter und drehte sie zu sich herum.

»Sagst du mir auch die Wahrheit?«

Tatjana sah ihm in die Augen und hoffte, dass die Angst sich nicht auf ihrem Gesicht spiegelte. »Die Wahrheit? Worüber? Was meinst du?«

Rees packte ihre Handgelenke und drehte sie ihr auf den Rücken. »Triffst du dich mit einem anderen? Vielleicht mit Rostow?«

»David, du tust mir weh ...«

»Kommst du deshalb so spät? Antworte!«

»Ich treffe mich mit keinem anderen, David. Ich bin nur mit

dir zusammen. Warum bist du so böse? Ich denke den ganzen Tag bei der Arbeit nur an dich. Ich freue mich darauf, dich wiederzusehen und dir zu gefallen. Aber jetzt glaubst du, dass ich dich anlüge.«

Rees ließ ihre Hände los.

Tränen rannen Tatjanas Wangen herunter. Alles entglitt ihr: der Auftrag, ihre Freiheit. Suwerow. Ihre Tochter Alexandra.

Sie schob sich an Rees vorbei und ging in die Diele, wühlte in ihrer Handtasche und zog ein zerknülltes Taschentuch heraus, mit dem sie sich die Augen abtupfte. Dann steckte sie es in ihre Rocktasche. Sie kam in die Küche zurück und öffnete den Margaux, schenkte zwei Gläser ein. Wieder zog sie das Taschentuch hervor und tupfte sich die Augen ab.

»Ich dachte, du wolltest mich«, sagte sie schlicht. »Ich dachte, du wärst in mich verliebt.«

Geschickt löste sie eine kleine weiße Tablette aus ihrem Taschentuch und ließ sie in eines der Gläser fallen.

»Sagst du das zu allen Männern, mit denen du schläfst? Sagst du das auch zu diesem fetten Schwein Rostow?«

»Glaubst du immer noch, dass ich etwas mit Rostow habe?«

»Ist er der Mann, der dir teure Seidenunterwäsche kauft oder Parfüm? Was kaufen dir andere Männer? Was machst du mit ihnen im Bett?«

»Aber David, du bist eifersüchtig! Nichts von dem, was du sagst, ist wahr. Du bist der Einzige, der mir jemals etwas kauft. Du bist der Mann, mit dem ich schlafe, nicht Rostow. Ich habe dir doch schon bei unserer ersten Begegnung erzählt, dass ich nicht seine Geliebte bin.«

»Ich glaube dir nicht.«

Nun wandte sie sich ihm zu. »Liebst du mich?«, fragte sie und hielt ihm auffordernd ein Glas hin.

»Ich trinke Scotch, nicht dieses Spülwasser«, sagte Rees verdrießlich.

Sie blickte ihn stirnrunzelnd an und seufzte schwer.

»Na, gib schon her.« Er stürzte das Glas hinunter und sah sie dann über den Rand an, als wollte er sie fragen, ob sie nun zufrieden sei. Während er das Glas hinstellte, sagte er: »Ich will die Wahrheit wissen.«

Tatjana achtete darauf, dass nur ihre Lippen den Glasrand berührten. »Ich liebe keinen anderen Mann, falls es das ist, was du wissen wolltest.« Trotzig reckte sie ihm ihr Kinn entgegen. »Vielleicht sollte ich diejenige sein, die eifersüchtig ist.«

»Blödsinn!«

»Aber du bist verheiratet, David. Willst du behaupten, dass du deine Frau nicht liebst?«

Rees antwortete ihr nicht. Er ging um sie herum und schenkte sich ein neues Glas ein.

»Und diese englische Soldatin, was ist mit der?«, fragte sie in seinen Rücken.

»Was soll mit ihr sein?«

»Bist du in sie verliebt?«

Er drehte sich um. »Sie ist bloß eine Möse, mehr nicht.«

Tatjana sah ihn verständnislos an.

»'ne Muschi. 'ne Fotze. 'n guter Fick. So wie du, kapierst du?«

»Und obwohl du mich für eine Hure hältst, willst du eine Hure, die dich liebt und keinen anderen. Vielleicht würde es dich erregen, wenn ich mich dafür bezahlen lasse.«

Rees schlug sie hart ins Gesicht. Das Glas fiel Tatjana aus der Hand und zerbrach auf der Küchentheke. Entsetzt taumelte sie gegen das Spülbecken, hielt sich den Kopf. Die Küche drehte sich, Lichtpunkte blitzten vor ihren Augen, es schien eine

Ewigkeit zu dauern. Alles lief aus dem Ruder, und ihr blieb nur sehr wenig Zeit, um es wieder ins Lot zu bringen.

Langsam wurde ihr Kopf wieder klar. Schweigend und anklagend starrte sie Rees an. Dass er sie geschlagen hatte, schien ihn zu erregen!

Tu es – tu es rasch!

Sie knöpfte ihre Bluse auf, die voller Weinflecken war.

»Was zum Teufel machst du da?«

»Was eine Hure machen würde, nicht wahr?«

Rees schaute auf ihre kleinen Brüste mit den geröteten, aufgerichteten Nippeln.

Tatjana trat auf ihn zu, nahm seine Hände und legte sie auf ihre Brüste. »Fühle sie. Nimm eine in den Mund. Sauge an ihr. Tu mir weh.«

Sie drückte seinen Kopf auf eine ihrer Brüste nieder und stöhnte, als sein Mund sich um das geschwollene Fleisch schloss. »Willst du mich ficken, David? Willst du es mehr als alles andere, was du jemals im Leben wolltest? Willst du mich ficken, weil ich nicht Helen bin? Würde Helen sich das gefallen lassen? Willst du mich, David? Mehr als Helen oder deine süße Soldatin?«

Mit der anderen Hand begann sie Rees zwischen den Beinen zu liebkosen. »Du machst Dinge mit mir, von denen die meisten Männer nur träumen können«, sagte sie und schaute auf seinen Hinterkopf, auf sein schütteres Haar herab, das höchst lächerlich zu beiden Seiten abstand.

Rees stöhnte. Seine Hände schoben sich unter ihren Rock, zwischen ihre Beine. Hungrig nagte sein Mund an ihrem angeschwollenen, feuchten Nippel. Trotz eiserner Selbstbeherrschung ertappte sich Tatjana bei schnellen Atemzügen, die ihre Brust gegen Rees' Gesicht drückten. Sie spürte, dass er kurz vor dem Höhepunkt war.

»David ...« Sie zog seinen Kopf von ihrer Brust. »Willst du mich jetzt ficken?«

Er schaute mit glasigen Augen zu ihr auf.

Rasch durch den Korridor und in das große Schlafzimmer mit den zwei Betten. Sie sprachen nicht mehr. Nur noch das Rascheln der Kleider, die ausgezogen wurden, war zu hören. Dann sah Tatjana im trüben Licht der Lampe von Helens Frisierkommode Rees über sich, und sein aufgerichteter Penis wippte im Rhythmus seines rasch schlagenden Herzens.

Auf allen vieren kroch er zwischen ihre angezogenen Beine, schwebte über ihrem flachen Bauch. Doch auf seinem Gesicht stand ein fragender Ausdruck. Er versuchte, in sie einzudringen, doch stattdessen grunzte er, und brach auf ihr zusammen, als wäre sein Körper aus Gummi.

Tatjana schrie auf und hielt die Tränen zurück, die unangebracht schienen, jedoch irgendwie notwendig waren. Sie musste aufstehen, sich anziehen. Wo blieb Suwerow? Und die anderen? Sie versuchte Rees von sich zu schieben, doch er erwies sich als überraschend schwer. Sie hörte, wie die Gartentür auf- und wieder zuging, hörte eine knarrende Diele. Sie war nackt, doch das spielte keine Rolle. Nichts spielte mehr eine Rolle.

Tatjana erblickte Hosenbeine, die auf das Bett zusteuerten. Sie schaute nach oben, entdeckte überrascht, dass die Decke stockfleckig war. Dann nahm sie durch einen Tränenschleier Suwerow wahr, der neben dem Bett stand und auf sie herabschaute, in der Hand eine glänzende Spritze.

Sechs Kilometer östlich der Sinclair's Bay, Schottland, 18. März

Im Osten senkte sich die Nacht hernieder. Im Westen dräuten dunkle Wolken vor dem Schein der untergehenden Sonne, kündigten einen Sturm an. Becker schwenkte das Seerohr in einem vollen 360°-Kreis. Er sah nur unruhige Seen. Der englische Zerstörer war, nachdem er die Spur der *U-233* verloren hatte, nach Norden abgeschwenkt, um sie wieder aufzunehmen.

Becker konnte noch zwanzig Minuten bis zur völligen Dunkelheit abwarten, doch dann mussten sie auftauchen. Die Batterien waren fast leer. Die Besatzung, an der Grenze der Belastbarkeit, hatte Notfallatemmasken mit Kaliumkarbonatbehältern aufgesetzt, die Kohlendioxid absorbierten, um auf diese Weise noch den letzten verfügbaren Sauerstoff an Bord auszunutzen.

Nach Luft schnappend stieg Becker in die verdunkelte Zentrale hinab, wo der schwache Lichtstrahl einer Gefechtslampe den Dieseldunst durchdrang, der in der Abteilung waberte. Die Wachgänger saßen zusammengesunken an ihren Gefechtsstationen oder auf den eisernen Flurplatten, die feucht waren vom Kondenswasser. Außer dem stetigen Tropfen des Wassers in die Bilge und den gemurmelten Anweisungen des Leitenden Ingenieurs, dass die Tauchoffiziere auf die Blasen im Achterwasser achten sollten, war es totenstill.

»Klarmachen zum Auftauchen, LI.«

Der Leitende Ingenieur wandte die rotgeränderten Augen gen Himmel. »Weh mir, ich starb und fuhr zum Himmel auf.«

Die Männer begannen sich zu regen.

»Kommt schon, ihr Faulpelze, auf die Beine!«, knurrte der Leitende Ingenieur. »Ihr habt den Kapitän gehört. Meldung weitergeben.«

Jäckel, dem das Haar an der Stirn klebte und das Hemd am Leib, lehnte am Kartentisch. »Was haben Sie jetzt vor, Becker?«

»Die Batterien aufladen, während wir uns langsam nach Norden davonschleichen. Und beten, dass uns weder die Tommys noch die Amis erwarten.«

»Sind Sie denn sicher, dass die da oben lauern?«

»Dass dieser englische Zerstörer ausgerechnet zu diesem Zeitpunkt auftauchte, war kein Zufall. Wir könnten irgendwo nördlich der Orkneys auf einen U-Jagd-Verband stoßen.«

Franke stolperte in die Zentrale und gesellte sich zu ihnen in dem Moment, als Jäckel fragte: »Sind wir umzingelt?«

Becker knipste die Lampe über dem Kartentisch an. »Nein, aber um in den Atlantik zu entkommen, müssen wir durch den Pentland Firth.«

Jäckel betrachtete auf der Karte den Pentland Firth, eine enge Durchfahrt zwischen den Orkneyinseln und dem schottischen Festland. Auf halber Strecke lag die Einfahrt zur Bucht von Scapa Flow, wo das legendäre U-Boot-Ass Günther Prien 1939 einen Überraschungsschlag gegen die britische Flotte geführt und deren Schlachtschiff HMS *Royal Oak* versenkt hatte.

»Unmöglich. Wenn die Amis und die Engländer uns suchen, dann haben sie die Durchfahrt versperrt.«

»Mag sein, aber uns bleibt keine Wahl. Entweder wir fahren hindurch, oder wir kehren nach Kiel zurück.«

Hektisch rieb sich Jäckel mit der Hand über den Mund. »Das schaffen wir nie!«

»Major, Kapitän Becker hat recht«, warf Franke ein. »Sie können sehen, dass uns keine andere Wahl bleibt.« Er wandte sich an Becker. »Können wir die Durchfahrt heute Nacht im Schutz der Dunkelheit wagen?«

»Und im Schutz des Wetters. Die See wird kabbelig. Eine

Sturmfront zieht heran. Die kann uns Schutz vor der Ortung durch das ASDIC geben. Außerdem werden die Tommys und die Amis wie wir alle Hände voll zu tun haben, um in unruhiger See ihre Position zu halten. Mit ein wenig Glück haben wir den Firth bis Morgengrauen passiert.«

Becker winkte den erschöpft wirkenden Rotteck heran, der sich ein wenig abseits gehalten hatte. »Was wissen Sie über diesen Kanal, Navigationsoffizier?«

Rotteck wischte sich mit dem Ärmel über das Gesicht. »Eng und seicht, Herr Kaleun. Zu flach, um zu tauchen oder mit Schnorchel zu fahren.« Er maß die Entfernungen. »Zehn Kilometer lang, fünf breit, Tiefe schätzungsweise zwanzig Meter.«

Schweigen. Jäckel warf Franke einen Blick zu. Becker spürte, dass sie soeben eine stillschweigende Vereinbarung getroffen hatten.

Dann nickte Jäckel ihm bestätigend zu.

Becker rief Freitag und befahl ihm, eine erneute Sehrohraufklärung durchzuführen. Fünf Minuten später meldete der I WO, dass die Luft rein sei, und Becker gab Befehl zum Auftauchen.

* * *

Die *U-233* tauchte aus eisigen Gewässern in eine von orkanartigen Sturmböen gepeitschte See auf. Während die Diesel stampften, bohrte sie ihre Nase in die schwere See und bewegte sich langsam auf die Mündung des Pentland Firth zu.

»Wir kriegen ganz schön was auf die Mütze, LI.« Becker, der Leitende Ingenieur und vier Ausgucke mit Ferngläsern standen in Ölzeug auf der Brücke und hielten sich, so gut es ging, auf dem heftig schlingernden Deck im Gleichgewicht.

»Und in dem verdammten Pentland Firth wird's noch schlimmer.«

Gerade voraus sah Becker Wellen, die höher waren als die *U-233*. Gischt sprühte über den Turm. Das Boot zitterte und bockte.

»Ich hoffe«, übertönte der Leitende Ingenieur mit zusammengebissenen Zähnen Wind und Meer, »dass sich Major Jäckel gerade so richtig in die Hosen scheißt.«

Becker fragte sich, ob sie nicht alle in einer oder zwei Stunden so weit wären. »LI, gehn Sie nach unten. Sie müssen bei den Dieseln sein, wenn's losgeht. Sagen Sie Freitag, er soll raufkommen.«

»Jawohl, Herr Kaleun.« Der Leitende Ingenieur tauchte ins Luk. In diesem Augenblick spülte eine riesige Welle über die Brücke; das Wasser stieg Becker bis zu den Achselhöhlen und stürzte wie ein Wasserfall ins offene Luk und über Kopf und Schultern des Leitenden Ingenieurs, bis hinab in die Zentrale.

Die *U-233* schwamm sich frei; der Rücksog des Wassers war so stark, dass er Becker fast von den Füßen gerissen hätte. Er hielt sich mit aller Kraft am Brückenschanzkleid fest und spie einen Mund voll Salzwasser aus. Er wusste, dass es noch viel schlimmer werden würde, bevor Aussicht auf Besserung bestand.

* * *

Da der Wind genau auf ihrer Backbordseite stand, wollte die *U-233* zuerst nicht in die Mündung des Pentland Firth einschwenken. Becker und der Leitende Ingenieur mussten in Feinabstimmung das Ruder legen und Diesel und Propeller mit voller Kraft laufen lassen, um das Boot herumzuschwenken.

Endlich war der Bug angeluvt, und sie schafften es in letzter Minute.

Rotteck hatte ihre Position durch Koppelnavigation ermittelt und rief nun Peilung und Lagekoordinaten durch das Luk zu Becker hinauf, gefolgt von einer Warnung: »Pentland Skerries, voraus über Steuerbordbug!«

Becker zeigte in die Richtung, in der sich kleine Felseninseln aus der See erhoben. »Halten Sie ein Seemannsauge offen, Freitag. Man weiß nie, was sich da alles verbirgt.«

Freitag strengte seine Augen an, vermochte jedoch nicht den windgepeitschten Wasservorhang zu durchdringen, der die *U-233* einhüllte. »Kapitän, ich kann überhaupt nichts erkennen.«

Auch Becker vermochte nicht über den geneigten Bug des Bootes hinauszusehen. Ein feindliches Schlachtschiff konnte sie überrennen, bevor sie dessen Anwesenheit überhaupt ahnten. Es war, als wäre man in einer schwarzen Leere gefangen, die alles andere auslöschte.

Dreissig Kilometer westlich von Rora Head, Orkneyinseln, 18. März

Geoffrey Fleming rauschte in einer Wolke von Gischt in das Brückenhaus der *Ulster* und riss seinen Südwester vom Kopf. Da stand er nun, die Stirn in Falten gelegt, und tropfte Wasser auf die Planken.

»Scheußlich. Verdammt scheußlich«, sagte er zu niemandem im Besonderen.

»Barometer fällt weiter, Sir«, meldete First Lieutenant Potter, der eben aus dem Kartenraum trat, sich jedoch rasch festhalten musste, als die *Ulster* wie ein Betrunkener zur Seite krängte.

»Das hatte ich mir schon gedacht, Nummer Eins.«

Fleming schälte sich aus seinem triefenden Ölzeug. »Wird auch noch eine ganze Weile unten bleiben.«

Der wachhabende Steuermannsmaat nahm Fleming das Glas ab und half ihm mit dem Ölzeug. Dann gab er ihm ein Handtuch.

»Danke sehr, Winston.«

Fleming trocknete sich das Gesicht ab, dann nahm er einen Becher dampfender Ovaltine vom wachhabenden Brückenoffizier entgegen.

»Das ist ein ausgewachsener Sturm, der da über uns herfällt«, sagte Fleming zu Potter, während er die beiden Scheibenwischer betrachtete, die vergeblich gegen die Wassermassen ankämpften, die sich wie aus Kübeln gegen die Fenster der Brücke ergossen. »Möchte mir nicht vorstellen, wie es den armen Schweinen da unten auf dem U-Boot ergeht.«

Er starrte von der rot beleuchteten Brücke in die Dunkelheit des Pentland Firth, in den wütenden Sturm. Die Erinnerung an sein Versagen nach zwei Tagen Suche setzte ihm immer noch zu. Schließlich drehte er sich um und sah Potter lange und nachdenklich an. »Denn er ist immer noch da draußen – irgendwo.«

Die *Ulster* schlingerte, tauchte in die Wogen, richtete sich mit zitternden Decks und Schotts und einem widerwärtigen Gieren an Steuerbord wieder auf, nachdem sie seitlich von einem Brecher getroffen wurde. Der Rudergänger, dessen Gesicht vom Kompasslicht erleuchtet wurde, griff Speiche um Speiche und drehte das Steuerrad hart backbord, fing den Bug ein und brachte den Zerstörer wieder auf Kurs.

»Versteckt sich vielleicht, bis der Sturm vorbei ist«, überlegte Potter.

»Der nicht. Wenn er so ein bedeutender Fang ist, wie die Task Force behauptet, dann ist er ein Profi. Verschafft sich wahrscheinlich jeden nur möglichen Vorteil. Gestern hat er uns abgehängt, weil er anscheinend jedes unserer Manöver voraussehen konnte. Jetzt glaubt er wohl, dass ihm das wieder gelingt, und bei diesem Wetter hat er auch allen Grund dazu. Ja, Chief?«

Der Meldeoffizier war ins Brückenhaus gekommen, bemüht, auf dem schlingernden Deck das Gleichgewicht zu halten. Er reichte Fleming ein Klemmbrett mit den Funkmeldungen des Tages und einer neuen Meldung.

»Von der Task Force, Sir. Priorität Abel an Mike One.«

Fleming war überrascht. Der »Abel«-Vorsatzcode wurde nur für Nachrichten höchster Dringlichkeitsstufe zwischen dem Oberkommandierenden der Task Force und den einzelnen Einheiten benutzt, in diesem Falle der *Ulster*, die mit »Mike One«, bezeichnet wurde.

»Wird ein Kontakt gemeldet, Sir?«, fragte Potter und stellte sich neben Fleming.

Dieser reichte Potter den Funkspruch. »Verdammter Mist«, sagte er. »Jetzt sollen wir auf einer nordsüdlichen Linie über Pentland Firth Patrouille fahren – von Rora Head bis Dunnet Head. Sind die verrückt?«

Er kritzelte »Erhalten« auf die Nachricht und entließ den Meldeoffizier.

Potter las den Funkspruch und schüttelte den Kopf. »Bei Seegang Stärke sieben und dem Wind auf unserer Breitseite, Sir? Nicht gerade ein Kinderspiel.«

»In der Tat. Die Task Force hat wohl selbst Probleme, ihre Position zu halten. Und nun sollen wir die Maschen enger ziehen und den Korken in die Flasche stöpseln, gewissermaßen.«

»Der deutsche Skipper kann doch nicht glauben, dass er bei diesem Wetter den Pentland Firth durchqueren kann!«

Fleming überlegte einen Moment. »Man sollte es nicht für möglich halten. Aber andererseits …«

»Ist es für ihn der einzige Weg in den Atlantik«, beendete Potter den Satz.

»In der Tat. Task Force könnte diese Möglichkeit unterschätzt haben. Irgendwas – oder irgendwer – muss die zum Handeln gezwungen haben.« Fleming knallte seinen Becher auf den Tisch.

Der Sturm schien an Stärke zugenommen zu haben.

Fleming zog sich die Mütze tiefer ins Gesicht. »Nun gut, auch wir müssen handeln, Nummer Eins. Berechnen Sie Kurs nach Dunnet Head.«

»Aye, aye, Sir.« Potter entfernte sich.

»Also, es geht los«, verkündete Fleming.

Die Wachgänger nahmen Haltung an, erwarteten seine Befehle.

»Steuermann, drehen Sie bei, Kurs eins-sieben-null.«

»Eins-sieben-null, aye, Sir.«

»Umdrehungen zwanzig Knoten.«

Alarmglocken schrillten. Einen Augenblick später erzitterten die Decks der *Ulster*, als die Schrauben begannen, sich schneller zu drehen.

»Steuermannsmaat!«

»Aye, Sir?«

»Melden Sie der Kombüse, dass wir in Gefechtsbereitschaft sind: Sie sollen warmes Essen bereitstellen und das Abendessen früh servieren.«

»Aye, aye, Sir.«

Fleming ließ sich auf seinem üblichen Platz nieder, dem

Kapitänssessel auf der Brücke. Er schlug den Kragen hoch, bohrte sein Kinn hinein und murmelte: »Können den verdammten Jerry auch genauso gut mit vollem Magen jagen.«

* * *

Keine Stunde später meldete das Radar Rora Head.

»Nummer Eins!«

»Sir?« Potter, der sich Hand über Hand dem schlingernden Brückendeck näherte, kam zu Fleming und Deckoffizier Lieutenant Stanton, die sich über den Kartentisch beugten.

»Ich erwäge eine Änderung unserer Patrouillenstrecke.«

»Wegen des Sturms, Sir? Die Jungs unter Deck haben's wirklich schwer, besonders die Heizer.«

Fleming hielt sich mit ausgebreiteten Händen am Kartentisch fest, um nicht bei jedem Schlingern des Schiffes Stanton anzurempeln. Er schaute nicht zu Potter auf, sondern hielt den Blick auf die Karte geheftet.

»Was? Ja, kann ich mir vorstellen. Sehen Sie hier, Nummer Eins. Wir haben nicht viel zu gewinnen, wenn wir nur auf der Strecke zwischen Rora und Dunnet hin und her pendeln, ohne etwas zu unternehmen. Ist mir ein bisschen zu zahm. Ich schlage stattdessen vor, dass wir zehn Kilometer weiter nach Osten abweichen und die Strecke zwischen Hurliness und Dunnet Head patrouillieren. Die Durchfahrt ist dort viel schmaler, wie Sie sehen können. Außerdem durch Küstenschelf zusätzlich verengt. Dort können wir in weniger Zeit ein größeres Gebiet abdecken.« Fleming schaute auf, sichtlich stolz auf seine Überlegungen. »Nun?«

»Ist sinnvoll, Sir. Wir schließen gewissermaßen die Pforte. Und es leuchtet ein, dass der Jerry beim Versuch, sich durch den

Pentland Firth davonzumachen, auch geradewegs in den Sturm geraten ist und seinem Zeitplan hinterherhinkt.«

»Sir, bestünde nicht auch die Möglichkeit, das Boot bei Tagesanbruch an der Oberfläche zu erwischen?«, gab Stanton zu bedenken.

»Ja, daran hatte ich auch schon gedacht«, sagte Fleming. »Und wenn sich der Jerry, wie Nummer Eins andeutete, versteckt ...« Nachdenklich tippte er mit dem Radiergummi des Bleistifts gegen seine Zähne.

Plötzlich vernahmen sie das Klirren von zerspringendem Geschirr. Potter und Stanton fuhren zusammen, nicht jedoch Fleming, der seine Überlegungen zu Ende führte: »... so muss er doch früher oder später seine Batterien aufladen und ein wenig frische Luft schnappen.«

»Genau, Sir«, stimmte Stanton zu. »Und dann werden wir ihn bereits erwarten.«

»Zum Teufel«, sagte Fleming und maß den jungen Offizier mit Augen, die zu lodern schienen. »Dann sollten wir uns besser beeilen.«

Fünf Kilometer östlich von Dunnet Head, Schottland, 18. März

Horst Becker landete aufrecht auf dem taumelnden Zentraldeck, gefolgt von einem Schwall Meerwasser, der durch das offene Turmluk auf seine Schultern niederging. Er trat einen Schritt beiseite, um den vier durchnässten Ausgucken Platz zu machen, die hustend und nach Luft schnappend die Leiter hinunterkletterten.

»Holt euch trockene Sachen und sagt dem Smutje Bescheid,

er soll euch etwas Warmes machen«, sagte Becker zu den Matrosen.

Mit quietschenden Stiefeln verschwanden die vier, einer nach dem anderen. Becker streifte das Lederzeug ab und schmiss es auf einen Haufen. Wie die Ausgucke war auch er bis auf die Haut durchnässt.

»Hat keinen Sinn, dass sie ihren Hals riskieren«, sagte er zum Leitenden Ingenieur. »Man kann sowieso nichts erkennen. Freitag ist jetzt oben. Ich glaub nicht, dass er da etwas anstellen kann. Wo sind Jäckel und Franke?«

»In der Messe. Haben gekotzt wie die Hunde. Wie die Japsen. Riechen Sie's nicht?«

Auf der *U-233* roch es in der Tat säuerlich nach dem Erbrochenen seekranker Männer. Es war, überlegte Becker, geradezu ein Wunder, dass er noch genügend diensttaugliche Männer zur Wachablösung hatte. Mehrere Matrosen auf Wache waren bei der holprigen Überwasserfahrt des U-Bootes verletzt worden. Vor ein paar Stunden hatte er Cremer angewiesen, Ito und Sawada aus ihren Kojen holen zu lassen. Benommen, desorientiert und schwindelig vom Rollen und Schlingern des Bootes waren sie in die Messe getapst, wo Jäckel und Franke sie über die Lage unterrichten.

»Sind wir den Engländern in die Falle gegangen?«, hatte Ito gefragt.

»Kapitän Becker glaubt das nicht«, hatte Jäckel darauf geantwortet. Er und Franke sahen keinen Deut besser aus als die beiden Japaner.

Sawada hatte den Mund aufgemacht, doch statt Worten war nur ein grässlicher Laut über seine Lippen gekommen. Dann hatte er in seine eigenen Hände gespuckt, wobei er Becker nur knapp verfehlte.

Und der Sturm tobte immer heftiger …

Becker begab sich in die Zentrale, wobei er sich sorgsam an allen möglichen Vorsprüngen festhielt, um nicht auf die Flurplatten geschleudert zu werden oder unsanft mit einem scharfkantigen Gerät zusammenzustoßen. Grübelnd stand er am Kartentisch und kaute auf einem feuchten Kanten Roggenbrot herum, das er in einem Fach über den Karten verwahrte. Den engen Pentland Firth in einem Rutsch zu durchqueren, ohne auf Grund zu laufen, war eine Herausforderung. Und die Hälfte seiner Besatzung war seekrank und kotzte sich die Eingeweide aus dem Leib. Südamerika kam ihm mehr und mehr wie ein Traum vor.

»Herr Kaleun …?«

Becker drehte sich zu seinem Funker und Horcher um, der mit Kopfhörern in die Zentrale gekommen war. Er stieß sich vom Kartentisch ab. »Für uns?«

»Aye, Kapitän. Dringliche Nachricht BdU.«

»Dönitz. Was zum Teufel will er?«

Becker beugte sich über den Funker, der handschriftlich das eintreffende Kryptogramm notierte, das auf einer vierwalzigen Enigma beim OKM codiert und an die *U-233* geschickt worden war.

»Entschlüsseln.«

Der Funker stellte die vier Walzen der Enigma so ein, dass sie der Maschine in Berlin entsprachen. Er tippte die codierte Nachricht ein. Jedes Mal, wenn er eine Taste anschlug, leuchtete der entschlüsselte Buchstabe hinter dem Anzeigefenster auf.

Becker bemerkte den »Helix«-Vorsatzcode in dem Fenster. Es war also eine gefälschte Nachricht. Was führte Dönitz im Schilde?

Der Funker, der beim Tippen gegen das Rollen und Schlingern des Bootes ankämpfen musste, reichte Becker schon bald das komplette Dekrypt: die gefälschte Rückbeorderung der *U-233* nach Narvik.

Dönitz' eigentliche Botschaft stand zwischen den Zeilen: Irgendwie hatten die Tommys es geschafft, einiges über Kondor herauszufinden. Das würde die Präsenz des Zerstörers erklären. Vielleicht gehörte er zu einem U-Jagd-Verband, der weiter nördlich operierte. Die Rückbeorderung nach Narvik war eine Täuschung an die Adresse der Alliierten, ein Ablenkungsmanöver für den U-Jagd-Verband, und konnte Becker eine winzige Chance liefern, in den Nordatlantik zu entkommen. Also glaubte Dönitz, anders als Godt, nicht mehr an die Enigma, und er wollte, dass Engländer und Amerikaner von der Rückbeorderung erfuhren. Wusste Dönitz schon die ganze Zeit, dass die Alliierten in der Lage waren, die Nachrichten der Enigma zu entschlüsseln? Falls das stimmte, waren die Folgerungen zu erschütternd, um sie auch nur in Erwägung zu ziehen – für ihn, für seine Mannschaft und für alle ihre toten Kameraden in versenkten Unterseebooten.

Fragend schaute der Funker Becker an.

»Führen Sie die Prozedur noch einmal durch. Ich will absolut sicher sein, diese Nachricht richtig verstanden zu haben.«

Doch auch ein zweiter Versuch brachte kein anderes Ergebnis.

Jäckel zuckte die Achseln, als er die Nachricht zu Gesicht bekam. »Dadurch ändert sich nichts, und wir haben unsere Befehle.«

Becker biss die Zähne zusammen. Nein, eine Rückkehr gab es wirklich nicht.

* * *

»Es wird bald Tag, LI. Wir nähern uns dem Engpass zwischen Hurliness und Dunnet Head. Die Tommys könnten dort einen Patrouillenkordon eingerichtet haben und warten nur darauf, dass wir ausbrechen.«

Becker hatte nicht geschlafen. Man sah es ihm an, doch allmählich wurde er wieder munter.

Auch der Leitende Ingenieur sah erschöpft aus. Er nickte. »An der Oberfläche sind wir für ein Rennen nicht schnell genug, Kapitän. Das wäre glatter Selbstmord.«

»Ein Rennen will ich auch nicht veranstalten. Aber ich will so nahe wie möglich ran, bevor –«

Ein Donnerschlag unterbrach Becker mitten im Satz. Die Männer an den Gefechtsstationen saßen wie erstarrt.

Dem Leitenden Ingenieur sackte der Unterkiefer herab. »Werden wir beschossen?«

Die *U-233* erzitterte, als schlüge ein Riese mit einem Vorschlaghammer auf sie ein. Jeder Haken, jedes Rohr, jedes Ventil wackelte, und die Erschütterung pflanzte sich durch die Flurplatten des Decks in die Beinmuskeln der Männer fort.

»Was zum Teufel ist da los?«, brüllte Cremer. »Wasserbomben?«

»Wir sind auf Grund gelaufen!«, rief Jäckel, weiß wie ein Laken.

»Unmöglich.« Becker kämpfte um Beherrschung, um eine nüchterne Einschätzung der Gefahr.

Metall kreischte auf Metall, als risse das Boot an den Nähten auf.

Brüllende, fluchende Männer stürmten durch das Schott aus dem vorderen Teil des Bootes. Ein wild blickender Fähnrich versuchte den dröhnenden Lärm zu übertönen. »Die Minenschächte, die Minenschächte!«

Becker und der Leitende Ingenieur hechteten durch das Schott, zwängten sich an den Männern vorbei, die machten, dass sie aus dem Weg kamen.

Becker lief voraus, er prallte von den Wänden ab, versuchte, auf dem stark geneigten Deck das Gleichgewicht zu halten. Das Krachen von Stahl auf Stahl war ohrenbetäubend; das Boot ächzte wie ein verwundetes Tier. Das Schott vor dem Minenraum stoppte Beckers Lauf; der letzte Mann, der herausgekommen war, hatte es verriegelt. Becker schaute durch die dicke Sichtscheibe, erblickte liegengelassenes Gerät ... und einen fächerförmigen Strom Meerwasser, der von irgendwo einbrach.

Der Leitende Ingenieur, der über Beckers Schulter schaute, rief: »Käpt'n, einer dieser Behälter in den Minenschächten muss sich gelöst haben ...«

»Und wenn wir ihn nicht sichern«, brüllte Becker, das erbarmungslose Hämmern übertönend, »wird er den Schacht zerreißen und das verdammte Boot versenken!«

Mayfair, London, 19. März

»Ich hab das nicht getan ... ich habe sie nicht umgebracht«, stöhnte Rees.

Suwerow betrachtete den Engländer, der auf einem Stuhl saß, die Ellenbogen auf den Knien, den Kopf in den Händen vergraben, seine Lenden mit einem Unterhemd bedeckt, die Schultern in ein Herrenhemd gehüllt. Er zitterte leicht, doch ob vor Angst oder vor Kälte ... Suwerow fand, dass dies keine Rolle mehr spielte.

Er warf einen Blick auf die beiden NKGB-Agenten. Der eine,

dünn und drahtig, lehnte an der geschlossenen Schlafzimmertür. Der andere Mann, dick und mit Warzen auf der Wange, saß verkehrt herum auf einem Stuhl, das Kinn auf die Faust gestützt. Es waren graue, düstere Männer, deren Gesichter, selbst wenn sie einen Menschen folterten, nichts als Langeweile ausdrückten.

Der Mann auf dem Stuhl schnaubte verächtlich.

»Er glaubt, dass Sie lügen«, sagte Suwerow. »Ich glaube das auch.«

Rees stöhnte. Er hob langsam den Kopf wie ein Betrunkener, der wieder zu sich kommt, und sah Suwerow flehend an. »Ich sag Ihnen, wer immer Sie auch sind, ich war's nicht.«

»Dann …« Suwerow ging zu dem zerwühlten Bett und hob die Decke von Tatjana, die nackt auf dem Rücken lag, einen ihrer Strümpfe um den Hals geschlungen, »erwarten Sie also, dass wir glauben, Miss Radziwill hätte sich das selbst angetan?«

»Nein, natürlich nicht. Aber ich versichere Ihnen, dass ich es *nicht* war.«

Suwerow steckte sich eine Zigarette an, damit seine Hände etwas zu tun hatten und nicht zitterten. Er bot Rees eine an, doch der winkte ab. Sein Gesicht war eine starre Maske der Angst. »Mir geht es nicht gut.«

»Das ist nur zu verständlich, Mr Rees. Wir brauchen aber ein paar Antworten.«

»Wie sind Sie hereingekommen? Woher wissen Sie, wie ich heiße?«

Suwerow warf Rees Ausweis und Brieftasche zu.

Rees griff daneben, und beides landete auf dem Boden. »Was haben Sie mit mir gemacht? Ich will wissen, was hier vorgeht.«

»Was hier vorgeht? Das wollen *wir* herausfinden.«

»Wer zum Teufel sind Sie? Sie sind kein Polizist. Verlassen Sie mein Haus!« Rees wollte sich erheben, besann sich dann aber eines Besseren.

Der Mann auf dem Stuhl schnaubte wieder verächtlich.

»So viele Fragen von einem, der keine Antworten geben will«, sagte Suwerow eisig.

»Hören Sie, wer immer Sie auch sind, Sie wissen doch, dass das eine Falle war.«

»Ach ja? Woher wissen Sie das denn?«

Rees schob sich eine Haarsträhne aus dem Gesicht. »Das Mädchen. Alles. Sind Sie denn blind?«

Suwerow beugte sich zu Rees vor. »Blind? Im Gegenteil. Ich sehe eine junge Frau in Ihrem Bett. Tot. Ermordet. Eine Frau, die Sie zum Sex gezwungen haben. Ich sehe ja, dass Sie nackt sind. Ich sehe ihre Kleider auf dem Boden. Ich sehe einen ihrer Strümpfe um ihren Hals geschlungen. Sie haben diese Frau erdrosselt, weil sie sich nicht vergewaltigen lassen wollte. Das ist es, was ich sehe.«

»Ich habe nicht versucht, sie zu vergewaltigen. Herrgott im Himmel, ich habe sie nicht ermordet, und das wissen Sie ganz genau.« Rees warf einen Blick auf die Uhr, die auf dem Nachttisch stand. Mitternacht war schon vorbei. Vor sechs Stunden hatte er mit Tatjana Margaux getrunken …

Auf ein Zeichen von Suwerow reichte ihm der Mann an der Tür einen braunen Umschlag, aus dem Suwerow ein Bündel Fotografien zog. Er fächerte sie vor Rees auf.

»Und ich sehe diese Aufnahmen hier. Würde man sie unter Ihren Kollegen in Whitehall herumgehen lassen, könnte Ihr Ruf als Liebhaber durchaus darunter leiden. Mehr noch, sie könnten sehen, dass Sie ein unbeherrschtes Monster sind.«

Auf einigen Fotos sah sich Rees nackt auf dem Rücken liegen, während er auf anderen sein Gesicht zwischen Tatjanas Beinen begrub. Er stöhnte. Die Aufnahmen waren mit Blitzlicht geschossen worden und zeigten jede Einzelheit: Er war es, daran war nicht zu rütteln.

»Zu schade«, fuhr Suwerow fort, »dass der Fotograf nicht zur Stelle war, als Sie in einen sexuellen Rausch gerieten, in dessen Verlauf Sie Miss Radziwill ermordeten. Dennoch bin ich sicher, dass die entsprechenden Stellen diese Aufnahmen äußerst interessant finden werden. Wie auch Ihre Frau. Sie lebt, wie ich hörte, mit ihrer Mutter in den Cotswolds. Auch Ihre Tochter, denke ich, könnte diese Fotos aufschlussreich finden.«

Mit geballten Fäusten und stöhnend vor Angst schaukelte Rees vor und zurück. »Jesus, Jesus Christus ... Das darf doch nicht wahr sein. Das gibt es doch nicht!«

»Was darf nicht wahr sein?«

»Sie ist keine Polin, stimmt's? Und ihr Name ist auch nicht Nadzia Radziwill. Sie ist Russin. Eine Agentin des NKGB.« Er schaute Suwerow und die beiden anderen an. »Und Sie sind auch vom NKGB, nicht wahr?«

»Wie bitte?«

»Sie haben mich ins Visier genommen. Die Cocktailparty für Mikolajczyk war der perfekte Ort, damit ich in die Falle tappte. Und heute Abend hat sie mir was in den Drink getan. Dann haben Sie sie getötet und es so aussehen lassen, als hätte ich es getan.«

Suwerow lachte herzlich, aber freudlos. »Wenn Sie glauben, dass das passiert ist, dann besitzen Sie eine blühende Phantasie, Mr Rees.« Er drückte seine Zigarette aus und steckte sie in die Jackentasche.

»So ergibt alles einen Sinn.«

»Aber vergessen Sie nicht, Mr Rees, dass die Sowjetunion

mit Amerika und Großbritannien verbündet ist. Aus welchem Grund sollte ein zuverlässiger Verbündeter zu solchen Maßnahmen greifen, um einen Offizier des MI-6 in die Falle zu locken? Sagen Sie mir doch bitte, aus welchem Grund?«

»Aus dem einen und einzigen: um Informationen zu erpressen.«

Der Mann auf dem Stuhl streckte die Beine aus, stand auf und schnaubte erneut.

»Er hält Sie für verrückt«, erklärte Suwerow. »Ich tue das auch.«

Er ging zu dem Drahtigen an der Tür und flüsterte ihm etwas zu. Der Dicke durchquerte das Zimmer und bezog Posten neben Rees' Stuhl.

»Was wollen Sie jetzt tun?«, fragte Rees, plötzlich heiser.

»Tun?«, fragte Suwerow in sachlichem Ton. »Wir werden die Polizei alarmieren. Immerhin sind Sie ein Mörder. Die Polizei wird kommen und Sie mit Ihrer toten Geliebten vorfinden. Sie werden verhaftet, vielleicht der englischen Regierung überstellt. Es wird eine Untersuchung geben. Und was danach geschieht ...?« Suwerow zuckte mit den Schultern.

Der Mann an der Tür hatte nun ein schmales Lederetui in der Hand, in dem eine glänzende stählerne Injektionsspritze ruhte.

Rees sah die Spritze und erschrak. »Eine verdammte Minute noch, ja?«

Suwerow kam von der Tür zurück in die Mitte des Zimmers. Er schaute Rees argwöhnisch an.

Der schaute erneut den Mann an, der das Etui mit der Spritze hielt, dann den Dicken, seinen Bewacher. Schließlich wandte er den Blick zu Suwerow. »Vielleicht können wir zu einer Einigung kommen«, sagte er mit zitternder Stimme.

Suwerow zuckte die Achseln. »Das liegt ganz bei Ihnen. Aber ich kann einem Mörder keine Versprechen geben.«

Rees' Stimme erhob sich zu dem schrillen Heulen eines Kindes. »Ich bin kein Mörder! Um Himmels willen, hören Sie doch mit diesem idiotischen Spiel auf!«

»Spiel? Spiel?« Suwerow ging zum Bett und zog die Decke wieder über Tatjana. »Das hier ist kein Spiel. Wenn Sie das glauben, dann sagen Sie ihr doch, sie soll aufstehen und sich anziehen. Fragen Sie sie, ob sie ins Restaurant gehen möchte oder ins Theater.«

Rees schaute Tatjana nicht an, begrub stattdessen sein Gesicht wieder in den Händen. »Meine Güte. Was wollen Sie?«

Suwerow deckte Tatjana vollends zu. Er zündete eine Zigarette an und nahm ein paar Züge, bevor er antwortete. »Wir wollen bestimmte Dokumente in Ihrem Safe durchsehen.«

Suwerow wartete. Er hörte Rees' flachen Atem, das Zischen der Luft, die durch seine vors Gesicht gepressten Hände strömte. Schließlich sagte Rees gedämpft durch die Hände: »Das kann ich nicht erlauben.«

Suwerow seufzte und wandte sich ab. Der Dicke legte Rees einen Arm um den Hals und zog ihn auf die Beine, drehte ihm den linken Arm auf den Rücken. Die Kleidungsstücke fielen zu Boden, Rees war nackt. Der andere Mann näherte sich mit der Spritze.

»Nein!«, schrie Rees, »ich mach's!«

Suwerows Stimme nahm einen eisigen Klang an. »Ich sagte Ihnen ja, dass dies kein Spiel ist. Wenn Sie jedoch auf einem Spiel bestehen, so hat es folgende Regeln: Entweder Sie öffnen den Safe – und zwar sofort –, oder Sie kommen morgen nach den beiden Spritzen, die wir Ihnen geben werden, wieder zu Bewusstsein und können dann der Polizei erzählen, was geschehen ist. Ich bin sicher, dass Ihre Geschichte – dass Sie von einer Frau zum Sex verführt und dann betäubt wurden; dass Sie aufwachten und sie tot vorfanden, während Ihre Wohnung voller NKGB-Agenten war –, dass diese Geschichte die Polizei sehr amüsieren wird.«

Der Dicke ließ Rees los, der sich vor Schmerzen krümmte.

»Aber wenn Sie sich für ein anderes Spiel entscheiden, dann könnte möglicherweise all dies hier«, Suwerow machte eine Handbewegung durch den ganzen Raum, »ganz einfach verschwinden.«

Rees, immer noch vornüber gebeugt, nickte.

Suwerow schaute die beiden Männer an, dann sagte er zu Rees: »Und jetzt werden Sie uns die Kombination für Ihren Safe mitteilen.«

Östlich von Dunnet Head, Schottland, 19. März

»Ruder backbord, Kurs null-neun-null!«

Der Rudergänger mühte sich mit dem Steuerrad, Beckers Befehl nachzukommen. Die *U-233* war ein Spielball von Wind und Wellen und reagierte zunächst nicht auf das Rudermanöver. Doch unter Aufbietung aller Motorenkraft und wirbelnder Propeller begann sie sich nach backbord zu drehen, bis sie, mit der Hauptlast des Sturmes auf der Backbordseite, schneller und schneller herumschwenkte. Einen Moment schien es, als würden sich die Enden vertauschen, als würde schließlich der Bug nach Osten weisen statt nach Westen. Doch der Rudergänger drehte das Steuerrad, fing das Boot ab, hielt es fest und brachte es mit Hilfe von Beckers befohlener Rückwärtsfahrt der Steuerbordschraube bei gleichzeitigem Antrieb der Backbordschraube auf nördlichen Kurs in Richtung der leewärts liegenden Inseln von Scapa Flow.

Beckers Manöver verringerte den furchtbaren Lärm, der aus den vorderen Minenschächten drang. Doch er wusste, dass sie schleunigst ruhigere Gewässer erreichen und die notwendigen Reparaturen vornehmen mussten, sonst würden sich die Behälter irgendwann losreißen und die gesamte vordere Abteilung zerstören – und am Ende auch den Druckkörper des Bootes.

Nachdem er sich überzeugt hatte, dass der Steuermann das Boot auf Kurs hielt, ging Becker mit Jäckel, Franke und den beiden Japanern in den vorderen Minenraum, um den Schaden zu begutachten.

»Wie schlimm?«, brüllte er gegen das Schlagen und Branden der Seen an.

»Kann's nicht sagen!«, rief der Leitende Ingenieur. »Bevor ich nicht in die Schächte geguckt habe!«

»Verdammt!«, fauchte Becker. »Und das ist unmöglich.«

»Bei diesem Wetter schon, Kapitän. Aber schauen Sie mal hier ... Herrgott!«

Taumelnd und strauchelnd kämpften die Männer sich Schritt für Schritt zur Backbordseite der senkrechten Schächte, die vom Bootskiel bis zum Hauptdeck ragten, und hielten vor dem Schacht, der in weißer Schrift die Nummer fünf trug.

Jäckel riss erschrocken die Augen auf, als er den fächerförmigen Wasserschwall sah, der aus der aufgerissenen Schweißnaht des Schachtes auf die Deckplatten sprühte. Ito und Sawada begutachteten den Schaden und begannen in raschem Japanisch zu reden, wobei sie wild gestikulierten und mit den Armen Kreise beschrieben.

»Unsere Lenzpumpen schaffen solche Wassermengen nicht«, sagte der Leitende Ingenieur.

Becker sackte gegen den Minenschacht. Ein Sturm, ein Leck, die Tommys …

»Kann das repariert werden?«, fragte Franke mit Blick auf die fünfzehn Zentimeter tiefe Flut, die über seine Stiefel in die Bilge abfloss.

Der Leitende Ingenieur zuckte die Achseln. »Nicht in 'nem Sturm, der uns die Ohren wegpustet.«

Becker schnappte sich eine Gefechtslaterne und quetschte sich zwischen die zwei Schachtreihen, suchte mit Hilfe der Lampe nach weiteren Schäden. Als er damit fertig war, zwängte er sich wieder hinaus und schlug mit der flachen Hand auf einen der kalten Stahlbehälter.

»Was ist da drin?« Becker leuchtete zuerst Jäckel, dann Ito ins Gesicht.

Jäckel hielt eine Hand hoch, da die Laterne ihn blendete. »Das kann er Ihnen nicht sagen, Becker. Das wissen Sie.«

»Seien Sie doch kein Narr!«, rief Becker. »In Schacht fünf ist ein Behälter lose. Wenn wir ihn nicht sichern, wird er zerbrechen und den Schacht beschädigen. Dann sinken wir. Begreifen Sie jetzt?«

»Ja, verdammt noch mal, ist mir klar. Aber wir haben strikten Befehl, unter keinen Umständen den Inhalt dieser Behälter preiszugeben.«

Das Schiff krängte. Jäckel taumelte gegen Becker. Ito fiel hin, auch der Leitende Ingenieur verlor fast das Gleichgewicht. Franke hielt sich an Sawada fest. Die Hülle der *U-233* ächzte und dröhnte, als der Bug sich senkte; dann kämpfte das Boot um seinen Auftrieb und versuchte die See, die sie begraben wollte, abzuschütteln.

Freigekämpft schoss der Bug in die Höhe wie ein rasender Fahrstuhl in einem Wolkenkratzer. Der Behälter in Schacht fünf stieß an das obere Ladeluk und an die Halteapparatur: Es klang, als wären zwei Rennwagen frontal zusammengekracht.

Jäckel streckte die Hand aus, um sich festzuhalten, dabei schlug er Becker die Gefechtslaterne aus der Hand. Während der Lichtstrahl wie verrückt umherwirbelte, fiel die Laterne in das schäumende Bilgewasser.

Die Japaner wussten, in welcher Gefahr sie schwebten, aber starr vor Furcht vermochten sie nur zu schauen und sich festzuhalten, um nicht selbst in die Bilge zu stürzen.

»Jäckel, wir haben keine Zeit zu …!«

»Biologische Proben!«, stieß Ito hervor.

Becker fuhr zu dem Japaner herum. Der Mann machte ein grimmiges Gesicht und zitterte vor Angst und Kälte. »Biologische Proben?«

»*Hai*. In den Behältern befinden sich Kulturen von Anthrax- und Beulenpestbakterien für die biologische Kriegsführung.«

Becker war sprachlos. Er wusste nicht, was in Hitlers geheimen Laboratorien ausgetüftelt wurde, doch er hatte Gerüchte über Geheimwaffen gehört, Waffen des letzten Auswegs, Waffen, die so furchtbar waren, dass niemand wagte, über sie zu sprechen.

»Also schickt unser geliebter Führer Japan ein Geschenk, wollen Sie das damit sagen? Infektionskrankheiten. Träger bakteriologischer Infektionen, die gegen die Amerikaner eingesetzt werden können?«

»Wir befolgen nur Befehle, Becker«, sagte Jäckel. »Wir haben sie nicht gemacht. Wir sollen die Behälter nur überbringen.«

»Zehn Behälter, gefüllt mit tödlichen Bakterien. Sind die in Berlin verrückt geworden?«

»Der Major hat es Ihnen doch gerade gesagt«, übertönte Franke den Lärm der schlagenden See und des Behälters, der im

Schacht klapperte, »unsere Aufgabe ist nur, sie zu überbringen und unsere Befehle zu befolgen.«

»Ich wusste ja, dass die in Berlin verrückt sind«, warf der Leitende Ingenieur ein, »aber dass sie so verrückt sind!«

»Wie können wir den Behälter sichern?«, fragte Jäckel. »Bevor er noch mehr Schaden anrichtet?«

»Wir müssen Richtung Küste auf die leewärts gelegenen Inseln zusteuern«, riet der Leitende Ingenieur. »Den Klauen des Sturms entkommen. Dann muss ein Mann in den Schacht, um den Schaden abzuschätzen. Und ihn zu reparieren.«

»Dann los!«, befahl Jäckel.

»Wir können das erst tun, wenn der Sturm nachlässt«, erklärte Becker. »Müssen dazu an die Oberfläche. Ist aber unmöglich bei diesem Wetter.«

Jäckel starrte ihn misstrauisch an.

»Es ist wahr. Wir fahren ja bereits Richtung Küste. Wenn wir einen sicheren Ankerplatz finden, tauchen wir auf. Hoffentlich hält der Schacht, bis es so weit ist.«

»Und wenn er nicht hält?«

»Er muss.«

Jäckel kniff die Augen zusammen, schien jedoch Beckers Erklärung zu akzeptieren. »Und dann?«

»Öffnen wir das Luk und versuchen, den Behälter zu sichern«, sagte der Leitende Ingenieur.

»Und was tun wir gegen das Leck?«, fragte Franke.

»Schweißen einen Flicken über den Riss in Schacht fünf. Und hoffen, dass er hält.«

»Kapitän«, sagte Ito besorgt, »aber wenn der Behälter selbst beschädigt ist … können Sie ihn wieder reparieren?«

Becker überlegte. »Das müssen wir wohl, wenn wir nicht auf einem Totenschiff fahren wollen.«

Fünf Kilometer nördlich von Dunnet Head, Schottland, 19. März

»Barometer ist gestiegen, Sir. Einen ganzen Zoll.«

»Haben Sie von der Task Force einen aktuellen Wetterbericht bekommen?«, fragte Geoffrey Fleming Steuermannsmaat Winston.

»Nicht seit dem letzten vor einer Stunde, Sir. Die Front bewegt sich Ostnordost. Seegang Stärke fünf.«

»Sturm verpufft in Richtung Festland. Hervorragend.«

Fleming wandte seine Aufmerksamkeit dem Fernkompass zu und stellte fest, dass die *Ulster* langsam, aber sicher ihre Patrouillenfahrt in Richtung Norden vollzog. Nachdenklich zog er an seiner Unterlippe.

Binnen Minuten würde es dämmern. Er war froh darüber. Der Sturm hatte das ASDIC gestört, und Fleming hatte befohlen, es festzustellen. Auch das Radar war von See-Echos und – schlimmer noch – von Phantombildern gestört worden. Nutzlos, diese Instrumente. Doch auch ein erfahrenes Seemannsauge vermochte bei diesem Sturm nur wenig auszurichten. Ein Schiff konnte binnen Sekunden auf Grund laufen. Am besten wartete man ab. Der deutsche Skipper tat wahrscheinlich das Gleiche, bis der Sturm abflaute, und dann würde er schleunigst versuchen, durch den Pentland Firth zu entkommen. Aber wo würde er sich verstecken und abwarten?

Fleming ließ seine Unterlippe los und begab sich zum Kartentisch. Er suchte mit der Hand das Gebiet ab, dann tippte er mit dem Finger mehrmals auf eine Stelle. »Nummer Eins.«

Wie eine Erscheinung trat Potter in den Lichtkegel der Lampe. »Sir?«

»Hab über diese Sache mit dem Kanal nachgedacht.«

»Dass er versuchen könnte, den Pentland Firth bei schwerem Wetter …?«

»Genau. Sehen Sie, hier? Scapa Flow, die Inseln leewärts von Hoy und Flotta. Könnte ein U-Boot sich dort verstecken, es heil überstehen, was meinen Sie?«

»Wüsste nicht, was dem widerspräche, Sir. Ist ein verdammt gutes Versteck. Ziemlich unwahrscheinlich, es dort in den vielen Buchten zu finden.«

»Stimmt. Aber ich schlage vor, wir funken die Task Force an, ob wir es nicht doch versuchen dürfen. Ein Versuch kann ja nicht schaden. Könnten Glück haben und den Jerry kalt erwischen, während er seine Batterien auflädt oder 'ne Prise Frischluft schnappt.«

»Ja, das könnte funktionieren.«

Fleming richtete sich auf. Auf seinem Gesicht stand angestrengte Konzentration. Er tippte mit dem Finger auf die Seekarte. »Man weiß ja nie, Nummer Eins. Wir könnten vielleicht hier, in der Gegend um Switha Sound, auf etwas Interessantes stoßen.«

Fleming richtete den Blick auf den heller werdenden Himmel im Osten. Es regnete nicht mehr, und auch der Wind hatte sich gelegt. Und obwohl violett-graue Wellen um den Bug der *Ulster* wogten und brandeten und ihr Vorderdeck überspülten, war deutlich zu erkennen, dass die Wucht des Sturmes nach Osten wanderte. In einer Stunde würde vielleicht sogar die Sonne auftauchen.

Fleming hob sein Kinn und stellte sich auf die Zehenspitzen, als versuchte er, hinter den Horizont zu sehen. »Wollen mal hören, was Task Force dazu sagt. Inzwischen geben Sie den Jungs am ASDIC etwas zu tun, Nummer Eins. Sie sollen sofort mit der Suche nach einem Unterseeboot beginnen.«

An Bord der *Island Princess*, 19. März

Sean Cromarty, Kapitän des Dieseltrawlers *Island Princess*, betätigte zweimal sein Nebelhorn. Und zweimal verschwand das klagende Blöken im dichten kühlen Nebel, der die Küste von South Walls einhüllte, einer kleinen Insel in der Bucht von Scapa Flow.

Die *Island Princess* kroch langsam vorwärts, während Cromarty, sein Bootsmann und sein Heizer nach der Boje Ausschau hielten, die die Kanaleinfahrt nach Longhope markierte. Cromarty hatte sein ganzes Leben auf diesen Gewässern zugebracht, er kannte jeden Zentimeter Küstenlinie. Und dennoch hatte er sich verfahren, hatte irgendwie die Boje verfehlt. Das war ihm noch nie passiert. Allerdings war er auch noch nie in so dichten Nebel geraten. Der Sturm war kurz, aber heftig gewesen, und Cromarty fragte sich allmählich, ob sich die Boje vielleicht losgerissen hatte. »Was gesehn?«, rief er von der Brücke.

»Verdammt, kann überhaupt nix erkennen, Käpt'n«, sagte der Bootsmann auf dem Vorderdeck.

Cromarty machte den Motor aus. »Dann halt die Ohren offen.«

Eine unheimliche Stille hüllte die *Princess* ein. Ohne Vorausfahrt schlingerte sie, und ihre Deckplanken knarrten leise, während sie auf der schwarzen Dünung auf und ab schaukelte. Plötzlich durchbrach ein scharfer metallischer Laut die Stille.

Cromarty stürzte aus dem Steuerhaus, dicht gefolgt von seinem Heizer. »Was zur Hölle war'n das?«

»Backbordseite, Käpt'n«, rief der Bootsmann.

»Betätige das Nebelhorn!«, wies Cromarty den Heizer an.

»Da ist es!«, brüllte der Bootsmann und zeigte in die Richtung. »Zwei Strich backbord vor dem Bug!«

Ein langes, flaches schwarzes Gebilde tauchte aus dem Nebel auf. Cromarty erstarrte. »Allmächtiger!«

Der rasch entschlossene Bootsmann startete den Motor und zog mit einem Ruck die Steuerhebel zurück, sodass die Schrauben sich rückwärts drehten. Cromarty spürte, wie das Deck erzitterte, und bereitete sich auf die unvermeidliche Kollision vor ... die jedoch nicht erfolgte, da die *Princess* gerade noch rechtzeitig Rückwärtsfahrt aufnahm.

So plötzlich, wie er sich geöffnet hatte, zog sich der Nebelvorhang wieder zu, und die lange schwarze Gestalt des Unterseebootes verschwand in den grauen Strudeln, die der Bug der *Princess* hinterließ.

* * *

Jäckel und Freitag kamen hinter dem Turm hervor, wo sie während der Begegnung gekauert hatten.

Jäckel sah erschüttert aus. »Ich dachte, gleich stoßen sie mit uns zusammen.«

Becker hatte das näher kommende Nebelhorn gehört und den Trawler in Rufweite gesehen, doch er konnte nichts weiter tun, als sich zu wappnen und darauf zu hoffen, dass das Schiff nicht mit der *U-233* kollidieren würde, die eine Meile vor der Küste Hoys lag. Kurz hatte er den Bootsmann auf dem Vorderdeck gesehen, dessen Mund zu einem lautlosen Schrei aufgerissen war – dann war der Trawler gerade noch rechtzeitig zurückgewichen.

Jetzt schätzte er die Dichte des Nebels um die *U-233* ab. »Wir haben nicht mehr viel Zeit. Sie werden unsere Position melden, wir müssen also verschwinden, bevor sich der Nebel lichtet.«

Vom geneigten Deck am Bug des Bootes erklang erneut das

Hämmern von Stahl auf Stahl, als der Leitende Ingenieur und seine Mannschaft sich wieder an die Arbeit machten. Sie benutzen Vorschlaghämmer und Brechstangen, um das blockierte obere Luk des Schachtes zu öffnen, aber auch die Ausklinkvorrichtung mit ihren Zangenklauen war von dem losen Behälter beschädigt worden und wollte nicht nachgeben. Die Arbeiten waren gestoppt worden, als unvermittelt der Trawler im Nebel erschien, und die Männer hatten sich versteckt, sich hingekauert im Versuch, sich unsichtbar zu machen.

Zuvor hatte der Leitende Ingenieur einige Blaupausen des Bootes studiert, um eine Reparaturmethode zu entwerfen. Ein Arbeitskommando, erklärte er, müsse sich um das blockierte Luk kümmern, während ein zweites unter der Aufsicht von II WO Cremer einen Flicken auf die gerissene Naht des Schachtes schweißen müsse. Becker fürchtete, dass der Behälter schadhaft geworden war, nachdem er nicht mehr in der Haltevorrichtung saß.

Er befragte die beiden Japaner, während sie in der Offiziersmesse die mögliche Vorgehensweise besprachen. »Wie sind diese biologischen Proben in den Behältern verpackt?«

Ito und Sawada wussten nicht, was sie sagen sollten, und blickten hilfesuchend zu Jäckel.

»Sagen Sie's ihm«, befahl der.

Der Leitende Ingenieur gab den Japanern Papier und Bleistift, und diese machten sich an eine Skizze, deren Ergebnis aussah wie eine Bombe mit inneren Sektionen. Danach entspann sich eine längere Diskussion, und schließlich wiesen beide auf die simple Grafik.

»Die Proben«, sagte Ito, »befinden sich in Aluminiumrohren, mehrere pro Behälter. In den Behältern sind senkrechte Trennwände mit Löchern in der Dicke der Rohre, sodass diese hindurchgesteckt werden können. Die Rohre haben mit Wachs versiegelte Schraubdeckel. Die eigentlichen Proben stecken in versiegelten Glasblöcken, die in Holzwolle gebettet sind.«

»Anthrax- und Beulenpestproben.«

»Ja«, sagte Sawada.

Der Leitende Ingenieur fluchte unterdrückt.

»Weiter«, drängte Becker Sawada.

»Die Sporen in den Glasblöcken sind ruhend, aber dennoch so wirksam, dass sie noch Jahre, Jahrhunderte, vielleicht sogar tausend Jahre ...«

Der Leitende Ingenieur pfiff laut.

»Anthrax ist extrem gefährlich. Die Inhalation nur weniger Sporen führt zu einer Infektion, die mit Fieber, Schock und Tod endet.«

Alle Augen wandten sich zu Becker. Er hatte Kopfschmerzen, als hämmere ihm jemand mit einem Hammer auf den Kopf, zwinge ihn, über Probleme nachzudenken, die einem U-Boot-Kommandanten völlig fremd waren: tödliche Bakterien und hoch ansteckende Krankheiten statt Torpedos und sinkender Schiffe.

»Ist es möglich, dass die Glasblöcke im Behälter zerbrochen sind und dass Sporen austreten? Und falls es so ist – was können wir dagegen tun?«

»Ich weiß nicht, ob die Blöcke beschädigt sind«, sagte Sawada. »Aber wenn doch, dann sind wir machtlos dagegen. Und wenn der Behälter selbst beschädigt ist und wir das Luk öffnen, dann könnten wir alle an diesen Bakterien sterben.«

»Und wenn der Behälter ein Leck hat, und die Sporen frei werden, dann könnten sie auch durch die gerissene Schweißnaht von Schacht fünf ins Boot gelangen«, bemerkte Becker.

»Ja, Kapitän, das stimmt wohl«, sagte Ito. »In welchem Fall es besser wäre, den Behälter ganz aus dem Schacht zu lösen und den vorderen Teil des Bootes zu versiegeln.«

»Aber wir können das verdammte Ding nicht loswerden, weil die Ausklinkvorrichtung kaputt ist«, warf der Leitende Ingenieur ein. »Zuerst müssen wir die wieder hinkriegen.«

»Und – können wir?«

Der Leitende Ingenieur stand auf und stopfte seine Hände in die Taschen seines schmierigen Overalls. »Weiß ich nicht, Kapitän. Aber wir müssen's versuchen.«

»Ich glaube, dass Sie zu pessimistisch sind«, schaltete sich Jäckel ein. »Die Behälter sind aus äußerst robustem, rostfreiem Edelstahl. Außerdem bezweifle ich, dass die Glasblöcke zerbrochen sind und Sporen herumschwirren. Immerhin haben die Labors des Reiches die Proben für den Transport sorgfältigst verpackt, angepasst an die rauen Bedingungen auf einem U-Boot.«

Becker stand auf und setzte seine Mütze auf. »Ich stimme Ihnen zu, Major. LI, machen wir uns an die Reparatur!«

* * *

Angeklammert an triefende Stützen und Halterungen, um nicht vom Schlingern des Bootes in die schäumende See geschleudert zu werden, hämmerten der Leitende Ingenieur und seine Männer auf das blockierte Luk ein. Das Deck war schlüpfrig, und der Leitende Ingenieur bläute seinen Männern immer wieder ein, nur ja vorsichtig zu sein. Becker sorgte sich, ob der Mann auch selbst aufpasste; wenn der LI sich verletzte, würde er schwer zu ersetzen sein.

»Dieses Minenluk ist ein widerspenstiges Biest«, meldete er

Becker und Jäckel auf der Brücke. »Wir haben es handkantenbreit aufgekriegt, aber es geht keinen Millimeter weiter. Wir können die Zangenklaue nicht zurückziehen und kommen auch nicht an die Kabel ran, um den Behälter abzuschneiden.«

Becker schaute zum heller werdenden Himmel auf und dann seitwärts auf die stetige Strömung, die die *U-233* Richtung Küste drückte, in gefährlich seichte Gewässer.

»Uns läuft die Zeit davon, LI. Können hier nicht mehr lange bleiben. Ich gebe Ihnen noch eine halbe Stunde, vielleicht nicht einmal das.«

»Wir tun unser Bestes. Wie kommt Cremer voran?«

Becker rief in das Sprachrohr hinunter zu II WO Cremer im Minenraum. »Wie geht es voran, will der LI wissen.«

»Gut und schlecht, Herr Kaleun. Obermaschinenmaat Werner hat es geschafft, einen wasserdichten Flicken auf die Naht an Schacht fünf zu schweißen. Aber als er die Sauerstoff- und Acetylenbehälter wieder im Maschinenraum verstaute, hat er sich die Hand eingeklemmt. Sieht nicht gut aus.«

»Was meint Rotteck?«

»Er hat getan, was er konnte, aber er macht sich Sorgen.«

Becker machte sich auch Sorgen. Auf dem Boot konnten sie wenig für Werner tun, wenn erst einmal der Wundbrand einsetzte. Er hatte dies schon einmal erlebt und wollte es nicht noch einmal sehen.

»Soll ich runterkommen und es mir anschauen?«

»Im Augenblick, Kapitän, haben wir alles unter Kontrolle.«

»Die Dinge sind nie unter Kontrolle«, murmelte der Leitende Ingenieur, während er die Leiter hinunterstieg, die an den Turm geschweißt war.

»Beeilen Sie sich, LI!«, rief Becker ihm nach und schaute

seinem Leitenden Ingenieur hinterher, der das geschlitzte Oberdeck entlangstapfte, bei jedem Schritt das Rollen und Schlingern des Bootes ausgleichend.

»Sie können nicht fahren, solange dieser Behälter lose im Minenschacht hängt«, mahnte Jäckel. »Das haben Sie doch selbst gesagt.«

Becker wandte dem Major den Rücken zu und schnaubte verächtlich. »Was bleibt uns sonst übrig? Wenn wir hierbleiben, werden uns die Tommys mit Sicherheit finden.«

»Aber was ist mit dem Behälter?«

»Sie haben Cremer ja gehört: Das Leck ist gestopft. Wir können tauchen. Und wenn wir gutes Wetter bekommen, können wir erneut versuchen, das Luk zu öffnen und dieses verdammte Ding auf den Boden des Atlantiks zu versenken, wohin es gehört. Wohin sie alle gehören.«

»Ihr Mitleid mit unseren Feinden ist lobenswert, Becker.«

Freitag zuckte zusammen und verschmolz mit dem Hintergrund.

Becker drehte sich um und sah die Geringschätzung auf Jäckels vom Wetter geröteten Gesicht. Jäckel hatte wie Hitler, Dönitz, Speer und die anderen Nazis jegliche Menschlichkeit verloren: Eine weitere Million Tote bedeutete ihm nichts.

»Ich bin kein Fürsprecher von Massenmord, falls Sie darauf anspielen, Major. Denn er ist feige. Und unfair.«

»Aber Schiffe ohne Warnung zu torpedieren ist fair?«

»Wir haben nie Matrosen abgeschlachtet, die ihr sinkendes Schiff verlassen hatten und hilflos im Meer trieben. Wir haben stets fair gekämpft.«

Jäckel höhnte. »Wie nobel von Ihnen, Becker. Aber mit Tugend gewinnt man keine Kriege. Das Einzige, was einem zum Sieg verhilft, sind Waffen. Mächtige Waffen. Glauben Sie etwa, die Amerikaner würden keine biologischen Waffen einsetzen, wenn sie welche besäßen?«

»Ich weiß nicht, was die Amerikaner tun *würden*. Aber wer sich einmal auf diesen Weg begibt, kommt nie an ein Ende. Auf diesem Weg findet man nur immer größere und mächtigere Waffen.«

»Deshalb müssen wir ja unseren Verbündeten helfen. Die Amerikaner werden immer mächtigere Waffen entwickeln, und um dagegenzuhalten, müssen wir ähnlich gefährliche Waffen besitzen, Waffen, die ihr Heer und ihre Marine vernichten können. Vielleicht sogar ihr Land.«

Becker spürte bei Jäckel eine Hingabe an seine Mission, weit über das übliche Maß an Begeisterung hinaus. Der Mann schien von einem Eifer beseelt, den Becker zunächst für blinden Ehrgeiz gehalten hatte, doch nun erkannte er, dass Jäckel und auch Franke sich auf einer sehr persönlichen Mission befanden.

»Ich fürchte nur, Major, es ist zu spät, über Amerikas Vernichtung zu reden. Die Amerikaner haben den Krieg gegen Deutschland gewonnen, und sie werden auch den Krieg gegen Japan gewinnen. Daran gibt es nichts zu rütteln. Sie sollten versuchen, die Dinge realistisch zu betrachten.«

Becker unterbrach die Diskussion, als er sah, dass der Nebel sich gelichtet hatte. Rings um die *U-233* war wieder eine große schwarze Wasserfläche zu sehen. Im Westen erhob sich der blassgraue Buckel der Insel Hoy deutlich aus dem Meer.

»Freitag, klarmachen zur Abfahrt.«

Der I WO eilte zum Sprachrohr, das die Zentrale mit dem Dieselraum verband, und gab Befehle: »Klarmachen zum Läuten auf beiden Maschinen! Kapitän hat das Kommando.«

Einen Augenblick später erwachten die beiden Diesel unter Ausstoß blauer Rauchwolken zum Leben. Kühlwasser strömte durch die Absaugöffnungen, die so dick waren wie Kanalisationsrohre.

Der Leitende Ingenieur trat an den Fuß des Turms. »Aber Käpt'n, wir kommen gut voran.«

»Schauen Sie sich um, LI. Der Nebel lichtet sich. Zeit, dass die Männer unter Deck kommen.«

»Gut.«

Eine frische Brise war aufgekommen und wehte den Nebel in Fetzen aufs offene Meer. Die fahlen Hügel von Hoy tauchten auf und im Nordosten die Insel Flotta.

Becker beugte sich über das Sprachrohr. »Beide Maschinen halbe Fahrt voraus. Ruder hart steuerbord ... weiter so!«

Die Diesel der *U-233* heulten auf, das Boot wendete. Der Leitende Ingenieur und seine Männer hatten ihr Bestes getan. Nun mussten sie darauf bauen, dass die Arbeit im Schutz der Dunkelheit des Atlantischen Ozeans beendet werden konnte.

SOHO, LONDON, 20. MÄRZ

Suwerow fädelte sich durch ein Labyrinth aus Gassen und engen Straßen und parkte den Hillman auf einem Schuttgrundstück hinter dem Goldenen Lotus, einem Club für Homosexuelle. Er stellte den Motor ab und legte seine Stirn aufs Lenkrad. Sein Herz klopfte wie wild. Wie lange würde es dauern, bis sie merkten, was er getan hatte? Nicht lange. Der dicke Weroschilow würde es bald schon ausgeknobelt haben und sich unverzüglich auf ihre Spur heften.

Suwerow hatte gewartet, bis Weroschilow und Putin Rees angekleidet, untergefasst und hinaus zu dem Sunbeam-Talbot gebracht hatten, der hinter dem ummauerten Garten parkte.

Nachdem Weroschilow den Botschafterfotografen in seinem getarnten Lieferwagen mit der kleinen Dunkelkammer verabschiedet hatte, war er in die Wohnung zurückgekehrt, wo Suwerow Tatjana auf zwei Decken legte.

»Beeil dich lieber, es wird spät. Wir tragen sie zusammen in deinen Wagen«, bot er an.

Rasch wickelte Suwerow Tatjana in die beiden Decken. »Nein, geh nur. Ich mach das allein.«

Weroschilow schnalzte obszön mit der Zunge. »Mach, was du willst, aber lass dir raten: Wenn du 'ne Leiche ficken willst, dann lieber eine, die noch warm ist.«

Suwerow bedachte ihn mit einem finsteren Blick.

Weroschilow zielte mit einem Finger auf Suwerow. »Sorg dafür, dass sie dort, wo du sie ablädst, auf keinen Fall gefunden wird. Klar?«

»Dafür ist gesorgt.«

»Klar?«

Suwerow passte auf, dass ihm niemand folgte. Er mied bewachte Straßen und Gebiete, in denen es vor Militär nur so wimmelte. Er fuhr nördlich am Regent's Park entlang, bis er sich überzeugt hatte, dass er nicht verfolgt wurde, dann heftete er sich an ein Taxi, das nach Soho fuhr.

* * *

Ein schmaler roter Lichtspalt vor Suwerows Wagen wurde breiter, und zwei G.I.s stolperten aus der Hintertür des Goldenen Lotus. Die Tür fiel wieder ins Schloss, und Suwerow hörte, wie jemand von innen den Riegel vorschob. Die Soldaten zündeten Zigaretten an, bevor sie in der Dunkelheit verschwanden. Suwerow schaute nach oben und sah, dass im zweiten Stock über dem

Club ein Licht angegangen war. Er schaute auf die Uhr: vier Uhr in der Frühe. Er musste sich beeilen.

Rita begrüßte ihn an der Wohnungstür. »Siehst mächtig mitgenommen aus, mein Lieber«, sagte sie auf Russisch.

»Hilf mir.«

Heftig keuchend wuchtete Suwerow die eingewickelte Tatjana von seiner Schulter und legte sie mit Ritas Hilfe auf das Bett. Rita, barfuß und dick, mit offenem, schulterlangem hennagefärbtem Haar, spärlich bekleidet mit einem blassblauen seidenen Umhang, unter dem ihre vollen Brüste wogten, starrte skeptisch auf die Frau, die Suwerow ihr da gebracht hatte.

»Ich hoffe, du weißt, was du tust, mein Lieber.«

Zwei Kilometer östlich von Hurliness, Orkneyinseln, 20. März

Fleming stand mit verschränkten Armen neben dem beleuchteten Kompasshaus. Auf seinem stoppelbärtigen Gesicht stand ein finsterer Ausdruck. Vor zwei Stunden hatten sie den Funkspruch losgeschickt, aber Task Force hatte keinen Pieps von sich gegeben. Er sehnte sich nach Schlaf, seine Augen brannten wie Kohlen. Das Stampfen der Motoren hatte ihn fast eingeschläfert, doch er war jedes Mal munter geworden, wenn er das Murmeln der Wachen, das »Ping« des ASDIC oder kratzende Schritte auf den metallenen Decks gehört hatte.

Wie lange brauchten die blöden Hunde bei der Task Force, um eine Entscheidung zu fällen? Vielleicht glaubten sie wie Potter, dass niemand mehr da wäre, um den Durchlass am Pentland Firth zu sichern, wenn die *Ulster* sich damit beschäftigte, die Bucht von Scapa Flow abzusuchen. Schön dumm, wirklich.

Sie konnten doch einfach einen anderen Zerstörer auf Patrouille schicken. Fleming vermutete, dass Admiral Ghormans eigentliche Absicht darin bestand, das U-Boot auf dem Ozean einzukesseln, wo die Task Force Platz für ein weiträumiges Manöver hatte, statt in einem engen Kanal zwischen zwei großen Landzungen zu operieren. Die Chance, den Jerry bei einem Nickerchen zu überraschen, war gering, aber sie war es wert, dass er die Inselchen absuchte, wenn auch aus keinem anderen Grund, als Gewissheit zu haben und um Ghorman zu beweisen, dass wenigstens er, Fleming, wachsam gewesen war, dass er es vor der Küste Schottlands nicht vermasselt und den Scheißkerl hatte entkommen lassen.

Fleming entfernte sich vom Kompasshaus und stützte seine Ellenbogen auf das lange Instrumentenbrett unter den Brückenfenstern. Der Nebel hatte sich zwar gelichtet, einzelne Fetzen hingen aber immer noch auf der See vor der Insel Hoy, wie er durch das Fernglas erkennen konnte. Wenn der Jerry sich da draußen verbarg, wie konnte man ihn finden? Ein Fleck auf dem Wasser wäre er, sehr flach und kaum zu erkennen. Leicht mit einem Fischtrawler oder einer Jolle zu verwechseln. Sogar mit einem Großen Tümmler.

Fleming hörte Potter sprechen, wandte sich um und sah, dass der Meldeoffizier mit seinem Klemmbrett das Brückenhaus betreten hatte und von Potter abgefangen worden war.

»Nachricht von Task Force, Sir«, sagte dieser und trat auf den Captain zu, reichte ihm das Klemmbrett. Er versuchte nicht, seine Neugier zu verhehlen und bebte geradezu vor Erwartung. »Gute Neuigkeiten, nicht wahr, Sir?«

Flemings finstere Miene wich einem Grinsen. »Ja, man stelle sich vor. Gute Neuigkeiten, Nummer Eins. Sehr gute. Task Force hat von der Leitstelle Inverness Nachricht erhalten. Ein

U-Boot ist gesichtet worden, vor der Küste von South Walls, ein hiesiger Fischer hat's gemeldet. Das muss einfach der Jerry sein! Task Force will, dass wir's überprüfen.« Nun war es Fleming, der vor Erwartung bebte. »Hier sind die Koordinaten.«

»Meine Güte. Das ist ja ganz nah!« Potter sauste zum Kartentisch.

Von frischer Zuversicht erfüllt folgte ihm Fleming. »Neunundfünfzig Grad neun Minuten Nord, drei Grad dreißig Minuten Ost.«

»Die Sichtung ist fast zwei Stunden her, Sir, aber es könnte dennoch …«

»Aber dennoch könnten wir den Scheißkerl festnageln. Navigationsoffizier!«

Sub-Lieutenant Chatham nahm Haltung an. »Sir?«

»Berechnen Sie vorläufigen Kurs nach South Walls, Ostküste, wir korrigieren während der Fahrt.«

»Aye, aye, Sir.«

»Nummer Eins?«

»Sir?«

»Maximale Drehzahl.«

Signalglocken läuteten. Der Bug der *Ulster* hob sich und schnitt wie ein Messer durch die Wellen. Die Decks vibrierten, während das Schiff, aus beiden Schornsteinen schwarzen Rauch ausstoßend, Fahrt aufnahm. Die Hecksee zischte und brodelte wie ein Lebewesen.

Potter stellte sich an den Alarmmelder. »Bereit, Sir.«

Fleming rieb sich die Hände. »Gefechtswarnung geben, Nummer Eins!«

* * *

Becker versuchte, die Gedanken aus seinem Kopf zu verbannen: Jäckel und Franke und die Japaner, die Behälter mit der Bakterienfracht, die Verrückten in Berlin. Dennoch konnte er die Realität nicht leugnen: ein beschädigter Schacht und ein schadhafter Behälter. Tödliche Fracht. Halt noch ein bisschen länger durch, redete er sich zu.

»ASDIC!«

Freitag gab die Meldung, die er über die Sprechanlage vom Funker erhalten hatte, an seinen Kommandanten weiter. Es dauerte einen Moment, bis Becker begriff. ASDIC? Natürlich. Der Trawler, dem sie begegnet waren, hatte die Sichtung gemeldet.

Becker sprang zum Sprachrohr, schob Freitag beiseite. »Peilung?«

»Zwanzig Grad steuerbord«, lautete die undeutliche Antwort. »Schwach, aber kommt näher.«

Becker schaute nach rechts, zur Landzunge von Hoy, halb in der Erwartung, dort den englischen Zerstörer zu sehen. Er zauderte nicht lange.

»Ala-a-a-r-r-m!«

Die Glocke läutete; Männer sprangen vor Freitag und Becker die Leiter hinab. »Fluten!«, brüllte Cremer.

Becker verschloss das Turmluk und ließ sich aufs Deck fallen.

Der Leitende Ingenieur brüllte ohne auf den Tumult zu achten: »Alle Mann vorwärts!«

Die Männer rasten durch die Zentrale Richtung Bug; das Boot wurde vorlastig. Becker hielt sich fest. Er schaute nach oben, hörte, wie das Wasser in Tauchzellen und Hohlräume strömte, glucksend an der Hülle entlangstrich und die Aushöhlung der Kommandobrücke füllte.

Auspuffventile wurden klappernd geschlossen. »Diesel gesichert!«

Wieder brüllte der Leitende Ingenieur: »Beide E-Maschinen volle Fahrt voraus!«

»Auf Tiefe achten!«, mahnte Becker. »Wir haben keine dreihundert Meter unter dem Kiel.«

Die Nadel des Tiefenmessers blieb kurz auf fünfzig Metern stehen, glitt dann auf sechzig.

Becker sah den Leitenden Ingenieur an. »Auf Blasenbahnen achten! Langsame Fahrt voraus.«

Das Deck hob sich leicht. Der Lärm des einströmenden Wassers und der ausblasenden Tauchzellen verklang.

Becker begab sich nach achtern zum Funkschapp, zwängte sich an den grimmig dreinblickenden Jäckel, Franke, Ito und Sawada vorbei, die sich in einer Ecke der Zentrale aufhielten.

»Meldung.«

»ASDIC. Peilung null-eins-null. Kommt näher.« Der Horcher schaute zu Becker auf. »Schrauben. Ich höre schnelle Schraubenbewegungen.«

Becker bemühte sich um Ruhe und fragte gelassen: »Entfernung?« Er stellte sich einen Zerstörer direkt voraus vor, weiße gefletschte Zähne, im Angriff auf die *U-233*.

Die Stimme des Horchers war kaum vernehmbar, angespannt vor Angst und Konzentration. »Vier, vielleicht fünf Kilometer.«

Becker, der spürte, dass Jäckel ihm nachgekommen war, um zu lauschen, sagte: »In wenigen Minuten ist er über uns.«

Jäckel fuhr sich mit der Hand über den Mund.

»Aber ich glaube nicht, dass der Tommy weiß, dass wir hier sind. Sein Generalkurs wird ihn näher an der Küste entlangführen. Wir können ihm also vielleicht ausweichen, während er herumschnüffelt. Bald werden wir's wissen.«

Becker warf einen Blick auf die beiden Japaner. Die Angst hatte ihre Gesichter in *Noh*-Masken verwandelt. Nicht gerade das, was sie erwartet haben, überlegte Becker. Das hier ist keine Vergnügungsreise.

Er spürte ein Zucken im Bein des Horchers, das sich gegen seines presste.

»Er wird langsamer und ...«

»Ja?«

»Ich höre kein ASDIC mehr.«

Beckers Stimme war nur noch ein Flüstern. »Er lauscht.« Er beugte sich aus dem Schapp und gab Freitag ein Zeichen. Mit den Lippen formte er die Worte: »Absolutes Schweigen.«

Freitag nickte, legte einen Finger auf die Lippen und zeigte »Hoch«. Lautlos wurde die Meldung auf dem ganzen Boot weitergegeben.

Franke, Ito und Sawada sanken auf die Flurplatten nieder und schlangen die Arme um die Knie. Alles war zum Stillstand gekommen. Die Männer standen starr wie Statuen, wagten kaum zu atmen, lauschten dem wohlbekannten *Tschack-Tschack-Tschack* der Schrauben eines Zerstörers.

Becker hörte es durch die Kopfhörer des Horchers, die er aufgesetzt hatte. Schrill, nah, unheimlich. Das Geräusch bewegte sich Richtung Norden, es wurde von Unterseefelsen zurückgeworfen und übertönte, so hoffte er, die Schrauben der *U-233*, die mit minimalster Umdrehung liefen.

Becker nahm die Kopfhörer ab.

»Er ist auf parallelem, nördlichen Kurs«, flüsterte er Jäckel zu. »Wenn er den Kurs nicht ändert oder näher kommt, haben wir vielleicht die Chance, uns unentdeckt davonzustehlen.«

Jäckels Miene hellte sich auf.

»Aber rechnen Sie nicht zu fest damit.«

* * *

Ein Quäken erklang aus dem Sprachrohr auf der Brücke, dann kam die Meldung: »Captain, ASDIC hat mögliche Peilung Grün null-fünf-null.«

Fleming löste sich von der Steuerbordseite der Brückennock und spürte Potter auf, der zum Sonarraum eilte, der ein Deck unterhalb der Brücke lag. »Hab's gehört, Sir.«

Potter eilte davon, und Fleming, nun ganz aufgeregt, bellte: »Steuermann, Kurs null-zwei-null!«

Der Rudergänger, ein Bursche von gerade mal siebzehn Jahren, musste sich noch bewähren, und Fleming überlegte, ob er das Ruder nicht mit einem erfahreneren Matrosen besetzen sollte, entschied sich dann aber dagegen. Besser, der junge Mann lernte jetzt gleich, worauf es ankam.

»Meldung, Sir?« Das war Winston, bereit, eine Kontaktmeldung für die Task Force zu chiffrieren.

Fleming winkte ab. »Nicht, bevor wir ihn bei seinen verdammten Eiern gekriegt haben.«

Winston grinste, verließ jedoch seinen Posten neben dem Steuermann nicht, falls Fleming sich anders besinnen sollte.

Währenddessen schwenkte die *Ulster* auf ihren neuen Kurs ein, um einen möglichen Kontakt abzufangen, der ihren Kurs von links nach rechts kreuzte.

Potter, wo zum Teufel blieb Potter?

»Captain … bestätigter Kontakt auf Grün null-eins-null. Vermutlich Unterseeboot.«

»Jawohl!«, blaffte Fleming.

Das schwache Echo eines Lautintervalls, der von Stahl zurückgeworfen wurde, drang aus dem Sprachrohr der Brücke.

Fleming eilte zurück zur Brückennock steuerbords und spähte über die gischtbesprühten Abdeckungen der Buggeschütze.

»Beide Maschinen halbe Fahrt voraus.«

Signalglocken läuteten, und die *Ulster* machte einen Satz wie ein Hund, der von der Leine gelassen wird.

»Kontakt! Kontakt! Grün null-eins-drei. Entfernung fünftausend Yard.«

Das musste Fleming nicht erst gesagt bekommen. Das stakkatoartige doppelte »Ping« des ASDIC hallte bereits laut genug über die stählernen Decks und Schotts der *Ulster*.

* * *

»Himmel, der Tommy hat uns erwischt!«, rief ein Mann vom vorderen Teil der Zentrale. Seine Augen waren vor Schreck geweitet, er war weiß wie ein Laken und zitterte vor Angst.

»Ruhe!«, befahl Becker. Er nahm einen Rohrschlüssel zur Hand. »Dem Nächsten, der das Maul aufmacht, schlag ich den Schädel ein!«

Er legte den Schlüssel wieder hin, blickte in die grimmigen Gesichter. Dann flüsterte er dem Horcher zu: »Wo ist er jetzt?«

Der Horcher schien wie in Trance, doch er nickte. »Kommt näher. Konstante Peilungsänderung.«

»Verdammt, ich habe gefragt, wo er *ist?*«

»Zwei-neun-fünf … vier … drei … zwei …«

Becker zwängte sich aus dem Funkschapp und trat zum Leitenden Ingenieur an der Tauchstation hinter den Tiefenrudergängern.

»Zehn abwärts.«

»Jawohl, Herr Kaleun. Zehn abwärts.«

Die *U-233* kippte nach vorn; die Männer griffen nach sämtlichen Vorsprüngen, die Halt versprachen.

Becker warf einen Blick auf den Tiefenmesser. Die Nadel rutschte zwischen siebzig und achtzig, sprang dann auf fünfundachtzig.

»Auf Blasenbahnen achten!«

Eine Minute später: »Hart Backbord.«

»Aha, wir fahren auf ihn zu – damit rechnet er nicht«, flüsterte der Leitende Ingenieur anerkennend.

Becker grunzte bestätigend. Er wusste, dass es nicht so einfach war. Die Entfernung zwischen dem englischen Zerstörer und der *U-233* war zu groß, um einen Überraschungsangriff zu simulieren. Der englische Skipper musste lediglich den Bug seines Schiffes auf die *U-233* richten und wie ein guter Tanzpartner Beckers Bewegungen folgen und sich dichtauf halten. Aber es war Beckers einzige Handlungsmöglichkeit: den Tommy aus der Fassung zu bringen, ihn glauben zu lassen, er müsse sich auf einen Torpedohagel gefasst machen. Schließlich konnte er nicht wissen, dass sein Gegner gar keine Bugtorpederohre besaß, sondern nur einen Stachel am Hintern.

»Auf Kurs halten, weiter so«, befahl Becker.

»Wo ist er jetzt?«, zischte er dann dem Horcher zu.

»Direkt ... direkt voraus.«

Becker mied den angsterfüllten Blick des Mannes. Stattdessen schloss er die Augen und stellte sich die beiden Schiffe vor, das eine an der Oberfläche, das andere darunter, nur durch achtzig Meter Wasser getrennt. Er fragte sich auch, welche Wirkung detonierende Wasserbomben auf den bereits beschädigten

Minenschacht haben würden, schob diesen Gedanken jedoch rasch beiseite.

»Gut. Lassen wir ihn auf uns zukommen«, murmelte er.

* * *

»Kontakt direkt voraus, Entfernung unter zweitausend Yards und abnehmend.«

Fleming bestätigte die Meldung, hob sein Fernglas an die Augen und suchte das Meer, das wie gehämmertes Metall aussah, nach einer Spur des deutschen Unterseebootes ab.

»Was zur Hölle macht er nur, Sir?«, sagte Potter, der ebenfalls sein Fernglas auf die Wellen richtete.

»Tja, was, in der Tat, Nummer Eins? Spielt wohl mit uns, nehme ich an. Er ist auf einem Nordkurs, kommt vermutlich genau auf uns zu. Denkt wohl, wir würden uns auf einen Schuss vor den Bug gefasst machen. Nicht sehr wahrscheinlich.«

Potter senkte sein Fernglas und sah Fleming von der Seite an. »Aber es ist doch ein U-Boot, Sir!«

»Und dazu noch ein Typ XB, wie mir Task Force mitteilte. Keine Rohre am Bug, nur zwei achtern. Ha! So kraftlos wie ein Stier ohne Eier! Wohl kaum eine Bedrohung, solange wir uns von seinem verdammten Arsch fern halten.«

Fleming verstaute sein Fernglas und wandte sich um, sprach zu Artillerieoffizier Braddock.

»Sir?«

»Wasserbomben gefechtsbereit machen. Wir werden diesem Kraut einen Denkzettel verpassen. Er soll sich hüten, mit uns zu spielen!«

»Aye, Sir.« Braddock schnappte sich das Telefon, das ihn mit dem Hecküberhang der *Ulster* verband, wo die Männer schon ungeduldig auf den Einsatz des K-Geschützes warteten, das Wasserbomben auf Backbord und Steuerbord des Gegners werfen würde. Er begann Befehle zu erteilen.

»Der Jerry wird grässliche Kopfschmerzen kriegen, jawoll!«, sagte Winston.

Fleming quittierte die Bemerkung mit einem Grinsen, stellte sich auf die Zehenspitzen und reckte den Hals, um etwas – irgendetwas – zu sehen, sei es eine Wellenbewegung, Luftblasen oder gar die Spitze eines Seerohrs, das ihm die Position des U-Bootes verraten würde.

Potter jedoch grinste nicht. »Sir, wir sollten vielleicht Task Force unterrichten, dass wir ein U-Boot aufgespürt haben. Sie wollen es bestimmt erfahren.«

»Sobald wir es sehen, Nummer Eins!«, fuhr Fleming Potter an. »Nicht vorher. Dann bleibt immer noch Zeit, um den Funkspruch zu schicken.«

»Kontakt immer noch direkt voraus, Entfernung weniger als fünfzehnhundert Yards und abnehmend«, meldete der ASDIC-Horcher durch den Hörer.

»Sir, ich meine doch nur, wir sollten sie in Kenntnis setzen, dass wir das U-Boot geortet haben. Unser Befehl lautet, es aufzubringen und an Bord zu gehen –«

»Maßen Sie sich nicht an, mir unsere Befehle vorzubeten, Mr Potter!«, fluchte Fleming. »Wir haben noch keinen verdammten Sichtkontakt, wir wissen doch gar nicht, ob es wirklich der Jerry ist!«

Winston wandte peinlich berührt den Blick ab. Die Männer der Brückenwache warfen sich fragende Blicke zu.

»Ich renne nicht kopflos zur Task Force, bevor ich nicht bestätigen kann, dass wir ihn festgenagelt haben. Ist das klar, Mr Potter?«

»Ja, Sir. Vollkommen klar.«

»Die haben uns schon vorher wie Idioten dastehen lassen. Ich lasse mir das nicht noch einmal bieten.«

Ein Quäken aus dem Brückenlautsprecher unterbrach Flemings Tirade. »Kontakt immer noch direkt voraus, Entfernung eintausend Yards und abnehmend.«

Fleming wandte Potter den Rücken zu. »Der Jerry ist da draußen, und wir werden selbst versuchen, ihn in die Enge zu treiben und gefangen zu nehmen.«

Potter schwieg. Alles, was gesagt werden musste, konnte in weniger als einer Minute gesagt werden, wenn die Dinge so liefen, wie Fleming wollte. Und wenn nicht, dann sollte Fleming es der Task Force erklären.

Winston fing Potters Blick auf und hob mitfühlend die Schultern.

Fleming stand breitbeinig da, den Kopf leicht geneigt in Richtung der raschen Vorausfahrt des Schiffes.

»Also, sind Sie bereit, Nummer Eins?«

Potter nahm Haltung an. »Ja, Sir. Bereit.«

»Dann frohe Jagd!«, sagte Fleming zu niemandem im Besonderen.

* * *

Becker wusste, dass er sofort handeln musste. Der englische Zerstörer hatte den Köder nicht geschluckt, und jetzt war es fast schon zu spät. Entweder auf Kurs bleiben und in einen Hagel aus Wasserbomben geraten, oder abdrehen und hoffen, dass der Mistkerl nicht auf dem Absatz kehrtmachen und einen weiteren Angriff starten würde.

»Hart Steuerbord!«

Die *U-233* krängte schräg im rechten Winkel zu dem entgegenkommenden Zerstörer.

»Meldung!« Becker lief von der Zentrale zum Schapp des Horchers.

»Keine Abweichung, Kapitän. Hält den Kurs. Wird knapp an uns vorbeischrammen.«

»Mittschiffs!«

Becker zuckte zusammen und schaute nach oben.

Heulendes ASDIC, wühlende Schrauben: Wie auf Schienen brauste der Zerstörer über sie hinweg, kreuzte genau das Heck der *U-233*.

Die Männer kauerten sich zusammen und warteten auf die Wasserbomben, die unweigerlich fallen mussten. Doch es geschah nichts. Fragende Blicke wurden gewechselt. Dann richteten sich alle Augen auf Becker.

Auch er war auf einen Abwurf eingestellt gewesen. Das Dröhnen der Schrauben des sich entfernenden Zerstörers klang immer schwächer durch die Hülle des U-Bootes. Er versetzte dem Horcher einen Rippenstoß. »Was macht er?«

»Dreht um.«

»Beide Maschinen schwache Fahrt voraus.«

»Was ist?«, flüsterte Jäckel mit rauer Stimme.

Die Sekunden vergingen. Das »Ping-Ping-Ping« und die Schraubengeräusche wurden wieder lauter.

Becker beugte sich in das Horchschapp. »Entfernung?«

»Unter einem Kilometer – verdammt! Er feuert.«

Becker runzelte die Stirn. »Was zum Teufel macht er da?«

Jäckel fragte wie ein beharrliches Kind: »Becker, was geht da vor?«

Als Antwort erschütterte eine Serie von fernen, knatternden Explosionen die *U-233*. Doch sie erfolgten in einiger Entfernung vom Heck, und nach einer Minute des Rollens und Schlingerns beruhigte sich das Boot wieder.

»Er hat sein Ziel um einiges verfehlt«, sagte Becker. »Aber wirklich um einiges.«

»Das ist doch gut, oder nicht?«, fragte Jäckel.

Tief in Gedanken versunken murmelte Becker: »Bin mir nicht sicher, warum ...«

Weitere Explosionen ließen die Flurplatten klappern.

»Hat er unsere Spur verloren?«, fragte Jäckel.

»Nein, das glaube ich nicht ...«

»Direkt achtern jetzt, Kapitän. Entfernung abnehmend.«

»Er kommt zurück?«

Becker richtete den Blick auf Jäckel. »Das werden wir sehen.«

»Halber Kilometer ... Feuert!«

Tiefer rollender Donner. Ein Spind klappte auf; Brotlaibe stürzten aus einem Leinensack auf das schmierige, nasse Deck. Becker achtete nicht darauf.

»Dreht ab.«

»Ab?«

»Jawohl, Herr Kaleun. Nach Backbord.«

Der englische Zerstörer unternahm zwei weitere Versuche, er fuhr jedes Mal hart auf, drehte ab und feuerte Wasserbomben. Becker ließ die *U-233* hierhin und dorthin steuern und versuchte dem Zerstörer auszuweichen, ihn abzuschütteln, doch es gelang ihm nicht. Eine Alarmglocke begann in seinem Kopf zu schrillen.

Er drängte sich zum Kartentisch durch und hob die Zelluloidplatte von der Karte. Sein Finger fuhr den per Koppelnavigation errechneten Kurs der *U-233* entlang und suchte die Tiefenlotungen, die auf der Seekarte eingezeichnet waren.

Freitag und Jäckel kamen herbei.

»Ich glaube, ich weiß, was er vorhat.«

»Er treibt uns, Kapitän?«

Becker sah Freitag an. »Sehr gut, Herr I WO. Das ist genau das, was er tut.«

»Versucht, uns in seichte Gewässer zu treiben.«

»Aber warum?«, fragte Jäckel.

»Warum? Er will uns nicht mit Wasserbomben versenken, sondern nur jagen. Damit wir getaucht bleiben.«

»Will uns zur Kapitulation zwingen …«, murmelte Freitag.

»Aber das können wir nicht«, sagte Jäckel.

Schiffsschrauben und das ASDIC klangen wieder lauter.

»Er kommt zurück, Freitag«, sagte Becker. »Stoppen Sie seine Zeit. Wie lange es dauert, bis er einen Bombenteppich gelegt und die Runde gefahren ist, um erneut anzugreifen.«

»Was haben Sie vor?«, fragte Jäckel und wischte sich Gesicht und Hals mit einem schmutzigen Handtuch ab.

»Ich glaube«, knurrte Becker, »ich werde ihm seine eigene Medizin zu schlucken geben.«

* * *

Freitags Meldung rüttelte die Männer auf. »Rohre bewässert, feuerbereit, Torpedovorhalterechner eingestellt.«

»Klarmachen zum Abschuss«, befahl Becker.

Die akustisch gesteuerten »Zaunkönig«-T-V-Torpedos würden direkt auf die Schrauben des Zerstörers zusteuern. Der Trick bestand darin, die Schrauben der *U-233* früh genug zu stoppen, damit die Torpedos nicht die eigenen Propeller anvisieren würden.

»Lauftiefe vier Meter einstellen.«

»Eingestellt.«

»Laufwinkel null Grad einstellen.«

»Eingestellt.«

»Rohr schalten.«

»Geschaltet.« Freitag überprüfte doppelt die Schalterstellungen und aktivierte die elektrische Anlage zum Abschuss.

Das ASDIC klang lauter und drängender.

»Beide E-Maschinen stopp!«, befahl Becker. »Hart Steuerbord.«

Sie waren entschlossen.

Freitag streckte eine Hand zum Abfeuerungsschalter aus. Zwei Lampen über den Rohranzeigegeräten leuchteten grün.

»Horcher?«

»Ziel hält stetig Kurs, Kapitän.«

Becker stellte befriedigt fest, dass der Horcher seine Terminologie korrekt geändert hatte: Aus dem »Kontakt« war nun ein »Ziel« geworden.

»Rohr eins und zwei – Feuer!«

* * *

»Zwei Torpedos auf Rot vier-fünf!«

Erschrocken heftete Fleming die Augen auf den Lautsprecher, aus dem noch einen Moment zuvor die nörgelnde Stimme Lieutenant Stantons gedrungen war. »Was zum Teufel ...?«

Potter hangelte sich an zu Tode erschrockenen Bootsmännern und Ausgucken vorbei und suchte mit dem Fernglas den Sektor ab, den Stanton genannt hatte. »Nichts, Sir ... Moment – O Gott! ›Kreidefinger‹!«

Fleming klappte der Mund auf, die Worte blieben ihm im Hals stecken. Etwas war fürchterlich schiefgegangen. Er hatte den Deutschen doch im Visier gehabt, hatte ihn nach Osten auf die Untiefen zugetrieben ... Er hatte ihn da, wo er ihn haben wollte, und würde der Task Force melden können, dass sie ihn hopsnehmen konnten.

Potter zeigte, rief: »Seerohrspur auf Rot eins-eins!«

Fleming kam wieder zu sich. Ja, das war die Kräuselspur eines sich entfernenden Periskops. Und dort waren zwei weiße Streifen, die von der letzten Position des U-Bootes ausschwärmten und wie knorrige, geisterhafte Finger auf das Mittschiff der *Ulster* wiesen, sich im Gleichklang krümmten ... Eigenlenktorpedos! »Hart Backbord! Beide Maschinen Notgeschwindigkeit!«

Alarmglocken schrillten. Die Männer an den Geschützständen brüllten Warnungen, die im Lärm des Durcheinanders auf den Wetterdecks untergingen.

»Verdammt sollst du sein!«, verfluchte Fleming sein Schiff und sich selbst. »Beweg dich! Mach schon!« Er kämpfte gegen den Drang an, dem panischen Rudergänger das Rad aus der Hand zu reißen.

Mit dem Ruder hart Backbord gelegt und heftig wühlenden Schrauben begann die *Ulster* langsam nach links abzudrehen, um den nahenden Torpedos ein möglichst kleines Angriffsziel zu bieten.

Aber Fleming wusste, dass sie es nicht rechtzeitig schaffen würden. Er hörte stampfende Füße auf den Decks, sah einen Mann auf die Knie fallen und beten, hörte einen anderen Gott verfluchen.

Fleming warf seinem Meldeoffizier einen Blick zu. »Winston, schreiben Sie für Task Force –«

Ein weiß glühendes Licht, und Brücke und Steuerhaus explodierten gleich einer Supernova, als ein Torpedo in das Bugmagazin der *Ulster* einschlug.

Das Letzte, was Geoffrey Fleming fühlte, war eine Wut so groß wie der Ozean. Das Letzte, was er sah, war ein schimmerndes Mosaik aus Blut und Öl. Das Letzte, was er hörte, war der Schrei, der sich seiner Kehle entrang und ins Nichts verhallte.

6. Kapitel

LEICHENSCHAUHAUS DER US-ARMY,
HAMPSTEAD, LONDON, 21. MÄRZ

Der scharfe Geruch nach Desinfektionsmitteln konnte den Gestank von Tod und Fäulnis nicht überdecken. Grelles Licht strahlte auf weiße Kacheln und Stahlinstrumente. Ein Heerespathologe in Kittel und Handschuhen lehnte an einem Steintisch, auf dem eine verhüllte Leiche lag. Der Mann nahm Haltung an, als er Mackenzie nahen sah, gefolgt von Blackthorne, Ghorman, Carroll und einem Heeresmajor vom Hauptquartier der Alliierten Streitkräfte (SHAEF) in Reims. Chief Inspector Houghton-Vickers von Scotland Yards Antiterrorabteilung Special Branch nahm die Zigarre aus dem Mund und nickte Mackenzie respektvoll zu.

Admiral Ghorman rümpfte die Nase und schaute sich in der Leichenhalle um, die in einem hässlichen, kastenartigen Krankenhaus lag, das die Alliierten requiriert hatten. »Meine Güte, was stinkt hier denn so? Er?«

»Nein, Sir«, beruhigte ihn der Pathologe und tätschelte die Leiche, »wir haben ihn seit seiner Ankunft gekühlt.«

Ghorman zeigte mit dem Daumen auf den Heeresmajor. »Ist er überprüft?«

»Entspannen Sie sich, Tom«, sagte Carroll und steckte sich eine Zigarette an. »Er ist eingeweiht.«

Mackenzie stellte den Chief Inspector den Offizieren des SHAEF und Major Silverman aus Reims vor. »Der Chief

Inspector ist ein alter Kollege und, wie ich hinzufügen möchte, ein Freund von mir. Wenn Sie nun bitte …«

Houghton-Vickers war ein großer Mann mit hängenden Schultern. Sein regenbespritzter gürtelloser brauner Trenchcoat reichte ihm fast bis zu den Knöcheln. Er konsultierte seine Notizen und strich sich nachdenklich über den Schnurrbart, dann sagte er: »Heute Morgen um fünf Uhr fünf erhielten wir einen Anruf, dass ein gewisser Mr David Rees tot in seinem Wagen vor dem Queen's Park gefunden wurde – das ist in der Nähe vom Alten Friedhof in Paddington. Wir, das heißt die Sonderkommission, wurden alarmiert, weil der Constable, der Mr Rees' Leiche fand, in seiner Brieftasche einen SHAEF-Ausweis entdeckte. Und das übliche Prozedere beim Tod eines SHAEF-Mitgliedes besteht darin, uns zu kontaktieren …«

»Wir sind mit dem Verfahren vertraut, Inspector«, unterbrach ihn Mackenzie und stellte sich an den Tisch, auf dem die Leiche lag.

»Genau, Sir. Zunächst schien es sich eindeutig um Selbstmord zu handeln, doch dann …«

»Vielleicht könnten Sie vorspringen zu dem, was Sie bislang über die Tage *vor* Davids Ableben in Erfahrung bringen konnten.«

Der Major aus Reims begann, sich Notizen zu machen.

»Sehr wohl, Sir.« Houghton-Vickers räusperte sich und blätterte in seinem Notizbuch. »Wir haben ermittelt, dass Mr Rees an einem Empfang zu Ehren von Stanislaw Mikolajczyk teilnahm, dem Führer der polnischen Exilregierung, und dass er dort die Bekanntschaft einer jungen Dame machte, in deren Begleitung er den Empfang verließ. Wir haben Grund anzunehmen, dass er mit dieser Frau einige Wochen, äh, zusammen war, denn sie hatte Zugang zu seiner Wohnung in Mayfair. Ein amerikanischer Armeeoffizier, der auch auf dem Empfang war und die junge Frau in Mr Rees' Beisein kennenlernte, hat uns ihre Beschreibung gegeben. Wir haben ihre Identität noch nicht ermitteln können, arbeiten jedoch daran.«

Ghorman stöhnte.

»Wenn ich etwas sagen dürfte ...«, begann Blackthorne. »Sie kam zu dem Empfang mit einem Mann namens Andre Rostow, den wir verdächtigen, NKGB-Agent zu sein – wir können es aber nicht beweisen. Als Mitglied der sowjetischen Handelsvertretung genießt er diplomatische Immunität.«

Houghton-Vickers wechselte einen Blick mit Mackenzie und wollte gerade fortfahren, als Ghorman fragte: »Wollen Sie damit sagen, dieses Weib, das er vögelte, war die Mörderin?«

»Nein, das glauben wir nicht«, entgegnete Mackenzie und hob eine Ecke des Tuchs, das den Leichnam verhüllte. Er drehte sich zu Ghorman um. »Aber offensichtlich arbeitet sie für die Leute, die Rees ermordet haben.«

»Und wer sind die?«

»Nun, vermutlich die Sowjets.«

Ghorman stöhnte erneut.

»Wir haben aber keine schlüssigen Beweise. Dass sie mit Rostow zusammen gesehen wurde, beweist gar nichts. Er hat Kontakt zu vielen Frauen, die in alliierten Botschaften beschäftigt sind. Wir wissen nicht, ob diese junge Frau eine Botschaftsangestellte ist. Sie könnte ebenso gut für den SD des Deutschen Reiches oder sogar für Spanien oder Portugal arbeiten. Das Einzige, was wir mit Sicherheit wissen, ist, dass David ermordet wurde.«

»Einen Moment«, sagte Carroll. »Der Chief Inspector hat gerade gesagt, dass es zuerst nach einem sauberen Selbstmord aussah, aber nun sind Sie alle überzeugt davon, dass David ermordet wurde.«

»Ja, wie kommt das?«, fragte Ghorman.

Mackenzie gab dem Pathologen ein Zeichen, und dieser schlug das Tuch zurück und enthüllte Rees' zertrümmerten Schädel.

»Meine Güte!« Ghorman schlug die Hand vor den Mund. »Sind Sie sicher, dass das Rees ist?«

Carroll stieß einen leisen Pfiff aus.

Unter dem Licht der emaillierten Lampe war das Gesicht des Toten fast unkenntlich: Die eine Hälfte war nur noch ein klaffendes Loch, durch das man die tiefroten Überreste einer Zunge, Zahnfleisch und zerschmetterte Zähne erkennen konnte. Das linke Auge fehlte, und das linke Ohr hing an einem dünnen Fleischfetzen, der von Borsten schwarzen, verfilzten Haares bedeckt war. Kleine und große Knochensplitter, die, zusammengefügt wie ein Puzzle die Hälfte von Rees' Schädel bilden würden, lagen in einer rostfreien Organschale zwischen seinen Beinen, die, ebenso wie Penis und Hoden, grün gesprenkelt waren.

»Doch, das ist er«, sagte Houghton-Vickers. »Wir haben seine Fingerabdrücke mit denen in seiner MI-6-Akte abgeglichen. Und wir haben seinen Sunbeam-Talbot, den wir momentan nach Fingerabdrücken von dem Mädchen und anderen absuchen.«

Ghorman wagte sich einen Schritt näher, um Rees zu begutachten. »Was zum Teufel hat ihn denn getroffen?«

»Eine Kugel aus einer Colt .45 Automatik«, erwiderte Blackthorne.

Ungläubig fuhr Carroll zu ihm herum. »Eine 45er?«

»Der Constable, der Davids Leiche entdeckte, hat die Waffe

auf dem Wagenboden gefunden. Sie ist brandneu und Eigentum der US-Army. Nur eine Kugel wurde abgefeuert.«

»Wissen Sie vielleicht, General Carroll, wie Mr Rees an solch eine Waffe kommen konnte?«, erkundigte sich Houghton-Vickers.

Carroll zuckte die Achseln. »Keine Ahnung. Sind wohl 'ne ganze Menge davon in Umlauf, schätze ich.«

»Stimmt. Wissen Sie, warum er sie brauchte?«

»Wir sind im Krieg«, sagte Carroll kläglich.

»In der Tat«, schaltete sich Mackenzie ein. Er hatte sich über Rees gebeugt, studierte die grässliche Verunstaltung. »Aber würde er sie ständig mit sich herumschleppen? Oder im Auto mitnehmen? Und zum Selbstmord benutzen?«

Die anderen schwiegen, als fürchteten sie, Mackenzies Gedankengang zu unterbrechen.

»Liegt nicht außerhalb des Möglichen, das gebe ich zu, aber es gibt ein paar besondere Umstände an seinem Tod, die auf etwas anderes hindeuten.« Er trat einen Schritt zurück und nickte dem Pathologen zu.

»Ja, Sir.« Der Mann stellte sich hinter Rees' zerschmetterten Kopf. Der Major aus Eisenhowers Hauptquartier begann noch eifriger zu kritzeln und Skizzen zu machen.

»Die Kugel hat den Schädel offensichtlich fast senkrecht von oben getroffen. Sie hat den typischen Eintrittskrater hinterlassen, ist dann in Abwärtsrichtung durch sein Gehirn gedrungen und am Unterkiefer wieder ausgetreten. Dadurch entstand ein massives Trauma an Stirnbein und Stirnhöcker ... will sagen, im Schädel. Die Kugel riss den größten Teil der darunterliegenden Muskulatur fort, einschließlich des Musculus sternocleidomastoideus, des Kopfwendemuskels, und eines Teils des Trapezius. Der Tod ist augenblicklich eingetreten.«

»Und …«, drängte Mackenzie.

»Und«, fuhr der Pathologe fort, »die Position der Eintrittswunde, die ich gerade beschrieben habe, ist mit einer selbst zugefügten Kopfschusswunde nicht vereinbar.«

»Was zum Teufel soll das bedeuten, mein Junge?«, krächzte Ghorman.

Mackenzie ergriff das Wort. »Was er sagt, ist, dass es physisch fast unmöglich ist, sich mit einer großen schweren Waffe wie der Colt Automatik so in den Kopf zu schießen, wie David es angeblich getan hat. Hier, Sie können es selbst ausprobieren.«

Houghton-Vickers zog die in ein Taschentuch gehüllte Pistole aus der Manteltasche und reichte sie Mackenzie, der sie am Lauf hielt und an Ghorman weiterreichen wollte. »Keine Sorge, Admiral, sie ist nicht geladen. Und Fingerabdrücke sind auch schon gesichert worden.«

»Ich glaub Ihnen ja«, sagte Ghorman und schob den Griff von sich.

»General?«

»Dito.«

Mackenzie nahm die gesicherte Pistole mit der rechten Hand, hob den Arm, richtete den Lauf auf seinen Kopf und tat, als würde er den Abzug betätigen.

Major Silverman zeichnete das Schauspiel auf.

»Wie Sie wissen, Gentlemen«, sagte Mackenzie, während er unsicher mit hoch erhobenem Arm balancierte, »hat die Colt .45 eine Extrasicherung, einen Hebel an der Rückseite des Griffes, der von der Hand des Schützen heruntergedrückt werden muss, um zu schießen. Wenn man aber die Pistole so hält und die Hand so verdreht hat, kann man nicht gleichzeitig den Sicherungshebel hinunterdrücken. Zumindest fiele es sehr schwer. Außerdem – warum sollte David sich von oben in den

Kopf schießen und nicht in die Schläfe oder auch in den Mund? Chief Inspector?«

»Da haben Sie recht, Sir. Selbstmörder schießen sich fast immer in die Schläfe oder in den Mund. Hab noch keinen erlebt, der sich mit einem Schuss von oben das Licht ausbläst. Und der Kerl hier ist keine Ausnahme. Außerdem ist der Sunbeam-Talbot ein kleines Auto. Mit niedrigem Dach und so weiter. Da bleibt kein Platz, um eine so große Waffe über der Rübe anzusetzen.«

»Hab's schon kapiert«, knurrte Ghorman und wischte sich den Mund mit seinem Taschentuch ab.

* * *

Sie standen im kalten Nebel vor der Leichenhalle, ihre Wagen liefen im Leerlauf, die Fahrer trommelten mit den Fingern auf die Lenkräder. Ein kleiner Trupp amerikanischer Soldaten mit nassen olivgrauen Helmen trabte im Gleichschritt durch den Nebel vorbei.

»Armer Kerl«, sagte Ghorman bitter.

»Ich fürchte«, sagte Mackenzie, »dass der Mord an David uns ernstlich daran hindern wird, Kondor abzufangen.«

Ghorman bedachte den Engländer mit einem harten Blick. »Es ist noch schlimmer. Ich hab da drinnen nichts gesagt, weil es anscheinend nichts mit unserem aktuellen Problem zu tun hatte, aber nun muss ich sprechen: Wir haben den Kontakt mit einem unserer Schiffe verloren, die das deutsche U-Boot jagen.«

Mackenzie zog eine Braue hoch. Major Silverman fuhr fort zu schreiben.

»Ein Zerstörer, die *Ulster.* Ist gestern ganz nett in die Bredouille geraten, und erst haben wir geglaubt, er hätte Funkprobleme, vielleicht eine kaputte Antenne. Aber jetzt haben wir seit fast zwanzig Stunden nichts mehr von ihm gehört, und das ist gar nicht gut.«

Auch General Carrolls Gesicht sah ernst aus. Es war klar, dass die Amerikaner das Schlimmste befürchteten.

»Ich habe eine ausgedehnte Suche angeordnet«, sagte Ghorman. »Inzwischen haben wir unseren Patrouillenkordon auf eine Linie östlich der Orkneys ausgeweitet. Das schwächt zwar unsere Stoßkraft beim Angriff, aber wir müssen das U-Boot dieser Krauts unbedingt finden.«

»Was ist mit der Frau?«, fragte Carroll. »Besteht irgendeine Möglichkeit, dass Special Branch sie identifiziert und aufspürt? *Sie* könnte uns möglicherweise etwas über Kondor erzählen. So könnten wir vielleicht Rees' Mörder finden.«

»Special Branch wirft ein großes Netz aus«, sagte Blackthorne. »Aber wenn sie untergetaucht ist, wird es nicht leicht sein, sie zu finden.«

Niedergeschlagen sah Ghorman den Major aus Reims an. »Sie schreiben alles auf, Major? Für General Eisenhower?«

»Ja, Sir. Ich habe alles erfasst.«

»Dann unterstreichen Sie, dass ich Reims empfehle, die Kräfte zur Jagd auf die *U-233* zu verdoppeln. Zum Teufel mit der Aufbringung. Wir müssen sie finden und versenken!«

Nachdem die Amerikaner gegangen waren, wandte sich Mackenzie an Houghton-Vickers. »Ich würde mir gern mal Mr Rees' Wohnung ansehen. Können Sie das veranlassen, Chief Inspector?«

»Natürlich. Jetzt gleich, wenn Sie möchten.«

»Ach, tatsächlich? Und können Sie auch dafür sorgen, dass ein Spezialist vom Yard vor Ort ist? Einer Ihrer Safeknacker.«

Mayfair, London, 21. März

Nachdem er eine Runde durch die Wohnung gedreht hatte, kehrte Mackenzie ins Arbeitszimmer zurück. Alle Zimmer waren sauber und aufgeräumt, die Betten gemacht, sämtlicher Müll entsorgt. Alles sah aus, wie es sollte. Selbst das Klo war makellos.

»Ich weiß ja, dass David hier gewohnt hat, aber ansehen tut man's der Wohnung nicht«, bemerkte Blackthorne.

»Da stimme ich Ihnen zu«, sagte Mackenzie. »Ich bezweifle sehr, dass diese junge Frau auch noch Haushälterin gespielt hat. Nein, es sieht ganz danach aus, als hätte jemand, der genau wusste, was er tat, die ganze Wohnung gereinigt, um keine Spuren zu hinterlassen.«

Martin Blackthorne lupfte mit der Spitze seines handgenähten Lobbs-Schuhs die Ecke eines aufwendig geknüpften, leuchtend bunten persischen Teppichs. »Teures Stück. Ich hab gar nicht gewusst, dass David solche Sachen mochte.«

Mackenzie nickte zerstreut. In seiner Miene spiegelten sich Frustration und Enttäuschung.

»Wir sind so weit, Sir.« Houghton-Vickers, der neben einem der besten Safeknacker Scotland Yards gehockt hatte, erhob sich und wandte sich Mackenzie zu.

Der Mann, der im Schneidersitz neben einem Werkzeugkoffer auf dem Boden saß, gab ein zufriedenes Grunzen von sich, zog die Safetür auf und krabbelte beiseite, damit Mackenzie den Inhalt in Augenschein nehmen konnte.

»Fassen Sie nichts an«, warnte er.

»Natürlich nicht, Sir«, sagte Houghton-Vickers. »Brauchen Sie eine Taschenlampe?«

»Nein, ich kann alles wunderbar sehen.«

Blackthorne hatte die Schreibtischlampe so gedreht, dass sie die hintersten Winkel des Safes ausleuchtete.

Mackenzie hockte sich davor und überflog den Inhalt mit einem Blick, dann zog er schwarze Handschuhe an und nahm einen Umschlag von dem Regalboden, der den Safe in eine obere und eine untere Hälfte teilte. »Wie es scheint, ist die Ladeliste doch hier, Martin.«

Geschickt breitete Mackenzie die körnigen Schwarzweißaufnahmen der Ladeliste der *U-233* auf Rees' Schreibtisch aus und begutachtete sie gemeinsam mit Blackthorne.

»Scheint keines zu fehlen«, bemerkte der.

Sorgsam überprüfte Mackenzie die anderen Geheimakten, die Rees seines Wissens besessen hatte.

»Hallo?« Er war auf eine fast volle Schachtel mit Patronen Kaliber .45 und einer Zigarrenbox voller Goldsovereigns gestoßen.

»Sieben Kugeln fehlen«, stellte Houghton-Vickers fest. »Sechs stecken im Magazin.« Er zog die Pistole aus der Tasche und zählte noch einmal die glänzenden Patronen nach. »Ja, sechs.«

Mackenzie schnalzte mit der Zunge.

»Armes Schwein«, sagte Blackthorne. »Mit seiner eigenen Waffe erschossen.«

»Sie sind absolut sicher, dass der Safe verschlossen war und nicht gewaltsam geöffnet worden ist?«, fragte Mackenzie.

»So sicher, wie ich nur sein kann, Chef. Die Zuhaltungen sind zwar abgenutzt, aber er schließt so sicher wie 'ne Hexenfotze, wenn Sie verstehen, was ich meine. Sind nicht leicht zu knacken, diese Mosler. Auch ich hab ja ein Weilchen gebraucht, wie Sie gemerkt haben.«

»Ja, und ich danke Ihnen für Ihre Bemühungen.« Mackenzie warf Houghton-Vickers einen Blick zu.

»Genau, und nun dürfen Sie gehen, Weston«, sagte dieser zu dem Mann. »Wir schließen ihn wieder, wenn wir hier fertig sind.«

Als er mit Blackthorne und Houghton-Vickers allein war, sagte Mackenzie: »Chief Inspector, wir sehen uns mit einem etwas delikaten Problem konfrontiert. Mr Rees gehörte zu uns und war mit einigem, äh, äußerst sensiblen Material betraut.«

»Ich verstehe, Sir. Sie haben ihn gezwungen, den Safe zu öffnen, und dann haben sie ihn ermordet und versucht, es wie Selbstmord aussehen zu lassen.«

Mackenzie klappte seine Brille zusammen und steckte sie in die Tasche. »Ja, genau.«

Stille senkte sich über den Raum. Nur die Uhr auf Rees' Schreibtisch tickte vernehmlich, und der Regen trommelte an die Fenster, die auf den Garten hinausgingen.

Schließlich sagte Mackenzie: »Und wir müssen annehmen, Chief Inspector, dass die Dokumente in diesem Safe von nicht autorisierten Personen gesehen, wenn nicht gar fotografiert worden sind. Martin?«

Er schaute Blackthorne an, der hinter Rees' Schreibtisch stand, eine Hand tief in der Tasche seines Regenmantels vergraben.

»Ja, der Meinung bin ich auch, Sir Stuart.«

»Dann sagen Sie mir doch, wie Special Branch mit diesem Fall umgehen soll, Sir«, bat Houghton-Vickers.

»Behandeln Sie ihn wie Mord als Folge eines Einbruchs. Ein Raubüberfall, bei dem etwas schiefgelaufen ist. Unbekannter Täter und so weiter. Wir werden diesem Bericht zustimmen. Übrigens können Sie sich darauf verlassen, dass der Geheimhaltungsakt angewandt wird.«

Houghton-Vickers nickte. »Sehr gut, Sir. Wir machen uns gleich an die Arbeit.«

»Ach, und noch etwas …«

»Sir?«

Mackenzie legte einen Finger an die Nase. »Die Sache mit Mrs Rees. Auch wenn ich sagte, dass die Wohnung aufgeräumt sei …«

»Ich verstehe, Sir. Wenn Special Branch das Haus nach Beweisen absucht, werde ich darauf achten, dass nichts liegen bleibt, was ihr Kummer bereiten könnte.«

»So ist's recht. Schlimm genug, dass Mr Rees ermordet wurde. Wir brauchen weiß Gott keine Gerüchte, dass er auch noch seine Frau belogen und betrogen hat.«

* * *

Blackthornes Rover glitt durch große Pfützen auf der Park Lane, bog dann links in Marble Arch ein. Schweigend starrten die beiden Männer aus den Wagenfenstern in die regengesättigte Dunkelheit, die sich über London senkte.

Mackenzie, die Hände auf den Knien, spürte eine unnatürliche Spannung im ganzen Körper. Ausgerechnet Rees! Er hatte bei dem Mann eine Schwäche übersehen, die sich letzten Endes als tödlich erwiesen hatte. Ob es das erste oder das letzte Sexabenteuer gewesen war, spielte nun keine Rolle mehr. Viel schlimmer war, dass Rees sein Leben und vielleicht das Leben Hunderttausender für seine Gelüste aufs Spiel gesetzt hatte. Mackenzie schauderte ob der Vorstellung eines schnaufenden, keuchenden Rees, der ein hübsches junges Ding besprang, durch dessen sorgfältig geübte »Ahhhs« und »Ohhhs« angestachelt. Und die arme Helen Rees war die ganze Zeit in dem

Glauben befangen, ihr Ehemann zöge eine Runde Golf dem ehelichen Geschlechtsverkehr vor.

Mackenzie stellte sich vor, wie Rees' Schädel von der Kugel aus der Armeepistole aufgesprengt worden war. Wie hatten Rees' Mörder von den Geheimnissen erfahren können, die er hütete? Diese Frage musste beantwortet werden, und zwar bald. Die Yankees hatten ein noch viel dringenderes Problem: Sie mussten die *U-233* finden und versenken, bevor ihre gefährliche Ladung den Russen oder den Japanern in die Hände fallen konnte.

Der Rover passierte eine lange Reihe langsam fahrender grüner Truppentransporter voller Soldaten und beschleunigte auf der Edgeware Road. Mackenzie warf einen Blick auf die riesigen Vehikel, dann wandte er sich an Blackthorne. »Was für eine Marke hat der Genosse geraucht?«, fragte er beiläufig.

Blackthorne hielt Mackenzies Blick stand. »Ah, Sie haben die Kippe gesehen.«

»Ja, sie lag unter dem Schreibtischstuhl. Hab sie erst bemerkt, als wir die Fotos der Ladeliste durchsahen. Wollte sie aufheben, aber dann hätte Houghton-Vickers sich gefragt, was ich auf dem Boden zu suchen habe. Aber Sie haben mich geschlagen. Haben's überaus geschickt angestellt, ich glaube nicht, dass er was gemerkt hat. Machorka?«

»Ihnen entgeht auch nichts, wie?«

»Ist ja auch ein ziemlich markanter Duft. Hab ihn schon in dem Moment gerochen, als wir Davids Wohnung betraten. Sie nicht?«

»Aber ja. Grobschnitt. Ist halb geraucht und dann abgeknipst worden, um sie später aufzurauchen. Wollen Sie mal sehen?« Blackthorne wühlte bereits in seiner Tasche, während er gleichzeitig die Hand ausstreckte, um die Leselampe über dem Rücksitz anzuschalten.

Mackenzie verzog das Gesicht: Eine russische Zigarette war genau wie die andere. »Nein, danke. Liefern Sie das Ding am Broadway ab, mal sehen, was die daraus lesen können.«

Der Rover hüpfte über eine schadhafte Stelle; Mackenzie packte den Haltegriff.

»Sie wird doch nicht absichtlich liegen gelassen worden sein, Martin?«

»Der Gedanke ist mir auch schon gekommen. Ich glaube aber nicht. Ist zu offensichtlich und muss daher echt sein. Wenn es die Jerrys wären, hätten sie etwas Ausgetüftelteres dagelassen, was schrecklich Subtiles, wie ich die Deutschen kenne. Nein, nein, die Kippe ist schon echt. Einer von ihnen muss sie in die Tasche gesteckt haben, oder er hat es zumindest geglaubt, aber sie ist rausgefallen. Vielleicht war es sogar Davids Mörder.«

Der Rover wandte sich Richtung Catterham und glitt in einen buchstäblichen Vorhang aus Regen. Klatschend strichen die Scheibenwischer über die Windschutzscheibe.

»Und das Mädchen? Was wetten wir, dass sie auch eine *Russki* ist?«

»Das versteht sich von selbst. Professionelle Verführerin von mittelalten Männern und vermutlich jetzt schon auf dem Heimweg nach Moskau.«

Mackenzie faltete die Hände vor dem Bauch. »Also haben wir es mit einem verdammten Rätsel zu tun, Martin. Und mit einem verdammten Problem, das wir den Yankees vorlegen müssen. Sie müssen ein Rennen laufen, das sie nicht verlieren dürfen. Und wir müssen uns eingestehen, dass die Russen es irgendwie geschafft haben, Kondor zu unterwandern und möglicherweise mehr darüber wissen als wir.«

Er rieb seinen Nasenrücken mit Daumen und Zeigefinger. »Sollte Stalin auf irgendeine Weise an die Ladung dieses Bootes kommen, sei es auf hoher See oder dass er sie den Japanern abjagt, dann können wir diese letzten fünf Kriegsjahre als Auftakt zu einem noch blutigeren Krieg mit den Sowjets betrachten. Und verglichen mit einem weltumspannenden bakteriologischen Krieg der Roten wird die Atombombe der Yankees auf dem Roten Platz wie ein Feuerwerk verpuffen.«

»Das Mädchen ist also der Schlüssel.«

»Ja, in der Tat. Houghton-Vickers lässt Special Branch Ermittlungen unter Ausländern, zwielichtigem Gesindel und Prostituierten durchführen, wo unsere russische Maid untergetaucht sein könnte. Die wimmelnden Massen eben. Einfach, dort unterzutauchen. Special Branch unterhält Kontakte zu Flüchtlings- und Exilantengruppen, die Genossen auf der Flucht vor Moskau helfen, aber die Befragungen werden einige Zeit in Anspruch nehmen.«

»Zeit, die wir nicht haben.«

»Ja. Und was die Frau angeht«, fuhr Mackenzie fort, »so besitzt sie offensichtlich das Talent, die Männer, von denen sie sich bespringen lässt, zum Reden zu bringen.« Er zuckte ob seiner Formulierung ein wenig zusammen, fand sie jedoch passend, denn sie entsprach genau seinem Bild von Rees, der sich zwischen den Beinen der hübschen Russin leerpumpte.

Blackthorne wandte verlegen den Blick ab – vermutlich stand ihm das gleiche Bild vor Augen, von Mackenzie heraufbeschworen.

Mackenzie holte ihn in die Wirklichkeit zurück. »Doch es muss gar nicht so düster aussehen, wie wir glauben. Rees' Tod mag als Erklärung für einige Funksprüche dienen, die Bletchley abgefangen hat.«

Blackthorne hob das Kinn, als habe ein faszinierender Duft seine Nase gestreift. »Bletchley hat was abgefangen?«

»Ja. Von den Russen. Die haben eine Nachricht von einem geheimen Sender irgendwo in Nottinghamshire geschickt. Oder zumindest den Teil einer Nachricht. MI-5 versucht zurzeit, den genauen Standort des Senders zu ermitteln.«

»Bulwell Hall?«

Mackenzie nickte. »Die Roten haben schon immer hochgeheimes verschlüsseltes Material direkt von ihrer Botschaft gesendet und fast nie von untergeordneten Standorten. Noch dazu scheint diese Nachricht in Einmalcode per Burst-Übertragung gesendet worden zu sein. Es ist also durchaus möglich, dass der Sender einzig und allein für die Übertragung dieser Nachricht eingerichtet wurde. Bletchley hat den Code noch nicht knacken können, arbeitet aber daran. Es könnte sein, dass diese Nachricht Informationen enthält, die die Russin und ihre Kumpane aus David herausgeholt haben. Eine andere Erklärung gibt es nicht. Und dadurch wird unsere Aufgabe, den Wettlauf mit den Roten zur *U-233* und ihrer Ladung zu gewinnen, unendlich komplizierter.«

Blackthorne drückte sich schweigend in die weichen Polster des Rover. Dann kam ihm plötzlich ein Gedanke. »Aber wie sollten die Roten es schaffen, die *U-233* direkt vor unserer Nase zu kapern?«

»Ich bin mit meinem Latein am Ende, Martin. Sie können es nämlich nicht, nicht mit den Mitteln, die ihnen zur Verfügung stehen. Zunächst einmal müsste die *U-233* der Task Force entkommen, und dann müssten die Roten sie finden, aufbringen und an Bord gehen, so wie wir es vorhaben. Aber wie sollen sie das schaffen?«

Blackthorne wehrte seine düsteren Ahnungen ab. »Sie können es nicht. Es ist einfach unmöglich.«

»So scheint es.« Mackenzie starrte hinaus in das graue Licht, das London einhüllte. »Und doch, und doch ... Ghorman hat uns ja erzählt, dass Task Force 71 den Kontakt mit einem ihrer Zerstörer verloren hat. Ein erfahrener Captain der Royal Navy verschwindet doch nicht so einfach! Deshalb ist mit an Sicherheit grenzender Wahrscheinlichkeit anzunehmen, dass sein Schiff irgendwo auf dem Meeresgrund liegt, während der Jerry Hals über Kopf in den Atlantik flieht, mit Ghormans Jungs an den Hacken. Dieser Becker ist ja kein Grünschnabel! Wenn er vor Ghormans Nase ein Schiff versenken kann, dann kann er auch höchstwahrscheinlich der Entdeckung entgehen. Hoffen wir also, dass Bletchley die Nachricht der Russen dechiffrieren und MI-5 den Sender lokalisieren kann.«

»Wenn wir ihn finden, könnte er uns Informationen liefern, die uns zu dem Mädchen und ihren Genossen führen.«

»Ja. Ich will dieses Mädchen fangen, und ich will dieses U-Boot versenken.«

SOHO, LONDON, 22. MÄRZ

Suwerow stand rauchend am Fenster. Draußen in der Morgendämmerung lag Soho mit seinen verlassenen Märkten und Ständen, seinen Bordellen und nun geschlossenen Nachtclubs. Am Tage war dieses Viertel eine verlockende Erinnerung an das London von einst, das eines Tages wieder zum Leben erwachen würde. Doch als sollten diese Erwartungen gedämpft werden, reckte der Kirchturm von St. Ann's auf der Wardour Street seinen mahnenden Stumpf gen Himmel; er war alles, was nach einem Bombenangriff der Deutschen von der Kirche übrig geblieben war. Plötzlich hatte Suwerow das Gefühl, als verdichtete sich die Zeit: Wartete er noch einen weiteren Tag, würde es ihnen umso schwerer fallen, zu überleben. Jede Stunde, die er untätig verstreichen ließ, verschaffte Weroschilow und Putin einen Vorteil.

Hinter sich hörte er ein Wimmern wie das eines Kindes. Er ließ den Vorhang fallen und ging zum Bett, an das ein Waschtisch geschoben worden war. Er half Tatjana beim Aufsetzen und hielt ihr ein Handtuch, in das sie erbrach. Das Zimmer, in dem Rita ihre Freier empfing, lag über dem Goldenen Lotus. Es war schäbig und verwohnt und roch nach ranziger indischer Küche.

Barfuß, immer noch in ihrem seidenen Umhang, immer noch mit wogenden Brüsten, tappte Rita vom Korridor herein. »Vielleicht hilft ihr das.«

Suwerow hielt die Tasse mit dem honiggesüßten Tee an Tatjanas Lippen. Sie nahm einen Schluck und würgte.

Rita sah sie zweifelnd an. »Sie braucht einen Arzt.«

»Keine Ärzte«, erklärte Suwerow kategorisch.

Rita zuckte die Achseln und verließ das Zimmer.

Suwerow wischte Tatjanas Gesicht und Mund mit einem sauberen Waschlappen ab und versuchte, ihr Haar zu glätten, das stachelig vom Kopf abstand. Er hatte keinerlei Ambitionen, Krankenschwester zu spielen, besaß keinerlei Talent dazu, doch er wurde von einem überwältigenden Bedürfnis getrieben, Tatjana so zärtlich zu umsorgen, wie er nur konnte. Das zumindest schuldete er ihr für alles, was er ihr angetan hatte. Die Frage war nur: Wenn es ihr besser ging, wie lange konnten sie gemeinsam überleben?

»Wo bin ich …?«

»Du solltest besser nicht sprechen.«

Tatjana wickelte ihre Füße aus der feuchten Decke und versuchte, die Beine aus dem Bett zu schwingen. Doch die Anstrengung ließ sie rasch wieder zurücksinken.

»Du brauchst Ruhe. Noch ein paar Tage, dann geht's dir wieder besser.«

Suwerow wischte die Tränen ab, die zwischen ihren Lidern hervorquollen.

»Alexi ...« Tatjana drehte den Kopf und heftete ihren dunklen, feuchten Blick auf Suwerow. »Sag mir, was geschehen ist.«

Er wandte den Blick ab. »Du bist sehr krank gewesen.«

Er wartete, und als sie nichts sagte, fuhr er fort. »Ich habe dir ein Sedativum gespritzt, aber wahrscheinlich habe ich mich in der Dosis vertan. Es musste sein, sie sollten glauben, du wärst tot.«

Tatjana starrte auf die Decke.

»Ich habe dich hergebracht. Jetzt geht's dir schon besser.«

»Wer sollte glauben, dass ich tot wäre? – Schau mich an. Wer?«

»Weroschilow und Putin.«

»Und der Engländer, David Rees?«

»Der auch.«

»Wo ist er?«

Suwerow steckte sich eine neue Machorka am Stummel der alten an. »Tot.«

»Wie ...?«

»Weroschilow hat ihn getötet.«

Tatjana schlug den Handrücken vor den Mund und weinte.

Suwerow erhob sich und trat wieder ans Fenster. Er schaute auf Soho hinaus. »Du solltest sterben, damit der Engländer glauben sollte, er hätte dich getötet. Dann konnten wir alles aus ihm herauspressen, was wir wissen wollten. Das Mittel, das du ihm in den Drink getan hast, hat nur eine Stunde gewirkt. Als er wieder zu sich kam, sollte er dich tot neben sich im Bett finden.«

»Hatte Weroschilow den Befehl, mich zu töten?«

Suwerow ließ den Vorhangzipfel fallen, blieb jedoch am Fenster stehen. »Weroschilow oder ein anderer – was spielt das für eine Rolle?«

»*Sag es!*«

Nun sah er sie an. »*Ich* sollte dich töten. Stattdessen habe ich dir eine Droge injiziert, die Herzschlag und Atem dermaßen verlangsamt, dass ein Mensch mit einer hohen Dosis wie tot erscheint. Rees wusste, dass er dich nicht umgebracht hatte, aber ich überzeugte ihn, dass wir ihn wieder betäuben und dafür sorgen würden, dass die Polizei ihn mit deiner Leiche in der Wohnung findet. Als ich mit seinem Verhör fertig war, haben Weroschilow und Putin ihn in sein Auto gesetzt. Danach ...« Suwerow zuckte die Achseln. »Weroschilow wollte deine Leiche in den Fluss werfen, ich aber sagte, ich hätte eine bessere Idee, ich wüsste von einer zerbombten Fabrik mit einem überfluteten Keller ...«

Ein langes, schmerzliches Schluchzen entrang sich Tatjanas Kehle. Suwerow nahm sie in die Arme und versuchte, sie mit leise gemurmelten Worten zu beruhigen, streichelte sie, wie man ein verletztes Kind streichelt, versicherte ihr wieder und wieder, dass sie nun frei sei und bald ihre Tochter wiedersehen könne. Aber wie sie das zuwege bringen sollten, wusste er nicht. Ihre Chancen, den nächsten Tag zu überleben, standen so schlecht wie die, die nächste Woche zu überleben. Oder den nächsten Monat. Oder das Ende des Krieges. Eines wusste Suwerow jedoch ganz sicher: Für das NKGB waren sie schon so gut wie tot.

Tatjanas Augen folgten Suwerow, als er aufstand und rauchend im Zimmer auf und ab ging.

»Du hast mir noch nicht gesagt, wer die Frau ist.«

»Das ist Rita.«

»Ist sie eine Freundin von dir? Ist das ihre Wohnung?«

»Sie will nur helfen.«

Suwerow nahm die Tasse, in der der unberührte Tee kalt geworden war.

»Alexi ...? Sag es mir. Uns kann niemand helfen, nicht wahr? Weroschilow und Putin werden herausbekommen, dass du mich nicht getötet hast, sie werden wissen, dass wir hier sind, zusammen. Sie werden uns verfolgen, und sie werden uns töten. Und wenn sie merken, dass deine Freundin Rita uns geholfen hat, werden sie auch sie töten.«

Suwerow trat ans Fenster und schob den Vorhang einen Spalt breit zur Seite. Ein Strahl Tageslicht hob sein Profil deutlich hervor. Die Straßen füllten sich mit Menschen aus jeder Ecke des britischen Empire, die vom Krieg in Mitleidenschaft gezogen worden war. Weroschilow und seine Handlanger würden in der Menge schwer zu entdecken sein. Sie würden nicht vorgewarnt sein.

»Es gibt noch etwas, das du wissen musst«, sagte er, während er das Gewimmel auf der Straße betrachtete. »Ich habe Informationen über eine gewisse Operation Kondor.«

»Das verstehe ich nicht ... was ist Kondor ...?«

Rita kam mit einem Tablett, auf dem eine dampfende Teekanne und eine Cognacflasche standen, doch ein warnender Blick Suwerows ließ sie schleunigst den Rückzug antreten.

Er wartete eine Sekunde, dann sagte er: »Bei dem ganzen Einsatz ist es nur um Kondor gegangen. Rees. Die Ladungspapiere. Zeit und Ort der Zusammenkunft. Eines unserer Schiffe und ein deutsches U-Boot. Wenn die Zentrale in Moskau wüsste, dass ich das alles weiß, würde sie allein aus diesem Grund Weroschilow und Putin losschicken.«

Tatjana hielt sich die Faust vor den Mund. »Ich will das alles gar nicht wissen!«

»Aber diese Information kann dir das Leben retten«, machte Suwerow geltend.

»Was meinst du damit? Mein Leben retten? Wie? Und was ist mit deinem Leben?«

»Falls ich umkomme, kannst du einen Handel machen, du kannst den Engländern die Information im Tausch gegen deine Freiheit anbieten.«

Tatjana schüttelte verzweifelt den Kopf. »Wenn du stirbst, dann sterbe ich auch. Das weißt du. Es wird keinen Handel geben.«

»*Dich* würden die Engländer nicht töten.«

»Sie nicht, aber Weroschilow und Putin. Das hast du selbst gesagt.«

»Erst mal müssen sie uns finden.«

Tatjana versuchte, nackt wie sie war, aus dem Bett aufzustehen.

»Was machst du denn da?«

»Wir müssen hier weg.«

Suwerow wollte ihr aufhelfen, ließ es dann aber. Sie hatten keinen anderen Ort, an den sie fliehen konnte.

»Hör mal, im Moment sind wir hier sicher«, sagte er. »Ich lass mir schon etwas einfallen. Brauche nur ein bisschen Zeit dazu.«

Dennoch mühte sich Tatjana auf die Beine. Dann stand sie leicht schwankend neben dem Bett. Suwerow sah die blauen Flecken auf ihrer Brust, die sie vom Kampf mit Rees davongetragen hatte. Seine Augen glitten über ihren Körper, leuchteten beim Anblick des gepflegten schwarzen Dreieckes zwischen ihren Beinen auf. Er spürte, wie ihm heiß wurde. Er hob die Augen und begegnete ihrem brennenden Blick.

»Alexi Petrowitsch, wir haben keine Zeit!«

GROSVENOR SQUARE 20, LONDON, 23. MÄRZ

General Dwight D. Eisenhower zündete mit seinem Sturmfeuerzeug eine Lucky Strike an, bürstete Asche von seiner Uniformjacke. »Diese Information ist wie alt?«

»Nicht älter als zwei Stunden, General«, antwortete Mackenzie.

Eisenhower und sein Stabschef, Brigadegeneral Walter Bedell Smith, waren am späten Abend per Flugzeug aus Reims eingetroffen und zum Grosvenor Square gefahren. Dort hatten sie Schinkenkäsesandwiches mit kochend heißem Kaffee hinuntergespült, während Mackenzie einen Bericht erstattete, der Ike Kopfschmerzen bereitete. Auf der anderen Seite des Korridors im Konferenzsaal des dritten Stocks warteten Ghorman, Carroll und Parker auf den Oberbefehlshaber der Alliierten Streitkräfte.

Ike legte die neuesten Bletchley-Entschlüsselungen beiseite. »Ich stimme hinsichtlich der Interpretation dieser Dechiffrierungen mit Ihnen überein, Sir Stuart: Dönitz hat uns auf dem Kieker.«

»Der Rückruf der *U-233* nach Narvik scheint dies zu beweisen, General.«

Nachdenklich zog Ike an seiner Zigarette, dann sagte er zu General Smith: »Was haben wir zur Verfügung, um dieses Boot in Narvik anzugreifen?«

»General Gordon hat ein Geschwader von B-24-Bombern

bei Northallerton stationiert«, erwiderte Smith nach einem Blick in sein Notizbuch. »Es ruht derzeit, aber wie ich Gordy kenne, hätte er es in weniger als achtundvierzig Stunden startbereit.«

Eisenhower fing einen missbilligenden Blick Mackenzies auf. »Was haben Sie auf dem Herzen, Sir Stuart? Bitte seien Sie ganz offen. Wir haben keine Zeit, etwas zu verschweigen.«

»Nur zu wahr, General.« Mackenzie räusperte sich. »Ich würde mich nicht so voreilig auf den Weg nach Narvik machen.«

»Und warum nicht?«

»Aus zwei Gründen, General.«

Eisenhower drückte seine Zigarette aus und zündete sich sofort eine neue an. »Führen Sie das bitte näher aus.«

»Der Rückruf der *U-233* nach Narvik könnte eine List sein, damit wir unsere Operation auf See beenden. Der Funkspruch, den Dönitz schicken ließ, sieht zugegebenermaßen äußerst überzeugend aus. Er wurde vom Stabsquartier des BdU auf 4106 Kilohertz geschickt, ist also echt. Es gibt nun keinen Zweifel mehr, dass die Deutschen wissen, dass wir die Ladeliste im Wrack von Mansteins Wagen gefunden haben. Was sollen wir demnach davon halten, dass sie Kondor so plötzlich abblasen, nachdem sie vorher Ressourcen hineingepumpt haben, die sie eigentlich nicht entbehren können: Treibstoff, Vorräte, Matrosen, ein U-Boot. Und vergessen wir nicht die Goldbarren, den Lohn für die Bakterienstämme. Die Deutschen sind ganz versessen auf dieses Gold. Allein aus dem Grund kann ich nicht glauben, dass sie das Unternehmen einfach so abbrechen.«

»Mit anderen Worten ...«

»Mit anderen Worten: Sie könnten versuchen, uns glauben zu machen, die *U-233* würde nach Narvik zurückschaukeln, während sie in Wahrheit schon auf der Höhe von Irland ist und südwärts abrauscht.«

Ike lehnte sich im Stuhl zurück und blies Rauch aus. »Sie erwähnten jedoch zwei Gründe ...«

»Falls, und ich betone, falls die *U-233* doch in Narvik auftaucht, wäre es meiner Meinung nach fatal, sie zu bombardieren – wenn es technisch überhaupt möglich ist. Ein Luftangriff könnte die gefährlichen Bakterien über weite Teile Norwegens, Schwedens und Dänemarks verbreiten, vielleicht sogar bis Schottland und Leningrad. Ich übertreibe nicht. Meine Mitarbeiter haben mich unterrichtet, dass Anthraxsporen jahrhundertelang in Erdreich und nährstoffreichen Hafengewässern ruhen können, um dann eines schönen Tages aktiv zu werden und eine verheerende Pest auszulösen – eben die Pest, die wir im Pazifik vermeiden wollen. Eine derartige Pest könnte Millionen, wenn nicht gar Zehntausenden von Millionen rund um den Erdball das Leben kosten.«

Smith stieß einen lauten Pfiff aus. »Allmächtiger!«

Eisenhower schaute Mackenzie aufmerksam an. »Was schlagen Sie also vor?«

»Zwei Dinge. Erstens, schicken Sie Aufklärungsflugzeuge nach Narvik, um den Hafen zu beobachten – als Rückversicherung, wenn Sie so wollen, falls ich doch falsch liege und die *U-233* dort auftaucht –, und zweitens empfehle ich, dass wir unsere U-Jagd-Verbände nicht aus dem Nordatlantik zurückrufen sollten. Wir müssen die *U-233* unbedingt finden und in tiefen Gewässern versenken, denn nur dort werden die Bakterienstämme mit der Zeit wirkungslos.«

Eisenhower schlürfte nachdenklich seinen Kaffee. Schließlich sagte er zu General Smith: »Ghorman hat seine Task Force verstärkt: Was hat er im Atlantik stationiert?«

»Den Begleit-Flugzeugträger USS *Barton*, sieben US-Geleitzerstörer und zwei britische Zerstörer, die *Bristol* und die *Woolrich*, Letztere als Ersatz für die *Ulster*. Fünf PBY-Seeaufklärungsflugzeuge sind in Bereitschaft, drei von ihnen operieren von der Basis Hugh Town auf den Isles of Scilly an der Südspitze Englands, und zwei weitere von Brest aus. Außerdem steht Ghorman eine Schwadron Blenheim-Bomber auf einer Basis nördlich von Glasgow zur Verfügung, die jedoch nicht in voller Stärke.«

»Hört sich doch nach einer ausreichenden Streitmacht an«, sagte Ike. Dann wurde er wieder nachdenklich. »In wenigen Minuten treffe ich Ghorman, Carroll und Parker auf der anderen Seite des Korridors. Ich lasse mir noch die Option offen, das U-Boot in Narvik zu bombardieren.«

»Selbstverständlich, General. Deshalb sind Sie ja auch der Oberbefehlshaber und ich nur der Chiffrierheini.«

Ike lachte. Er drückte seine Zigarette aus und wollte eine neue aus der Packung schütteln, besann sich dann aber eines Besseren und schleuderte das Päckchen auf den Tisch, außer Reichweite.

Mit Befehlshaberstimme dröhnte er: »Und nun, Sir Stuart, sagen Sie mir, was Sie über diesen Rees wissen, und was die Russen Ihrer Meinung nach mit der *U-233* vorhaben.«

* * *

Captain Roy Parker stand im Konferenzraum vor einer großen Wandkarte der Britischen Inseln und tippte mit einem Billardqueue als Zeigestock auf die schottische Küste nördlich von Kinnaird Head.

»General Eisenhower, Sir, dies ist das Gebiet, in dem die HMS *Ulster* ersten Sichtkontakt mit dem U-Boot meldete.«

Parker, dessen pomadisiertes Haar wie schwarzer Edelstein glänzte, nickte der hübschen Meldeoffizierin zu, die den Ordner mit Geheimnachrichten verwahrte. Sie nahm den Durchschlag einer Funkübertragung heraus und reichte ihn Parker.

»Diese Flash-Transmission mit der Überschrift »Dringend« haben wir vom Kommandanten der *Ulster* erhalten. Commander Flemings Nachricht lautet: ›Sichtung um 07.10, neunzigprozentige Wahrscheinlichkeit aufgetauchter U-Boot-Turm. Stopp. ASDIC-Spurkontakt mit getauchtem U-Boot bestätigt um 08.20. Stopp. Kontakt um 08.52 verloren. Stopp. Haben Spur südnördlich und nordöstlich von Generalkurs drei-fünf-null verfolgt ...‹ Parker zeigte mit dem Queue. »Er spricht über eine Strecke von hier nach dort.«

»Fleming hat sich ganz schön beeilt«, bemerkte Ghorman. »Dem ist kein Moos unter dem Kiel gewachsen.«

Eisenhower runzelte die Stirn. »Würden Sie bitte zusammenfassen, Captain Parker? Ich bin bloß ein alter Soldat, eine Landratte. Können Sie's verständlich erklären, bitte.«

»Ja, Sir, natürlich.« Parker legte seinen Zeigestock hin und trat von der Karte zurück. »Commander Fleming hat offenbar ein U-Boot, möglicherweise die *U-233*, vor der Nordküste Schottlands gesichtet und verfolgt, dann jedoch verloren. Dennoch tat Fleming das, was sein Befehl erforderte, er suchte ein großes Gebiet ab ...«

»Wie groß?«, unterbrach Eisenhower.

Parker wandte sich der Karte zu. »Ich würde sagen, ungefähr zweitausendfünfhundert Quadratmeilen.«

»Das ist ein ganz netter Grundbesitz«, wandte sich Ike an Ghorman.

»Ja, Sir, das stimmt. Aber wie Captain Parker bereits sagte, mein Dauerbefehl schreibt den Einheiten der TF-71 vor, dass sie erst ein großes Gebiet absuchen, bevor sie Alarm geben. Wir wollen ja nicht, dass eine Masse falscher Alarme Teile unserer TF-71 auf eine vergebliche Jagd schicken. Würde die Kraft unserer Einheiten nur noch mehr schwächen. Wenn sich also dieser verdammte Kraut nahe an der Küste hielt, um sich zu verstecken, konnte er seinen Schnorchel nicht benutzen. Früher oder später wird er also auftauchen müssen, um seine Batterien aufzuladen und Frischluft ins Boot zu lassen. Und genau dann wollen wir ihn festnageln.«

Die Meldeoffizierin reichte Parker einen weiteren Durchschlag.

»Kurz nach der Kontaktmeldung«, fuhr dieser fort, »schickte TF-71 zwei Catalina-Seeaufklärer in das Gebiet, das Fleming durchsuchte. Die fanden jedoch nichts.«

»Ich darf also annehmen, dass das U-Boot, nachdem es die Schlinge abgeschüttelt hatte, nach Norden gefahren ist?«

»Genau das hat die *U-233* getan, Sir«, sagte Carroll. »Denn einen Tag später wurde sie von der Mannschaft eines schottischen Fischtrawlers gesichtet, vor einer der kleinen Inseln in der Bucht von Scapa Flow.«

»Gesichtet, sagen Sie?«

»Ja, Sir. Die Besatzung des Trawlers bahnte sich einen Weg durch den Nebel und wäre fast mit dem Unterseeboot zusammengestoßen. Sie haben es nur einen Moment gesehen, bevor der Nebel ihnen wieder die Sicht nahm, und haben berichtet, dass es so aussah, als nähme die Besatzung an Deck Reparaturarbeiten vor. Das Wetter war zu der Zeit sehr schlecht, die See sehr rau. Mag sein, dass das Boot einige Schäden abbekommen hatte. Natürlich funkte der Kapitän des Trawlers die Sichtung unverzüglich an eine Küstenstation, die sie an eine höhere Stelle weiterleitete, und von dort ging sie an die TF-71.«

»Was geschah danach?«

»Ich befahl Fleming, nachzuschauen.« Ghorman wuchtete sich auf die Beine, nahm Parker den Zeigestock ab. »Die *Ulster* war nicht allzu weit entfernt, patrouillierte eine Strecke im Pentland Firth. Fleming bestätigte Erhalt der Befehle, aber danach, Funkstille ...« Ghorman zuckte die Achseln. »Wir versuchten die *Ulster* anzufunken, um Fahrt und Position zu bestimmen, hatten aber keinen Erfolg.«

»Glauben Sie, dass sie torpediert wurde?«

»Zum Teufel, General, was soll man denn sonst glauben?«

»Könnte sie auf Grund gelaufen sein?«

»Ja, Sir, das ist möglich, aber ich glaube nicht, dass simples Aufgrundlaufen ihren Funkempfänger ausgeschaltet hätte.« Er gab Parker das Queue zurück und setzte sich.

»Irgendeine Ahnung, wo die *U-233* jetzt sein könnte?«

»Irgendwo im Pentland Firth«, antwortete Parker. »Der Patrouillenkordon der TF-71 verläuft nordwestlich der Orkneys und Shetlands, auf einem fast zweihundert Meilen langen Bogen. Sollte die *U-233* versuchen, in den Atlantik durchzubrechen, geht sie ihnen unweigerlich ins Netz.«

Ghorman zeigte auf die Karte. »General, ich bin mir ziemlich sicher, dass wir den Mistkerl in den nächsten Tagen kriegen.«

Eisenhower erhob sich und trat auf die Karte zu. »Wie ich schon sagte, ich bin eine Landratte, also verzeihen Sie, wenn ich mich irren sollte, Admiral Ghorman. Ich sehe hier, dass Sie keinen Kordon im Süden, zwischen Dänemark und Schottland, gezogen haben. Und wenn der Rückruf nach Narvik doch keine Finte ist – wie sieht dann die Sicherung im Süden aus?«

»General Eisenhower, meiner Meinung nach bestätigt Commander Flemings U-Boot-Kontakt, dass der Rückrufbefehl eine gezielte Falschmeldung ist. Soweit wir wissen, wurde die *Ulster* am Neunzehnten torpediert, zwei Tage *nach* dem Rückkehrbefehl. Falls es also keinen Nachrichtenausfall gegeben hat, oder der Kommandant der *U-233* den Befehl missachtet und nicht nach Narvik gefahren ist – was ich bezweifle –, dann muss die Nachricht gefälscht gewesen sein. Ich bin davon überzeugt, dass es die *U-233* war, die die *Ulster* versenkt hat.«

»Vorausgesetzt also, die Deutschen wissen, dass wir über Kondor Bescheid wissen ... dann schicken sie Becker und seine Besatzung auf ein Selbstmordkommando«, schloss Eisenhower.

»Das glaube ich nicht«, sagte Mackenzie, der neben Ike getreten war.

Der General runzelte die Stirn. »Das verstehe ich nicht.«

»Ich bewundere zutiefst die Fähigkeiten von Admiral Ghorman und der Task Force 71, dennoch glaube ich, dass es Becker durchaus gelingen könnte, ihnen durchs Netz zu schlüpfen. Ich will nicht respektlos sein, Admiral, aber dieser Kerl ist ein Überlebenskünstler und mit allen Wassern gewaschen. Ich versichere Ihnen, er wird nicht leicht zu fangen sein – bitte, lassen Sie mich ausreden –, besonders jetzt, wo er weiß, dass Sie ihn jagen. Das Beispiel Commander Flemings, der seine Befehle getreulich befolgte, hat es uns ja deutlich gezeigt.

Meiner Auffassung nach haben die Jerrys zwei Möglichkeiten: Entweder sie liefern die biologischen Kampfstoffe an die Japaner, oder sie versenken sie auf dem Grund des Atlantischen Ozeans. Klappt die erste Möglichkeit nicht, dann wollen sie gewiss nicht, dass wir das Zeug in die Finger bekommen. Mit der Versenkung bringen sie sich aber um den Lohn für ihre Mühe, um die zweihundert Millionen in Gold, und die sind ja, wie ich bereits dem General verdeutlicht habe, ein gewaltiger Ansporn, alles Menschenmögliche für das Gelingen von Operation Kondor zu tun.

Special Branch hat die Mörder von David Rees noch nicht identifiziert, die ja auch die Fotos der Ladeliste der *U-233* kopiert haben. Über kurz oder lang jedoch werden wir sie kriegen, und ich möchte sie liebend gern verhören, bevor sie an die Wand gestellt werden. Auf jeden Fall müssen wir uns mit der unliebsamen Tatsache vertraut machen, dass die Sowjets möglicherweise schon länger über Kondor Bescheid wissen, als uns lieb ist. Wie sie zu diesem Wissen kamen, müssen wir noch ermitteln. Doch was sie brauchten, um das Bild abzurunden, haben sie aus David Rees herausgepresst, und dann haben sie ihn umgebracht. Der NKGB, möchte ich meinen, ist Meister in diesem Fach. Und somit bleibt uns die viel wichtigere Frage, nämlich, wie die Sowjets die Ladung der *U-233* in die Hand bekommen wollen? Wenn jemand darauf eine Antwort weiß, höre ich gerne zu.«

»Bei allem Respekt gegenüber dem MI-6«, sagte Ghorman, »halte ich das für Blödsinn. Die verdammten Roten werden sich nicht in einen Seekrieg mit uns einlassen. Teufel auch, uns gehört der Atlantik! Außerdem haben sie keine Flotte, nicht einmal einen gottverdammten Fischtrawler östlich von Gibraltar.«

»Entschuldigung, dass ich unterbreche, Sir.«

Alle Augen im Zimmer richteten sich auf die hübsche Meldeoffizierin, die mit dem Durchschlag einer dritten Funkübertragung wedelte.

»Die Russen haben ein Schiff *westlich* von Gibraltar«, verkündete sie strahlend. »Soll heißen, im Atlantik.«

»Was reden Sie da, Lieutenant?«, fragte General Carroll.

Parker nahm das Durchschlagpapier und überflog es. »Mein Gott, sie hat absolut recht!«

»Welches Schiff ist es?«, fragte Carroll.

»Die *Isar*. Ein U-Begleitschiff.«

»Wollen Sie mich verarschen?«, fragte Ghorman rundheraus.

»Keinesfalls. Laut dieser Meldung wurde die *Isar* aus Fernost in die Arktis verlegt, und hat in Greenock, Schottland, zu Reparatur- und Versorgungszwecken angelegt.«

Eisenhower blickte verwirrt. »Ja – und?«

Parker schaute von der Meldung auf und begegnete Ikes fragendem Blick. »General, vorgestern hat die *Isar* unversehens ihren Anker gelichtet und hat von Greenock abgelegt, bevor die Reparaturen beendet waren.«

Mackenzie trat vor die Karte und nahm den Zeigestock zur Hand. »Am selben Tag haben wir die russische Burst-Übertragung aus Nottinghamshire abgefangen. Unter Berücksichtigung der Wetterverhältnisse könnte die Isar inzwischen ... hier sein.«

»Ja, Sir«, sagte Parker. »Westlich von Schottland und westlich des Aufklärungskordons unserer Task Force.«

»Ist reine Spekulation«, gab Mackenzie zu. »Aber nicht unmöglich – stimmen Sie mir zu, Martin?«

»Durchaus«, sagte Blackthorne im Tonfall eines Gedankenlesers.

»Worin zustimmen?«, fragte Ghorman und schaute grimmig, weil er etwas verpasst hatte.

Ohne auf Ghorman einzugehen, wandte Mackenzie sich an Parker: »Ein U-Begleitschiff, haben Sie gesagt?«

»Ja, Sir. Verwahrt Schiffs- und Ersatzteile für Unterseeboote, auch Proviant. Wir haben auch solche Schiffe.«

»Und U-Begleitschiffe sind, wie ich annehme, mit sämtlichen Ladevorrichtungen ausgestattet?«

»Ja, Sir, das stimmt.«

Mackenzie sah die Anwesenden der Reihe nach an. Allen dämmerte nun die Erkenntnis.

Blackthorne sprach sie aus: »Die Isar ist genau das passende Schiff, um auf hoher See von einem U-Boot Ladung aufzunehmen.«

»Das können Sie doch nicht ernst meinen!«, protestierte Ghorman. »Die *Russkis* müssten uns ja die *U-233* unter der Nase wegschnappen. Wie zum Teufel wollen die denn *das* anstellen?«

»Der NKGB kennt da Mittel und Wege, Admiral«, sagte Mackenzie und nickte der Meldeoffizierin dankend zu. »Die wissen, was sie tun.«

CATTERHAM GREEN, 24. MÄRZ

Es war nach Mitternacht, als Mackenzie sein Mahl beendete: Seezunge, überbackene Kartoffeln, grüner Salat und ausnahmsweise eine Flasche Muscadet. Er stemmte sich von seinem Stuhl hoch und trat vor den Kamin, starrte mit trübseligem Blick in die ersterbenden Flammen. Sein Kopf schmerzte. Es half auch nichts, wenn er Daumen und Zeigefinger tief in beide Augenwinkel drückte. Nichts half mehr.

Seine Laufbahn beim MI-6 umfasste nun bald drei Jahrzehnte. Mackenzie hatte immer besonderen Wert auf einen Stab außerordentlich fähiger Mitarbeiter gelegt: Männer, die wussten, wie mit Angelegenheiten umzugehen war, die Auswirkungen auf Leben und Tod vieler Menschen haben konnten; Männer, die verstanden, dass Schwarz mitunter Weiß sein konnte, und Weiß zuweilen Schwarz. Manchmal war es notwendig zu heucheln, um in einer feindlichen Welt zu überleben; manchmal musste man den Blick abwenden, wenn Freunde schreckliche Dinge taten, die einem nicht gefielen ... doch alles, alles geschah für das große Ziel, die Menschheit vor der Vernichtung durch Wahnsinnige zu retten.

Man musste Kondor in Schach halten, bevor es sich ausbreitete, bevor die Menschheit sich ein Grab grub, aus dem es kein Entkommen gab. War es bereits zu spät?

Mackenzie nahm es an, in Anbetracht dessen, dass die Nazis jede Regel menschlichen Verhaltens gebrochen hatten. Wie auch ihre Verbündeten, die Japaner. Völkermord. Folter. Vergewaltigung. Ermordung von Kriegsgefangenen. Versklavung ganzer Völker. Dass sogar jemand in Berlin die moralische Frage gestellt hatte, zeigte deutlich, dass die Superwaffe, die die Nazis den Japanern versprochen hatten, Tod von bisher ungeahntem Ausmaß säen konnte. Doch da Hitler und Hirohito sich mit baldiger Niederlage konfrontiert sahen, würde Moral in dieser Gleichung kaum mehr eine Rolle spielen. Und wenn man in die Gleichung auch noch den wahnsinnigen Josef Stalin einbezog, den Schlächter des Ostens ...

Mackenzie löste den Druck, den er auf seine Augenwinkel ausgeübt hatte, spürte, wie das Blut zurückströmte, sah blaue und gelbe Kreise, blitzende Sterne und wirbelnden Nebel vor seinen Augen. Dieser verdammte Rees! Der hatte den Roten eine Beute ausgehändigt, die den Sieg der Alliierten zunichtemachen konnte, für den so viel Blut und Geld geflossen war.

Es klopfte leise. Die Tür ging auf, und Mackenzies Bursche trat ein. »Verzeihung, Sir, brauchen Sie noch etwas?«

»Nein, Sergeant, gute Nacht.«

Mackenzie starrte in die verlöschende Glut. Er sehnte sich

nach Schlaf, doch dafür war jetzt keine Zeit. Er wusste, dass auch der Wahnsinnige in Moskau weder ruhte noch rastete. Fieberhaft suchte er nach einer Antwort auf die Frage, die jetzt selbst Eisenhower verfolgte: Wie wollten die Russen die *U-233* abfangen und ihre Bakterienfracht unter der Nase der Amerikaner wegschnappen?

Er stellte sich die Begegnung auf hoher See vor: die Eröffnungssalve einer Schlacht zwischen Ost und West. Einer Schlacht, die die Zukunft einer Welt bestimmen würde, für deren Rettung er gekämpft hatte. Einer Welt, die jetzt, mehr als jemals zuvor, am Rande der Vernichtung stand.

Teil drei

Wenn der Krieg verlorengeht, wird auch das Volk verloren sein.
Es ist nicht notwendig, auf die Grundlagen, die das deutsche Volk zu seinem primitivsten Weiterleben braucht, Rücksicht zu nehmen …
Was nach dem Kampf übrig bleibt, sind ohnehin nur die Minderwertigen; denn die Guten sind gefallen.

Adolf Hitler

7. Kapitel

NÖRDLICH VON CAPE WRATH, SCHOTTLAND, 23. MÄRZ

Sein Traum war so echt, jeder Augenblick in allen Einzelheiten wiedergegeben.

»Ich spüre doch, dass du mir etwas sagen willst. Was ist es? Ich reg mich auch nicht auf.«

Becker wusste, dass das nicht stimmte. Katia hielt ihre Gefühle nur mühsam im Zaum. Er streckte den Arm über den Tisch aus und nahm ihre Hand.

»Sie beordern mich nach Kiel. Ich soll das Kommando eines neuen U-Boots vom Typ VII C übernehmen, die *U-858*.«

Er spürte, wie ihre Hand erschlaffte. »Oh« war alles, was Katia dazu sagte.

»Es wird nur ein paar Monate dauern.«

»Ich verstehe.« Sie entzog ihm ihre Hand und stand auf, um den Tisch abzuräumen. Ihr Gesicht war eine undurchdringliche Maske.

»Katia ...«

»Du hast Hedda versprochen, ihr vor dem Einschlafen eine Geschichte vorzulesen.«

Später hatte er sich gefragt, wie viele Sorgen sich Katia während seiner Abwesenheit wohl über ihre Sicherheit gemacht hatte. Dennoch hatte sie getan, worum er sie bat, hatte niemals sein Urteil in Frage gestellt, dass Kiel, Tag und Nacht den Luftangriffen der RAF ausgesetzt, zu gefährlich sei. Berlin hingegen, so hatte Becker argumentiert, sei groß und eine kommunale Festung des Widerstandes gegen die Luftangriffe der Alliierten, voller trotziger, ungebeugter Bürger, die sich von Härten des Krieges nicht unterjochen ließen. Er staunte immer noch, wie widerspruchslos Katia seine Entscheidung hingenommen hatte. Wie logisch ihm alles vorgekommen war!

Später hatten sie im Dunkeln in ihrem Schlafzimmer gesessen, geraucht und Kaffee getrunken, aus Bohnen, die Katia eigens sorgfältig getrocknet und aufbewahrt hatte. Da sie die Verdunkelungsvorhänge zurückgezogen hatten, wirkte die Szenerie wie im Theater: Fern im Westen fand ein Luftangriff statt, und das Feuer färbte die Unterseiten der Wolken rot. Und trotz der großen Entfernung klirrte im Esszimmer Katias gutes Geschirr und Besteck.

Becker erinnerte sich: Wie sie immer stiller wurden, wie er sie gestreichelt hatte, ihr versichert hatte, alles werde gut. Ja, alles werde sich fügen. Er vermeinte, ein leises Lächeln zu sehen, das um ihre Mundwinkel spielte.

Wie lange hatte er nach dem Luftangriff geschlafen? Als er aufwachte, lag Katia neben ihm, nackt, halb auf den Rücken gedreht, das Laken zurückgeschlagen. Ihre Brust hob und senkte sich im Rhythmus ihrer Atemzüge. Der Sex war heiß und gierig gewesen, kein Vorspiel, nur die Befriedigung reiner Lust.

Becker stand auf. Am Horizont sah er einen orangeroten Schein, einen Feuersturm, der die Reste von Wohn- und Geschäftshäusern fraß. Berlin war gar nicht so anders als Kiel, aber hier in Charlottenburg hatten Katia und Hedda einen starken Luftschutzkeller und Freunde, die sich um sie kümmern konnten, während er fort war. Oder wenn er gar nicht mehr wiederkehrte. Ohne ihn zu beschönigen stellte er sich den Tod im Unterseeboot vor, einen quälenden, langsamen Tod, der sich über Stunden, vielleicht gar Tage hinziehen mochte. Kein bisschen heldenhaft, sondern nur erbärmlich.

Er hörte das Bett knarren. Dann spürte er Katias Hitze auf seiner nackten Haut.

»Mach dir keine Sorgen«, sagte sie.

»Es liegt in meiner Natur, mir Sorgen zu machen.«

Sie kuschelte sich in seine Arme. »Es wird alles wieder gut. Das hast du doch selbst gesagt. Wir werden überleben.«

Überleben? Er schwamm aus großer Tiefe zur Oberfläche empor. Seine Lungen standen kurz vor dem Bersten, und er glaubte nicht, dass er es schaffen würde.

»Was?«

»Kapitän ... Tagesanbruch in einer Stunde.«

Cremers bärtiges Gesicht schwebte in seinem Blickfeld. Er hielt eine Tasse mit dampfendem Kaffee in der Hand.

Das Stampfen der Diesel. Wasser, das an der Außenhülle vorbeigurgelte. Becker setzte sich auf, hellwach. Der Kaffee war frisch gebrüht und genau so gesüßt, wie es ihm schmeckte.

»Meldung?«

Cremer rasselte Kurs, Geschwindigkeit, Position herunter. Freitag hatte das Kommando. Dann sagte er: »Der Horcher hat schwache Schraubengeräusche, Peilung null-eins-drei Grad, ausgemacht.«

»Verdammt!«

Becker kam in seiner engen Kabine auf die Beine und riss seine Mütze vom Haken. »Richten Sie dem LI aus, er soll mir in der Zentrale Meldung machen. Major Jäckel auch.«

»Jawohl, Herr Kaleun.«

* * *

»Vielleicht zehn Pötte. Vielleicht auch mehr.«

Das sagte Becker, nachdem der Horcher das Gebiet zwischen der Westküste der Orkneys und der Nordspitze der Äußeren Hebrideninsel Lewis gründlich abgesucht hatte.

»Inzwischen müssten sie das Wrack des englischen Zerstörers gefunden haben. Sie dampfen Richtung Südost, also sind die südlichen Posten ihres Patrouillenkordons um die Mittagszeit nur noch einen, höchstens zwei Kilometer von uns entfernt.« Becker warf den Winkelmesser auf den Kartentisch. »Wie Sie sehen, bleibt uns wenig Raum zum Manövrieren. Aber ich glaube, wir können die Südspitze des Patrouillenkordons umschiffen. Die Tommys operieren anscheinend ungern in Küstennähe. Stattdessen verlassen sie sich auf ihr ASDIC. Was durchaus ein Fehler sein könnte.«

»Und der lose Behälter ...?«, fragte Jäckel.

»Verschärft unsere Probleme. Wir müssen ihn sichern, und zwar bald.«

»Ja, aber dafür brauchen wir ruhige Gewässer und den Schutz der Dunkelheit«, warf der Leitende Ingenieur ein.

»Mal angenommen, wir schlüpfen durch ihr Radarnetz«, sagte Jäckel, »und ferner angenommen, wir finden einen sicheren Ankerplatz – wie lange würden die Reparaturarbeiten dauern?«

»Das kann man nicht voraussagen. Erst müssen wir das Luk aufstemmen und den Behälter inspizieren.«

Jäckel nagte an seiner Unterlippe. Sein Blick wanderte von der Seekarte des Nordatlantiks und der Nordküste Schottlands zu Becker. Kaum vermochte er seinen Unmut zu zügeln. »Was haben Sie vor, Becker?«

»Ich werde –«

»Ala-a-a-r-r-m!«

Die Glocke schrillte und veranlasste die Männer, rasch ihre

Gefechtsstationen aufzusuchen. Becker, der Leitende Ingenieur und Cremer brüllten Befehle. Durch das offene Turmluk sprangen die Ausgucke in die Zentrale hinab.

»Flieger! Flieger!«, ertönte ein Schrei.

»An Backbordseite.« Freitag, der das Luk gesichert hatte, landete mit dem Hintern auf dem Deck und rollte sich rasch auf Ellenbogen und Knie. »Hab seine Auspuffflammen gesehen. Große Maschine. 'ne Sunderland, glaub ich.«

Zitternd stand er da – und suchte überstürzt Halt, als die *U-233* überraschend steil nach unten tauchte.

»Haben sie uns gesehen?«

»Glaube nicht.«

»Wenn sie uns gesehn haben, werden wir's bald wissen«, sagte der Leitende Ingenieur und kontrollierte den Tiefenmesser. Dann wechselte er einen Blick mit Becker. Jedem war bewusst, was bei Wasserbombenbeschuss mit dem losgerissenen Behälter geschehen konnte.

»Entfernung?«

»Vielleicht acht Kilometer.« Freitag wischte sich das schweißglänzende Gesicht ab. »Sah aus wie eine Sternschnuppe am Horizont, das schwör ich!«

»Die uns bald in den Arsch fliegen wird, das trifft's wohl eher«, sagte der Leitende Ingenieur und klopfte ungeduldig gegen den Tiefenmesser. »Komm schon, Scheißding, runter mit dir, runter!«

Einer der Tauchoffiziere kicherte nervös.

»Ruhe!«, brüllte Becker.

Luftblasen entwichen aus den Deckaufbauten und glitten glucksend am Bootsrumpf empor. Die Druckveränderung zeigte sich an einem Geräusch, das wie Hammerschläge klang. Die Hülle knackte vernehmlich.

Becker dachte an die Risse im Bugminenschacht, die Werner, der Matrose, der sich die Hand verletzt hatte, mit einem Flicken notdürftig versiegelt hatte. Ob der Flicken halten würde? Er musste.

»Zwanzig Meter.«

Freitag rieb sich den angeschlagenen Ellenbogen. »Wenn er uns gesehen hat ... noch eine Minute ...«

Auch Becker rechnete fieberhaft. Sie mussten so rasch wie möglich die Tauchstelle verlassen – einen brodelnden Kochtopf voller Blasen, der den Abtauchort des Bootes anzeigte – und beten, dass die englischen Flieger sie nicht entdeckten.

»Hart Steuerbord!«

»Fünfundzwanzig Meter.«

Eine Hydraulikpumpe ächzte.

Bewegung entstand in der Zentrale. Franke und die beiden Japaner hatten sich in unmittelbarer Nähe zum Funkschapp postiert.

»Dreißig Meter.«

Becker warf einen Blick auf den Fernkompass. Die Nase der *U-233* hatte sich auf 350 Grad gedreht. »Das Ruder stützen! Gut so!«

Jäckel fuhr sich mit der Zunge über die trockenen Lippen. »Und?«

Becker wies mit dem Kinn auf den Mann am Horchgerät. »Er gibt Bescheid, wenn er Wasserbomben hört.«

»Vierzig Meter.«

»Keine Blasenbahnen mehr, LI.«

Das Boot war durchgependelt. Die Männer wechselten fragende Blicke mit ihren Kameraden und ließen ein wenig von der angestauten Anspannung entweichen.

Mit verschränkten Armen und geschlossenen Augen am Kartentisch lehnend bot Becker ein Bild der Ruhe. Er zwang sich, an Katia und ihr Schlafzimmer zu denken, das im Feuersturm Berlins ausgebrannt war. Sein Traum war ihm so wirklich vorgekommen, nicht verzerrt wie manche Träume. Die Erinnerung verfolgte ihn. Er sah sich mit Katia auf ihrer Hochzeit, in der kleinen Wohnung in Bremerhaven, er sah die Geburt Heddas, die Tage der Idylle, der Krieg so fern, bis die große Illusion des Führers an der Ostfront zu Staub zerfiel. Becker hatte stets dem Ungeheuer in Berlin die Schuld an Katias und Heddas Tod gegeben, aber auch dies war eine Illusion, die er nicht länger aufrechterhalten konnte. Alles, was er geliebt hatte, war zerstört worden, doch er konnte dafür niemanden verantwortlich machen als sich selbst.

»Meldung?«, sagte er ruhig, die Augen immer noch geschlossen.

»Nichts«, sagte der Horcher.

»Vielleicht haben sie uns ja nicht gesehen«, hoffte Jäckel.

Becker machte die Augen auf. »Und vielleicht kreisen sie genau über uns. Wir müssen abwarten.«

* * *

Eine Stunde nach Sonnenaufgang, nach einer sehr gründlichen Horchsuche, befahl Becker, auf Seerohrtiefe zu gehen. Er wusste, dass die charakteristische Form eines U-Bootes knapp unter der Oberfläche leicht aus der Luft zu erkennen war und dass sie kaum eine Chance hatten, dem Sperrfeuer zu entkommen, falls das englische Flugzeug noch über ihnen kreiste. Dennoch hatte Becker überlegt, dass die Tommys, wenn sie von einem U-Boot-Kontakt überzeugt wären, längst die entsprechende Meldung herausgegeben hätten. Und in dem Fall hätte der Horcher längst viele Schrauben gehört, die in ihre Richtung stampften.

Becker ergriff die Hebel des Seerohrs und wartete darauf, dass seine Spitze die Wasseroberfläche durchbrach. Der Leitende Ingenieur, aufmerksam Beckers Befehle befolgend, hatte das Boot im Griff und brachte es Zentimeter um Zentimeter nach oben ... stets bereit, schnell wieder abzutauchen.

»Tiefe halten«, dröhnte Beckers Stimme vom Turm herab.

Der Seerohrmotor summte, hielt. Halten, fahren, halten, fahren.

Unruhig schritt Jäckel unter dem Luksüll hin und her. Er knetete seinen Bauch und schien Schmerzen zu haben. Niemand schaute ihm in die Augen. Krampfhaft geballte Fäuste hielten sich an Streben und Rohren fest. Die Atmosphäre war zum Zerreißen gespannt. Der Seerohrmotor summte. Halten. Fahren.

Plötzlich wurde das Periskop wieder eingefahren. Einen Augenblick später erschienen Beckers Seestiefel auf den Leitersprossen.

»Entwarnung.«

Unterdrückter Jubel unter den Matrosen; rasch wurde die gute Nachricht im Boot weitergegeben.

Becker gab Befehle: Die *U-233* schwenkte wieder auf ihren ursprünglichen Kurs, der Leitende Ingenieur brachte sie runter und hielt sie auf fünfzig Meter Tiefe.

»Schöner Tag da oben, meine Herren.« Becker grinste und zeigte seine ebenmäßigen weißen Zähne. »Wolkenlos, ruhige See. Gutes Angelwetter. Zu schade, dass wir keine Zeit dafür haben.«

»Wohin jetzt?«, fragte Jäckel ungeduldig.

»Ich glaube, Major, dass wir jetzt ausbrechen werden. Und

danach suchen wir uns ein nettes, ruhiges Plätzchen mitten im Meer und reparieren unser Leck unter dem Sternenhimmel, wie gefällt Ihnen das?«

BROADWAY 54, LONDON, 24. MÄRZ

Mackenzie drückte einen Knopf auf seinem Schreibtisch. Das Licht über der Doppeltür seines Büros wechselte von Rot zu Grün, und herein spazierte der ehemalige Anwalt und jetzige britische Heeresmajor Reginald Gray von der Abteilung Spezialeinsätze des MI-6. Mackenzies Blick wurde sofort von der Akte angezogen, die Gray in der Hand hielt. Sie trug diagonale rote Streifen und die Aufschrift »Zugriff beschränkt – Nur für den Direktor bestimmt«.

Mackenzie legte seine Finger zeltartig aneinander und stützte die Ellenbogen auf die gepolsterten Armlehnen seines Stuhls. Er registrierte Grays zerknitterten Anzug, die ungekämmten Haare, das hohläugige Gesicht. Zu viele Tage in fensterlosen Räumen. Schlechtes Essen. Zu viele Einsätze zu initiieren, zu leiten und zu koordinieren, und ein jeder davon so kompliziert und risikobehaftet wie der, den Mackenzie Gray persönlich gegeben hatte – mit der Auflage, alles andere stehen und liegen zu lassen.

Gray verbeugte sich leicht. »Sir Stuart.«

»Major. Bitte nehmen Sie Platz.«

Gray setzte sich. Er räusperte sich und sagte: »Wir hatten ein paar Probleme, aber ich glaube, die Informationen, die wir gesammelt haben, sprechen für sich.«

Mackenzie löste seine Finger und schaute Gray aufmerksam an, während dieser die Akte aufschlug. Er machte Anstalten, sie dem Direktor zu reichen.

»Vielleicht, Major, teilen Sie es mir einfach mit?«

»Oh. Ja, natürlich.«

Mackenzie wartete, während Gray in den drei Seiten vor- und zurückblätterte, die in den Ordner geheftet waren. Wieder räusperte er sich und begann. »Die Zielperson verließ ihre Wohnung in Belgravia Punkt fünf Uhr.«

»Mit dem Wagen.«

»Ja. Fuhr selber.«

»Weiter.«

»Wir hatten drei Teams auf ihn angesetzt, und trotz der Tatsache, dass die Zielperson ihren eigenen Weg zurückverfolgte und Umwege fuhr, übergaben alle drei ohne Zwischenfall an Southwark, wo die Zielperson zur Christ Church auf der Westminster Bridge Road fuhr.« Gray schaute auf. »Kennen Sie diese Kirche, Sir?«

»Fahren Sie fort, Major.«

»Dort traf die Zielperson einen Mann, dem ein anderes unserer Teams von Bulwell Hall aus gefolgt war, dem Landsitz in Surry in der Nähe von Gatwick, der dem Herzog von Marley gehört – bereits seit Mitte des 17. Jahrhunderts in Familienbesitz, soweit ich weiß.«

Von draußen hörte Mackenzie das leise Rattern der Fernschreiber, das Klingeln der Telefone und dachte an das ausgedehnte Netz, das MI-6 normalerweise ausbreitete, um die Nazis zu bekämpfen – und das nun gebraucht wurde, um einen einzelnen Mann zu fangen, der ihnen den süßen Geschmack des Sieges verderben konnte.

»Und die Roten haben es vom alten Marley gemietet«, fuhr Mackenzie fort. »Da er ja mit den Roten sympathisiert. Sie benutzen es als eine Art Rückzugsort für ihr Botschaftspersonal. Und wir glauben, dass sie dort einen geheimen Radio-

Bursttransmitter installiert haben.« Er stellte sich die ausgedehnten Rasenflächen und architektonischen Gärten des Landsitzes vor – mittlerweile vielleicht ein wenig schäbig und mit Unkraut überwuchert, aber immer noch eindrucksvoll – und innen das Labyrinth der Zimmer, von denen eines vermutlich den Sender beherbergte ... nicht zu vergessen das Kutschenhaus auf der Rückseite des Herrenhauses: Dort führte der NKGB vermutlich Verhöre durch, die gewöhnlich damit endeten, dass Blut und Körperteile mit Wasserdruck durch die Abflussgitter der Stallböden gespült werden mussten ...

»Was passierte dann?«

Grays bleiche Hände flatterten wie aufgescheuchte Vögel zu seiner Akte zurück. »Wie ich schon sagte, Sir Stuart, wir hatten ein paar Probleme. Das dritte Team schickte einen Mitarbeiter in die Kirche, genauer gesagt eine unserer Agentinnen. Die Frau sah jedoch niemanden, die Kirche war leer. Sie blieb eine Weile dort, zündete ein paar geweihte Kerzen an, glaubte aus der Sakristei Stimmen zu hören, aber niemand kam heraus, und so zog sie sich wieder zurück. Die Zielperson tauchte eine Stunde später wieder auf und fuhr zurück nach Belgravia, der andere Mann nach Bulwell Hall.«

Mackenzie sah Gray lange an, als könne er nicht glauben, was dieser ihm erzählt hatte. »Verzeihen Sie bitte meine nächste Frage, Major, aber ich muss Sie das fragen ... Sie sind sicher, dass Sie sich nicht geirrt haben, will sagen, dass ...«

Gray legte seine Hände auf den Ordner, der auf seinem Schoß lag. »Durchaus sicher, Sir. Wir haben die Zielperson die ganze Zeit überwacht, haben ihn nicht einmal aus den Augen verloren. Er ist es, zweifellos.«

Mackenzie nickte langsam und traurig. Dann umklammerte er die Armlehnen und erhob sich. »Ich bin Ihnen zu Dank verpflichtet, Major. Ich weiß, wie viel Mühe meine Bitte Ihre Abteilung gekostet hat. Aber ich wusste, dass ich mich auf Sie verlassen konnte.«

Er kam um den Schreibtisch herum und schüttelte Gray die Hand. Dieser machte wieder eine leichte Verbeugung und verließ das Zimmer.

Mackenzie machte sich einen Pink Gin zurecht. Dann stand er lange Zeit am Fenster, schaute auf das Gewimmel auf dem Broadway hinab, bestaunte die vielen braunen, grauen und blauen Uniformen. Besonders und nicht ohne einen Stich der Eifersucht fielen ihm die stolzierenden Amerikaner mit ihrer lässigen, schulterklopfenden Art auf, so sicher in ihrem unsinnigen und dennoch unerschütterlichen Glauben, dass die Welt nach dem Ende des Krieges wieder zur Normalität zurückkehren würde. Dennoch hatte er inzwischen entdeckt, dass die Amerikaner nicht so simpel gestrickt waren, wie sie zu sein schienen: Unter ihrem unbekümmerten Äußeren waren sie so kaltblütig wie alle anderen, so kalt wie die Nazis. Und kaltblütige Entschlossenheit war das, was die Alliierten brauchten, um den Sieg zu erringen, der durch Kondor ernstlich gefährdet wurde. Und schlimmer noch: Wenn die Sowjets die Ladung kidnappten, dann würde niemals wieder Normalität einkehren.

Soho, London, 24. März

Rita, barfuß, immer noch in ihrem blassblauen Umhang, steckte den Kopf ins Zimmer. »Er ist da. Beeilt euch, er wartet nicht lange.«

»Wir kommen ja schon.« Suwerow half Tatjana in den Mantel, dann schaute er sich ein letztes Mal im Zimmer um, ob er auch nichts vergessen hatte.

Er stürzte den letzten Rest starken türkischen Mokkas hinunter und stopfte einen Beutel mit Brot, Käse und kaltem Schweinefleisch in seine Manteltasche. In der anderen steckte eine 9-mm-Makarow und ein geladenes Reservemagazin.

Rita scheuchte sie zur Tür. »Geht jetzt. Es wird bald hell. Ihr wisst doch jetzt, wie ihr Quin findet. Was braucht ihr noch?«

Tatjana sah krank und gebrechlich aus. Sie stand mitten im Zimmer schwankend auf den Beinen und ließ den Kopf hängen, als wollte sie im nächsten Moment in Tränen ausbrechen. Sie trug eine Männercordhose, kniehohe Watstiefel und dicke Socken, und unter dem Mantel ein Drillich-Arbeitshemd, das bis zum Kinn zugeknöpft war. Mit ihren kurzgeschnittenen Haaren unter dem Schlapphut konnte sie für einen halbwüchsigen Jungen durchgehen.

»Du bist für uns ein furchtbares Risiko eingegangen.« Tatjana hielt Ritas Hände, während sie sich mühte, Worte des Dankes zu finden. »Wie kann ich dir nur danken?«

»Brauchst du nicht, Kleines. Wir müssen einander doch helfen. Stalin und seine Henker haben uns in Russland abgeschlachtet, und sie werden es auch hier tun, wenn wir's zulassen. Jedes Leben, das wir retten, wird zum Aufbau eines neuen Vaterlandes beitragen, das wir eines Tages erben.«

»Aber ich kann doch nicht einfach so fortgehen! Ich schulde dir mein Leben.«

Rita streichelte Tatjanas Wange. »Du schuldest mir gar nichts. Im Gegensatz zu Alexi Petrowitsch. *Er* hat dir das Leben gerettet. Aber der Krieg ist fast vorbei, und das Leben fängt wieder an. Eines Tages wirst du zu mir kommen, und wir werden Wodka trinken und zusammen weinen. Ich werde hier sein und dich erwarten.«

Tatjanas wurde es leichter ums Herz. Sie lächelte und umarmte Rita.

Suwerow schob sie Richtung Tür. »Wir müssen los.«

Rita gab Suwerow einen flüchtigen Kuss. »Du warst mein Liebster. Ich werde dich nie vergessen«, sagte sie ihm ins Ohr.

Hinter dem Goldenen Lotus fand Suwerow neben dem Hillman einen Vorkriegslastwagen, an dessen Steuer ein finster blickender Mann mit Hängebacken saß. Er spie einen Schleimklumpen aus dem Fenster. »Macht mal 'n bisschen voran, oder ihr müsst zu Fuß gehen«, sagte er auf Russisch. Dann trat er auf den Anlasser, und der Flathead-Motor des Vehikels kam tuckernd auf Touren.

Mit warm zugedeckten Armen und Beinen saß Tatjana zwischen Suwerow und dem Fahrer, der nach Schweiß roch und eine säuerliche Alkoholfahne hatte. Krachend legte er den Rückwärtsgang ein, setzte aus der Gasse heraus, berührte beim Schalten mit dem langen Hebel Tatjanas rechtes Knie und erreichte unter Ausstoß einer mächtigen blauen Auspuffwolke die Straße.

»Die Frau, hat sie euch gesagt, dass ich euch bloß bis Birmingham mitnehme?«

Suwerow steckte sich eine Zigarette an. Er nickte.

»Ich bin Boris.«

»Alexi. Das ist Nicolai – Nikki.«

Boris grunzte. Einen Moment später sagte er unvermittelt: »Kartoffeln.«

»Was?«

Boris wies mit dem Daumen über die Schulter auf die leere Ladefläche. »Ich hol jeden Tag Kartoffeln aus Birmingham, für den Markt in Soho.« Wieder spuckte er aus dem Fenster. »Wohin wollt ihr?«

Der Laster holperte über die schlechten Straßen; seine losen Bodenplatten und der Unterboden klapperten und ächzten.

»Nach Norden«, antwortete Suwerow ausweichend.

Boris, dessen pockennarbiges Gesicht im schwachen Licht des Tachos gespenstisch aussah, schielte auf Tatjana. »Nikki ist dein Freund?«

»Mein Cousin.«

»Na klar.«

Boris beugte sich über das riesige, waagerechte Steuerrad des Lastwagens. Suwerow behielt den geborstenen Seitenspiegel im Auge und achtete auf mögliche Verfolger. Keiner sagte mehr ein Wort. London blieb hinter ihnen zurück, während die Dämmerung feucht und grau aufzog. Hinter Aylesbury begann es zu regnen. Tatjana döste an Suwerows Schulter.

Das ländliche England, fiel Suwerow auf, war vom Krieg so gut wie unberührt geblieben. Sie passierten Dörfer und Höfe, wo sich seit der Herrschaft der Tudors scheinbar nichts verändert hatte. Die Menschen hier wirkten munterer und weniger schäbig als in London. Irgendwann zog ein schier endloser Konvoi britischer Armeefahrzeuge voller sorgloser Tommys an ihnen vorbei in die Gegenrichtung. Als sie durch Wendelbury ratterten, hätte Boris fast einen Hund überfahren. Die kreischenden Bremsen weckten Tatjana. Suwerow streckte schützend einen Arm vor sie, damit sie nicht gegen die Windschutzscheibe prallte. Danach blieb Tatjana wach und versuchte, nicht mit Boris' Ellenbogen in Berührung zu kommen, wenn dieser das Lenkrad drehte.

Nördlich von Banbury ließ der Regen nach. Boris verlangsamte die Fahrt und lenkte den Laster in eine schlammige Parkbucht neben einem Bach. Er stellte den Motor ab.

»Warum halten wir?«, fragte Suwerow.

»Muss pissen.« Er versetzte Tatjana einen Rippenstoß. »Du vielleicht auch, Nikki?«

Boris kletterte aus der Fahrerkabine und quetschte sich an der Seite des Vehikels entlang. Suwerow, der Boris im Seitenspiegel beobachtete, sah, wie er den Hosenschlitz öffnete und einen glitzernden Strahl dampfenden Urins in die Sträucher am Bachufer schoss.

»Warte hier.«

Er begab sich nach draußen zu Boris. »Mein Cousin ist sehr schüchtern. Er müsste schon, möchte aber dabei unbeobachtet sein.«

»Na klar, sag ihm, ich guck ihm schon nicht den Schniedel ab«, witzelte Boris, während er sich trockenschüttelte, dass seine Hängebacken erzitterten. »Kann ja da unten am Bach zwischen die Bäume gehn, da sieht ihn keiner. Aber sag ihm, er soll sich beeilen. Ich hab nicht den ganzen Tag Zeit.«

Boris flickte am Kühlergrill herum, der sich gelockert hatte. Suwerow rauchte und wartete auf Tatjana. Er beobachtete das Wäldchen, in dem sie verschwunden war, konnte sie jedoch nicht sehen. Seine Nerven lagen allmählich blank, weil er sich sorgte, ob Weroschilow und Putin sie finden würden oder nicht. Er glaubte zuversichtlich, dass die beiden NKGB-Agenten erst nach Ablauf von zwei Tagen merken würden, dass er sie hereingelegt hatte. Er stellte sich vor, wie Weroschilow im Keller der ausgebombten Fabrik herumstocherte, weil er Tatjanas Leiche dort vermutete. Wenn er sie nicht fand, würden er und Putin sich auf ihre Spur heften, aber bis dahin wäre er längst mit Tatjana in Irland. Suwerow zog auch in Erwägung, dass Weroschilow und Putin seine Spur zu Rita verfolgen konnten, aber diese Gefahr war gering, denn er hatte nie von ihr erzählt. Zumindest nicht in der Botschaft. Und Rita würde den Mund halten. Die Emigranten waren immer vorsichtig, sie trauten niemandem. Die meisten Sorgen machte er sich jedoch wegen Tatjana, denn die Droge, die er ihr gegeben hatte, machte sie schwach und krank, und Suwerow wollte, dass sie wieder so war, wie er sie kannte: gesund und stark. Er wollte sie glücklich machen und mit ihr fortgehen, irgendwohin, und er wollte, dass sie wieder ein Leben hatte und ihre Tochter zurückbekam. Er wusste zwar nicht, wie er das anstellen sollte, aber versuchen wollte er es auf jeden Fall.

Suwerow roch Boris, bevor er ihn hörte. Langsam wandte er den Blick von dem Wäldchen ab und sah Boris nicht weiter als Armeslänge von sich entfernt stehen. Seine Augen wirkten wie kleine helle Lichtpunkte, die auf Suwerows Gesicht geheftet waren.

»Weiter fahrt ihr nicht.«

Suwerow hielt Boris' Blick fest und zwang sich zur Ruhe. »Du wurdest bezahlt, um uns bis Birmingham zu bringen.«

Boris stieß seinen großen, struppigen Kopf vor. Seine Hängebacken zitterten. Er war sehr erregt, und sein pockennarbiges Gesicht war fleckig geworden. »Ja, aber da gibt es ein kleines Problem. Es wird mehr kosten. Verstehst du?«

Suwerow sah rasch zu dem Wäldchen, dann wieder zu Boris. Tatjana war immer noch nicht wieder aufgetaucht. »Nein, das verstehe ich nicht.«

»Du wirst mehr bezahlen, oder ...«, ein Ausbeinmesser blitzte in Boris' Hand auf, »... ich liefer dich und das Mädchen der englischen Armee aus.«

»Das Mädchen? Ich hab dir doch gesagt, er heißt Nikki ...«

Boris ging mit der Messerspitze auf Suwerow los und schnitt mit einem heftigen Aufwärtsschwung durch den dicken Stoff seines Mantels. »Verarsch mich nicht!«

Suwerow spürte Boris' Unsicherheit, seine schwache Selbstbeherrschung. Die Hand mit dem Messer zitterte, und er wollte den Mann nicht noch mehr provozieren.

»Ich dachte«, sagte er in bemüht neutralem Ton, »dass wir auf derselben Seite stehen. Wir beide lieben Mütterchen Russland ...«

»Halt's Maul!« Übel riechende Speicheltröpfchen trafen Suwerow ins Gesicht. »Ich weiß, dass der NKGB nach euch sucht. Vielleicht sollte ich euch *dem* ausliefern. Und jetzt zahl schon, sonst ...«

»Boris ...«

Er fuhr herum. Tatjana stand an der Hinterachse des Lastwagens. Boris drehte sich wieder um und wollte sich auf Suwerow stürzen, als ihn ein Schuss aus dessen Makarow in den Hals traf.

Eine Blutfontäne schoss aus der klaffenden Wunde in der Halsschlagader. Boris schaute zuerst überrascht, dann erschreckt. Er griff sich mit der Hand an den Hals, vermochte jedoch nicht das Blut zu stoppen, das zwischen seinen dicken Fingern hindurchsprudelte. Er gab unverständliche Laute von sich, ließ das Messer fallen und sackte langsam an einem der schlammbespritzten Räder des Lasters zusammen. Suwerow schoss ihm in die Stirn.

Regen trommelte auf das Fahrerhaus und die dampfende Motorhaube. Suwerow schaute Tatjana an, die den toten Boris betrachtete, der in seinem Blut lag.

»Er wollte mehr Geld.«

»Das habe ich gehört.«

Suwerow hob die Schultern. »Was hätte ich tun sollen?«

»Du hast getan, was du tun musstest.« Sie sah ihn ernst an. »Und jetzt müssen wir ihn loswerden.«

* * *

»O Gott, o Gott!«, kreischte Rita, bis eine rohe Hand ihr den Mund verschloss.

»Schhhh«, machte Weroschilow sanft, als tröstete er ein verängstigtes Kind. »Deine Nachbarn müssen ja glauben, dass du nicht magst, was deine Kunden mit dir machen.«

Er war aufs Bett geklettert und hatte sich rittlings auf sie gesetzt. Rita lag nackt auf dem Rücken, Hände und Füße an die Bettpfosten gefesselt. Er hatte ihre Brüste malträtiert, bis die Nippel verfärbt und angeschwollen waren, dann, als sie immer noch nicht reden wollte, hatte er ihren roten Schopf gepackt und so kräftig gezogen, dass er eine Hand voll Haare mit der Wurzel ausriss.

»Jetzt nehme ich meine Hand von deinem Mund. Und du wirst nicht schreien, sondern mir sagen, was ich wissen will.«

Rita biss sich so fest in die Unterlippe, dass sie zu bluten begann.

Schwitzend und keuchend schaute Weroschilow zu Putin, der an der Tür stand. Erbitterte schüttelte er den Kopf.

»Noch einmal: Wo sind Suwerow und die Frau?«

»Ich weiß es nicht«, krächzte Rita.

Weroschilow seufzte. »Warum zwingst du mich, dir so etwas Hässliches anzutun? Du musst mir doch nur sagen, wohin sie geflüchtet sind. Ich weiß, dass sie hier gewesen sind, ich hab sein Auto hinter dem Club gesehen. Ich weiß, dass du Suwerow und dem Mädchen zur Flucht verholfen hast. Wir alle wissen über dich und Suwerow Bescheid. Wir wissen, wie oft er herkam, um dich zu ficken. Es ist also nur natürlich, dass er auch kam, als er Hilfe brauchte. Und jetzt kannst du *uns* helfen. Ich frage dich ein letztes Mal: Wo sind Suwerow und das Mädchen. *Sag es!*«

Rita bewegte die Lippen. Weroschilow beugte sich vor und vernahm: »Ich weiß nichts.«

Er schlug sie mit den Fäusten, bis Putin dazwischenging. Erschöpft kletterte Weroschilow von dem blut- und uringetränkten Bett herunter und atmete tief ein und aus, um sich wieder zu beruhigen. Die Frau war schwerer zu knacken, als er gedacht hatte. Doch er hatte sein Handwerk in den Kellerräumen der Lubjanka gelernt und wusste, wann rauere Methoden angebracht waren.

»Knebele sie«, sagte Weroschilow zu Putin. Dann sah er sich nach einer Steckdose um.

Westlich der Äusseren Hebriden, 25. März

Becker rieb sich wohlig den Bauch. Würstchen mit Sauerkraut, sein Leibgericht. Er gierte nach einer Zigarette, doch mit dem Rauchen würde er warten müssen, bis es vollkommen dunkel war. Erst dann konnten sie auftauchen. Er sah den beiden Japanern zu, die ihre Teller leer machten, den Sauerkrautsaft mit schimmeligen Brot auftunkten, Lippen und Finger ableckten, während sie sich auf Japanisch unterhielten. Er richtete den Blick auf Jäckel. Der schien nervös zu sein, zerstreut. Franke ebenfalls. Schließlich entschuldigte sich der Hauptmann und ging in seine Kabine, um Tagebucheintragungen zu machen, wie er sagte.

Becker war fast in Feierlaune, nun, da die Gefahr durch den

U-Jagd-Verband vorüber war. Ein Ausweichmanöver nach Süden vom Cape Wrath zur Spitze der Äußeren Hebriden, und die *U-233* hatte den Feind weit im Osten hinter sich gelassen. Und jede weitere Stunde legte weitere Kilometer – und Sicherheit – zwischen das Boot und seine Verfolger. Becker hatte es Jäckel und Franke erläutert, dann hatte er einen fast genau nach Süden führenden Kurs festgelegt. Bald würde der Leitende Ingenieur Meldung machen, dass die Arbeitsgruppe bereit war, sich nach Auftauchen des Bootes wieder an den widerspenstigen Lukdeckel zu machen. Das Wetter war ruhig und die Nacht mondlos, mithin perfekte Bedingungen für Arbeiten auf dem Oberdeck.

»Sie sollten lernen, sich zu entspannen, Major. Nehmen Sie sich nur ein Beispiel an unseren japanischen Freunden. Nun sind wir endlich auf dem Weg nach Penang. In einer Woche oder spätestens in zehn Tagen wird auch das Klima wärmer.«

Jäckel schob seine Kaffeetasse beiseite. »Ich bin gerade nicht in der Stimmung für ein Sonnenbad, Becker. Zumindest jetzt noch nicht. Wir haben noch einen langen Weg vor uns, auf dem alles Mögliche passieren kann. Ich teile Ihren Optimismus nicht.«

Becker streckte die Beine aus und seufzte. »In meiner Branche zahlt es sich aus, Optimist zu sein. Da stimmen Sie mir doch zu? Ein paarmal war's schon verflucht knapp, aber wir sind immer noch heil.«

Jäckel bedachte ihn mit einem finsteren Blick. »Und die Minenschächte? Sind Sie in dieser Hinsicht auch so optimistisch gestimmt?«

»Damit wird der LI schon fertig.«

Jäckel stand auf. Er runzelte die Stirn. »Ich hoffe, dass Sie recht haben …«

Rotteck steckte seinen Kopf zur Tür herein. »Kapitän?«

Becker wusste, was seinem Navigationsoffizier Sorge bereitete. »Werner?«

»Seine Hand sieht schlimm aus.«

Beckers Blick wanderte zu Jäckel, der sagte: »Na, dann seien Sie doch mal optimistisch!«

Er setzte seine Schirmmütze auf und begab sich mit Rotteck ins Mannschaftsquartier, das achtern vom Bugminenraum lag.

Maschinenmaat Werner sah schlecht aus. Becker spürte die fiebrige Hitze, die von der Haut des Mannes ausstrahlte. Seine Hand sah aus wie ein schwarzer Handschuh, auf doppelte Größe angeschwollen. Ein widerlicher Verwesungsgestank stieg von ihr auf.

»Es fing heute gegen Mittag an«, berichtete Rotteck. »Ich habe ihm Sulfonamide gegeben, aber ich glaube nicht, dass sie helfen.« Er schlug die Decke zurück, damit Becker Werners Arm begutachten konnte. Er war bis zur Schulter angeschwollen und hatte eine hässliche grüne Farbe.

»Wundbrand?«

»Ich denke ja, Kapitän.« Rotteck senkte die Stimme. »Er stirbt, wenn wir nicht ...«

»Wenn wir nicht was?«

Rotteck verzog das Gesicht. »Seinen Arm amputieren.«

Becker nickte. »Kann er uns hören?«

»Ich glaube nicht, er hat hohes Fieber und phantasiert.«

Becker beugte sich über den Verletzten. »Werner. Hier ist der Käpt'n. Können Sie mich verstehen?«

Die Lider des Mannes flatterten, aber Werner bewegte sich nicht.

Vor der Kabine fragte Becker: »Können Sie den Arm amputieren?«

Rotteck zuckte zusammen. »Kapitän, ich bin hauptamtlicher Navigator, Sanitäter bin ich nur im Nebenberuf. Ich kann Pillen gegen Kopfschmerzen ausgeben, eine Wunde verbinden, den Schwanz eines Matrosen mit Insektizid einpinseln, um ihm die Sackratten zu vertreiben, aber ich bin kein Arzt. Von Chirurgie habe ich keine Ahnung. Er könnte bei dem Eingriff sterben!«

»Aber wenn Sie ihm nicht den Arm abnehmen, stirbt er doch ohnehin, nicht?«

»Herr Kapitän ... bitte, ich bin kein Arzt!«

Becker stach Rotteck mit dem Finger in die Brust. »Stirbt er dann, oder stirbt er nicht?«

Rotteck überlegte. »Doch, dann stirbt er gewiss.«

»Sie haben doch medizinische Bücher an Bord?«

»Ja.«

»Gut. Sie können die Operation in der Offiziersmesse vornehmen. Wenn Sie in Ihren Büchern nachgesehen haben und wissen, wie es zu machen ist, nehmen Sie Werner den Arm ab.«

Becker begab sich wieder in die Offiziersmesse, während Rotteck zurückblieb und gegen eine Welle von Übelkeit ankämpfte.

* * *

»Ich hab das mit Werner gehört«, sagte der Leitende Ingenieur. »Kann Rotteck ihn operieren?«

»Das ist keine Frage des Könnens«, entgegnete Becker. »Er muss.«

»Schwierig.«

Becker sah plötzlich erschöpft aus. »Nicht so schwierig wie

das, was Sie auf dem Oberdeck erledigen müssen. Sind Sie bereit?«

»Jawohl, Herr Kaleun. Die Männer wissen, was sie zu tun haben.«

»Wie lange werden Sie brauchen?«

»Das weiß ich nicht. Ich hoffe, wir sind bei Tagesanbruch fertig. Wir haben's ja geschafft, das obere Luk eine Hand breit aufzustemmen, als wir vor den Orkneys lagen. Hätten wir eine Stunde länger Zeit gehabt, hätten wir's vielleicht ganz aufgekriegt.«

Becker fuhr sich mit der Hand übers Gesicht. »Sie wissen, dass ich für nichts garantieren kann.«

Der Leitende Ingenieur winkte ab. »Natürlich nicht, Kapitän. Wir müssen das Risiko eingehen. Falls Sie tauchen müssen … dann wissen wir, dass Sie zurückkommen, um uns zu bergen.« Er lachte leise, aber beide wussten, dass dies wahrscheinlich nicht möglich war.

»Also gut, LI, wir tauchen in zwanzig Minuten auf. Bereitmachen!«

»Aye, Kapitän.« Der Leitende Ingenieur wandte sich zum Gehen, dann drehte er sich noch einmal um. »Bestellen Sie Rotteck, dass ich ihm Glück wünsche.«

Becker gab Weisung, dass die Offiziersmesse für die Operation vorbereitet werden sollte.

* * *

Jäckel und Franke versuchten, einander in ihrer engen Kabine nicht auf die Zehen zu treten. Franke machte Jäckel Platz, damit dieser sich auf alle Hände und Knie niederlassen konnte, um einen unförmigen Seesack unter der unteren Koje hervorzuziehen, die an Ketten von einem Spant herabhing. Er hievte den schweren Sack auf die Koje und keuchte mit zusammengebissenen Zähnen.

Franke schwieg, doch seine besorgte Miene schien zu fragen: »Alles in Ordnung?«

Jäckel nickte und atmete ein paarmal tief durch. Er schaute über die Schulter, um sich zu vergewissern, dass der grüne Vorhang, der die Privatsphäre in der Kabine garantierte, zugezogen war. Außerdem hatte sich Franke vor die Tür zum Gang gestellt.

Jäckel löste die Schnallen des Seesacks und schnürte die Gurte auf, dann öffnete er eine große Längsklappe. Er zog zwei Walther-P-38-Pistolen und zwei Schmeisser-MP-40-Maschinenpistolen aus dem Sack, reichte Franke eine P-38 und Reservemagazine für beide Waffen. Dann klappte er die Schulterstützen an den Schmeisser-Pistolen aus und legte in jede Waffe ein Magazin ein. Er vergewisserte sich, dass sie fest saßen, strich leicht über die Abzüge der Waffen, um eine Kugel ins Patronenlager zu laden, spannte dann die Sicherungshebel. Zufrieden bedeckte er die Waffen mit einer Decke, dann stopfte er den Seesack wieder unter die Koje und schob ihn mit dem Fuß nach hinten.

Er sprach nun Russisch, mit gesenkter Stimme. »Denk dran, ein Fehler, und wir sind tot. Es muss schnell gehen. Und es muss sofort geschehen, bevor sie Werner operieren, und bevor sie versuchen, den Minenschacht zu öffnen. Und egal, was passiert, Becker darf nicht getötet werden. Die anderen sind entbehrlich. Wenn Becker dich per Lautsprecher zu sich beordert, dann musst du schnell sein. Keiner wird fragen, was unter dieser Decke ist. Sie erwarten ja keine Gefahr, deshalb ist das Überraschungsmoment unser Vorteil.«

Jäckel stopfte eine P-38 in den Taillenbund seiner Hose und bedeckte sie mit dem Hemd.

Nun war Franke derjenige, der nach Luft schnappte. »Viel Glück«, flüsterte er auf Russisch.

* * *

Jäckel fand Becker in der Zentrale, wo er sich mit Freitag über die Seekarte beugte. Der Major wedelte mit einem Papier. »Becker, ich muss ganz dringend mit Ihnen hierüber reden.«

»Das wäre dann alles, Freitag.« Becker bedeckte die Karte wieder mit der Zelluloidplatte. »Major, Sie haben meine ungeteilte Aufmerksamkeit.«

»Ich muss Sie allein sprechen. Bitte begleiten Sie mich in die Messe.«

»Die ist für die nächsten Stunden gesperrt.«

»Aber dieses Dokument wird Sie interessieren«, beharrte Jäckel. Er machte eine Kopfbewegung in Richtung Offiziersmesse. »Kommen Sie.«

Becker erhob sich. »Na schön.« Zu Freitag sagte er: »Weitermachen. Ich bin in einer Minute wieder da.«

Becker scheuchte die Backschafter aus der Messe, die den Tisch mit Bleiche und das Deck mit Scheuerpulver und Karbolseife sauber scheuerten. »Was in aller Welt ist denn so wichtig, Major, dass …«, begann er – und starrte in den Lauf einer Walther P-38.

Jäckel machte eine Bewegung mit der Pistole. »Setzen.« Seine Stimme hatte sich verändert. Sie klang schneidender als zuvor.

»Soll das ein Witz sein …«

»Ich sagte, Sie sollen sich setzen.«

Becker tat wie befohlen. Jäckel blieb stehen, die Walther unverwandt auf Beckers Kopf gerichtet.

Dem ging allmählich ein Licht auf. Die späte Ankunft Jäckels und Frankes in Kiel ... »Sind Sie verrückt geworden, Jäckel?«

»Mein Name ist nicht Jäckel. Ich heiße Iwan Karpenko und bin Major des NKGB.« Alle Farbe wich aus Beckers Gesicht. »Der Mann, den Sie unter dem Namen Franke kennen, ist Hauptmann Andre Petrow, ebenfalls NKGB. Aber unsere Namen müssen Sie nicht interessieren. Von Interesse für Sie ist nur, dass wir das Kommando über Ihr Boot übernehmen.« Er schob Becker das Papier zu. »Dies sind die Koordinaten für die Begegnung.«

»Begegnung? Welche Begegnung?«

Mit wachsendem Unglauben las Becker den Zeitplan für die Begegnung der *U-233* mit dem sowjetischen U-Begleitschiff *Isar*. Dann warf er das Papier auf den Tisch.

»Sie sind wahnsinnig, Jäckel, Karpenko, oder wie auch immer Sie heißen. Den Kurs ändern, zulassen, dass Sie mein Boot entführen, die Behälter entladen – all das werde ich gewiss nicht tun!«

Karpenko seufzte schwer. »Doch, das werden Sie, Becker. Denn wenn Sie es nicht tun, werden Petrow und ich Ihre Besatzung töten, einen Mann nach dem anderen. Habe ich mich verständlich ausgedrückt?«

Becker starrte den Russen an. »Selbst wenn ich es befehle, werden meine Männer Ihnen nicht gehorchen.«

»Das werden wir ja sehen.« Mit einer Hand angelte Karpenko das Sprachrohr für die Sprechanlage vom Haken. »Sie rufen jetzt unverzüglich Hauptmann Franke her.«

Becker zögerte.

»Tun Sie's – oder ich erschieße einen Ihrer Männer!«

Einen Moment später erschien Petrow, der Mannschaft immer noch unter dem Namen Franke bekannt, in der Messe. Unter dem Arm trug er etwas, das in eine Decke gewickelt war.

»Du hattest recht, Iwan«, sagte er auf Russisch. »Keiner hat auf mich geachtet. Ich hätte nackt und mit gezückter Waffe durch die Zentrale spazieren können.« Damit enthüllte er die beiden MP-40, reichte eine der Waffen Karpenko und postierte sich vor dem Vorhang.

»Und nun, Becker«, sagte Karpenko, »werden Sie den Befehl zum Auftauchen rückgängig machen und Freitag herzitieren.«

Noch bevor Becker das Sprachrohr auf den Haken gehängt hatte, schob Freitag den Vorhang zur Messe beiseite und blinzelte verwirrt, als er die Szene erblickte.

Petrow rammte Freitag den Lauf seiner MP-40 in den Magen. »Setzen Sie sich neben Becker.«

»Kapitän, was geht hier vor ...?«

»Tun Sie einfach, was er sagt.«

»Sehr gut, Becker«, lobte Karpenko. »Nun kümmern wir uns um die Organisation. Sie werden jetzt Ihrer Besatzung mitteilen, dass ich das Kommando über die *U-233* übernehme und dass alle Männer außer den Wachgängern sich bis auf Weiteres in ihren Kojen aufhalten sollen. Dann werden Sie Ihre Offiziere anweisen, sich in der Zentrale zu versammeln.«

Freitag sprang auf. »Kapitän, das können Sie doch nicht –«

Petrow rammte Freitag die ausklappbare Schulterstütze seiner Waffe in die Kehle. Freitag gab einen grässlichen Laut von sich, griff sich an die Kehle und klappte zusammen.

Becker wollte ihn auffangen, aber Karpenko richtete seine Schmeisser genau zwischen Beckers Augen. »Geben Sie den Befehl!«

Beckers Ankündigung rief im ganzen Boot Schreie der Überraschung und des Unglaubens hervor. Dann hörte man vor der Messe viele scharrende Füße, als die unterdrückt fluchenden Männer sich in Bug- und Achterquartiere begaben.

»Wo sind die Schlüssel zum Schrank mit den Handwaffen?«, wollte Karpenko wissen.

»Die hat Cremer«, erwiderte Becker. Seine Aufmerksamkeit galt Freitag, der auf allen vieren hockte und nach Luft rang.

»Wer sonst hat einen Schlüssel?«

»Niemand.«

»Niemand?« Karpenko warf Petrow einen Blick zu. Petrow trat Freitag in die Schläfe und schickte ihn vollends zu Boden. »Verstehen Sie, Becker? Er wird ihn töten, wenn Sie mir nicht sagen, wer noch einen Schlüssel hat.«

»Der Leitende Ingenieur.«

»Natürlich. Nun werden wir mit Ihren Offizieren eine Besprechung in der Zentrale abhalten. Wenn irgendeiner von Ihnen auf dumme Gedanken kommt, werde ich alle töten. Verstanden?«

Becker nickte.

»Es freut mich, dass Sie als guter Deutscher Befehle zu befolgen wissen.«

Petrow zerrte Freitag auf die Füße. Er prüfte, ob der Gang frei war, dann stieß er seine Gefangenen, Becker voran, aus der Messe und in die Zentrale, wo Cremer, Rotteck und der Leitende Ingenieur sie bereits entgeistert erwarteten. Die Wachhabenden auf Gefechtsstation gafften und glitten rasch beiseite, als sie Karpenko und Petrow erblickten, die ihre Maschinenpistolen drohend hin und her schwenkten.

»Was zum Teufel soll das bedeuten ...?«, rief der Leitende Ingenieur.

Der Lauf einer Schmeisser traf ihn am Kopf und schickte ihn taumelnd gegen die Seerohraufbauten. Er fiel auf die Knie. Als er versuchte aufzustehen, stand Karpenko schon über ihm und drückte ihm den Lauf der P-38 ins Ohr. »Geben Sie mir die Schlüssel zum Handwaffenschrank.«

Der Leitende Ingenieur, der aus einer grässlichen Schnittwunde an der Wange blutete, löste einen Schlüsselring vom Gürtel und reichte ihn Karpenko.

»Und jetzt Ihren, Cremer.«

Karpenko gab beide Schlüsselsets Petrow und sagte auf Russisch: »Wenn du im Schrank Hand- und Fußschellen findest, dann fessele die beiden damit.« Er zeigte auf den Leitenden Ingenieur und auf Rotteck.

»Russen ...!« Mit wutverzerrtem, blutigem Gesicht kam der Leitende Ingenieur auf die Beine.

»Ja«, sagte Becker. »Sie haben das Boot übernommen und wollen auf hoher See eines ihrer U-Begleitschiffe treffen, das dann die Behälter übernimmt.«

»Wie zum Teufel haben sie es geschafft, an Bord zu kommen?«

Becker starrte Karpenko an. »Haben die echten Jäckel und Franke getötet, könnte ich mir denken. Deren Identität angenommen. Stimmt's? Sie sind Topgeheimagenten im verdeckten Einsatz. Sind vielleicht extra für diese Mission mit dem Fallschirm abgesprungen. Na, lieg ich richtig, Karpenko?«

Der Russe schwenkte seine Waffe auf Becker. »Genug! Folgendes: Wie viele Sprengpatronen für eine Selbstzerstörung sind an Bord, und wo befinden sie sich?«

Niemand gab Antwort.

Karpenkos Gesicht verzerrte sich. Er fing den erschrockenen Blick des jungen Matrosen am Hydraulikblock auf. Karpenko packte ihn, warf ihn gegen den Block und drückte ihm den Lauf der Schmeisser in den Magen. Es war Thomsen, Beckers Fahrer.

»Genug der Höflichkeiten! Entweder Sie beantworten jetzt meine Frage, oder das Hirn dieses Jungen wird auf dem ganzen Deck verteilt.«

»Drei«, sagte Becker. »Eine in der vorderen Batterie, eine im Pumpenraum unter unseren Füßen und noch eine im Dieselraum.«

»Wer kann sie entschärfen?«

»Sagen Sie es ihm.«

Der Leitende Ingenieur hob die Hand.

»Gut. Jetzt zum Funkraum. Wo bewahren Sie die Ersatzröhren und -teile für die Funkanlage auf?«

»Im Schrank für die Handwaffen«, erwiderte Becker.

»Aha.«

Die Schmeisser unverwandt auf Thomsen gerichtet sagte Karpenko zu den anderen: »Alle legen sich jetzt mit dem Gesicht nach unten auf den Boden und bleiben so, bis ich Ihnen erlaube aufzustehen –«

»*Nan desu-ka* – was ist hier los?«

Petrow wirbelte herum und sah Hauptmann Ito im Schottrahmen stehen. Der Japaner sah äußerst verblüfft aus, und ein ebenso erstaunter Leutnant Sawada schaute ihm über die Schulter.

»Zurück ...!«, herrschte Karpenko die beiden an.

Cremer stürzte sich auf Petrow und drückte ihn gegen scharfkantige Maschinenteile. Wütend trat Karpenko einmal mit seinem Stiefel gegen Thomsens Brust, dann zog er sich zum Kartentisch zurück, die Maschinenpistole auf Becker und die anderen gerichtet.

»Runter – alle!«

Eine ohrenbetäubende Explosion und ein blendender Blitz erfüllten die enge Zentrale. Kugeln aus Petrows MP-40 bohrten sich in Cremers Bauch. Weitere Kugeln prallten von Rohren und Vorsprüngen ab, zersplitterten die Glasabdeckungen von Messgeräten. Zwei rote Flecken breiteten sich auf dem Rücken des Matrosen aus, der das vordere Tiefenruder steuerte. Er schrie auf, prallte gegen seinen Steuerstand, sackte zu Boden.

Ohne eine sichere Hand am Steuer tauchte die Nase der *U-233* ruckartig nach unten. Instinktiv brüllte Becker Befehle, und der verletzte Leitende Ingenieur griff in das unbeaufsichtigte Steuerrad und drehte es mit aller Kraft, um das trudelnde Boot wieder auszupendeln.

Petrow drehte sich auf dem Absatz um und sah Matrosen, die, vom Lärm der Schießerei aufgeschreckt, in den Gang gekommen waren. Er sprang über die liegenden Ito und Sawada hinweg und feuerte eine Salve in den Gang, schlug dann das Schott zu und verriegelte es. Die Schießerei hatte auch die Männer in der vorderen Abteilung aufgeschreckt. Eine zweite Salve aus Petrows Schmeisser zwang sie, rasch in Deckung zu gehen.

Dann war es vorbei. Becker hörte Männer schreien. Cremer lag auf den Flurplatten wie ein Haufen achtlos fortgeworfener, blutdurchtränkter Lumpen. Ohne zu überlegen, stürzte er sich auf Karpenko. »Ihr verdammten Schweine!« Dann wurde es schwarz vor seinen Augen.

SOHO, LONDON, 25. MÄRZ

Mackenzie und Blackthorne trafen Houghton-Vickers am Fuß der Treppe, die zu den Wohnungen über dem Goldenen Lotus führte. Der Inspektor hatte einen kleinen braunen Umschlag dabei, dem er eine Fotografie entnahm.

»Tatjana Iwanowa. Mr Rees' Geliebte«, erläuterte er. »Auf dieser Aufnahme allerdings blond und nicht dunkel wie auf dem Empfang zu Ehren Mikolajczyks. Ich würde aber mein Gehalt drauf verwetten, dass sie es ist. Sie ist beim Außenministerium als persönliche Sekretärin des sowjetischen Handelsministers registriert, dessen Dienststelle, wie Sie wissen, Sir Stuart, nur eine Tarnadresse für den NKGB ist.«

Erfreut und überrascht betrachtete Mackenzie das Foto einer jungen Frau mit großen, dunklen ausdrucksvollen Augen und sinnlichem Mund, der zu einem Lächeln verzogen war. »Ich bin beeindruckt, Chief Inspector.« Er gab das Foto an Blackthorne weiter. »Sie haben hervorragende Arbeit geleistet.«

»Wie haben Sie sie identifiziert?«, fragte Blackthorne.

»Unsere Erkundigungen in Mayfair waren von Erfolg gekrönt, ein dortiger Brandwart hat uns geholfen. Er hat Miss Iwanowa eines Morgens aus der Gartenpforte von Mr Rees' Wohnung kommen sehen. Seine Beschreibung und die des amerikanischen Offiziers haben den Ausschlag gegeben. Wir mussten nur noch beim MI-5 und der Überwachungsabteilung vom Yard nachhorchen, und schon konnten wir die Suche eingengen.«

»Irgendwelche Hinweise auf ihre Komplizen?«

»Wir arbeiten noch an deren Identifizierung, Sir. Mittlerweile haben wir aber noch mehr Aussagen. In der Nacht von Mr Rees' Ermordung wurden zwei Männer auf dem Parkplatz hinter seinem Haus gesehen. Genaue Beschreibung fehlt leider. Außerdem sagte der Brandwart – der jedoch, wie wir leider feststellen mussten, fleißig dem Alkohol zuspricht –, er habe einen verdächtig aussehenden Lieferwagen in der Nähe parken sehen, aber die Nummer hat er natürlich nicht notiert. Wir glauben, dass noch ein paar Techniker mit von der Partie waren. Vermutlich war es deren Lieferwagen.«

»Ausgezeichnete Arbeit, Chief Inspector«, lobte Mackenzie. »Nur sind sie jetzt alle außer Reichweite, fürchte ich.«

Houghton-Vickers fuhr sich mit einem Fingerknöchel über den Schnurrbart. »Darauf würd ich mein Gehalt nicht verwetten, Sir.«

Mackenzies Miene hellte sich auf. »Ach nein?«

»Wir haben eine gründliche Fahndung eingeleitet: Eisenbahn, Häfen usw. Niemand hat die Frau gesehen. Ist nicht so einfach, das Land zu verlassen, Sir. Ausländische Schiffe dürfen unsere Ostküste nicht anlaufen. Und sich von der Botschaft ausfliegen zu lassen dürfte für Miss Iwanowa zu riskant sein. Dennoch überwachen wir auch diesen Fluchtweg. Und wir beobachten sämtlichen Funkverkehr der Russen von Neu-Delhi bis Sydney, auch den Geheimsender in Surrey. Ich habe strikte Anweisung gegeben, dass Miss Iwanowa oder ihre Komplizen, sollten sie irgendwo auftauchen, überwacht werden, aber nicht verhaftet. Auch wenn sie ihr Aussehen verändert hat, besteht immer noch eine Chance, dass wir sie schnappen.

Wir untersuchen auch, wem der Hillman gehört, der hinter Mr Rees' Wohnung geparkt war. Ich nehme an, dass der Fahrzeughalter der Komplize der Iwanowa ist, der, nebenbei gesagt, dort auch schon gesehen wurde. Wir haben seine Beschreibung: dunkler Teint, schwarzes Haar, gut gebaut, Anfang bis Mitte dreißig. Doch bislang ist unsere beste Spur dieser Mann aus Birmingham, der Kartoffeln auf den Markt in Soho liefert. Er ist vor Morgengrauen hier gesehen worden.«

»Ausgezeichnet.«

Mackenzie begab sich an eines der schmierigen Fenster, die auf die Straße hinausgingen. Im Licht eines schwachen Sonnenstrahls betrachtete er Tatjanas Bild. Was für eine schöne und begehrenswerte Frau! Wie viele Männer außer Rees hatte sie wohl noch in die Falle gelockt? Er versetzte sich an Rees' Stelle: Wie er sie kennengelernt hatte, wie er sie besitzen wollte, wie er in die Falle des NKGB getappt war. Ein Schauder überlief ihn.

»Hübsch, einfach wunderhübsch«, sagte er mit kalter Stimme.

»Aber tödlich«, bemerkte Houghton-Vickers.

Blackthorne deutete auf die Treppe. »Sollen wir jetzt nach oben gehen?«

* * *

Mackenzie betrachtete die auf dem Bett liegende Rita. Ihr Gesicht war eine blutige Masse. Ebenso ihre Scham. Die Betttücher unter ihrer Leiche waren braun verkrustet. Überall, wo der NKGB sein Unwesen trieb, hinterließ er unmissverständliche Beweise seiner Brutalität.

»Schweine«, sagte Blackthorne, einen Finger auf die Lippen gelegt.

»Ja. Chief Inspector?«

Houghton-Vickers kam aus dem Badezimmer. »Halbe Apotheke hatte sie da drin. US-Militär-Kondome, Noppenkondome, Klistierspritzen, Vaselinetöpfe, Dildos, Penisringe ...« Er schaute Mackenzie gelinde überrascht an. »Zusätzlich zu ihren Stammkunden betreute sie anscheinend auch ein paar mit besonderen Vorlieben.«

Mackenzie zog die Nase kraus. »Chief Inspector, können wir

uns bitte an die für uns relevanten Fakten halten? Wir haben hier eine tote Prostituierte, die vermutlich vom NKGB gefoltert und ermordet wurde, wahrscheinlich, weil sie der Iwanowa und ihrem Komplizen Unterschlupf gewährt hatte. Stimmen Sie mir zu?«

»Richtig, Sir. Wir wissen, dass sie Prostituierte war. Die Besitzer vom Goldenen Lotus haben's bestätigt. Sie haben auch erzählt, dass hier gestern Nacht ein Tumult ausbrach. Sie haben aber zunächst geglaubt, es sei einer ihrer Kunden, der noch nicht gehen wollte.«

»Ein Tumult?«

»Schreie, Flüche, so was in der Art, Sir.«

»Die Arme«, bemerkte Blackthorne. »Das hat sie nicht verdient.«

»Nein«, bestätigte Houghton-Vickers, »hat sie nicht. Die beiden *Russkis* haben sie mit den Fäusten bearbeitet und mit einer elektrischen Sonde, das ganze Programm.« Er verzog das Gesicht. »Als einer der Clubbesitzer nach ihr schaute, fand er sie so, wie sie hier liegt. Da hat sie noch gelebt, starb aber bald darauf.«

Mackenzie schob die Unterlippe vor und dachte nach. »Die Männer, die ihr das angetan haben … ob das dieselben sind, die David Rees ermordeten?«

»Höchstwahrscheinlich. Unsere Jungs haben die russische Botschaft überwacht und sind zweien ihrer Leuten nach Soho gefolgt, haben sie aber verloren, als auf dem Kanakenmarkt ein Streit über Preistreiberei losbrach. – Ah, da seid ihr ja …«

Zwei Polizisten mit einer Faltbahre betraten das Zimmer, um Ritas Leiche fortzuschaffen. Ihnen folgte ein Ermittler von Scotland Yard. Er und Houghton-Vickers sprachen eine Minute lang, dann sagte der Chief Inspector: »Kirby hat eine Information über den Mann aus Birmingham, Sir.«

Mackenzie, der auf die belebte Straße hinuntergestarrt hatte, drehte sich um und schaute Houghton-Vickers hoffnungsvoll an.

»Sein Name ist Boris Rossowitsch. Der Kanake an der Ecke hat beobachtet, dass er vor Tagesanbruch losgefahren ist.«

»Allein?«

Kirby zupfte an seiner Nase. »Er meinte, jemand wäre bei ihm gewesen, war sich aber nicht sicher.«

»Aber hören Sie, Kirby – sind Sie sicher, dass dieser Rossowitsch aus Birmingham stammt?«, fragte Blackthorne und machte den beiden Polizisten Platz, die ihre Bahre auf dem Boden aufklappten. Schweigend sahen sie zu, wie sie die Leiche in die besudelten Betttücher wickelten und auf die Bahre hievten.

»Ja, Sir, ziemlich sicher. Er ist den hiesigen Händlern bekannt.«

Blackthorne, außerstande, seine Augen von dem Bündel auf der Bahre loszureißen, sagte: »Offensichtlich gibt es jemanden in Birmingham oder noch weiter nördlich, der ihnen außer Landes helfen will.«

»Wenn sie es bis dorthin schaffen«, bemerkte Mackenzie. »Schließlich sind wir nicht die Einzigen, die nach ihnen suchen.«

»Wie Sie ja schon sagten, Sir Stuart: Der NKGB hat einen langen Arm.«

Zu lang, dachte Mackenzie. Wie stark war die tote Prostituierte dem Mann verbunden gewesen, der nun mit Tatjana auf der Flucht war? Es musste schon mehr als Loyalität im Spiel gewesen sein, um zwei Menschen zu helfen, der eisernen Faust des Sowjetregimes zu entkommen. Hatte sie jegliche Vorsicht vergessen, nur um einem verflossenen Liebhaber zu helfen? Und seiner Gefährtin? Auf diese Weise war Rita, wie so viele andere Emigranten, in etwas hineingeraten, das sie nicht verstand. Von nun an war alles möglich; besagter Boris konnte tot aufgefunden werden und auch Tatjana Iwanowa und ihr Gefährte.

Das Bündel wurde mit dem Kopf voran aus der Tür getragen. Kirby starrte in seine Notizen und wartete darauf, dass Houghton-Vickers das Zeichen zum Aufbruch gab. Blackthorne starrte auf das leere Bett mit der urin- und blutgetränkten Matratze.

»Kondor.«

Mackenzie fuhr zu Kirby herum. »Was haben Sie gerade gesagt?«

Kirby schaute vom Notizbuch auf. »Kondor. Die Aussage von Michael, einem der Besitzer des Goldenen Lotus. Als er die Frau fand, redete sie wirres Zeug, faselte irgendwas von einem Kondor, von einem Treffen mit einem Kondor. Können Sie damit was anfangen, Sir?«

Mackenzie blieb fast das Herz stehen. Seine Augen glitten von Kirbys faltigem Gesicht zu der Seite in dem Spiralnotizbuch, auf der er deutlich das auf dem Kopf stehende Wort »Condor« erkannte – nur, dass Kirby es mit »C« geschrieben hatte. Ein Treffen, hatte Rita gesagt. Hatte Tatjanas Gefährte Rita anvertraut, was er wusste? Oder hatte sie es zufällig mit angehört und falsch verstanden? Es war kein Treffen, sondern ein Begegnung mitten auf dem Ozean zwischen der *Isar* und der *U-233*. Und Tatjanas Gefährte wusste, wo diese Begegnung stattfinden sollte.

»Es geht um ein russisches Schiff«, begann Houghton-Vickers.

Mackenzie hob die Hand, um ihm Schweigen zu gebieten. »Kirby, schaffen Sie diesen Michael herbei. Ich will ihn sofort verhören!«

»Was ist denn?«, fragte Blackthorne.

»Verstehen Sie denn nicht? Wenn wir die *Isar* orten können, finden wir auch die *U-233*«, erklärte Mackenzie mit entschlossen blitzenden Augen. »Möglicherweise weiß Tatjana, mit Sicherheit aber ihr Freund, wo die Begegnung stattfinden wird. Ich weiß nicht, wie die Roten es anstellen wollen, das U-Boot zum Kontakt mit der *Isar* zu zwingen, aber sie werden wohl Mittel und Wege ersonnen haben. Rita hat etwas gewusst, hatte etwas davon gehört. Vielleicht hat sie es den beiden NKGB-Agenten unter der Folter erzählt. Wir müssen Tatjana und ihren Gefährten so schnell wie möglich finden! Viel Zeit bleibt uns nicht.«

Houghton-Vickers räusperte sich. »Der NKGB hat nicht nur einen langen Arm, sondern auch einen gewaltigen Vorsprung.«

Ausserhalb Birminghams, 25. März

»Bist du in Rita verliebt?«

»Was?« Suwerow zählte die Benzingutscheine, die sie in Boris' Taschen gefunden hatten.

»Sie ist in dich verliebt.«

»Wovon redest du überhaupt?«

»Ich hab gesehen, wie sie dich angeschaut hat.«

Suwerow sah verärgert drein. »Sie ist jemand, den ich kenne. Warum stellst du so viele Fragen? Stattdessen könntest du mir helfen auszurechnen, wie viel Benzin wir mit den Gutscheinen tanken können.«

»Sie ist sehr schön. Hast du mit ihr Liebe gemacht, während ich bewusstlos im Bett lag?«

Suwerow seufzte schwer. »Was hab ich dir gerade gesagt?«

Tatjana lachte leise. »Ach, Alexi ... Du bist kein guter Lügner. Hast du geglaubt, ich hätte nicht gesehen, wie sie dich zum Abschied küsste und dir etwas ins Ohr flüsterte? Es war etwas Privates, Intimes.«

Kurz zuvor hatte Suwerow auf einem Parkplatz gehalten, um den Tankfüllstand zu überprüfen. Er war auf die Stoßstange geklettert und hatte den Prüfstab in den Schwerkrafttank vor der feuersicheren Abdeckung gesteckt. Dann hatte er zweifelnd die feuchte Spitze des Stabes betrachtet und war, nach Benzin stinkend, wieder ins Führerhaus geklettert.

»Fast leer.« Er war langsam weitergefahren, bis er eine Tankstelle in den Außenbezirken Birminghams erspähte, und dort von der Straße abgebogen.

Durch die verkratzte, dreckige Windschutzscheibe des Lasters hatte Suwerow auf eine lange Reihe mitgenommener Vehikel gestarrt, die darauf warteten, von dem einzigen handbetriebenen Zapfhahn, der von einem gestressten Tankwart bedient wurde, Benzin zu erhalten.

Sie hatten beschlossen, eine Weile zu rasten und Brot, Käse und kaltes Schweinefleisch zu essen. Suwerow war vom Schlafmangel arg mitgenommen. Überdies war er seit Stunden nervös, erwartete jeden Augenblick, Weroschilow und Putin mit schussbereiten Waffen auftauchen zu sehen. Er hustete auch trocken und gequält, wie er zu viel rauchte.

»Wie viel Geld haben wir noch?« Suwerow zog es aus der Hosentasche, behielt die Summe zurück, die er für die Überfahrt nach Irland bezahlen musste, und drückte Tatjana die Münzen in die Hand.

Die Warteschlange vor dem Zapfhahn wurde nicht kürzer. Suwerow klopfte seine Taschen nach Zigaretten ab und stellte fest, dass er nur noch zwei Kippen hatte.

Tatjana zählte das Geld und fügte ihm den Betrag hinzu, den sie in Boris' Taschen gefunden hatten. »Vierundachtzig Pfund.«

Suwerow pfiff leise durch die Zähne. »Und wie viel Benzin können wir mit diesen Gutscheinen kaufen?«

Tatjana breitete sie auf ihrem Schoß aus. »Zehn Liter, glaube ich. Siehst du den roten Coupon? Der bedeutet, dass Boris eine Sonderration Benzin zustand, weil er Lebensmittel transportierte. Das steht auf dem Gutschein.«

Suwerow zündete sich eine Zigarette an und überlegte. Sie konnten mit der Tankfüllung bis Stoke-on-Trent kommen. Noch weiter zu fahren hieß, ihr Glück allzu sehr zu strapazieren. Zwei Russen in einem klapprigen alten Lastwagen würden irgendwann die Aufmerksamkeit der Polizei, wenn nicht gar der Militärbehörden erregen. Und sobald Boris' Leiche gefunden war, würde es nicht mehr lange dauern, bis sie wussten, wen sie zu suchen hatten. Und dann waren da noch Weroschilow und Putin ...

»Was wird mit Rita geschehen?«, fragte Tatjana. Sie sah Suwerow nicht an, sondern hielt den Blick auf das Geld in ihrem Schoß gerichtet.

»Rita kann auf sich aufpassen. Sie weiß, was sie tun muss, wenn es brenzlig wird.«

Ein leises Lächeln hob Tatjanas Mundwinkel. »Du scheinst sie ja sehr gut zu kennen.«

Suwerow starrte sie ärgerlich an. »Du gibst nicht auf, was?«

»Ich bin nicht eifersüchtig. Aber wenn sie dich liebt, dann liebst du sie vielleicht auch. Und ihr beide habt euer Leben für mich aufs Spiel gesetzt, aber ich weiß nicht, ob ich das verdiene, weil ich doch eine Verräterin bin.«

»Sag nicht so was. Hältst du dich für eine Verräterin, weil du nicht fürs Vaterland gestorben bist? Denkst du, es sei eine Ehre, für einen Staat zu sterben, der seine eigenen Bürger in einem Gulag verrotten lässt?«

Tatjanas Stimme war eine Mischung aus Erschöpfung und Hoffnungslosigkeit. »Aber ich habe mein Wort gegeben.«

Suwerow starrte sie an. »Wie edel von dir. Und wie fehlgeleitet. Du lernst es auch nie, was? Auch *sie* haben dir ihr Wort gegeben. Entsinnst du dich? ›Ein letzter Auftrag fürs Vaterland, dann kannst du als Heldin zurückkehren, darfst dein Kind wiedersehen.‹ Was für ein Unsinn! Nach der Erfüllung deines Auftrags solltest du sterben! Das war ihr Plan. Stattdessen lebst du. Vielleicht bekümmert dich Folgendes so sehr: Dass du am Leben bist, während dieser Engländer sterben musste.« Grob nahm er ihre Hand. »Hör gut zu: Vergiss sie. Du hast deine Arbeit immer gut gemacht, und dennoch haben sie dich angelogen. Sieh doch nur, was du für diese Scheißkerle in Moskau tun musstest! Für die warst du eine Hure, eine Hure wie Rita. Ihre Versprechen bedeuten einen Scheiß!«

Tatjana senkte den Kopf und begann zu weinen. Tränen tropften aus ihren Augen auf die Münzen.

»Es tut mir leid«, sagte Suwerow. »Ich wollte dir nicht wehtun.«

Tatjana schob seine Hand fort und rieb sich die Augen. »Es ist ja wahr. Ich *bin* ihre Hure.«

Suwerow suchte nach Worten, die sie trösten konnten. »Jetzt ist es ja vorbei. Von nun an bestimmen wir selbst über unser Leben. Unsere gemeinsame Zeit kann uns keiner mehr nehmen.«

Tatjana hob die Augen, schaute ihn an. »Warum hast du mich leben lassen? Du wusstest doch, dass sie uns verfolgen würden, um auch dich zu töten. Das hast du gewusst, und dennoch hast du mich leben lassen. Warum?«

Suwerow zog heftig an seiner Zigarette und stieß beim Reden den Rauch aus. Seine Stimme war belegt, zögernd wählte er seine Worte. »Weil … weil ich in dich verliebt bin.« Sofort wandte er sich ab und schaute aus dem Fahrerfenster.

Aber Tatjana drehte ihn zu sich herum. Suwerows Gesicht war ausdruckslos, als wartete er darauf, dass sie ihn veranlassen sollte, diese Worte zurückzunehmen, als wartete er auf ihren Spott. »Es tut mir leid.«

»Ich liebe dich, Alexi Petrowitsch«, sagte Tatjana mit fester Stimme, wie er sie noch nie von ihr vernommen hatte. »Ich habe dich schon immer geliebt. Weißt du das nicht?«

»Ja. Nein. Ich weiß nicht. Es ist alles so verwirrend. Ich hatte Angst, dir meine Gefühle zu offenbaren. Ich habe dich mit all diesen Männern gesehen und wusste ja, dass dies dein Job ist. Dennoch wollte ich dich von ihnen fortbringen, damit sie dir nicht wehtun konnten. Ich wusste, was sie dir antaten, was du zu erdulden hattest, aber ich hatte meine Befehle, und nur daran habe ich gedacht, wenn mir das Bild von dir mit diesen Männern in den Kopf kam. Aber jetzt ist alles anders.« Er nahm ihre Hände. »Ich weiß nicht, was wir erhoffen können oder ob ich dich wieder mit deiner Tochter vereinen kann. Vielleicht ist es auch unmöglich. Ich will dich nicht enttäuschen.«

»Das tust du auch nicht, Alexi. Wir können nur tun, was möglich ist. Aber zusammen.«

Suwerow beugte sich unbeholfen zu ihr herüber und nahm ihr Gesicht in seine Hände. Im nächsten Augenblick schmiegte sich Tatjana an ihn, und ihre Lippen lagen auf den seinen.

Und dann zitterte sie und schluchzte, und er streichelte ihr Haar.

»Wir müssen los«, flüsterte er.

Sie drückte seine Hand an ihre Lippen und nickte.

* * *

Sie reihten sich in die Warteschlange vor der Tankstelle ein. Es dauerte fast eine Stunde, bis sie neben dem Zapfhahn hielten und dem müden Tankwart Geld und Benzingutscheine aus dem Fenster reichten. Manche Wartenden hinter ihnen waren ausgestiegen, musterten Suwerow und Tatjana neugierig. Der Tankwart war zu beschäftigt, um Tatjanas starken ausländischen Akzent zu bemerken, er steckte lediglich Gutscheine und Geld ein und pumpte Benzin in den Tank des Lastwagens. Als er fertig war, schraubte Suwerow den Tankdeckel auf und kletterte wieder ins Führerhaus.

»Boris?«

Zwei Männer in schmierigen Overalls und Gummistiefeln schauten zu Suwerow empor. »Das is nich' Boris«, meinte einer von ihnen.

Sie suchten den Lastwagen mit den Augen ab. »Wo 's Boris?«, fragte der andere.

Suwerow zuckte die Achseln und tat, als verstünde er nicht. Hinter ihnen wurde gehupt, und ein paar Leute riefen, dass Suwerow sich allmählich mal in Bewegung setzen solle.

»Was is denn mit Boris passiert?«, fragte einer der Männer. »Das is Boris sein Laster, ich kenn ihn doch genau. Aber wer zum Teufel seid ihr zwei?« Er versuchte, Tatjana in Augenschein zu nehmen.

Suwerow startete den Motor und fuhr mit einem Ruck und

einem lauten Knall aus dem Auspuff an. Die Blicke der beiden Männer folgten dem Lastwagen, bis er hinter einem Armeekonvoi verschwand, der von der Brompton Road einbog.

Die *U-233*, 26. März

Becker hatte furchtbare Kopfschmerzen. Auf einen Schnitt an seinem Kopf war ein Pflaster geklebt worden, Kragen und Bart waren steif von eingetrocknetem Blut. Langsam beruhigte sich das Feuerwerk in seinem Kopf. Seine Umgebung kam ihm vor wie ein Feldlazarett mit Verwundeten: Dort lagen Thomsen und der Tiefenrudergänger, der durch Querschläger verletzt worden war, sowie ein Mann vom Maschinenpersonal mit einer dick verbundenen Schulterwunde. Becker strengte seine Augen an und entdeckte den Leitenden Ingenieur und Rotteck, denen die Russen Hand- und Fußschellen angelegt hatten.

»Die deutsche Gründlichkeit liefert uns alle Waffen, die wir benötigen, um die renitenten Mitglieder der Besatzung festzusetzen«, höhnte Karpenko. Er zeigte Ito und Sawada, die ebenfalls gefesselt waren. Freitags Hände waren nicht gebunden, doch er hätte kaum Widerstand leisten können, da ihm der Lauf von Petrows Schmeisser fast die Kehle zertrümmert hatte.

Das Stampfen der Diesel und das gleichmäßige Schlingern des Bootes verrieten Becker, dass die *U-233* mit maximaler Geschwindigkeit an der Oberfläche fuhr. Dann fiel ihm wieder die furchtbare Szene in der Zentrale ein, die ohrenbetäubenden Schüsse und die Schreie der Getroffenen. »Wo ist Cremer?«

»Tot«, erwiderte Karpenko. »Zwei andere auch.«

Becker bedeckte seine Augen mit der Hand. Verzweiflung und Zorn tobten in seinen Eingeweiden.

»Sie wollten die Helden spielen«, erklärte Karpenko nüchtern.

»Sie haben sie ermordet, meinen Sie.«

»Es sind schlicht Gefallene, wie in jedem Krieg. Es wird noch weitere geben, wenn Ihre Männer meine Befehle nicht befolgen.«

Nun wurde Becker richtig wach. Er verrenkte sich den Hals, um einen Blick auf den Fernkompass zu werfen.

»Ich erspare Ihnen die Mühe«, sagte Karpenko. »Wir sind auf Kurs zwei-sieben-null. Bei Höchstgeschwindigkeit werden wir, laut Navigationsoffizier Rotteck, in ungefähr zehn Stunden auf die *Isar* treffen. Wenn Sie sich fragen, wer auf der Brücke ist: Einer Ihrer dienstälteren Deckoffiziere hat sich freiwillig angeboten. Er weiß genau, wenn er etwas versucht, werden wir unverzüglich ein weiteres Mitglied der Besatzung exekutieren. Und noch eines und noch eines, wenn es nötig ist. Ein anderer Offizier hat die Zentrale übernommen. Petrow behält alle scharf im Auge. Wir haben das Funkgerät unbrauchbar gemacht, es gibt also keine Möglichkeit, einen Hilferuf zu schicken. Aber wer sollte Sie auch retten? Sie und Ihre Männer sind vollkommen auf sich allein gestellt, von jeder Möglichkeit zur Rettung abgeschnitten.«

»So wie Sie.«

Karpenko überhörte Beckers Einwurf und fuhr fort: »Leider hat sich der Rest Ihrer Mannschaft in den Bug- und Heckabteilungen des Bootes verschanzt, wo sie Zugang zu den Sprengpatronen haben. Außerdem drohen sie, die Treibstoffzufuhr zu den Motoren abzuschneiden. Sie wollen mit Ihnen reden. Ihre Loyalität und ihr Kampfeswille sind bewundernswert. Doch damit ist jetzt Schluss!«

Becker sah Karpenkos Augen triumphierend aufleuchten. Sein Kopf schmerzte. Was für ein Narr war er gewesen, dass er die beiden nicht durchschaut hatte! Aber nun ging es darum, seine Männer und sein Schiff zu retten, mit Selbstzerfleischung war nichts zu gewinnen. Fieberhaft erwog er Möglichkeiten, die beiden Russen zu überwältigen, doch alles, was ihm einfiel, würde nur zum Tod weiterer Männer führen. Aber es musste doch eine Möglichkeit geben!

Karpenko richtete seine P-38 auf Beckers Kopf, in der anderen Hand hielt er das Sprachrohr des Bordlautsprechers. »Sagen Sie ihnen, dass Widerstand nutzlos ist. Sie sollen sich kampflos ergeben. Sagen Sie ihnen, dass ich einen Ihrer Offiziere töten werde, wenn sie nicht gehorchen.«

Becker nahm das Sprachrohr in die Hand. »Ich kann Ihnen nicht garantieren, dass die Männer auf mich hören.«

Karpenko schwenkte den Lauf seiner P-38 und richtete die Waffe auf den Leitenden Ingenieur, der auf der anderen Seite der Back auf einer Bank kauerte, die Hände hinter dem Rücken gefesselt. »Das sollten sie aber, sonst fange ich mit *ihm* an.«

Der Leitende Ingenieur spuckte vor Karpenko aus. »Zur Hölle mit dir, du rotes Aas. Dann erschieß mich doch!«

Krachend schlug Karpenko die Pistole auf den Nasenrücken des Mannes. Sofort begann die Nase zu bluten.

»Du wirst dir noch den Tod *wünschen*«, sagte er. Er stieß Freitag an. »Hilf ihm.«

Becker stand auf. »Ich mach das – Himmel, sehen Sie doch, was Sie ihm angetan haben –«

Doch Karpenko drückte ihm ungerührt seine Pistole in den Bauch. »Sie nehmen jetzt das Sprachrohr und befehlen Ihrer Mannschaft, dass sie sich ergeben soll. Jetzt *gleich*. Oder Ihr Ingenieur ist tot.«

Becker sah Freitag strauchelnd auf die Füße kommen. Er drückte dem Leitenden Ingenieur ein schmutziges Handtuch gegen die Nase, um den Blutfluss zu stillen. Beckers Kopf schmerzte wieder so stark, dass er einen Moment lang alles verschwommen sah. Er schwankte leicht, zögerte, dann knipste er das Gerät an und grüßte die Mannschaft im Achterquartier.

Wütende Stimmen drangen durch die Sprechanlage. Becker schüttelte den Kopf. Als Nächstes meldete er sich in der Bugabteilung, wo sich auch Männer verschanzt hatten. Noch mehr wütende Stimmen, und wieder ein Kopfschütteln.

»Sie haben es ja gehört«, sagte er zu Karpenko. »Sie wollen mich sprechen. Aber persönlich.«

»Sie sagen Ihnen …«

»Hören Sie zu, Jäckel, Karpenko, wie immer Sie heißen mögen: Meine Männer werden sich nicht ergeben, bevor sie mich nicht gesehen haben. Ich will nicht, dass noch mehr Männer sterben. Lassen Sie mich mit ihnen reden, und ich garantiere Ihnen, dass sie mir zuhören werden.«

»Tun Sie das nicht, Kapitän«, warnte der Leitende Ingenieur. Seine Stimme klang gedämpft durch das Tuch, das Freitag auf seine Nase drückte. »Nicht das Schiff übergeben. Geben Sie diesem Abschaum *gar nichts* …«

Karpenko machte Anstalten, auf den Leitenden Ingenieur zuzugehen, aber Becker beschwichtigte: »Achten Sie nicht auf ihn, er weiß nicht mehr, was er sagt.«

»Als ob ich … Gottverdammter roter Abschaum!«

»Mund halten, LI!«, sagte Becker. »Das ist ein Befehl.«

Karpenko schwenkte wieder herum, drückte Becker den Lauf der P-38 unters Kinn. »Sie haben fünf Minuten. Wenn Ihre Mannschaft sich nicht ergibt, dann erschieße ich den ersten

Mann. Den Ingenieur. Dann Rotteck. Haben Sie mich verstanden?«

* * *

Becker hämmerte mit einem Schraubenschlüssel gegen das verriegelte Schott des achtern gelegenen Mannschaftsquartiers. Ein Auge erschien im Spion; dann wurden die Vorreiber zurückgeschoben, und die Tür schwenkte auf.

Becker stieg über das Schottsüll in die Mannschaftsmesse. Sein Blick fiel sofort auf die beiden Matrosen, die von Petrow getötet worden waren. Sie waren auf Decken am Boden gebettet und rollten sanft, als wären sie noch am Leben, von einer Seite auf die andere, dem Schlingern des Bootes folgend.

Die Seeleute, manche von ihnen mit Werkzeugen – Brecheisen, Hammer, Ketten – oder auch Messern bewaffnet, drängten Becker entgegen. Aus ihren Gesichtern sprachen Furcht, Zorn, Verwirrung. Beckers Aussehen, mit Blut auf Gesicht und Bart, entsetzte sie. Nachdem sie ruhiger geworden waren und ihm zuhörten, gaben sie ihren Plan auf, die Offiziersmesse zu stürmen und das Schiff mit Gewalt zurückzuerobern.

»Wir können uns nur ergeben«, betonte Becker. »Vielleicht sieht die Lage in ein paar Stunden wieder ganz anders aus. Vielleicht fällt uns ein, wie wir das Boot wieder in unsere Gewalt bekommen, bevor wir auf das russische Begleitschiff treffen.«

Der Reihe nach schaute er in die verhärmten, jungen Gesichter. Einer nach dem anderen legten die Männer ihre Waffen nieder. Einer weinte ganz offen über seine toten Kameraden.

»Kapitän«, sagte ein Fähnrich zur See. »Wir haben gehört, dass Werner im Sterben liegt. Gehen Sie jetzt zu ihm?«

»Das tue ich. Machen Sie derweil die beiden Matrosen für ein Seemannsbegräbnis zurecht.«

Becker wandte sich per Sprechanlage an Karpenko. »Die Männer im Achterschiff haben sich zur Kapitulation bereiterklärt. Ich begebe mich jetzt ins Bugquartier und schaue nach, wie es um Werner steht. Ich werde auch dort mit den Männern sprechen, werde sie überzeugen, sich zu ergeben.«

Karpenkos Stimme drang krächzend aus dem Lautsprecher: »Vergessen Sie Werner! Sie haben zwei Minuten, um den Rest Ihrer Mannschaft zu überzeugen.«

»Sie haben mir für jedes Quartier fünf Minuten zugesagt.«

Kurzes Zögern. Dann: »Becker … wenn Sie oder Ihre Männer etwas versuchen sollten, *irgendetwas*, dann töte ich den Ingenieur.«

Becker setzte sich in Bewegung. Im Gang zur Messe drängte er sich an Karpenko vorbei, der seine Schmeisser auf die Gefangenen gerichtet hielt. In der Zentrale handelte sich Becker nervöse Blicke von Petrow ein, als er an das Schott des Bugtorpedoraums hämmerte. Eine Minute später meldete er Karpenko über die Sprechanlage, dass die Männer dort ebenfalls zur Kapitulation bereit seien.

»Es ist ihnen klar, dass sie eingesperrt sind, dass die Wachgänger bis auf Abruf auf ihren Posten bleiben. Wir haben fünf Mann auf Maschinenwache, drei bei den E-Maschinen, sieben in der Zentrale, einen Rudergänger und sieben Brückenwachen.«

»Sehr gut, Becker«, lobte Karpenko. »Sie wissen also doch Befehle zu befolgen. So wie Ihr Deckoffizier auf der Brücke. Ist nicht einen Millimeter von dem Kurs abgewichen, den ich ihm aufgetragen habe.«

»Jakob ist ein guter Mann«, stimmte Becker zu. »Und jetzt

werde ich nach Werner schauen. Er stirbt, haben meine Männer gesagt.«

»Sie haben fünf Minuten«, sagte Karpenko.

»Was soll ich denn anstellen, Karpenko? Sie haben unser Schiff, Sie haben unsere Waffen, selbst das Brotmesser. Wir sind Ihre Gefangenen. Was wollen Sie denn noch?«

* * *

»Herr Kaleun«, krächzte der Oberheizer. »Werner ist tot.«

Becker erkannte den Mann kaum wieder. Werners Mund stand weit offen. Hand und Arm hatten sich schwarz verfärbt und stanken entsetzlich. Noch ein Mann, den sie der See übergeben mussten. Wie viele, grübelte er, würden sie noch begraben müssen, bis die Gefahr vorüber war?

Er grübelte auch unaufhörlich über die beiden Russen, die sich als Offiziere des RSHA ausgegeben hatten. Woher hatten sie ihre Informationen über Operation Kondor? Wie hatten sie so rasch einen derart komplizierten Plan in die Tat umsetzen können? Wo hatten die Russen nur diese zwei Männer aufgetrieben, die so täuschend ähnlich deutsche Offiziere nachahmen konnten? Sie hatten ihre Rollen so gut gespielt, dass sie alle an Bord getäuscht hatten. Was würde aus ihm, aus seiner Mannschaft und aus seinem Boot, sobald die Behälter auf das russische Begleitschiff verladen worden waren? Becker kannte die Antwort nur zu gut: Er und seine Leute würden auf dem Grund des Ozeans enden. Ihm blieben weniger als neun Stunden, um einen Plan zu ersinnen, wie er sein U-Boot zurückerobern konnte.

»Näht ihn in einen Leinenschutzbezug ein«, instruierte Becker die Männer. »Und sorgt für ein Gewicht. Dann legt ihn zu Cremer und den beiden anderen in die Zentrale. Wir werden versuchen, sie so zu bestatten, wie es sich gehört.«

»Die Roten sind Atheisten, Kapitän«, meldete sich ein junger Matrose zu Wort, der die Offiziersmesse zur Vorbereitung von Werners Operation geschrubbt hatte. »Sie erlauben es vielleicht nicht.«

»Überlass das mir.«

Becker machte sich daran, Werners Habseligkeiten aus dem Spind über seiner Koje zu räumen. Er fand Briefe, Sanex-Kondome und in einer ausgehöhlten Bibel versteckt Fotografien von zwei Frauen und einem Mann bei einem flotten Dreier. Außerdem ein Handbuch der Kriegsmarine und Rasierzeug. Und dann ertasteten seine Finger unter Werners blauer Reserveuniform unversehens etwas Hartes und Kaltes. Sein Herz begann aufgeregt zu klopfen, als er den Gegenstand als Griff einer 9-mm-Luger erkannte.

Was hatte eine Pistole hier verloren? Doch dann begriff Becker. Werner war ein Spieler und ein Gelegenheitsdieb, ein Unruhegeist. Er entsann sich, ihn zweimal wegen Insubordination festgesetzt zu haben, dann hatte er ihm nach Austeilung der üblichen Strafe – striktes Verbot, das Schiff zu verlassen – seine Streifen wieder zuerkannt. Es sah Werner ähnlich, Kondome und eine Luger auf See mitzunehmen, beides zum Gebrauch in Penang bestimmt.

Becker vergewisserte sich, dass er nicht beobachtet wurde. Er nahm die Pistole aus dem Spind und öffnete die Kammer; im Lager steckte eine glänzende 9-mm-Patrone. Becker holte das Magazin heraus, das voll geladen war. Er legte die Pistole wieder in den Spind und bedeckte sie mit Werners Habseligkeiten.

Jetzt hatte er eine Waffe. Nun fehlte nur noch ein Plan.

Becker schaute fragend den jungen Seemann an, der die Messe geputzt hatte und nun fürchtete, dass die Atheisten Karpenko und Petrow kein anständiges Seemannsbegräbnis gestatten würden. Die Idee, die ihm gekommen war, war weit hergeholt und reichlich spekulativ, aber es konnte funktionieren. Er fragte den jungen Matrosen. *Ja, Kapitän, das könnte klappen.*

Als Nächstes fiel Beckers Blick auf einen hohen Spind, der an der Türzarge des Schotts festgenietet war. Auf der Tür des Schranks standen handgeschrieben und nur noch schwach lesbar, weil so viele Schultern daran entlanggewischt waren, die Buchstaben SIGRAK: Signalraketen. In dem Spind lagerten ein Dutzend 60-mm-Magnesiumleuchtgeschosse, die zu Signalzwecken verwendet wurden. Um eine der meterlangen Raketen abzufeuern, lud man sie in die Kammer der Leuchtkanone, die in der Zentrale in Außenborddurchführung durch den Druckkörper gebaut war. Wurde der Schlagbolzen in der Leuchtkanone gelöst, dann zermalmte er das Zündhütchen der Rakete, und diese schoss mit der Stoßkraft einer Mörsergranate aus dem Rohr. Und weil die Raketen am einen Ende einen empfindlichen Randzünder besaßen und am anderen Ende einen gefährlichen Magnesiumsprengkopf, musste man ungeheuer behutsam mit ihnen umgehen. Wenn nun eine Rakete versehentlich losging ... Jetzt hatte er auch einen Plan.

* * *

Karpenko schaute Becker kritisch an. »Sie spielen mit dem Leben Ihrer Männer.«

»Sie hatten mir fünf Minuten zugestanden.« An Rotteck gewandt sagte er: »Werner ist tot.«

»Ich verstehe das nicht … es ging so schnell …«

»Genug!« Verärgert zeigte Karpenko auf Rotteck. »Hören Sie, Navigationsoffizier. Die Nacht ist sternenklar. Ich will eine genaue Positionsberechnung. Und Sie, Becker, haben ja die Kontaktkoordinaten. Sehen Sie zu, dass wir pünktlich da sind.«

»Wie wär's mit einer Mahlzeit?«, fragte Becker. »Die Männer haben seit Stunden nichts gegessen.«

»Dazu ist später noch Zeit genug. Und wenn sie Hunger haben, werden sie lernen zu kooperieren.«

»Sie kooperieren doch bereits.«

»Dann sorgen Sie dafür, dass sie es auch weiterhin tun. Dann muss auch niemand mehr sterben.« Der Lauf der P-38 schwebte nur wenige Zentimeter vor Beckers Auge.

»Ich will Werners Leiche zu den anderen in der Zentrale schaffen. Ich will meinen Männern ein ordentliches Seemannsbegräbnis zukommen lassen.«

»Es ist bewundernswert, dass Sie so pedantisch an der Tradition hängen, Becker. Leider können wir die Feinheiten der nautischen Gepflogenheiten nicht befolgen. Lassen Sie Werner dort, wo er ist.«

Becker hielt Karpenkos verhärteten Blick einen langen Moment fest. Er las dessen Gedanken. Warum sollte man sich die Mühe einer anständigen Seebestattung für ein paar Männer machen, wenn die gesamte Besatzung der *U-233* ohnehin auf Nimmerwiedersehen in der Tiefe verschwinden würde?

»Kommen Sie, Rotteck, gehen wir Sterne schießen.«

* * *

»Tun Sie nichts. Sagen Sie nichts. Verstanden?«

»Jawohl, Herr Kaleun.« Nachdem Rotteck mit seinem Sextanten Sterne »geschossen« hatte, stand er mit Deckoffizier Jakob und den Wachgängern auf der Brücke. Auch diese signalisierten stumm, dass sie verstanden hatten.

»Wenn die Zeit gekommen ist, handeln wir. Bis dahin werden alle die übliche Arbeit erledigen. Mit Karpenko könnte man ja reden, aber Petrow redet nicht viel und sieht aus, als wäre er auf Ärger aus. Wollen wir dafür sorgen, dass er keinen Anlass dazu bekommt.«

»Cremer und die anderen …«, murmelte Jakob. »Kann gar nicht glauben, dass sie tot sind.«

»Passen wir auf, dass es uns nicht auch so ergeht«, mahnte Becker und stieg wieder nach unten, um Karpenko die Position der *U-233* und die geschätzte Kontaktzeit mit dem russischen U-Begleitschiff zu melden.

Oberkommando der Marine und Befehlshaber der Unterseeboote, Bernau, Lager »Koralle«, 27. März

Vor den Augen Generaloberst Varnbülers vom Reichssicherheitshauptamt vollzog sich an Karl Dönitz eine erschreckende Veränderung: Sein normalerweise gelassenes Gesicht überzog sich mit einer Maske kalter Wut. Varnbüler trat einen Schritt zurück, um nicht die volle Breitseite der Wut des Marineoberbefehlshabers abzubekommen.

»Tot? Tot?!«, donnerte Dönitz. Er sprang hinter seinem Schreibtisch auf. »Wie können sie tot sein?«

Varnbüler blickte zu Dönitz' Schwiegersohn Hessler, doch er merkte, dass von dieser Seite keine Hilfe zu erwarten war.

»Herr Großadmiral, ich ... wir ... wir kennen die genaueren Umstände noch nicht ... wir ...«

»Wer hat sie ermordet? Ich will es wissen!«

»Wir versuchen ja, es zu ermitteln, Herr Großadmiral. Im Bericht steht ...«

»Im Bericht steht«, nahm Hessler das Wort, indem er in der von Varnbüler mitgebrachten Abschrift las, »dass in einem Waldgebiet in der Nähe von Kiel die Leichen zweier SD-Offiziere, Jäckel und Franke, gefunden wurden. Die beiden Männer waren durch Kopfschuss getötet worden, und man hatte ihnen ihre Uniformen und sämtliche persönliche Habe gestohlen, einschließlich ...«, Hessler schüttelte ungläubig den Kopf, »ihrer Aktenkoffer. Ihr Tod ist offensichtlich nicht auf Feindeinwirkung zurückzuführen, da das Gebiet noch vom OKW Nord kontrolliert wird.«

Dönitz hatte sich wieder ein wenig beruhigt. »Sind Sie absolut sicher, dass es die Leichen von Jäckel und Franke sind?«

»So sicher, wie wir nur sein können, Herr Großadmiral, obwohl ich sie nicht mit eigenen Augen gesehen habe. Doch wir stehen noch am Anfang der Ermittlungen und –«

»Admiral Dönitz wollte damit sagen«, fiel Hessler Varnbüler ins Wort, »dass Jäckel und Franke sich ordnungsgemäß an Bord der *U-233* befanden, als diese von Kiel ablegte.«

Varnbüler schien nicht mehr weiter zu wissen. »So hat man mir auch berichtet ... die Männer an Bord des Unterseebootes ...«

»Sind Hochstapler.« Dönitz warf Varnbüler das Wort hin, als wäre er persönlich dafür verantwortlich.

Einen langen Moment starrten die drei Offiziere einander an.

Dann räusperte sich Varnbüler. »Vielleicht haben diese

Hochstapler die echten Jäckel und Franke ermordet, Herr Großadmiral.«

Dönitz warf Varnbüler einen Blick zu. »Diese Schlussfolgerung drängt sich unweigerlich auf. Haben Ihre Mitarbeiter im RSHA irgendeine Theorie, wer diese Hochstapler – diese Spione – sein könnten?«

»Nichts Konkretes. Wir sind jedoch sicher, dass sie schon eine ganze Zeit lang vor Ort gewesen sein müssen, vielleicht ein Jahr oder länger, um nicht aufzufallen und in Ruhe auf ihre Befehle zu warten. Sie mussten fließend Deutsch sprechen, sich in deutscher Lebensart auskennen, mit den Gepflogenheiten unseres Amtes vertraut sein sowie mit der politischen Lage im Land. Wir glauben jedoch nicht, dass sie speziell zur Sabotage von Kondor eingesetzt werden sollten. Sie haben einfach nur auf ihre Befehle gewartet.«

Dönitz nahm wieder hinter seinem Schreibtisch Platz, auf dem sich Papiere stapelten, die fürs Feuer bestimmt waren. »Und wer wäre fähig zu den Dingen, die Sie beschrieben haben: Fließend Deutsch sprechen, sich im Lande auskennen, nicht auffallen?«

Varnbüler zögerte. »Wie gesagt, Herr Großadmiral, dies sind nur Theorien ...«

Dönitz' Augen bohrten sich in die seines Gegenübers.

»Die Russen«, gab Varnbüler zu.

Dönitz und Hessler wechselten einen Blick.

»Danken Sie Brigadeführer Schellenberg für seine Ermittlungen und für diesen Bericht«, sagte Dönitz. »Sobald das RSHA mehr ausgräbt, erstatten Sie erneut Bericht. In der Zwischenzeit werden wir unsere Optionen bezüglich Operation Kondor abwägen. Wegtreten.«

Als er mit seinem Schwiegersohn wieder allein war, schien

Dönitz seine eisige Selbstbeherrschung wiederzugewinnen. Sein Blick schweifte über Berichte und Kriegstagebücher, über Handbücher und technische Literatur, die er zusammengelegt hatte, damit sie zu dem von Konteradmiral Godt neu eingerichteten Stabsquartier auf dem Kreuzer *SS Patria* im Hafen von Flensburg geschafft werden sollten. Historische Artefakte waren sie nun; alles, was von seinem Traum eines überwältigenden Sieges seiner U-Boot-Waffe übrig geblieben war – ein Traum, nicht unähnlich dem, den der Führer vom Tausendjährigen Reich geträumt hatte. Es konnte sich, das wusste Dönitz, nur noch um Wochen handeln, bis Hitler Selbstmord begehen und Deutschland aus dem langen quälenden Albtraum erlösen würde. Und plötzlich schien Kondor nicht mehr von Belang zu sein.

»Unglaublich«, sagte Dönitz. »Wir haben den Russen eine Waffe in die Hand gespielt, mit der sie sowohl die Amerikaner als auch uns vernichten können. Irgendwie passt das, nicht wahr?«

»Herr Admiral, noch bleibt uns möglicherweise Zeit, um Becker zu warnen.«

»Und die Amerikaner auch.«

»Ja, denn sie haben zweifellos unsere Botschaft an Narvik abgefangen und entschlüsselt. Wenn wir Becker funken, dass er russische Agenten an Bord hat, werden die Alliierten auch diesen Funkspruch knacken.«

»Und was, wenn wir unverschlüsselt senden?«

»Dann würden sie es für eine Täuschung halten.«

»Vielleicht hast du recht. Sie trauen nur den Nachrichten, die sie der Enigma entreißen.«

»Natürlich wäre jede Warnung, die wir schicken, für Becker das Todesurteil. Die Alliierten würden erfahren, dass er mitnichten nach Narvik fährt, und sie würden ihn jagen und versenken.«

Dönitz verschränkte die Arme vor der Brust und betrachtete traurig die Überbleibsel seiner einst prächtigen U-Boot-Flotte: Papierstapel mit den Namen der 30 000 Soldaten, die auf See gestorben waren. Was bedeutete da eine U-Boot-Besatzung mehr?

»Schick die Meldung los.«

Staffordshire, 28. März

Wie die anderen Städte, die sie passierten, hatte auch Stoke-on-Trent wenig unter Nazi-Bomben zu leiden gehabt. Stahlwerke und Porzellanmanufakturen arbeiteten unter Volldampf, und ein dickes Leichentuch aus Rauch entwich hohen Schornsteinen, die den Horizont säumten. Einige wenige Sperrballone erinnerten die Bevölkerung noch daran, dass England sich immer noch im Kriegszustand befand.

»Was ist das für ein furchtbarer Gestank?«, fragte Tatjana.

»Koks, für die Stahlherstellung.«

Tatjana döste wieder ein, doch dann schreckte sie plötzlich hoch. Sie starrte durch die Windschutzscheibe. »Oh ... das sieht aber nicht gut aus.«

Eine Dampfwolke, die aus dem Einfüllstutzen des Kühlers hervorschoss, machte Lärm wie ein kochender Wasserkessel. Tatjana schaute auf das Armaturenbrett. Die Nadel des selbst gebastelten Temperaturmessers, der an das Brett geschraubt war, schwankte bedrohlich nahe unter einem Dübel mit einem roten »H«. Der Motor des Lasters gab seltsame Geräusche von sich.

»Wir müssen bald zu Fuß weiter«, mahnte Suwerow.

»Wohin?«

Suwerow sah sehr besorgt aus. Der Lastwagen hustete und fauchte wie eine Dampflok. Wenn er den Schaden in einer Werkstatt reparieren ließ, würde er nur die Aufmerksamkeit der Behörden auf sich lenken und damit Weroschilow und Putin auf ihre Spur bringen.

»Wie klingt Neston für dich?«, fragte er.

Der Lastwagen begann zu bocken und zu stottern. Suwerow trat auf die Kupplung und kam im Leerlauf auf der Standspur zum Stehen. Hundert Yards vor ihnen lag die Einfahrt zu einer Ziegelbrennerei. In großen offenen Hallen waren bienenstockartige Brennöfen zu sehen, deren Eingeweide rot glühten.

Wütend hieb Suwerow auf das Lenkrad. »Ende der Fahrt.« Er versuchte nicht, den Motor wieder zu starten.

»Alexi, wie weit ist es bis zu diesem Neston?«

»Vielleicht siebzig Kilometer ...«

»Siebzig ...«

»Es liegt südlich von Liverpool, am Fluss Dee. Rita hat mir den Namen eines Mannes gegeben, der uns helfen kann, nach Irland zu kommen. Er hat ein Fischerboot. Und wenn wir es heute noch bis Crewe schaffen, können wir uns eine Unterkunft für die Nacht suchen.«

»Und wie sollen wir dorthin kommen: Laufen?«

Suwerow beobachtete das Tor der Ziegelei, vor dem sich eine Gruppe Männer und Frauen mit Henkelmännern versammelt hatte. Als sie anfingen, eine Schlange zu bilden, schaute Suwerow in den Rückspiegel und entdeckte einen Doppeldeckerbus.

»Nein, wir werden vermutlich fahren.«

* * *

Suwerow und Tatjana ignorierten die neugierigen Blicke im Bus. Sie stiegen im Zentrum von Crewe aus, wo viele ihrer Mitreisenden Freunde trafen, die mit anderen Bussen von ihren Arbeitsplätzen in Stahlwerken und Eisenbahnwerkstätten kamen und sogleich ihre Stammkneipen aufsuchten. Nach einigem Suchen wählte Suwerow ein Gasthaus auf der St. James Street, das Zimmer vermietete, und eine halbe Stunde später saßen er und Tatjana auf der Kante eines Bettes in einem Zimmer über der lauten Kneipe. Ein Paraffinofen zischte und bemühte sich, Hitze zu verbreiten, hatte aber kaum Erfolg.

Tatjana nahm Suwerows Hand. »Was wird mit uns geschehen?«

Schweigend verfolgte er den Rauch seiner letzten Zigarette. »In Irland werden wir in Sicherheit sein. De Valera hat dafür gesorgt, dass sein Land neutral bleibt. Vielleicht können wir um Asyl bitten. Und dann ...« Er zuckte die Achseln. »Beginnen wir ein neues Leben.«

Tatjana schüttelte traurig den Kopf, während sie das seidige schwarze Haar auf seinem Handrücken streichelte. »Aber Moskau wird nicht aufhören, uns zu suchen. Und die Engländer auch nicht.«

»Wir können aber nicht in England bleiben. Außerdem wird der Krieg bald vorüber sein. Dann haben die Engländer alle Hände voll zu tun, ihr Land wieder aufzubauen. Und sie hören auf, nach uns zu suchen.«

Langsam hob sie den Kopf und schaute ihn an. »Aber Moskau wird nicht damit aufhören. Niemals.«

»Für Moskau beginnt gerade erst der wahre Krieg, der Krieg mit Amerika. Vielleicht wird auch Moskau die Jagd nach uns aufgeben.«

»Vielleicht.« Aber es klang nicht überzeugt.

Suwerow drückte die Zigarette aus. Seine Hand schwebte noch lange über dem Aschenbecher, nachdem die Kippe aus war. Er sah Tatjana fest in die Augen. »Deine Tochter, Alexandra …«

»Du musst mir nichts sagen. Ich habe mich schon damit abgefunden, sie nie mehr wiederzusehen.«

Eine Weile schwiegen sie. Nur gedämpfte Stimmen und Musik aus dem Lokal waren zu hören.

»Ich wusste, dass ich sie verloren hatte, als ich einwilligte, für die Zentrale in Moskau zu arbeiten. Dass ich sie eines Tages wiedersehen würde, war ein Traum, der mir leichter machte, was ich zu erdulden hatte. Aber dieser Traum ist nun ausgeträumt. Als du mein Führungsoffizier wurdest, habe ich mich in dich verliebt, weil du verstanden hast, was sie mich zwangen zu ertragen. Und weil du ein Herz und eine Seele hast, und weil du den Mut besitzt zuzugeben, dass die sinnlose Ergebenheit für ein Regime, das sein Volk versklavt, absolut böse ist, weil du weißt, dass man gewillt sein muss, für die Freiheit jeden Preis zu bezahlen. Ich aber war noch nicht so weit, ich konnte solche Gedanken nicht denken. Ich musste tun, was mir befohlen war. Moskau erlaubt den Menschen nicht, selbst zu denken. Aber nun kann ich es, zum ersten Mal in meinem Leben.«

Suwerow legte einen Arm um Tatjana, und sie schmiegte sich an ihn. »Selbst wenn es bedeutet, dass du Alexandra aufgeben musst?«

Ihre Stimme klang unterdrückt, verloren. »Ja, aber ich habe dich. Und ich will hoffen, dass sie mich vergisst.«

»Da irrst du dich. Sie wird dich nie vergessen.« Suwerow wühlte in seinem Mantel, der auf dem Bett lag und holte ein kleines Päckchen hervor, das in Wachstuch gewickelt war. »Das hier … ich will, dass du das nimmst.«

»Was ist das?«

»Was ich dir erzählt habe, als wir bei Rita hausten. Etwas, das wertvoller ist als Gold: Information. Informationen, die die Amerikaner und die Engländer unbedingt haben wollen.«

Tatjana schob das Päckchen fort. »Nein. Ich will das nicht.«

»Nimm es, verdammt. Du wirst es brauchen, falls mir etwas zustoßen sollte ...«

»Dir stößt nichts zu.«

Suwerow sprach langsam, geduldig. »Vielleicht willst du es haben, wenn ich es dir zeige.« Er öffnete das Päckchen, sorgfältig darauf bedacht, das wasserdichte Wachstuch nicht zu beschädigen, und präsentierte ihr den Inhalt.

Neugierig geworden fragte Tatjana: »Warum ausgerechnet so einen?«

»Weil die bei Ausländern so beliebt sind. Wenn Weroschilow und Putin ihn bei mir fänden, würden sie nicht mal einen Blick darauf verschwenden. Hier, siehst du, wie ich das gemacht habe? Es ist ganz einfach.«

»Ich will es nicht wissen.«

»Wenn schon nicht für dich, dann nimm ihn wenigstens für Alexandra.«

Nachdem er ihr alles gezeigt hatte, fielen sie umarmt aufs Bett. Suwerow streichelte Tatjanas glänzendes schwarzes Haar. Ihre Finger strichen über seine Lippen. Sein Mund streifte über ihr Gesicht und ihren Hals, wanderte dann zu ihren Lippen. Tatjana half ihm mit den Knöpfen an ihren Kleidern und setzte sich auf, um sich auszuziehen. Als sie beide nackt und von der Hitze des anderen umhüllt waren, zog sie seinen Kopf auf einen ihrer aufgerichteten Nippel herab. Sie spürte seine Zunge nass auf ihrem Bauch, dann zwischen ihren Beinen. Und dann war er über ihr, Mund und Gesicht von ihrer Feuchte glitzernd, die

Augen tränend vor Begehren. Rhythmisch stieß er in sie hinein, bis sie an seinem Hals stöhnte und mit einem Wimmern zum Höhepunkt kam.

* * *

Weroschilow schlurfte aus der roten Telefonzelle in den Außenbezirken von Birmingham und stieg wieder ins Auto. Er nahm sich Zeit, um eine Zigarette anzuzünden und die Karte auszubreiten, bevor er den Mund öffnete.

»Sie sagen, er ist wütend über die Sache mit der Hure in Soho«, sagte er zu Putin.

Der schob schmollend seine Unterlippe vor, was Weroschilow als Zeichen der Enttäuschung interpretierte, dass ihre Arbeit in Soho nicht genügend geschätzt wurde. Weroschilow erinnerte sich an Rita als eine beeindruckende Frau, deren Widerstand ihn zunächst erregt, dann jedoch erzürnt hatte. Er hatte sie nicht töten wollen, und hätte sie ihm gesagt, was er wissen wollte, dann hätte er ihr nur ein wenig wehgetan, um sich ihr Schweigen zu sichern, und wäre gegangen. Aber Rita hatte sich kategorisch geweigert, Auskünfte zu geben, und das hatte ihn wütend gemacht. Sie hatte sogar durchgehalten, als der Schmerz unerträglich wurde, und deshalb war Weroschilow so rasend geworden, dass er sich nur in einem Akt widerwärtiger Grausamkeit Luft machen konnte. Und am Ende hatte Rita völlig umsonst gelitten. Denn sie hatte ihm schließlich doch gesagt, was er wissen wollte. Danach hatte sie sich nicht mehr gewehrt und seine Faustschläge still hingenommen.

»Hat der Mann in London Davidson noch etwas gesagt?«, fragte Putin.

»Er hat gesagt, dass Polizisten den Lastwagen bei Stoke-on-

Trent gefunden haben, verlassen; dass Scotland Yard die Spur von Suwerow und der Frau nach Crewe verfolgt hat, wo sie in einem Gasthaus übernachtet haben. Sie haben im Voraus bezahlt und sind vor Morgengrauen aufgebrochen, sodass niemand sie sah. Scotland Yard lässt Busstationen, Bahnhöfe und Häfen überwachen. Sie glauben, dass Suwerow und die Frau nach Liverpool wollen.«

Weroschilow studierte die Karte und maß mit ausgestrecktem Daumen und Zeigefinger die ungefähre Entfernung zwischen Crewe und Neston: fünfzig Kilometer.

»Suwerow und die Kleine haben ’nen ganz netten Vorsprung«, bemerkte Putin.

Weroschilow bemühte sich, die Karte wieder zu falten, was ihm jedoch nur schlecht gelang. Er sprach mit der Zigarette im Mund, berieselte sie beide mit Asche: »Aber sie haben keinen Wagen mehr, und Suwerow weiß, dass es viel zu gefährlich ist, Bus oder Bahn zu benutzen.«

»Also müssen sie sich wieder mitnehmen lassen, wie von Boris, diesem Kartoffelhändler.«

Das Auto war völlig verqualmt; Weroschilow wedelte den Qualm mit der Karte fort und grunzte beifällig. »Und das wird nicht einfach sein ... wir sollten sie möglichst vor Anbruch der Nacht erwischen ... was ist denn so lustig?«

Putin rieb sich den Nasenrücken. »Dieser Mann in London war seiner Sache so sicher, es gäbe gar keinen Grund zur Sorge, hat er gesagt. Keiner würde etwas erfahren, solange er nicht in direktem Kontakt mit uns stand. Dafür hatten wir ja den Vikar in der Kirche. Aber jetzt hat er auch Angst. Sie sind alle gleich: Haben Angst, sich die Hände schmutzig zu machen. Vielleicht überlegt er sich’s ja noch, ob er weitermacht. Vielleicht rennt er zu seinen Leuten und legt ein Geständnis ab.«

Weroschilow trat auf die Kupplung und ließ den Motor an. »Vielleicht. So oder so – er ist ein toter Mann.«

Die *U-233*, 28. März

Becker stand in der Zentrale und schaute auf die Leinenbezüge herab, in denen die Leichen von Werner, Cremer und den beiden Matrosen ruhten.

Er selbst und Rotteck, Freitag, der Leitende Ingenieur und die beiden Japaner waren von Petrow in der Zentrale zusammengepfercht worden. Unter den wachsamen Blicken Karpenkos hatte er alle außer Becker mit Handschellen an Rohre und Leitungen gefesselt. Die Einzigen, die sich frei bewegen durften, waren die zur Steuerung des Bootes notwendigen Männer sowie zwei Ausgucks und Deckoffizier Jakob auf der Brücke. Alle anderen hatten in ihren Kojen zu bleiben. Und Karpenko und Petrow hielten ihre Maschinenpistolen im Anschlag, bereit, auf die kleinste Bewegung ihrer Gefangenen zu reagieren.

Die stampfenden Diesel und das schlingernde Deck unter seinen Füßen übten eine fast hypnotische Wirkung auf Becker aus. Bald würden sie die Koordinaten der geplanten Begegnung erreichen. Dann musste er schnell und entschlossen handeln. Er würde nur eine Chance haben, und wenn es nicht klappte, würden er und seine Mannschaft, und vermutlich auch sein Schiff, dem Untergang geweiht sein. Sein einziger Vorteil lag im Überraschungsmoment, und Becker wusste ganz genau, dass Karpenko und Petrow misstrauisch auf jedes Anzeichen von Rebellion achteten.

»Aufs Ruder achtgeben«, befahl Becker dem Rudergänger. »Weiter auf Kurs zwei-sieben-null bleiben.«

»Aye, Kapitän«, kam die rasche Antwort aus dem Turm.

Karpenko lächelte dünn. Becker ignorierte ihn. Welche Ironie, dass sie mit der *U-233* nicht in einem Hagel feindlicher Wasserbomben, abgefeuert von einem U-Jagd-Verband, untergehen würden, sondern mit Männern auf dem Boot selbst kämpfen mussten. Aber ein Mann konnte sich nicht immer aussuchen, wo und wann er kämpfen und sterben musste.

Becker glitt zum Kartentisch. Karpenko rührte sich. Der Lauf der Schmeisser folgte Beckers Rücken.

»Begegnung erfolgt in weniger als einer Stunde«, meldete Becker. »Das heißt, nach Koppelnavigation. Rotteck muss unsere Position mit einem Sternenschuss bestimmen, damit wir unsere Freunde überhaupt finden.«

»Ja, kümmern Sie sich darum«, sagte Karpenko. »Wenn wir nur dem Ziel näher kommen.«

»Und in der Zwischenzeit müssen meine Männer etwas essen!«

Karpenko bedachte Becker mit einem finsteren Blick. »Wenn ich Sie wäre, würde ich im Augenblick nicht ans Essen denken und lieber –«

Ein Sprachrohr mit der Aufschrift »Minenraum« schrillte laut.

Karpenko gestikulierte mit der MP. »Fragen Sie, was die wollen.«

Eine aufgeregte Stimme quäkte aus der Leitung: »Kapitän! Minenschacht fünf – die Naht ist geplatzt! Wasser dringt ein!«

Becker wollte aus der Zentrale stürzen, doch Karpenko hielt ihn auf, drückte ihm den Lauf der Schmeisser in den Magen. »Sie bleiben.«

»Verdammt, Sie haben's doch gehört – wir haben Wassereinbruch!«

»Ich sagte, Sie bleiben. Gehen Sie zurück an den Kartentisch.«

Becker rührte sich nicht von der Stelle.

»Ich gehe nach vorn«, sagte Karpenko zu Petrow. »Wenn das ein Trick ist, töte alle.«

Petrow richtete seine MP auf die gefesselten Männer.

Becker packte Karpenko am Kragen. »Lassen Sie mich mitkommen. Es könnte sehr gefährlich werden.«

Karpenko schüttelte ihn ab. Er rammte den Lauf der Waffe unter Beckers Kinn und zischte: *«Ich sagte, Sie bleiben hier.«*

Becker konnte nur tatenlos zusehen, wie Karpenko sich duckte und durch das Schott stieg. Dann sah er Petrow an, der entlang der Mündung seiner Waffe auf die Gefangenen starrte.

»Kommen Sie hier rüber, Becker«, sagte dieser. »Zum Kartentisch, wo ich Sie im Auge habe. Und halten Sie den Mund.«

Becker warf dem Leitenden Ingenieur einen Blick zu. Der hob eine Augenbraue.

Petrows Maschinenpistole schwenkte die Reihe der Männer an den Gefechtsstationen entlang. Ein Matrose erstarrte mit schreckgeweiteten Augen, als der Lauf auf ihn zuschwenkte und verharrte. »Du da! An deine Arbeit!«, befahl Petrow.

Becker wartete. Durch das offene Turmluk hörte er die Wellen, die gegen den messerschneideförmigen Bug der *U-233* brandeten, hörte das Brausen der Auspuffgase. Und die allergrößte Ironie, sann er, wäre, wenn mein Boot voll läuft und sinkt, bevor es das russische Begleitschiff trifft. Eines der ungelösten Rätsel des Krieges: Was geschah mit der *U-233?* Wenn der Wassereinbruch schlimm war, aber nicht schlimm genug, um die Begegnung mit dem Russen aufzuschieben, dann konnte ihn dieser Umstand daran hindern, sein Boot zurückzuerobern.

Wieder ein Quäken im Sprachrohr: »Becker. Kommen Sie her.« Karpenko.

Petrow gestikulierte mit der Schmeisser. »Tun Sie, was er sagt.«

* * *

Karpenko stand knietief im Wasser. Die Schweißnaht am Minenschacht im Bugtorpedoraum war weit aufgeplatzt, und mit jedem Rollen und Schlingern der *U-233* schoss ein Schwall Meerwasser durch den Spalt und sammelte sich in der Abteilung. Becker leuchtete den Schaden mit einer Gefechtslampe an und zuckte zusammen. Der Riss war so groß, dass zwischen den einzelnen Wasserschwällen sogar der Edelstahlbehälter sichtbar wurde, er reflektierte das Licht von Beckers Lampe. Eine nähere Begutachtung enthüllte, dass der Minenschacht nicht nur einen Riss hatte, sondern sich zudem fast zehn Zentimeter verschoben hatte. Becker leuchtete nach oben. Im oberen Teil des Schachtes, wo dieser in einer an den Druckkörper des Bootes geschmiedeten wasserdichten Hülle steckte, hatten sich die Gewinde von zehn zweieinhalbzölligen Schrauben, die das Ganze zusammenhielten, durch ihre Muttern gebohrt und die Splinte zerstört.

»Sinken wir bereits?«, fragte Karpenko. »Ich will die Wahrheit wissen.«

»Noch nicht.«

»Was bedeutet das?«

»Es bedeutet, dass wir sinken werden, wenn wir diesen Schacht nicht wieder anschrauben. Aber vielleicht können wir uns halten, bis wir auf unsere Freunde treffen ...«

»Gut ...«

»... aber dazu müssen wir die Fahrt verlangsamen, sonst schaffen wir's nicht.«

»Um wie viel?«

»Um die Hälfte, auf zehn Knoten. Oder noch weniger.«

»Begegnung ist in einer Stunde, haben Sie gesagt.«

»Jetzt noch früher.«

»Können die Bilgepumpen so viel Wasser lenzen?«

»Der LI glaubt das nicht.«

»*Sie* sollten das aber wissen, Becker.«

»Dieses Unterseeboot ist ein Minenleger. Es besitzt nicht die Kapazität, Tausende Liter abzupumpen wie ein VII-C- oder IXer-Boot.«

Karpenko schwenkte die Waffe. »Was zum Teufel soll das bedeuten?«

»Es bedeutet, was ich bereits gesagt habe: Wir müssen unsere Geschwindigkeit drosseln.«

»Und wenn wir das tun?«

»Dann geht es besser.«

Karpenko drückte Becker die Schmeisser in den Rücken. »Dann geben Sie den Befehl.«

8. Kapitel

Ein Luftwaffenstützpunkt der RAF nördlich von London, 28. März

Mackenzie betrachtete zwei Scheinwerfer, die über das Flugfeld hüpften und auf zwei funkensprühende rote Leuchtfackeln zurollten, die das Parkfeld einer Lockheed Ventura markierten. Er duckte sich unter dem Flügel des Flugzeugs hinweg und wartete, bis der große Rover zum Halten gekommen war. Einen Moment später stieg Martin Blackthorne mit über die Schultern gelegtem Regenmantel aus dem Wagen und näherte sich, die Augen auf das zweimotorige, grau-olivenfarbene Flugzeug geheftet, auf dessen Seite das blau-weiß-rote Emblem der RAF gemalt war.

»Tut mir leid, dass Sie warten mussten, Sir Stuart. Schneller ging es so kurzfristig nicht.«

»Sie müssen sich nicht entschuldigen, Martin.« Sie gaben einander die Hand, und Mackenzie wies einladend auf die Leiter, die vom Rumpf der Ventura herabgelassen war. »Im Gegenteil, ich muss mich entschuldigen, dass ich Sie zu so unchristlicher Stunde wecke, aber wie ich Ihnen bereits sagte, hat Houghton-Vickers den Gefährten der Frau als Alexi Suwerow identifiziert. Mitarbeiter der Botschaft und des NKGB. Wahrscheinlich auch einer von Stalins Henkern. Sie wurden in der Nähe von Neston gesehen, und mit dem Flugzeug kommen wir nun mal am schnellsten hin. Nach der Landung können wir in einer halben Stunden in Neston sein. Nach Ihnen, Martin, und Vorsicht mit der Leiter.«

Als sie in ihren Kübelsitzen angeschnallt waren, fragte Blackthorne: »Und Houghton-Vickers ist sicher, dass sie nach Neston wollen?«

»Ziemlich sicher. Die beiden wurden in der Nähe von Chester gesichtet, sind dem Constable aber durch die Lappen gegangen. Meiner Meinung nach kann so ein armer Kerl es einfach nicht mit diesen gewieften NKGB-Typen aufnehmen; wir sollten ihm also nicht zu böse sein.« Mackenzie warf Blackthorne einen Seitenblick zu. »Jedenfalls hat Scotland Yard eine Menge Männer geschickt. Die beiden werden uns nicht entkommen – und wohin sollten sie auch fliehen?«

Blackthorne strich seine schwarzen Ziegenlederhandschuhe glatt und nickte. »Die Endphase also – und wahrlich nicht zu früh.«

Das Backbordtriebwerk der Ventura jaulte auf, begann sich zu drehen und kam unter Ausstoß einer Rauchwolke und einer gelben Flammenzunge auf Touren.

»Los geht's«, sagte Mackenzie fröhlich. »Ich liebe Nachtflüge.«

Nun zündete das Steuerbordtriebwerk, die Chokes wurden gezogen, und die Ventura rollte über das Gras. Sie schien auf der Landebefeuerung wie auf einem Lichtgitter zu schweben. Minuten später gab der Pilot Vollgas, hob von der Startbahn ab und nahm Kurs auf Norden.

Mackenzie zog einen Flachmann aus dem Mantel und bot ihn Blackthorne an.

Der lehnte ab. Mackenzie nahm einen Schluck und stöpselte die Flasche wieder zu, hielt sie jedoch im Schoß. Schließlich beugte er sich zu Blackthorne hinüber und sagte, den Lärm der Pratt-&-Whitney-Triebwerke übertönend: »Da ist noch etwas, Martin.«

»Ach?«

»Houghton-Vickers hat bestätigt, dass die beiden Männer, die die Frau in Soho getötet haben, tatsächlich Suwerow und das Mädchen verfolgen.«

»Ist er sicher?«

»Ziemlich sicher. Sie wurden bei Birmingham gesehen. Genau die beiden Typen von der sowjetischen Botschaft, die der Yard nach Soho verfolgte. Ganz klar NKGB-Leute. Wir versuchen sie zu identifizieren, sollte nicht allzu lange dauern.«

»Wo sind sie jetzt?«

Mackenzie schluckte, um den Druck in seinen Ohren auszugleichen. »Irgendwo in der Nähe von Chester. Houghton-Vickers ist der Meinung, wir sollten das Netz am besten über alle vier gleichzeitig auswerfen, und ich bin ganz seiner Meinung. Es ist ja ohnehin zu einer Menschenjagd ausgeartet.«

Er schaute aus dem Acrylglasfenster in die absolute Schwärze, dann wandte er sich wieder an Blackthorne. »Ich glaube, wir können die Sache rasch zum Abschluss bringen, Martin. Mit Ghormans Hilfe natürlich.«

Blackthorne nickte.

»Ghormans Flieger können die *Isar* nicht finden, wegen Schwerwetter und Nebel usw., und außerdem handelt es sich ja um einen Ozean. Doch falls sie das Schiff finden, will er, dass sie unverzüglich angreifen.«

»Sie sollen die *Isar* versenken? Meine Güte, das wird aber einen schrecklichen Eklat mit den Russen verursachen.«

Mackenzie gab ein leises, selbstgefälliges Lachen von sich. »Was sollen sie denn machen? Immerhin hat Ghorman durch den Jerry einen Zerstörer verloren. Wenn er die *Isar* angreift, stillt er seinen Rachedurst, und ich gestehe, meinen ebenfalls. Wir hätten mit einem Schlag Kondor beendet und die Russen aus dem Spiel geworfen. Wie dem auch sei, wenn wir diesen Suwerow finden und zum Reden bringen, können wir möglicherweise sogar die Position der *Isar* bestimmen und sie zusammen mit der *U-233* versenken.«

Einen Augenblick zitterte das Flugzeug, dann beruhigte es sich wieder. Durch die offene Tür des Cockpits konnte Blackthorne den Piloten und den Copiloten Kaffee trinken sehen, sie reichten eine Thermosflasche hin und her. Das enge Cockpit war ein einziges Dickicht aus Steuerhebeln, Schaltern und Anzeigegeräten.

Nach einem langen Schweigen rutschte er auf seinem Sitz in eine andere Lage. »Ich fürchte, wir haben uns noch nicht mit der einen Frage auseinandergesetzt, die bei jeder Erwägung des Schicksals der *U-233* und seiner Ladung im Hintergrund steht.«

»Und die wäre ...?«

»Was Becker dazu veranlassen könnte, sich den Russen zu ergeben?«

»Ich glaube, ich weiß die Antwort darauf«, sagte Mackenzie lässig.

»Ach?«

»Aus Bletchley, es war eine Nachricht an die *U-233*. Kam heute Morgen. Ich habe sie am Telefon aufgeschrieben, bevor ich losfuhr, es war ja keine Zeit, sie nach London zu schicken, wenn man den engen Zeitplan bedenkt. Es ist eine Warnung von Dönitz an Becker, betreffend die beiden SD-Offiziere an Bord der *U-233*.« Mackenzie sah Blackthorne direkt in die Augen. »Diese Offiziere sind, wie es scheint, keine Deutschen.«

Blackthorne, der bei Mackenzies langsamer Preisgabe der Information ganz kribblig geworden war, zuckte zusammen. »Keine Deutschen? Das verstehe ich nicht.«

»Laut Dönitz wurden die Leichen der echten Offiziere Jäckel und Franke erschossen in der Nähe Kiels gefunden, ihrer Uniformen und Papiere beraubt.«

Blackthorne starrte Mackenzie fragend und ungläubig an. »Und ... wer sind dann die beiden an Bord des U-Boots?«

»Rote.«

»*Rote?*«

»Agenten der Roten, die sich als Jäckel und Franke ausgeben.«

Blackthornes Augen traten hervor. »Meine Güte, wenn das stimmt, werden sie die *U-233* entführen.«

Mackenzie, der erstaunlich gelassen wirkte, sagte: »Das haben sie vermutlich schon.«

Die Ventura drehte scharf bei und ging in den Landeanflug auf Buckley.

* * *

»Wir haben sie verloren, Sir.« Chief Inspector Houghton-Vickers fuhr sich mit den Fingern durch das schüttere Haar.

Mackenzie zog die Schultern hoch, um sich vor dem eisigen Wind zu schützen, der von der irischen See über das Flugfeld von Buckley wehte. »Alle vier?«

Houghton-Vickers drehte seinen Fedora-Hut in den Händen. »Fürchte ja, Sir. Aber immerhin haben wir die Namen von den beiden Kerlen aus der Botschaft, auch wenn das im Moment nicht viel hilft. Der eine heißt Weroschilow, der andere Putin.«

»Kann ich die Fotos sehen?«, fragte Blackthorne.

»Natürlich, Sir, ich hole eine Taschenlampe ...«

Mackenzie winkte ab. »Verschwenden wir keine Zeit damit.

Sagen Sie mir stattdessen, Chief Inspector, wo Sie sie verloren haben.«

»Sie kennen sich in der Gegend aus, Sir?«

»Ich war im Ersten Weltkrieg in der Nähe von Neston stationiert.«

»Gut, Sir. Sie sind uns an der Commercial Road in der Nähe der Ostindien-Docks entwischt. Wir haben nur ihren Wagen gefunden und lassen ihn für alle Fälle überwachen.«

»Und die Frau und ihr Begleiter?«

»Wir haben ihre Beschreibungen an sämtliche hiesigen Stadtpolizeireviere gegeben. Ein Constable James hat sie am New Market Wharf gesehen, ist praktisch über sie gestolpert, als sie sich in einer Lagerhalle versteckten. Dachte zuerst, er hätte's mit 'nem Schwulenpärchen zu tun, das sich dort vergnügen wollte. Soll heißen, er sah Suwerow in Begleitung eines jungen Mannes. Ich vermute, der junge Mann ist in Wirklichkeit die Frau, in schwerer Arbeitskluft, und deshalb ist James' Irrtum verzeihlich. Jedenfalls haben sie Fersengeld gegeben und sind ihm entwischt. Wie Sie ja wissen, Sir, ist der ganze Hafen ein Labyrinth von Kneipen und Werkstätten und ... na ja, selbst ein verdammter Leprakranker könnte da untertauchen, wenn er wollte.«

»Zeigen Sie uns die Stelle, Chief Inspector«, sagte Mackenzie und schritt bereits zum Wagen.

New Market Wharf, Neston, 28. März

Suwerow stand in einem dunklen Hauseingang im Hafengebiet und beobachtete ungeduldige Seeleute, Soldaten und Schauermänner, die durch die engen Gassen mit Pubs, Cafés und Bordellen drängten.

Jetzt, da man nicht mehr nach Einbruch der Nacht die Verdunkelungsvorhänge zuziehen musste, konnte das Hafenviertel wieder mit greller Beleuchtung aufwarten. Suwerow stand den langen, beplankten Piers gegenüber, an denen unter Flutlicht Frachter be- und entladen wurden. In einiger Entfernung konnte er die Umrisse der Masten und Aufholer von Fischtrawlern ausmachen, die am nächsten Morgen in die Irische See stechen würden. Nirgends war der Constable zu sehen, der mit seiner Taschenlampe um einen Berg Lattenkisten herumgeleuchtet und ihn und Tatjana in ihrem Versteck entdeckt hatte. Sie waren sofort im Schutz des Nebels durch eine Kopfsteinpflastergasse entflohen, die vom Hafen fortführte. Dann waren sie zurückgekommen.

Tatjana, tief in den Hauseingang gedrückt, atmete in hastigen Zügen, ihr Herz hämmerte. »Er hat uns sicher erkannt.«

Suwerow legte ihr einen Arm um die Schultern. »Vielleicht auch nicht.«

»Es sind nicht nur Weroschilow und Putin. Auch die Engländer verfolgen uns.«

Suwerow spürte, wie ein Zittern Tatjanas Körper durchlief. Er zog sie an sich und streichelte ihren Arm. Seine andere Hand umklammerte die Makarow in seiner Manteltasche.

Er wusste, dass Tatjana recht hatte. Die Engländer wussten genau, wen sie suchten, und der Constable hatte seine Entdeckung wahrscheinlich schon gemeldet. Bald würde die Gegend von Polizisten wimmeln. Weroschilow und Putin würden womöglich zu spät kommen; dann mussten sie sich mit dem zufriedengeben, was Geiern normalerweise übrig gelassen wurde. Aber wenn die NKGB-Agenten nicht bemerkten, dass die Engländer die Schlinge zugezogen hatten, dann konnten am Ende auch sie ins Kreuzfeuer geraten.

Suwerow spähte aus dem Versteck hervor. »Ich sehe es.«

Tatjana erstarrte. »Was siehst du?«

»Das Monte Carlo. Die Kneipe, in der wir laut Rita den Kapitän des Bootes finden. Ein Stück die Straße hinauf, auf der linken Seite.« Er umarmte Tatjana und küsste sie hungrig. »Ich habe dir doch gesagt, dass wir's schaffen.«

* * *

Das Monte Carlo war ein lauter Schweinestall. Der üble Gestank von Whisky, Urin und Erbrochenem war überwältigend. Soldaten, Matrosen, Seeleute und Huren standen in Fünferreihen vor der Theke, brüllten, fluchten und schwatzten unter einer erstickenden Wolke von Zigarettenrauch. Betrunkene hauten ihren Kumpels auf den Rücken, die mit dem Gesicht in Whiskylachen lagen. Ein paar Stammgäste richteten argwöhnische Blicke auf Suwerow und Tatjana, als sie sich durch die Menge zur Bar drängten. In diesem Pub wurden Geschäfte gemacht, hier wechselte eine Menge Geld den Besitzer, ohne dass irgendwelche Fragen gestellt wurden. Hier zählte ein Menschenleben nicht viel.

Suwerow ignorierte die Betrunkenen, die lautstark leere Gläser und Becher schwenkten, wischte die schmutzige Hand eines Trinkers von seinem Ärmel. Er wandte sich an den Barkeeper. »Quin. Kapitän Quin von der *Mary J*. Ist er da?«

Der Barkeeper, ein haariger Affe mit schmutziger Schürze, der fleißig die Zapfhähne bediente, deutete mit dem Kinn. »Der da drüben isses. Der Kerl mit Bart.«

Suwerow drehte sich um. Sein Blick fiel auf einen untersetzten Mann mit ungepflegtem Bart und einer speckigen Schirmmütze, der mit zwei Matrosen an einem Tisch saß.

Suwerow und Tatjana gingen auf den Kapitän zu. Quin betrachtete sie mit schnapstrüben Augen unter buschigen Brauen. Er grüßte nicht, sondern redete weiter mit seinen Kumpanen, denen er aus einer flachen, etikettenlosen Flasche eine bernsteinfarbene Flüssigkeit nachfüllte.

Suwerow legte wieder eine Hand auf die Makarow in seiner Tasche. »Sie sind Quin? Kapitän Quin?« Er beachtet Quins Saufkumpane nicht, die wie der Kapitän ungepflegte Bärte hatten und schmutzige Arbeitskleidung und Mützen trugen.

»Und wer zur Hölle will das wissen?«, fragte Quin zurück. Er schlug den Mantel zurück, sodass Suwerow das Messer sehen konnte, das er in einem Futteral am Gürtel trug.

»Wir sind Freunde von Rita. Sie hat gesagt, Sie wären ein Freund, der Menschen hilft. Wir wollen Ihre Dienste kaufen.«

Quins Augen verengten sich. Er musterte Suwerow und Tatjana von Kopf bis Fuß, als sähe er sie erst jetzt.

»Ich kenne keine Rita.«

»Doch, ich glaube schon. Sie ist eine alte Freundin. Mehr als das. Sie kennen sich schon lange.«

Quin legte eine Hand auf das Messer. »Raus hier.«

Suwerow verstärkte den Griff an seiner Pistole. »Ich soll Sie von Rita fragen, wie es dem Jungen geht.«

Quin wischte sich mit dem Handrücken den Mund ab. Irgendwo in seinen halb geschlossenen Augen begann ein Licht zu glühen. »Wer zum Teufel seid ihr zwei?«

»Mein Name ist Suwerow.«

»Und ich heiße Tatjana.«

Quins Blick flackerte zu Tatjana. »*Russki?*«

»Russen«, bestätigte sie mit scharfer Stimme.

»Dann setzt euch und nehmt 'nen Schluck.« Quin schob ihnen zwei leere Gläser hin und schenkte aus dem Flachmann ein. Er zeigte auf den größeren der beiden Männer. »Das is mein Obermaat Hughie, und das da's Owen, mein Zweiter Maat.«

Nicken zur Begrüßung.

Quin stürzte seinen Drink hinunter. »Is kein Junge mehr. Is schon erwachsen. Bei der Marine. Kannste ihr sagen.«

»Werd ich.«

»Wir haben nicht viel Zeit«, mahnte Tatjana. »Rita hat gesagt, wir könnten bei Ihnen eine Überfahrt buchen.«

Quin lachte schallend und würgte einen Schleimklumpen hoch, den er auf den Boden spuckte. »Eine Überfahrt *buchen?«* Seine Freunde lachten ebenfalls, schlugen sich auf die Schenkel und zeigten tabaksbraune Zähne. »'ne Überfahrt buchen? Wofür haltet ihr uns? Für 'ne Dampfschifffahrtsgesellschaft?«

Suwerow spürte, wie sein Gesicht heiß wurde. Er zwang sich zur Ruhe, um die Situation nicht außer Kontrolle geraten zu lassen. Aber er spürte auch den wachsenden Druck und erwartete jeden Moment, Polizisten durch die Tür hereinströmen zu sehen, oder, schlimmer noch, Weroschilow und Putin.

»'ne Überfahrt buchen, sagt sie so einfach!« Quin konnte sich gar nicht beruhigen.

»Rita hat gesagt, Sie würden uns helfen«, beharrte Tatjana.

»Hat sie, ja?«

»Ja. Und – helfen Sie uns?«

Die Gesichter von Quin und seinen Maaten zeigten immer noch unverhohlene Belustigung. Owen lachte hinter vorgehaltener Hand.

»Wenn ich so weit bin. Wenn ich mir noch 'n paar hinter die Binde gegossen habe.«

Tatjana schnappte Quin das Glas vor der Nase weg und kippte seinen Inhalt auf den Boden. »Sie haben genug! Wir müssen sofort los!«

Suwerow wollte Tatjana das Glas aus der Hand nehmen, aber sie ließ es nicht zu. »Nein! Wir haben keine Zeit zu warten, bis er wieder nüchtern ist.«

Quin reagierte, als hätte sie ihm ins Gesicht geschlagen. Doch seine Reaktion war durch den Suff verzögert. »He ... du dreckige Fotze ... ich werd dir –«

»Still!«, fuhr Tatjana ihn an. »Wir gehen, und zwar sofort. Nehmen Sie Ihre Flasche doch mit.«

Hughie und Owen schwiegen erschrocken. Sie schauten Tatjana an, fragten sich wohl, was ihr als Nächstes einfallen würde.

Es krachte. Holz splitterte. Suwerow sprang auf. Hinter ihm war ein großer Schauermann auf einen Tisch gestürzt, hatte ihn umgekippt und zwei Stühle zerbrochen. Flaschen rutschten trudelnd über den Boden und verschwanden unter Tischen.

Unbeirrt schaute Tatjana Quin in die Augen. »Sofort, habe ich gesagt.«

Quin nahm sich Zeit, eine Zigarette anzuzünden, dann schob er seinen Stuhl zurück und kam leicht schwankend auf die Beine. Auch Hughie und Owen standen auf. »Nicht hier«, mahnte Quin. »Hinten. Hughie, du nimmst die Flasche.«

Quin und seine Mannschaft taumelten durch einen engen Gang an einem stinkenden Klo vorbei, in dem Suwerow einen Mann auf dem Boden liegen sah. Die betrunkenen Gäste stiegen über ihn, um an die Pissoirs zu gelangen.

Quin schob einen schmutzigen Vorhang beiseite, der den Eingang zu einem kleinen Lagerraum verdeckte, und bedeutete ihnen, sich auf wackelige Stühle an einem wackeligen Tisch zu setzen. An den Wänden hingen Besen und Schrubber und Eimer und Holzregale, deren Bretter sich unter der

Last von Schnapsflaschen und Schwarzmarktlebensmitteln bogen.

»Ich mach die Fahrt, wenn mir danach ist. Ungefähr einmal in der Woche nach Erie«, erklärte Quin und ließ sich auf einem Stuhl nieder, der unter seinem Gewicht ächzte. »Normalerweise laufe ich Drogheda an. Einfache Fahrt kostet dreihundert Scheine – pro Kopf. Zahlt jetzt, dann nehm ich euch beim nächsten Mal mit.«

»Mir wurde gesagt, Sie machen es für den halben Preis – hundertfünfzig Pfund pro Kopf.«

Quin schüttelte den Kopf. »Dann hast du falsch gehört, Kumpel. Die britische Marine patrouilliert die Irische See, weil sie nach Blockadebrechern wie mir Ausschau hält. Wer sich erwischen lässt, dem geht's dreckig.« Er zuckte die Achseln.

»Und was kostet es, wenn wir es, wie meine Freundin sagt, eilig haben?«

»Dann kostet's das Doppelte. Sechshundert Scheine. Macht es oder lasst es.« Hughie und Owen bewahrten steinerne Mienen. »Und verschwendet nicht meine Zeit, verdammt noch mal!« Seine letzte Bemerkung zeigte, dass er keinerlei Mitgefühl hatte. Er machte Anstalten, sich zu erheben.

Suwerow legte Quin eine Hand auf den Arm. »Wir zahlen, was Sie verlangen.«

Quin hielt mitten in der Bewegung inne, dann ließ er sich wieder auf den Stuhl fallen.

»Aber wir fahren noch heute Nacht – sofort. Ich gebe Ihnen die Hälfte, und die andere Hälfte, wenn wir in Drogheda ankommen.«

Quin zwinkerte mit gelbfleckigen Augen, stürzte noch einen Drink hinunter. Einen Moment schien er zu überlegen, ob

Suwerows Angebot einen Haken enthielt. Dann fuhr er sich mit der Zunge über die dünnen, rissigen Lippen. »In Ordnung.«

* * *

Sie verließen das Monte Carlo durch eine Hintertür, die auf eine dunkle, müllübersäte Gasse hinausführte. »Ich gehe voraus«, sagte Quin. »Die *Mary J* liegt am Ende von Long Wharf vertäut.« Er taumelte ein wenig und suchte überstürzt Halt an einer Backsteinmauer.

»Falls wir getrennt werden«, sagte Hughie, »merkt euch: Long Wharf ist der dritte Pier hinter New Market Wharf. Haltet euch im Schatten der Lagerschuppen, damit euch niemand sieht.«

»Wenn ihr uns verliert«, fügte Quin hinzu, »warten wir bei der *Mary J* auf euch. Aber nicht lange.« Er sprach mit der Autorität eines Menschen, der sein Leben lang mit Menschenschmuggel zu tun gehabt hatte.

Sie eilten rasch durch dunkle Gassen voran, die schweren Stiefel der Seeleute stampften auf das abgetretene Kopfsteinpflaster. Immer stärker wurde der Geruch nach Teeröl, Diesel und totem Fisch. Die Arbeit an den Schiffen war für diese Nacht beendet; die Schauermänner hatten sich in Pubs verzogen, Kräne, Dampfloks und Lastwagen hatte man auf den Piers stehen lassen. Hängelampen warfen in Abständen Lichtkegel auf die Kais.

Suwerow nahm Tatjana an der Hand, und sie bahnten sich ihren Weg um Lattenkisten, die mit Persenningen zugedeckt waren. Stille, dunkle Frachter lagen an der gesamten Länge des Piers, ihre Aufbauten aus schwarzem Stahl ragten wie Canyonwände empor. Hughie und Owen gingen voraus. Als sie an die

Ecke eines Lagerhauses kamen, hielt Hughie eine Hand hoch. Suwerow und Tatjana drückten sich an die Wand. Alles war feucht. Der Nebel, der von der Irischen See an Land wehte, verhüllte die oberen Stockwerke der Häuser.

Suwerow lugte über Hughies Schulter und sah eine Bewegung auf dem Pier. Zwei Schauermänner hatten angehalten, um ihre Zigaretten anzustecken, dann schlenderten sie weiter. Er drückte Tatjanas Hand, sie erwiderte den Händedruck.

»Long Wharf«, krächzte Hughie und deutete mit der Hand geradeaus. Suwerow sah einen Hafendamm, der ungefähr fünfhundert Meter lang war und von trüben Laternen beleuchtet wurde. Eine Flotte abgetakelter Fischerboote hatte dort festgemacht, Trawler, Kutter und Heringsfänger – und irgendwo darunter die *Mary J.*

»Owen und ich gehn vor«, sagte Hughie, »machen sie seeklar und ...«

Suwerow hielt den Mann mit eisernem Griff an der Schulter fest. »Keine unliebsamen Überraschungen – verstehst du, was ich meine?«

»Keine Sorge, Kumpel«, erwiderte Hughie. »Käpt'n Quinie is 'n Mann, der Wort hält.«

»Ich will nur, dass wir uns recht verstehen!«

»Woran können wir die *Mary J* erkennen?«, fragte Tatjana.

»Sie liegt auf dem letzten Platz links. Ist blau gestrichen – nicht, dass man's direkt sieht, sie ist schon ein bisschen rostig. Aber ihr werdet ihre Maschine hörn, die is laut genug. Und noch was: Um diese Zeit is normalerweise kein Mensch auf dem Pier. Also passt auf und wartet lieber 'ne Minute, bis ihr sicher seid, dass die Luft rein ist. Dann kommt ihr an Bord.«

»Was ist mit dem Hafenmeister?«, fragte Suwerow. »Braucht ihr keine Auslaufgenehmigung?«

Owen schnaubte verächtlich. »Der Hafenmeister is Käpt'n Quinies Schwager.«

Die beiden Maate traten aus dem Schatten des Lagerhauses auf den schwach erleuchteten Anleger, steckten sich Zigaretten an und schlenderten langsam in Richtung *Mary J.* Rasch wurden sie vom Nebel verschluckt.

Tatjana legte Suwerow eine Hand auf die Schulter. Er drückte ihr einen Kuss auf die Stirn, ohne den Pier eine Sekunde aus den Augen zu lassen.

»So habe ich es mir nicht vorgestellt«, sagte Tatjana mit einer Stimme, die fast ein Flüstern war. Ihr Atem stieg in kleinen Dampfwolken empor.

»Was hast du denn erwartet?«

»Weiß ich nicht genau. Sonnenschein. Viele Menschen. Mir gefällt das hier nicht. Es kommt mir falsch vor.«

»Das Monte Carlo ist auch ein anrüchiger Schuppen, und trotzdem bist du hineingegangen. Übrigens warst du sehr tapfer. Du hast Quin als den besoffenen Trottel bloßgestellt, der er ist.«

»Hoffentlich nicht *zu* trottelig. Immerhin soll er uns nach Irland bringen.« Plötzlich schaute sie mit feuchten Augen auf. »Traust du ihm, Alexi?«

Hatte er jemals einem Menschen vertraut? Nein, niemals – nur Tatjana. Nicht nur, weil er sie liebte, sondern weil auch sie zum Tode verurteilt war und dennoch bereit, alles für die Freiheit zu riskieren. Das machte sie zu einem der tapfersten Menschen, die er kannte. Sie hatte ihn glauben gelehrt, dass ein neues Leben möglich war. Nun mussten sie nur noch an Bord der *Mary J* gehen und nach Irland fahren, wo dieses neue Leben auf sie wartete.

»Nein, ich traue ihm nicht. Aber haben wir denn eine Wahl?«

Suwerow hielt den Blick weiterhin wachsam auf den Pier gerichtet. »Ich bin darauf vorbereitet, ihn und seine Kumpane zu töten, wenn sie etwas vorhaben. Ich hoffe nicht, dass es so weit kommt. Aber wenn sie etwas versuchen, werde ich sie töten. Damit wir überleben.«

* * *

Den Kopfhörer ans Ohr gepresst drehte Chief Inspector Houghton-Vickers am Regler eines US Army Signal Corps-Funkgerätes, das in den Kofferraum des Rovers eingebaut worden war. Er sprach in ein Handmikrofon, das durch ein langes Kabel mit dem Funkgerät verbunden war. »Wiederholen Sie das bitte, Constable, der Empfang wird schwächer.«

Mackenzie und Blackthorne hörten die quäkende Stimme des Constables aus dem Kopfhörer.

»Gut.« Houghton-Vickers nickte Mackenzie zu. »Dann beordern sie alle Leute dorthin. Finden Sie die beiden. Wir suchen Long Wharf ab. Ende.«

Er blies die Backen auf. »Suwerow und die Frau sind möglicherweise in einem Pub, dem Monte Carlo, gesichtet worden. Ebenso die beiden NKGB-Schlächter. Jemand glaubt, sie könnten nach einem gewissen Kapitän Quin gefragt haben, dem Skipper des Trawlers *Mary J.* Der Barkeeper konnte sich nicht erinnern, und sonst hat niemand auf die beiden geachtet.«

»Haben sie die Kneipe zusammen mit diesem Quin verlassen?«

Houghton-Vickers warf Mackenzie einen müden Blick zu. »Wir haben es hier mit Stammgästen einer Hafenspelunke zu tun, Sir Stuart, nicht mit den Mitgliedern eines Kirchenchors.

Die Leute waren nicht besonders erpicht auf Polizisten, die neugierige Fragen stellen.«

»Natürlich, natürlich, wie dumm von mir.« Zerknirscht warf Mackenzie Blackthorne einen Blick zu, dann wandte er sich wieder an Houghton-Vickers. »Sie haben eben etwas von Long Wharf gesagt ...«

»Alle meine verfügbaren Männer suchen nach diesem Kapitän Quin, seinen Maaten und seinem Schiff, das vielleicht an Long Wharf liegt. Wenn wir das Schiff finden, dann wette ich, dass wir auch Suwerow und die Frau finden. Und die beiden Männer von der Sowjetbotschaft.«

»Und wo ist Long Wharf?«, erkundigte sich Blackthorne.

»Bis ich es erklärt habe, sind wir bereits dort, Sir. Wir sollten losfahren.«

Houghton-Vickers klappte die Kofferraumhaube zu, sein Fahrer öffnete ihnen die Wagentüren und klemmte sich hinters Steuer.

Mackenzie schnippte mit den Fingern. »Ihre Taschenlampe, Chief Inspector.«

Houghton-Vickers, der gerade in den Wagen kroch, drehte sich so rasch um, dass er seinen Fedora-Hut verlor. »Meine Taschenlampe, Sir?«

»Ja, und die Aufnahmen von diesen beiden NKGB-Schlägern. Geben Sie mal her. Man kann ja nicht wissen, wer noch alles auf Long Wharf auftaucht.«

* * *

Die *Mary J* war ein alter, rostiger Eimer. Falls sie jemals blau oder in einer anderen Farbe gestrichen gewesen war, so war jede Spur davon lange verblichen. Sie lag fest vertäut am Pier und stieß aus ihrem Schornstein hinter dem eingesackten Steuerhaus Rauch aus, den ihr lauter, altersschwacher, kohlebefeuerter Dampfkessel erzeugte. Ihre Fender aus alten Autoreifen, die am Schandeck festgezurrt waren, protestierten knarrend, als eine Welle den Holzrumpf der *Mary J* gegen das geteerte Pfahlwerk drückte. Eine zerbrechlich aussehende Laufplanke führte vom Pier auf das Deck hinab.

Suwerow entdeckte Quin im Steuerhaus. Ein Rechteck aus Licht erschien unter der Brücke, und Owen trat aufs Deck hinaus und rief Quin etwas zu. Dann tauchte Hughie plötzlich auf dem Pier auf und trat gegen die Ankertrosse, die das Schiff fest mit einem Poller vertäute.

Suwerow legte seine Wange an das kalte, feuchte Eisen eines Auslegers. Erschöpfung drohte ihn zu überwältigen. Ihre Flucht näherte sich dem Ende, aber ihm fehlte die nötige freudige Erregung, um für sich und Tatjana den letzten Schritt in die Freiheit zu tun.

»Alexi, was ist mit dir?«

Er spürte Tatjanas warmen Atem auf seiner Wange. »Nichts. Alles in Ordnung.«

Suwerow stand auf. Tatjana erhob sich ebenfalls. Er hielt die Makarow ans Bein gepresst, den Lauf nach unten, die Finger fest um den Abzug geschlossen. Er nahm Tatjanas Hand. »Langsam jetzt, halt dich hinter mir. Wir gehen ganz ruhig an Bord, als gehörten wir zur Besatzung.«

Suwerow schlich vorwärts, achtete auf jede Bewegung in der Umgebung. Er führte Tatjana zu einem Kistenstapel, der so hoch war wie ein kleines Haus. Die Kisten waren aus grob gehobelten Kiefernholzbrettern und rochen nach frisch gesägtem Holz. Im schwachen Licht las Suwerow die Aufschrift einer Kiste: »International Harvester Co. Made in U. S. A.« Er schätzte, dass sie von der Laufplanke der *Mary J* höchstens zwanzig Meter trennten.

Er drückte Tatjanas Hand. »Fertig ...?«

Eine stämmige Gestalt schälte sich aus der Dunkelheit. »Alexi Petrowitsch.«

Weroschilow!

Suwerow fuhr herum, riss Tatjana zu Boden, bereit, sich schützend über sie zu werfen. Mit einem Blitz und einem leisen Knall entlud sich eine schallgedämpfte Pistole, und eine 9-mm-Kugel bohrte sich in ein Kieferbrett neben seinem Ohr. Splitter flogen um seinen Kopf.

»Alexi Petrowitsch, du hast mich angelogen. Hast ihren Tod nur vorgetäuscht, stimmt's? Du hast Moskaus Befehle missachtet. Hattest du nicht den Mut, sie zu töten, Alexi Petrowitsch? Seid ihr nun glücklich miteinander? Ich hoffe, ihr hattet euren Spaß, denn ich werde euch nun töten. Keine Sorge, ihr werdet nicht leiden, ich schieße euch in den Kopf. Euer Tod wird nicht so schmerzhaft sein wie der deiner Hure Rita.«

Suwerow, am Boden kauernd, presste eine Faust vor den Mund. Er spürte, wie Tatjanas Griff an seinem Ärmel sich verstärkte. Hörte, wie sie fast schluchzend Luft holte.

»Alexi Petrowitsch, das überrascht mich doch sehr. Hast du geglaubt, wir würden dich so leicht davonkommen lassen? Ich habe einen Heidenrespekt vor dir gehabt. Aber du hast mich enttäuscht. So was Dummes, mich anzulügen. Nun mach es nicht noch schlimmer, indem du dich von den Engländern fangen lässt. Denn wenn sie mit dir und der Kleinen fertig sind, werdet ihr beide hängen. Dann stirb doch lieber den Heldentod für Mütterchen Russland. Es ist noch nicht zu spät –«

»Fahr zur Hölle, Weroschilow!«

Wieder ein Aufblitzen und ein gedämpfter Knall und ein Hagel von Holzsplittern.

Suwerow kam auf die Knie und gab zwei Schüsse ab. Er hörte Rufe auf der *Mary J*, konnte aber die Worte nicht verstehen. Wild blickend sah er sich um. Wo zum Teufel steckte Putin?

»Alexi!« Tatjana. War sie getroffen worden? Nein, sie zeigte nach vorn …

Schritte. Laufende Männer. Zwei stürzten direkt auf ihn zu. Suwerow schoss und meinte ein Stöhnen zu vernehmen. Sein Feuer wurde erwidert. Kugeln bohrten sich in Holzkisten; Geschosshülsen klirrten auf dem Pier.

Suwerow kam mit einem Sprung auf die Beine. Er ging zum Angriff über, schickte Weroschilow zu Boden. Dann wirbelte er herum und ging auf Putin los, schleuderte ihn gegen die Kistenwand, rammte ihm sein Knie in den Schritt. Putins stinkender Atem traf Suwerow ins Gesicht, seine Pistole fiel klappernd zu Boden.

Der Suchscheinwerfer der *Mary J* blendete auf und bohrte sich durch den tintigen Nebel. Er verharrte, schwenkte zurück und nagelte Suwerow und Putin in seinem blau-weißen Licht fest.

»Verdammt, verdammt!«, fluchte Putin. Obwohl er geblendet war, versuchte er mit klauenartigen Händen an Suwerows Gesicht zu kommen, an seine Augen.

Doch Suwerow hatte bereits seine Hand an Putins Kehle. »Das ist für Rita!« Und zweimal dröhnte die Makarow.

Weroschilow war wieder auf die Beine gekommen. Der Scheinwerfer der *Mary J* beleuchtete eine schallgedämpfte Tokarew, die auf Suwerow zielte. Doch statt einen Schuss abzugeben, wurde Weroschilow rückwärts gegen eine Kiste geschleudert. Völlige Verblüffung stand auf seinem Gesicht. Er starrte einen

Moment lang auf Tatjana, dann entglitt ihm die Waffe, und er fiel mit dem Gesicht nach unten auf den Pier. Tatjana schoss noch einmal mit Putins Tokarew auf ihn.

Suwerow wartete keine Sekunde. Er packte Tatjanas Arm. »Los!«

Im Licht des Suchscheinwerfers flitzten sie über die freie Fläche des Piers bis zur Laufplanke der *Mary J.*

Quin und Hughie beeilten sich, den Zugang zu versperren, doch Suwerow zwang sie mit vorgehaltener Makarow zum Rückzug.

»Ihr habt sie ermordet!«, schrie Quin. Er war jetzt wieder nüchtern und völlig verängstigt. »Mein Gott, ich hab's genau gesehen!«

»Ablegen!«, befahl Suwerow. Er schaute zu Owen hinauf, der den Scheinwerfer auf dem Steuerhaus schwenkte. »Mach das Ding aus und komm sofort runter. Du.« Er schwenkte die Waffe wieder zu Hughie. »Ich hab gesagt: Ablegen.«

»Den Teufel wird er tun«, murrte Quin. »Ihr beide seid ein Riesenproblem, und ich will nix damit zu tun haben.«

Owen kletterte die Leiter herunter.

Suwerow richtete die Pistole auf Quin, dann auf Owen. »Es ist mir egal, welchen von euch ich töte. Owen kann uns ebensogut nach Irland bringen wie Sie, Quin. Und Hughie ebenfalls. Die Entscheidung liegt bei Ihnen.«

Quin kratzte sich den Bart. »Scheiße, ihr habt doch nur eine Pistole gegen uns drei ...«

»Tun Sie, was er sagt.« Tatjana hob die beiden Tokarews und zielte auf die Männer.

Quin leckte sich die rissigen Lippen. »Okay. Wir legen ab, Hughie.« Er schickte sich an, die Leiter zum Steuerhaus hochzuklettern.

»Alexi …!«

Scheinwerfer schwenkten über Long Wharf. Ein großer Wagen bog auf den Pier ein und beschleunigte, ratterte über die feuchten Planken. Ihm folgten zwei weitere Fahrzeuge mit Blaulicht und Martinshorn.

»Ha! Zu spät«, höhnte Quin. »Sie haben euch!«

»Dann ist es auch für euch zu spät.« Suwerow machte eine drohende Bewegung mit der Makarow.

»Nein, warten Sie …« Hughie riss eine Axt aus einem Spind, zielte und hieb mit einer schwungvollen Bewegung die dicke Ankertrosse durch. Owen hastete in den Maschinenraum. Quin kletterte rasch ins Steuerhaus. Überzeugt davon, dass Hughie das Tau der *Mary J* gekappt hatte, öffnete er die Drossel und drehte das Steuerrad bis zum Anschlag, um vom Anleger fortzukommen.

Suwerow nahm verschwommen eine Rußwolke wahr, die den Pier verwischte, einen spuckenden Motor, wühlende Schrauben, die kochende Hecksee der *Mary J*, quietschende Reifen und schreiende Männer, die aus den Autos stiegen. Er verstand nichts von alledem, aber das spielte auch keine Rolle. Nicht mehr.

Er ließ sich auf einen Lukdeckel fallen und sah Long Wharf im Nebel verschwinden. Er klopfte seine Manteltaschen ab, suchte nach dem in Wachstuch gewickelten Päckchen. Es war noch da. Suwerow betrachtete seine Hand und war überhaupt nicht erstaunt, dass sie voller Blut war.

Die *U-233*, 29. März

Zehn Minuten nach Mitternacht. Becker stand mit Deckoffizier Jakob auf der Brücke. Hinter ihnen stand Karpenko mit vorgehaltener Maschinenpistole. Unter Deck in der Zentrale bewachte Petrow, argwöhnisch auf Anzeichen eines Aufstandes achtend, Offiziere und Wachgänger.

Becker suchte mit dem Fernglas den Horizont nach einem Fleck ab, der dunkler war als See und Himmel, ein Fleck, der, falls Rottecks Navigation stimmte, sich als Rumpf und Aufbauten der *Isar* erweisen würde.

»Irgendwas zu sehen?«, fragte Karpenko.

Ein Anflug von Angst hatte seine Stimme verändert, sie klang eine Oktave höher. Der Russe musste seine Stimme erheben, um gegen das dumpfe Grollen der Diesel und das Zischen und Branden der Wogen gegen das schmale Deck der *U-233* anzuschreien. Parallele, sich kräuselnde und phosphoreszierende Spuren im Achterwasser zu beiden Seiten zeigten die langsame Fahrt des Bootes an.

»Rein gar nichts«, erwiderte Becker.

Er wusste, dass Schiffe in einer dunklen Nacht wie dieser in hundert Meter Abstand aneinander vorbeifahren konnten und nichts von der Gegenwart des anderen ahnten.

»Sind Sie sicher, dass Rotteck exakt gekoppelt hat?«

Becker senkte das Zeiss-Fernglas und sprach, ohne Karpenko anzusehen. »So sicher, wie ich nur sein kann.«

»Dann sollten wir doch die *Isar* inzwischen sehen!« Karpenkos Stimme war noch ein wenig gepresster geworden.

Becker hielt sich am Gitter fest, das gegen die Gischt schützte, und bewegte die Schultern, um seine Anspannung zu vertreiben. »Ist Ihnen jemals in den Sinn gekommen, Karpenko, dass die

Navigationskünste Ihrer Genossen für diese Begegnung mitten auf dem Ozean nicht ausreichen könnten?«

Karpenko antwortete nicht, aber seine Augen verrieten seinen Argwohn. Becker und Jakob nahmen ihre 360-Grad-Suche nach der *Isar* wieder auf.

Becker spürte, wie sich seine Eingeweide verknoteten. Die wachsende Spannung erreichte allmählich ihren Höhepunkt. Er fühlte sich in die Enge getrieben und hatte den Eindruck, als verdichtete sich die Zeit: Sie liefen Gefahr, von den Ereignissen überrollt zu werden. Er wusste, dass alles vom richtigen Zeitpunkt abhing. Bald schon. Sehr bald. Wenn sie auf die *Isar* trafen, würden bewaffnete Männer an Bord kommen und das Kommando übernehmen. Dann wäre es zu spät. Er zwang sich, ruhig zu bleiben, sich normal zu benehmen, nichts zu verraten.

Becker merkte, dass Jakob sich straffte; er hatte etwas entdeckt.

»Das Schiff, Herr Kaleun!«, meldete er sodann. »Zwei Strich steuerbord vom Bug.«

Becker schaute in die angegebene Richtung und entdeckte eine tintenschwarze Silhouette, wie ein Scherenschnitt vor dem Horizont. Sie war kaum dunkler als der Himmel.

»Ich sehe es. Beide Maschinen geringe Fahrt voraus«, ordnete Becker an.

»Was machen Sie denn? Das ist die *Isar!*« Erleichtert drängte sich Karpenko zwischen Becker und Jakob. Die Schmeisser in der einen Hand zeigte nach achtern, während er mit der anderen das Fernglas an die Augen hob.

Becker erkannte, dass Karpenko momentan abgelenkt war. Er konnte sein schweres Fernglas als Waffe benutzen und Karpenko den Schädel einschlagen, dann konnte er die MP aufheben und hinab in die Zentrale springen. Vielleicht würde er es sogar schaffen, Petrow zu überrumpeln und zu erschießen. Aber genauso gut konnte das Manöver schiefgehen. Dann würden alle seine Offiziere und die Hälfte der Wachgänger dran glauben müssen. Und er selbst auch.

»Was macht Sie so sicher, dass dies die *Isar* ist?«, fragte Becker.

»Wer sonst könnte das sein?!«, fauchte Karpenko.

»Zum Beispiel ein englischer Zerstörer.«

Karpenko trat einen Schritt zurück und stieß Becker die Mündung der Maschinenpistole in die Rippen. »Wir dürfen keine Zeit verlieren. Fahren Sie drauf zu. Dann werden wir schon sehen.«

Becker, voller Vorbehalte über ein Schiff, dessen Identität er nicht ermitteln konnte, gab die nötigen Befehle. Binnen Minuten erkannten sie ein großes, schweres, dunkles Schiff mit dem Aussehen eines U-Begleitschiffes. Es hatte einen wahren Wald von Ladepfosten und -bäumen auf dem Oberdeck. Ein riesiger Pott mit mehr als 17 000 Tonnen Wasserverdrängung, schätzte Becker. Aber vermutlich nicht sehr schnell, Höchstgeschwindigkeit um die zehn Knoten. Ganz schwach konnte man mehrere mittelkalibrige Geschütze erkennen, die in Wannen auf Vor- und Achterschiff montiert waren, sowie eine Reihe Flakbatterien auf Deckhaus und Brücke. Doch da sämtliche Beleuchtung ausgeschaltet war, ähnelte die *Isar* einem Geisterschiff.

»Weiter geringe Fahrt«, befahl Becker.

Karpenkos Schmeisser klirrte gegen Stahl, als er durch die Sprechanlage mit der Zentrale sprach. »Petrow. Wir haben Sichtkontakt mit der *Isar*. Schick den Signalmaat mit einer Lampe hoch, damit wir uns zu erkennen geben.«

»Licht kann hier draußen meilenweit gesehen werden«, mahnte Becker.

»Möchten Sie lieber, dass sie auf uns schießen?«

»Ich denke nur an den U-Jagd-Verband. Das ist, als ob man Motten mit einer Kerze anlockte.«

Karpenko erwog die Gefahr. »Das Risiko müssen wir eingehen.«

Die *Isar* schien vor Anker zu liegen. Immer noch war kein Lebenszeichen an Bord zu erkennen, aber Becker wusste, dass Kapitän und Mannschaft die näher kommende *U-233* genau beobachteten und mit Sicherheit erkannten. Dennoch warteten sie auf ihr Signal.

Ein junger, verängstigter Matrose mit einer Aldis-Signallampe kletterte aus dem Turmluk. Becker wies auf Karpenko. »Folgen Sie seinen Anweisungen.«

Karpenko winkte den Signalmaat zu sich. »Schicke folgendes Signal: Rot. Stopp. Ost. Stopp. Nord ... Schau mich nicht so an. Du hast mich schon verstanden.« Er versetzte dem jungen Mann einen auffordernden Stoß. »Nun los!«

Der Signalmaat hielt die Aldis-Lampe mit beiden Händen. Während er sich gegen das kontinuierliche Schlingern der *U-233* stemmte, schickte er die Nachricht in mehreren weißen Lichtblitzen an die *Isar*.

Einen Moment später wurde von der *Isar* mit einer Signallampe geantwortet, und der Junge übersetzte die Lichtzeichen: »Grün. Stopp. West. Stopp. Süd. Stopp. Willkommen.«

»Wir fahren heran«, befahl Karpenko. »Ich will, dass Sie –«

»Kapitän!«, rief Jakob.

»Was ...?«

»Schauen Sie!« Jakob zeigte nach steuerbord hundert Meter querab auf eine Stelle mit kochender See.

Es war ein beängstigender Anblick. Der schwarze Turm eines Unterseebootes erhob sich aus der Mitte eines Mahlstroms phosphoreszierender Blasen, und einen Moment später tauchte das ganze Boot gischtsprühend aus den Wassern des Nordatlantiks auf. Ein Blick auf seine lange, schlanke Gestalt verriet Becker, dass es sich um ein großes, gefährliches und schwerbewaffnetes russisches Unterseeboot der K-Klasse handelte.

Karpenko vermerkte zufrieden Beckers Überraschung. »Die *K-53*«, verkündete er. »Sie soll uns unterstützen, damit Sie und Ihre Mannschaft nicht auf dumme Gedanken kommen.«

Auf der Brücke des russischen U-Bootes war eine Bewegung zu erkennen. Die Diesel sprangen an, man hörte ihr Rumpeln noch auf der *U-233*. Dann blitzte eine Signallampe auf.

»Näher kommen und folgen«, übersetzte Beckers Signalmaat.

Russische Seeleute erschienen auf dem Deck der *K-53*, protzten das 100-mm-Geschütz ab, das achtern vom Turm lag, und richteten es auf die *U-233*.

»Sie haben Ihre Befehle«, sagte Karpenko.

Das Auftauchen der *K-53* schien Beckers Plan, die *U-233* zurückzuerobern, zum Scheitern zu verurteilen. Er fuhr sich mit der Hand über die Stirn, den Blick wie gebannt auf das russische Boot gerichtet. Die Zeit war ihm davongelaufen.

* * *

Die beiden Unterseeboote formierten sich und fuhren langsam auf die *Isar* zu. Hier und dort flammten Lichter an Bord des Begleitschiffes auf, und Männer erschienen auf den Decks, um alles für die Besucher bereit zu machen. Hustend erwachte ein

Diesel zum Leben, und gleichzeitig schwenkte ein Auslegerkran von der *Isar* aus. Becker schätzte, dass ihm nur noch Minuten blieben, bis russische Matrosen sein Boot enterten.

Nachdem Karpenko Petrow über die jüngste Entwicklung informiert hatte, sagte Becker: »Sie haben uns ja einen regelrechten Empfang bereitet, was?«

»Reine Vorsichtsmaßnahme. Es sind nur noch vier Stunden bis Tagesanbruch. Bleibt also nicht viel Zeit, um die Ladung von der *U-233* auf die *Isar* zu schaffen. Außerdem müssen sie noch diesen verklemmten Minenschacht aufstemmen.«

»Und was haben Sie mit meinen Männern und meinem Boot vor?«

Karpenkos Augen ruhten auf der *K-53* und den Männern an ihrem Geschütz. »Das liegt ganz im Ermessen des Kapitäns der *Isar*.«

»Ach ja? Und was wird er beschließen: Erschießungskommando oder Straflager?«

»Unsere Befehle lauteten, Ihr Unterseeboot zur *Isar* zu bringen. Was danach geschieht, geht uns nichts mehr an.«

Becker senkte das Glas. Karpenko mied seinen Blick.

»Weiter so«, sagte Becker zu Jakob. »Bleiben Sie im Kielwasser des russischen Bootes. Befolgen Sie die Befehle des Kommandanten. Wenn Sie längsseits der *Isar* kommen, alles klar machen für große Fahrt zurück, wenn sie keine Fender an der Seite haben sollte.«

»Aye, Kapitän.«

»Ich gehe nach unten und informiere Offiziere und Mannschaft, dass sie sich auf Gefangennahme durch die Sowjetmarine gefasst machen sollen.«

Becker wartete nicht auf Karpenkos Erlaubnis, trat auf die oberste Leitersprosse und stieg hinab. Karpenko stand am offenen Luk und schaute ihm dabei zu. Petrow erschien am Rand des unteren Luks und schaute hinauf zu Karpenkos Gesicht, das von unten beleuchtet wurde.

»Er hat fünf Minuten, um seine Männer vorzubereiten«, sagte Karpenko. »Dann will ich ihn wieder auf der Brücke haben, damit er die Fahrt längsseits beaufsichtigen kann.«

Becker übersah mit einem Blick die Lage in der Zentrale. Er schaute kurz zu Freitag, zu Rotteck, den beiden Japanern und einem Matrosen, der den Druckluftverteiler bediente. Die anderen Wachgänger hatten Becker den Rücken zugekehrt und blieben mit Augen und Händen bei ihren Stationen. Becker wechselte einen kurzen Blick mit dem Leitenden Ingenieur und dem Matrosen am Verteiler und erhielt von beiden ein kaum wahrnehmbares Nicken.

Petrow machte eine drohende Bewegung mit seiner Maschinenpistole, um Becker zu bedeuten, dass er seine Zeit verschwende.

Becker setzte zu einer Erklärung an, doch der Leitende Ingenieur fiel ihm brüllend ins Wort: »Wovor hast du Angst, Petrow? Du Russendreck. Mach schon, erschieß uns doch, worauf wartest du noch? Haste später nicht so viel zu tun.«

Rasend fuhr Petrow herum und richtete die Schmeisser auf den Leitenden Ingenieur. »Halt die Schnauze, oder ich tu's wirklich!«

»Verdammt noch mal, LI, ich hab Ihnen doch befohlen, die Klappe zu halten«, warnte Becker.

»Den Teufel werd ich tun ...«

Während Petrow vor Wut kochte und der Leitende Ingenieur brüllte, glitt Becker sachte auf den Druckluftverteiler zu. Geschützt von dem Matrosen, der Petrow den Blick auf den Verteiler versperrte, legte er einen grellgrünen T-förmigen

Hebel auf dem Bedienpult um, unter dem »GEFAHR – CHLORGAS« stand.

Eine Alarmglocke schrillte durch das ganze Boot.

Gleichzeitig begann ein gelbes Licht auf dem Pult mit der Aufschrift »Vorderer Schacht« wie wild zu blinken. Sofort reagierten die Männer in der Zentrale auf die Alarmglocke und das Blinklicht mit erregten Rufen: »Gas! Gas!!«

Petrow fuhr herum, schnauzte Becker an: »Was bedeutet das?«

»Chlorgas – in der vorderen Batterie.«

»Unmöglich ...!«

»Das ist sehr gut möglich.« Becker übertönte den Alarm. »Wahrscheinlich ist durch den beschädigten Minenschacht und die Flurplatten Meerwasser in die vordere Batterie eingedrungen und hat mit der Batterieflüssigkeit reagiert.«

Becker machte Anstalten, die Zentrale zu verlassen, doch Petrow packte ihn am Ärmel seiner Lederjacke. »Nein! Sie bleiben!«

»Sind Sie wahnsinnig? Wir müssen unsere Gasmasken aufsetzen, oder wir werden alle vergiftet!«

Jakobs Stimme plärrte durch den Lautsprecher. »Brücke an Zentrale! Haben wir Gasaustritt? Hallo, Zentrale?«

»Ja, wir haben Gas«, sagte jemand.

Wild blickend polterte Karpenko die Leiter herunter. »Was zum Teufel ist hier los?!«

»Chlorgas, behauptet er.« Petrow, durch den unerwarteten Notfall am Ende seiner Geduld, zielte mit der MP auf die Männer, die vom Bug in die Zentrale strömten. Manche hatten bereits ihre Atemschutzmasken mit den Pottaschekanistern aufgesetzt. Petrow stand kurz davor, das Feuer zu eröffnen, damit Ruhe einkehrte.

»Petrow, halt dich zurück!«, rief Karpenko quer durch den Raum.

»Zurück!«, fauchte Petrow die Seeleute an. Die saßen nun zwischen Petrow und dem eindringenden Gas in der Falle.

Karpenko betrachtete Becker aus zusammengekniffenen Augen. »Ich glaube Ihnen nicht. Man riecht doch nichts!«

Aber er sah, dass die Männer, die aus den Bugabteilungen gekommen waren, husteten und nach Luft schnappten. Ein Deckoffizier mit Atemmaske beugte sich durch das Schott in die Zentrale. Er sah aus wie ein Schwein mit einer langen Gummischnauze. Nun riss er sich die Maske vom Gesicht, um im Tumult gehört zu werden. »Herr Kaleun! Chlorgasaustritt, vordere Batterie!«

»Wer ist noch da drin?«

»Ein E-Maschinenmaat.«

»Schalten Sie die Lüftungen an. Versiegeln Sie die Abteilung. Beschädigte Akkumulatorzellen suchen und entfernen. Überbrückungskabel benutzen. Tempo!«

Der Deckoffizier eilte zurück zur vorderen Abteilung, schlug das Schott zu und verriegelte es. Misstrauisch schnüffelte Karpenko in die Luft.

»Glauben Sie mir jetzt, Karpenko?« Becker nahm eine Atemmaske von dem Matrosen, der sie verteilte, und setzte sie auf. »Ich gehe jetzt nach vorn und schaue nach, wie gefährlich das Gas ist. Schicken Sie der *K-53* Signal, dass wir einen Notfall haben. Ich will nicht, dass sie auch noch auf uns schießen.«

»Petrow, geh mit ihm«, befahl Karpenko.

»Zu gefährlich. Er ist mit der Wartung nicht vertraut.«

»Ich sagte, er geht mit.«

Petrow hängte sich die Schmeisser über die Schulter und schnappte sich eine Atemmaske, während Karpenko seine

Waffe auf Becker richtete. »Wenn das ein Trick ist, oder wenn er irgendwas versucht, dann erschieß ihn. Verstanden?«

Petrow nickte. Der Schlauch an seiner Maske wackelte wie eine sich wiegende Schlange.

»Becker«, mahnte Karpenko, »Folgendes: Sie sollten sich mit der Reparatur beeilen. Ich verliere allmählich die Geduld.«

»Ich tue mein Bestes.«

»Und stellen Sie diesen verdammten Alarm ab!«

* * *

Petrow blickte nach unten und stellte fest, dass er in einer undefinierbaren Flüssigkeit stand. Er sah wieder auf und stieß Becker die Pistole in den Rücken. »Wie weit noch?«

Beckers Stimme drang gedämpft unter der Maske hervor. »Nächste Abteilung.«

Petrow packte den Kommandanten an der Jacke. »Ich rieche Chlor!«

»Achten Sie darauf, dass die Maske fest sitzt«, sagte Becker über die Schulter.

Petrow zurrte den Gurt der Maske fester, dann versetzte er Becker einen neuerlichen Stoß mit dem Lauf seiner P-38.

Der Deckoffizier und der E-Maat hatten die Flurplatten über dem Batterieschacht aufgeklappt, der unter dem gesamten Mannschaftsquartier verlief. Durch die hochgeklappten Platten blieb wenig Raum zum Stehen zwischen den Kojen. Der E-Maat richtete den Strahl einer Gefechtslaterne in den schwarzen höhlenartigen Raum zu ihren Füßen. Becker hielt sich an einem Kojenrand fest und beugte sich über den Schacht, um hineinzuspähen. »Halt das Licht ruhig, verdammt!« *Mach jetzt bloß nicht schlapp, Junge.*

Vor ihren Augen lag die Doppelreihe großer Akkumulatorbatterien, die auf Tauchfahrt für den Antrieb sorgten. Jede Batterie wog eine halbe Tonne, maß mehr als einen Meter im Durchmesser und war durch armdicke Kabel mit den anderen Batterien und den E-Maschinen verbunden. Verschlungene Leitungen wanden sich durch den Raum zwischen den Batterien, sie sorgten dafür, dass Wasserstoff und Chlorgas aus dem Boot herausgeleitet wurden. Ein Schienenstrang führte über die gesamte Länge des Schachts, darauf fuhr ein Wagen, der die E-Maate in die Lage versetzte, die Batterien zu warten und destilliertes Wasser nachzufüllen. Mit dem Bauch auf dem Wagen liegend zogen sie sich mittels eines Seils über die Batterien.

»Haben Sie die Gasquelle gefunden?«, fragte Becker mit gedämpfter Stimme.

»Im Batterieschacht steht das Wasser fünfzehn Zentimeter hoch«, berichtete der Deckoffizier. »Aber Heinz hat die beschädigten Zellen gefunden.«

»Aber sind Sie sicher, dass es wirklich daran liegt?«

»Ja, Kapitän. Es ist die einzige Erklärung …«

Becker schob seine Hand unter die schmutzige, zerknautschte Decke in Werners Koje und packte die Luger, die er zuvor zwischen Matratze und Wand versteckt hatte. Er entsicherte sie mit dem Daumen.

Petrow riss dem E-Maat die Laterne aus der Hand und beleuchtete damit die Oberflächen der Akkus und den tiefen Schacht. »Ich sehe hier aber kein Wasser.« Er zerrte sich die Maske vom Gesicht. »Ich *habe* Chlor gerochen, aber jetzt nicht mehr.« Er hob seine Pistole, zielte auf den Deckoffizier. »Was habt ihr vor –?«

Becker rammte Petrow den Lauf der Luger gegen das rechte Ohr und versuchte gleichzeitig, an die Walther P-38 zu kommen. Doch bevor er sie zu fassen bekam, stürzte sich der Deckoffizier auf den Russen, der ihm zweimal in den Leib feuerte. Der Offizier wurde nach hinten geschleudert und stürzte in den Batterieschacht.

Der E-Maat schnappte entsetzt nach Luft, als Petrows Kopf zerplatzte. Hirn und Knochensplitter spritzten über Kojen, Rohre und Ventile bis an die Wände. Becker riss sich die Maske vom Gesicht und ließ sie fallen. Der Chlorgeruch des Bleichmittels, das der Backschafter auf den Flurplatten ausgeschüttet hatte, hing immer noch in der Luft. Doch Becker roch vor allem Blut und Scheiße. Er schaute auf Petrow, der über dem zuckenden Deckoffizier im Batterieschacht lag. Die Laterne, die zwischen die Akkumulatoren gefallen war, beleuchtete einen vollkommen trockenen Schacht.

»Rasch, entwaffnen Sie Petrow!«

Der junge E-Maat stand bleich und zitternd da und rührte sich nicht.

»Entwaffnen, hab ich gesagt!«

Auch Becker zitterte. Er hatte Petrow aus Reflex erschossen. Karpenko hatte den Schuss bestimmt gehört, konnte aber nicht wissen, wer geschossen hatte. Das mochte der winzige Vorsprung sein, den Becker brauchte. Ihm blieben lediglich Minuten zur Rückeroberung seines Bootes, dann würden die Russen auf der *K-53* und der *Isar* merken, was sich hier abspielte.

Der Matrose, sichtlich bemüht, Petrow nicht zu berühren, reichte Pistole und MP nach oben. Dann die Gefechtslaterne. Becker leuchtete kurz den Deckoffizier an, doch dieser war tot.

Becker half dem jungen E-Maat aus dem Batterieschacht heraus. »Nehmen Sie die Maske ab und hören Sie gut zu. Karpenko wird jeden Moment über die Sprechanlage Petrow rufen.

Wenn er es tut, sagen Sie ihm die Wahrheit, dass Petrow tot ist. Und sagen Sie ihm auch, ich wäre tot. Verstanden?«

»Ja, ich habe verstanden, Kapitän.«

Becker steckte die P-38 in seinen Gürtel und hängte sich die Schmeisser um den Hals, sodass er sie waagerecht vor dem Körper trug. Die Luger hielt er in der Hand. Er warf noch einen Blick auf den sichtlich verängstigten jungen Seemann. Auch Becker hatte Angst.

»Karpenko wird Ihnen befehlen, mit erhobenen Händen herauszukommen. Er wird drohen, nacheinander die Offiziere zu töten, wenn Sie nicht gehorchen. Sagen Sie ihm, ich sei erschossen worden. Dass Sie Hilfe brauchen. Schaffen Sie das?«

»Ich glaube schon.«

Becker atmete einmal tief durch. »Sie müssen es schaffen, Matrose – wenn Sie überleben wollen.«

Er ging zum SIGRAK-Spind und holte eine Magnesiumrakete heraus. Er löschte die Lichter in der Abteilung und kletterte flink die Leiter zum Vorderluk hoch. Er drehte das Rad, das die Vorreiber des Luks löste, und klappte den Deckel des unteren Luks auf. Wieder holte er tief Luft und machte sich bereit, das obere Luk zu öffnen.

Über die Sprechanlage vernahm er Karpenkos krächzende Stimme: »Petrow?«

* * *

Becker krabbelte aus dem vorderen Ausstiegsschacht auf das Oberdeck, verschloss das Luk und blieb in geduckter Haltung. Ein Blick auf die *K-53* belehrte ihn, dass die Meldung eines Chlorgasaustritts auf der *U-233* den Argwohn ihres Kommandanten erregt hatte. Das russische U-Boot hatte seine Fahrt verlangsamt, war ein Stück zurückgefallen und schien nun längsseits kommen zu wollen. Becker schätzte, dass die beiden Boote weniger als zwanzig Meter voneinander entfernt waren. Er rannte auf den Turm zu, wobei er darauf achtete, nicht an Nieten und Abweisertauen hängen zu bleiben.

Ein blendendes Licht erfasst ihn, machte die Nacht taghell. Im Kegel des Suchscheinwerfers der *K-53* gefangen, machte Becker nicht Halt, sondern stieg rasch die Sprossen empor, die an die Seite des Turms geschmiedet waren.

»Helft mir!«

Jakob und der Signalmaat erkannten instinktiv, was zu tun war. Jeder packte einen Arm, und gemeinsam hievten sie Becker mit dem Kopf voran über das Schanzkleid auf die Brücke.

»Nehmen Sie!« Becker reichte Jakob die Leuchtrakete. »Und ducken!«

Die drei Männer hockten sich hinter das gepanzerte Schanzkleid.

»Petrow ist tot. Karpenko ist in der Zentrale, bewaffnet. Wir müssen ihn töten. Sofort!«

Becker schaute zu dem Strahl des Suchscheinwerfers auf. An Bord der *K-53* brüllte jemand auf Russisch durch ein Megafon.

»Wir müssen ihn hinausbefördern, bevor die Roten merken, was wir vorhaben, und das Feuer eröffnen.«

Sie hörten das lauter werdende Stampfen der U-Boot-Diesel. Becker spähte über das Brückenschanzkleid und sah, dass die *K-53* noch näher herangekommen war. Die dröhnende Stimme aus dem Megafon klang wütend und bedrohlich. Das Deckgeschütz war um neunzig Grad geschwenkt worden und zielte nun auf den Turm der *U-233*.

Mit der Luger in der rechten Hand ließ sich Becker auf den

Bauch fallen und kroch auf das offene Luk zu. Er spähte über den Rand, bis er Kopf und Schultern des Rudergängers ausmachen konnte.

»Gunther.«

Erschrocken blickte der Rudergänger hoch und sah Beckers Kopf über dem Luksüll. Der Kommandant bedeutete ihm zu schweigen.

»Wenn ich Befehl gebe, legen Sie das Ruder hart Backbord. Dann mit Notgeschwindigkeit volle Fahrt voraus. Halten Sie Abstand vom unteren Luk.«

Gunther nickte und machte sich bereit.

Becker nahm Jakob die Leuchtrakete aus der Hand und streifte die Sicherheitshülse vom Zünder. Er erhob sich und stand nun im grellen Licht des Suchscheinwerfers, achtete nicht auf den russischen Offizier, der ihn durch das Megafon anbrüllte. Er erwartete jeden Moment, von einem Maschinengewehr getroffen zu werden. Er packte die Rakete fest mit beiden Händen und streckte die Arme, so hoch er konnte. Dann zielte er auf die Brücke der *K-53* und schleuderte die Rakete mit geschlossenen Augen und abgewandtem Gesicht auf deren Turm.

Mit Getöse detonierte der Zünder im Rohr. Becker fühlte die Hitze auf Gesicht und Händen. Er starrte der zischenden Rakete nach, die hoch in den Seerohrstützen des russischen Bootes einschlug. Die scharfe Detonation löste einen blendenden Hagel aus weißglühendem Magnesium und brennenden Trümmerteilen um die Brücke der *K-53* aus, und sogleich standen sämtliche Aufbauten in Flammen.

Wieder eine Detonation. Fliegende weißglühende Metallteile bohrten sich in menschliches Fleisch. Die bereitgelegte Munition für die Maschinengewehre explodierte. Becker hörte die Schreie von Matrosen, sah sie mit brennender Haut, Haaren und Kleidung mit ausgebreiteten Armen von dem russischen Boot springen, ins Meer, wo sie sogleich vom Heckstrudel der *K-53* hinuntergezogen wurden.

»Jetzt, Gunther!«, brüllte er ins Luk hinab.

Eine neuerliche Explosion auf der *K-53* schleuderte einen bereits toten Mann über Bord in die kochende See zwischen den beiden Booten, zwischen die wirbelnden Propeller.

Der Alarm schrillte, und die beiden Diesel der *U-233* beschleunigten auf volle Drehzahl. Mit wild drehenden Propellern krängte das Boot nach Steuerbord, drängte fort von der brennenden *K-53*.

Becker, der von der Explosion zunächst geblendet war, konnte wieder sehen. Er erblickte russische Seemänner, die versuchten, das brennende Magnesium zu löschen und verwundete Kameraden zu bergen, während das U-Boot, das eine große, trübe Rauchwolke hinter sich herzog, schwankend außer Sicht glitt.

Ohne Vorwarnung begann die *Isar* zu feuern.

Leuchtspurmunition schoss in alle Richtungen, als ihre Flakbatterie das Feuer auf das vermeintliche Feindflugzeug eröffnete, dessen Bombe die *K-53* getroffen hatte. Gekrümmte rote und gelbe Linien stiegen von ihren Decks auf und peitschten in den Nachthimmel. Die Artilleristen feuerten saubere, einander überlappende Salven ins Meer. Sie kamen der *U-233* bedrohlich nahe.

»Duckt euch!«, übertönte Becker das Getöse. Jakob und der Signalmaat drückten ihre Gesichter auf den Boden.

Die *U-233* beschleunigte mit ihren Dieseln.

Der Signalmaat hob den Kopf für einen raschen Blick auf die Szenerie, senkte ihn aber rasch wieder, als eine ganze Reihe roter und gelber Geschosse über sie hinwegzischten.

»Unten bleiben!«

Trotz der verirrten Maschinengewehrkugeln, die von der gepanzerten Brücke abprallten, kroch Becker auf das offene Luk zu. Er rief einen Kompasskurs zu Gunther hinab, der sie von der *Isar* und der *K-53* wegführen würde.

»*Becker . . .!*«

Er schaute hinunter und sah Karpenko zwei Decks tiefer in der Zentrale stehen, die Schmeisser steil nach oben gerichtet. Becker rollte in dem Augenblick vom Luk fort, als Karpenko das Feuer eröffnete. Die Kugeln heulten und schlugen Funken aus Stahl und Aluminium, sausten aus dem Luk wie ein wütender Bienenschwarm.

Becker vernahm ein qualvolles Stöhnen. Er riskierte einen raschen Blick durch das Luk. Gunther war unter dem Seerohrsattel zusammengebrochen. Ohne Rudergänger drehte sich das Steuerrad wie wild hin und her. Die Lage hatte sich binnen Sekunden verschlimmert, da Karpenko immer noch seine Waffen hatte und nun zu allem entschlossen schien.

»Karpenko! Es ist vorbei. Geben Sie auf!«

»Meinen Sie?«

»Sie können nirgendwo hin.«

»Ich habe doch eine Flak gehört.«

»Das war die *Isar*. Die Schützen haben wie wild gefeuert.«

»Was ist mit der *K-53* passiert?«

»Sie ist dienstuntauglich.«

»Dienstun. . . ?«

Nach einem langen Schweigen, derweil die *U-233* steuerlos durch die See taumelte, sagte Becker: »Karpenko, Ihre Genossen können Ihnen jetzt auch nicht mehr helfen.«

»Ihr Mann hat gemeldet, Petrow sei tot.«

»Ich habe ihn getötet.«

»Er hat aber auch gesagt, Sie wären tot. Mit wem spreche ich denn, mit einem Geist?«

Becker wartete, ob Karpenko fortfahren würde. Die nächsten Worte des Mannes überraschten ihn jedoch. »Da will jemand mit Ihnen reden, Becker. Nun kommen Sie schon. Ich werde auch nicht schießen.«

Vorsichtig schob sich Becker auf das offene Luk zu, bereit, jeden Moment zurückzuweichen. Er wusste aber genau, dass er einer 9-mm-Kugel nicht ausweichen konnte. Was er sah, ließ ihm das Herz stillstehen. Karpenko stand hinter Thomsen, hatte einen Arm um den Hals des jungen Mannes geschlungen und drückte ihm die P-38 an die Schläfe.

Außer sich vor Angst schaute Thomsen zu Becker hinauf. Er schluchzte. »Kapitän ...?«

Becker hörte den Leitenden Ingenieur rufen: »Warum nimmst du nicht mich, du Schwein?!«

»Sehen Sie, Becker? Es ist noch nicht vorbei. Und das werde ich Ihnen jetzt beweisen.«

»Karpenko – nein!«

Er schoss. Thomsens Kopf knickte zur Seite. Karpenko ließ ihn los, und der junge Mann brach auf den Flurplatten zusammen, auf denen viele glänzende Patronenhülsen lagen.

Becker rollte sich vom Luk weg und kämpfte gegen einen Brechreiz an. Nicht Thomsen ...

»Becker!«

Karpenko war wieder da, diesmal mit dem Arm um den Hals des verblüfften Leitenden Ingenieurs, der versuchte, auf wackeligen Beinen sein Gleichgewicht zu halten. Blut aus einem Schnitt auf seiner Stirn bedeckte sein Gesicht, und seine Handschellen hingen nur noch an einem Handgelenk.

»Hier haben Sie einen weiteren Helden des Reiches, ja? Wie

Cremer. Aber anders als Thomsen wünscht sich Ihr Freund, der Leitende Ingenieur, den Tod.« Er drückte dem Mann seine Waffe an die Schläfe.

»Nein!«, rief Becker mit rauer Stimme. »Nicht!«

»Dann werfen Sie Ihre Waffen durch das Luk. *Alle!*«

Becker konnte keine weiteren Morde ertragen. Das Versprechen an seine Mannschaft, alle heil nach Hause zu bringen, hatte sich als Lüge erwiesen. Alles war eine Lüge. Hitler. Dönitz. Das Tausendjährige Reich, das Deutschland vernichtet und Katia und Hedda in den Tod gerissen hatte und das auch bald ihn und seine Männer töten würde. Vor seinem inneren Auge entstand eine albtraumhafte Szene: Eine Alleestraße mit wohlsituierten Bürgern, mit spielenden Kindern und jungen Müttern verwandelte sich binnen Sekunden in einen Schlachthof aus zerfetzten Körpern, geschwärzten Baumstümpfen. Die Niederlage brannte ihm wie Säure in den Eingeweiden.

Die Schmeisser und die Walther polterten krachend auf die Flurplatten, dann folgte die Luger. Karpenko trat sie mit dem Fuß beiseite.

»Und jetzt stoppen Sie die Maschinen.«

Becker kroch die Leiter hinab, Karpenko hielt von unten die Waffe auf ihn gerichtet. »Alle Maschinen Stopp«, gab er über das Sprachrohr im Turm durch, und sogleich erstarb das Dröhnen der Diesel. Becker kniete kurz neben Gunther nieder, fühlte seinen Puls, schüttelte traurig den Kopf. »Ich komme runter.«

Karpenko wartete am Fuß der Leiter. Er hatte den Leitenden Ingenieur weggestoßen und Thomsens Leiche aus dem Weg gerollt. »Lassen Sie Ihre Hände auf den Sprossen, wo ich sie sehen kann.«

»Ich bin unbewaffnet –«

Karpenko rammte Becker den Kolben seiner Pistole in die Nieren. Becker schrie auf und fiel rücklings von der Leiter. Karpenko griff an wie ein tollwütiges Tier, er trat Becker ins Gesicht und gegen den Kopf, rammte ihm den Pistolenkolben in den Rücken, in die Seite, überall wo er ihn treffen konnte. Becker versuchte, die Schläge abzuwehren, doch sie hagelten unbarmherzig auf ihn nieder.

Endlich hörte Karpenko auf und betrachtete keuchend Beckers blutiges Gesicht und Hände. Er hockte sich hin, griff in Beckers Haar und riss seinen Kopf zurück. »Dieses Mal stirbst du. Dafür garantiere ich.«

Becker gab einen grässlichen Laut von sich und spuckte Blut.

Der Leitende Ingenieur versuchte auf alle viere zu kommen, um Becker zu helfen, doch ein Tritt Karpenkos schickte ihn wieder zu Boden. Er schleifte den LI quer durch die Zentrale zur Seerohrwinde und fesselte ihn mit den Handschellen an eines der Drahtseile, dann bellte er Befehle: »*Du!* – Übernimm das Ruder. *Du!* – Wende das Boot, bring uns zur *Isar* zurück. Sofort!«

Die Männer bewegten sich langsam. Hass auf Karpenko sprach aus ihren Mienen, und dennoch wagten sie nicht, ihn noch mehr zu provozieren.

»*Vorwärts!*«

Karpenko sammelte die Waffen ein, die Becker hatte fallen lassen und fügte sie den seinen hinzu. Dann stellte er sich vor Becker, holte aus und trat ihm mit aller Kraft in die Rippen. »Hoch mit dir!«

Beckers zerschlagenes Gesicht pochte vor Schmerz. Sein Blick fiel auf Thomsens blutigen, geschundenen Kopf. Er erinnerte sich an ihren gemeinsamen Tag in Charlottenburg: Thomsen ganz aufgeregt und stolz, dass er den Horch fahren durfte; Thomsen, wie er dem alten Krüppel, der wie ein entthronter und wahnsinniger König unter dem Schutt des Berliner Nobelviertels hauste, hingerissen von Beckers Heldentaten berichtete; Thomsen, völlig überrascht, dass der Horch den Angriff unbeschädigt überstanden hatte, und bemüht den Rücksitz abzustauben, damit die Kapitänsuniform seines Kommandanten nicht schmutzig wurde ...

»Aufstehen, habe ich gesagt!«, brüllte Karpenko. Drohend stand er über Becker, und ein nervöser Finger spielte mit dem Abzug der Maschinenpistole.

Langsam und unter höllischen Schmerzen kam Becker auf die Knie, drückte sich mit beiden Händen von den schlierigen, blutigen Flurplatten hoch, erwartete jeden Moment die Feuerstöße der Schmeisser, die seinen Körper in Stücke reißen würden.

Er bestand nur noch aus Instinkt und Reflexen, aber sein Kopf war klar genug, um zu registrieren, dass Karpenko die Lage voll unter Kontrolle hatte. Die beiden verängstigten Japaner, der Leitende Ingenieur und Navigationsoffizier Rotteck waren außer Gefecht, mit Handschellen an Vorsprünge und Leitungen gefesselt. Selbst Freitag, der immer noch unter dem Schlag gegen seine Luftröhre litt und kaum eine Bedrohung darstellte, war mittels Handschellen und einer langen Kette an eine Leitung des Druckluftverteilers gefesselt, ein wahrer Wald von roten und grünen Ventilen, die die Luftzufuhr zu den Hauptballasttanks regulierten.

Becker spürte das Deck vibrieren, als die Diesel nach der Wendung des Bootes auf volle Kraft hochfuhren. Aber da war noch etwas anderes, das sich wie in Zeitlupe zu entfalten schien ... oder hatten Karpenkos Schläge und Tritte ihm die Sinne verwirrt?

War Freitag, obwohl angekettet wie ein Hund, etwa gerade dabei, die roten Ventile aufzudrehen? War dieses unheimliche Heulen das Geräusch von Luft, die aus den Entlüftungsklappen der vorderen Ballasttanks strömte? Neigte sich das Deck, oder bildete er sich das ein? Begann die *U-233* zu tauchen – mit weit offenem Turmluk und beiden Dieseln auf voller Fahrt?

Es war jedoch keine Einbildung, dass die anderen reagierten, dass sie ängstliche Schreie ausstießen und versuchten, auf den Beinen zu bleiben, oder dass sie ihre Hände nach Notreglern ausstreckten, um die Ansaugöffnungen der Motoren und Schottklappen zu schließen. Es war auch keine Einbildung, dass jemand »Schließt das Luk! Schließt das Luk!«, schrie.

»Was machen Sie da?«, kreischte Karpenko Freitag an. »Sofort die Ventile schließen! Stoppen Sie den Tauchvorgang!«

Zu spät, dachte Becker. Die *U-233* war bereits auf dem Weg nach unten, und es gab nichts, was sie daran hindern konnte.

Karpenko versuchte auf Freitag zu schießen, aber seine Füße verloren auf dem schmierigen, geneigten Deck ihren Halt. Verzweifelt ruderte er mit den Armen, versuchte sich an einem Vorsprung festzuhalten.

Becker kam auf die Beine. Er machte einen Satz und stürzte sich auf Karpenko, riss ihn zu Boden. Er rammte ein Knie in die Brust des Mannes und hörte, wie etwas brach. Dann packte er die Maschinenpistole mit der Linken und entwand sie Karpenkos Griff, hämmerte mit seiner Faust auf das Gesicht des Russen ein, schlug seinen Kopf wieder und wieder auf die Flurplatten.

Schäumendes Wasser brach durch das Luk und schleuderte Becker auf seinen Gegner. In der Mitte des Sturzbaches kam der Signalmaat von der Brücke gerutscht, landete hustend auf

Becker und Karpenko. Hoch über ihnen versuchte Jakob, das Luk gegen die einstürzenden Wassermassen zu schließen.

Der Signalmaat rollte von Becker herunter und beeilte sich, seinem Käpt'n beizustehen. Er und ein anderer Mann packten die Arme des Russen, während Becker ihm einen Unterarm gegen die Kehle presste und seinen Kopf unter das ölige Wasser drückte. Um sie herum kämpfte die Matrosen mit den Tiefenrudern, bliesen die Ballasttanks an und pumpten Wasser in die achtern gelegenen Trimmzellen, um die *U-233* abzufangen, bevor sie auf Grund lief. Rotteck zerrte an seiner Kette und schrie: »Bolzenschneider! Holt Bolzenschneider!«

Becker spürte, wie das Boot durchpendelte. Ein Blick auf den Tiefenmesser, und es war klar, dass seine Männer die rasende Tauchfahrt gestoppt und das Boot auf einer Tiefe von 125 Metern abgefangen hatten. »Umkehrkurs!«, befahl er. »Nichts wie weg von dem Russen!«

Der Kreiselkompass trudelte und pendelte sich schließlich auf einen westlichen Kurs ein. Horchend neigte Becker den Kopf: Das Boot war unheimlich ruhig, man hörte nur tropfendes Wasser, knirschendes Lederzeug und die leise keuchenden Atemzüge der Männer.

Beckers Kopf wurde allmählich wieder klar. Sie hatten überlebt. Nun galt es, Notfallmaßnahmen einzuleiten: neuen Kurs setzen, Schäden abschätzen. Er sprang ans Sprachrohr. »Meldung Minenraum.«

Kurzes Zögern. Dann: »Alles unverändert, Kapitän.«

Hinter ihm ertönten Rottecks Rufe unnatürlich laut. »Holt Bolzenschneider!«

»Einen Moment.« Becker brachte Karpenko in eine sitzende Position. Der Kopf des Russen pendelte hin und her, er erbrach schmutziges Wasser. In einer von Karpenkos Taschen fand

Becker die Schlüssel zu den Handschellen und reichte sie weiter an einen Matrosen, der rasch die Gefangenen befreite.

»Bringen Sie mir zwei Paar Handschellen«, sagte Becker. »Woll'n doch mal sehen, wie sie Karpenko stehen.«

Nachdem sie den Russen mit Händen und Füßen an die Leiter gefesselt hatten, nachdem alle anderen befreit waren und Rotteck Beckers Verletzungen versorgt hatte, grinste der Kapitän seine Mannschaft und die beiden Japaner an, die immer noch unter Schock standen. Alle, die sich nicht auf Wache im E-Maschinenraum oder in anderen Abteilungen des Bootes befanden, schoben sich in die überfüllte Zentrale, um bei ihren Kameraden zu sein. Der junge E-Maat, der geholfen hatte, Petrow auszuschalten, war aus der vorderen Bilge geklettert, wo er sich versteckt hatte, und nahm nun die Glückwünsche seiner Kameraden und einen herzhaften Schulterschlag von Becker entgegen.

»Freitag? Sie haben uns das Leben gerettet. Wir stehen alle in Ihrer Schuld.«

»Danke schön, Kapitän«, krächzte der I WO, »aber es war pures Glück.«

»Wie haben Sie das bloß geschafft?«, erkundigte sich der Leitende Ingenieur, der immer noch wackelig auf den Beinen war.

»Der *Russki* wusste ja nicht, dass die Ventile die Zufuhr zu den Ballasttanks regeln. Die Kette war gerade lang genug, dass ich an die beiden Ventile für die vorderen Tanks heranreichte. Hab nur auf den richtigen Moment gewartet. Als ich dachte, Karpenko bringt Sie um, Kapitän, da hab ich's gemacht.«

Becker kniete neben Thomsen nieder. Er strich über die kalte Wange des jungen Mannes. »Bereiten Sie ihn und die anderen für ein Seemannsbegräbnis vor. Petrow auch.«

»Dieser Scheißkerl verdient das nicht«, wandte der Leitende Ingenieur ein. »Ich bin dafür, ihn einfach über Bord zu werfen. Und Karpenko auch.«

»Petrow ist Soldat. Er ist wie unsere Männer im Kampf gestorben.«

»Nun ja …«

»Kapitän!«, meldete der Horcher. »Zwillingsschrauben achtern. Auf Höchstgeschwindigkeit!«

Becker war zwar erschöpft, doch zum Ausruhen war jetzt keine Zeit. »Das ist das russische U-Boot. Es jagt uns.«

9. Kapitel

Die Irische See, 29. März

Die Royal-Navy-Korvette *Norwich Castle* hatte über eine Stunde für die Herfahrt gebraucht und eine weitere Stunde, um das Beiboot zu schicken, das Mackenzie und seine Leute an Long Wharf bestiegen. Nachdem die *Norwich Castle* im trüben Nebel Fahrt aufgenommen hatte, dauerte es noch einmal eine Stunde, die Verbindung zum Relaissender der britischen Marine in Holyhead in Wales herzustellen, und ein wenig länger, um auch den MI-6 in London einzubinden. Allein auf Radarpeilung gestützt stampfte die *Norwich Castle* in voller Fahrt auf nordwestlichem Kurs aus der breiten Mündung des Dee heraus, um dann westlich auf Irland zuzuhalten.

Mackenzie schritt ungeduldig auf der Brücke auf und ab; Blackthorne und Houghton-Vickers gingen ihm tunlichst aus dem Weg. Obwohl die *Mary J* zwei Stunden Vorsprung hatte, versicherte Lieutenant Scarborough, der Skipper der *Norwich Castle*, dass sie sie bald einholen würden.

Mackenzie versuchte, seine Sorge nicht zu deutlich zu zeigen. Wie weit konnte ein altersschwacher Trawler wie die *Mary J* in zwei Stunden kommen? Unfehlbar war das Radar nicht, und ein kleines Schiff wie ein Trawler konnte durch das elektronische Netz schlüpfen. Und wenn die *Mary J* vor Tagesanbruch die irische Küste erreichte und im Schutz der Dunkelheit in eine der hundert felsgeschützten Buchten zwischen Dublin und Dundrum Bay schlüpfte, war die Jagd umsonst gewesen. Irland war neutral, und selbst Winston Churchill konnte keiner Korvette Seiner Majestät befehlen, in irischen Hoheitsgewässern nach einem vermissten englischen Schiff zu suchen. Mackenzie warf einen Blick auf Houghton-Vickers, der seine Befürchtungen verstand und dies mit einem frustrierten Schulterzucken kundtat.

Nun spürte er, dass Blackthorne neben ihn getreten war.

»Und wenn wir sie aufspüren, Sir Stuart? Was dann?« Blackthornes Blick war auf die Windschutzscheibe geheftet. Dahinter war nur Schwärze zu sehen sowie eine senkrechte dünne Linie: der leere Fahnenmast. Ab und zu klatschte ein Brecher, aufgewühlt von dem messerscharfen Steven, aufs Vorschiff.

Ein Schauer der Vorahnung durchrieselte Mackenzie. Ohne Blackthorne anzusehen, sagte er: »Verhör möglicherweise, in Thetford House.« Damit spielte er auf das ultrageheime Haus in London an, in dem Spione und unerwünschte Ausländer von Mitarbeitern des MI-5 und MI-6 von ihren Informationen erleichtert wurden. »Vielleicht erfahren wir nicht nur die Position der *Isar*, sondern auch, wer die Russen in Kondor einweihte und wer David Rees auf dem Gewissen hat.«

»Irgendwelche Fortschritte in der Sache?«

»Nein. Wir fischen im Trüben, und ich weiß ehrlich gesagt nicht, wie wir weitermachen sollen. Wie gesagt, ich hoffe, dass unsere beiden Irlandfahrer uns helfen.«

Sie hörten Stimmen, dann erschien Scarborough mit dem Durchschlag einer Meldung.

»Tut mir leid, wenn ich störe, Sir Stuart«, sagte der Lieutenant, »aber wir haben aus London eine Meldung mit höchster Geheimstufe erhalten. Der Meldeoffizier braucht Ihre Erlaubnis, um den Code zu brechen. Er ist autorisiert für Alpha.«

»Alpha? Selbstverständlich gebe ich Erlaubnis. Unverzüglich.«

Mackenzie und Blackthorne wechselten einen Blick; beide wussten, dass Nachrichten unter Code Alpha nur aus einer Quelle stammen konnten: SHAEF. Houghton-Vickers und die anderen sahen reglos zu.

Minuten später hielt Mackenzie den Durchschlag der decodierten Meldung unter die Lampe, die über dem Kartentisch hing. »Von Admiral Ghorman. Eine Luftaufklärerstaffel hat schwimmende Wrackteile und Leichen südlich von Scapa Flow gesichtet. Offensichtlich von der HMS *Ulster*.«

Nachdem auch Blackthorne und Houghton-Vickers die Meldung gelesen hatten, fuhr er fort: »In Kürze werden wir hoffentlich Informationen besitzen, die Ghorman zur Aufbringung und Versenkung der *Isar* und der *U-233* benötigt.«

Houghton-Vickers strich sich über den Schnurrbart und studierte die aus der Reihe tanzenden Buchstaben, die mit einem abgenutzten Farbband getippt worden waren. »Ich hoffe, Sir, dass Genosse Suwerow und seine Freundin uns in dieser Hinsicht nicht enttäuschen werden.«

Eine Stimme quäkte aus dem Bordlautsprecher.

»Radarkontakt Rot drei-eins-null.«

Mackenzie riss Houghton-Vickers die Meldung aus der Hand, zerknüllte sie zu einer Kugel und stopfte sie in eine Tasche seines Trenchcoats. Aus der anderen Tasche zog er einen Flachmann mit Gin hervor, der in der Schiffsbeleuchtung trübe glänzte. »Das, Chief Inspector, werden wir in Kürze erfahren.«

* * *

Tatjana hob den Kopf, um aus einem der Rückfenster des Steuerhauses zu schauen, und erblickte die *Norwich Castle*, die sich wie ein wütender Jagdhund an die Fersen der *Mary J* geheftet hatte.

»Mädchen, jetzt kommen sie dich und deinen Freund holen«, grinste Quin. »Und wir sind zu langsam für die.« Seine beiden Hände lagen auf dem Steuerrad, doch er schaute argwöhnisch über die Schulter nach Tatjana, die neben Suwerow kniete.

Er lag auf einer schmutzigen Decke, eine Rettungsweste als Kissen unter dem Kopf. Tatjana wusste, dass er verblutete, doch sie konnte nichts dagegen tun. Sie hatte die Wunde an seiner Seite mit jedem Fetzen, den sie im Verbandskasten der *Mary J* gefunden hatte, verbunden, doch inzwischen waren das Verbandszeug, die Decke und sogar die Knie ihrer Cordhose blutdurchtränkt. Suwerows Blick war trübe geworden, doch seine Augen sahen Tatjana unverwandt an, während sie sein Gesicht streichelte und ihm die feuchten Haarsträhnen aus der Stirn wischte.

Das Heulen der Korvettensirene übertönte den Lärm des Schiffsmotors. Hughie machte große Augen, als die *Norwich Castle* scharf das Kielwasser der *Mary J* von Backbord nach Steuerbord kreuzte und Anstalten traf, längsseits zu kommen. An Bord des Kriegsschiffes hatten Matrosen bereits geflochtene Seilfender über die Seiten gehängt.

»Sie hat 'n Vier-Zoll-Geschütz aufm Vorschiff und 20-mm-Maschinengewehre«, meldete Hughie.

»Da ham wir keine Wahl, können bloß beidrehn«, meinte Quin.

»Nein!« Tatjana sprang auf. Sie schwenkte eine Tokarew. »Wenn ihr beidreht, erschieße ich euch beide. Versteht ihr?«

»Himmel noch mal, das ist die verdammte Royal Navy.«

Quin ließ das Steuerrad los und zeigte mit Nachdruck auf die Korvette. »Die pusten uns aus'm Wasser, wenn wir nich gehorchen.«

»Zurück ans Steuer. Sofort!« Tatjana zielte auf Hughie. »Du – stell dich neben den Käpt'n ans Steuer, damit ich euch beide im Blick habe.«

Hughie tat wie befohlen, aber er warf ihr einen bösen Blick zu, der verriet, dass er sie töten würde, sobald er Gelegenheit dazu hatte. Tatjana achtete nicht auf ihn. Sie schaute aus den Vorderfenstern des Steuerhauses auf die irische Küste, die sich dunstig aus dem Meer erhob.

Wieder kniete sie sich neben Suwerow. »Wir sind fast da, Alexi Petrowitsch. Wir schaffen es, ich verspreche es.«

Suwerow antwortete nicht. Sie drückte seine Hand, und er erwiderte den Druck, schwach, und sie sah die Verzweiflung in seinen Augen. Plötzlich überkam sie eine Welle der Panik. Er starb, er starb vor ihren Augen!

Eine Stimme schallte durch ein Megafon. »Ahoi, *Mary J!* Beidrehen und bereithalten. Wir kommen an Bord.«

Die *Norwich Castle* ragte bedrohlich über der winzigen *Mary J* auf, ihre Bugwelle überspülte die Schandecks des Trawlers. Tatjana erblickte eine Wand aus rostigem grauem Stahl, wettergegerbte Takelage, flatternde, ausgefranste Signalflaggen und Seeleute mit Wollmützen, die auf den Wetterdecks der Korvette an den ausgerichteten Geschützen standen. Sie entdeckte auch mehrere Männer in Zivilkleidung auf der Brücke. Einer von ihnen beobachtete sie durch ein Fernglas.

»Ich sage es ein letztes Mal: Drehen Sie bei, *Mary J*, oder wir eröffnen unverzüglich das Feuer!«

Rasend vor Wut drehte sich Quin zu Tatjana um. »Hörst du?«

Ein 20-mm-Geschütz begann zu feuern; Kugeln zischten über den Bug.

»Verdammt! Hughie, gib Zeichen, dass wir beidrehn –«

»Nein!« Tatjana zielte mit der Tokarew und schoss. Ein Stück Windschutzscheibe neben Quins Kopf ging zu Bruch.

»Heilige Mutter Gottes!« Quin wich vom Steuer zurück, stolperte und landete auf seinem Hintern.

Hughie warf sich aufs Deck, schützte seinen Kopf mit beiden Händen.

Tatjana griff ins Steuerrad und drehte es mit aller Kraft nach rechts. Der breite Bug der *Mary J* legte sich hart nach steuerbord. Die Korvette verschwand aus Tatjanas Blickfeld, machte jedoch eine rasche Wendung und nahm die Verfolgung wieder auf.

Ein zweites Mal drehte Tatjana das Steuer nach rechts, zielte auf das Mittschiff der Norwich Castle. Die Korvette wich aus, feuerte aber aus sämtlichen Mündungen ihrer 20-mm-Geschütze. Die Kugeln schlugen in die Schandecks der *Mary J* ein und rissen Gummifetzen aus ihren Autoreifenfendern.

Nun drehte Tatjana das Steuerrad nach links und versuchte von der *Norwich Castle* wegzukommen. Doch bevor die *Mary J* sich aufrichten und auf ruhigen Kurs kommen konnte, packte Quin Tatjana von hinten und versuchte, seinen Arm um ihren Hals zu legen. Sie ließ sich sinken und drehte sich von ihm weg. Quin versuchte, sie an den Haaren zu packen, doch sie stieß ihn gegen das Steuerrad.

»Pack sie, Hughie!«

Tatjana schlug Quin die Pistole auf Nase und Oberlippe. Er brüllte und fiel auf die Knie, die Hände vor seinen blutigen Bart geschlagen. Sie wirbelte herum und sah, wie Hughie auf die Beine kam, die Seitentür des Steuerhauses aufstieß und hinaussprang. Er landete auf allen vieren neben Owen, der eben aus dem Maschinenraum nach oben geklettert war.

»Pass auf!«, brüllte Hughie. »Sie ist verrückt!«

Die Maate machten, dass sie in den Maschinenraum kamen. Einen Moment später hörte Tatjana den Motor stottern, spürte die unregelmäßige Drehung der Schiffsschraube ... und wusste, dass es vorbei war.

Sie kniete sich neben Suwerow und nahm seine Hand. »Siehst du, was ich sehe? Siehst du uns – zusammen, frei?«

Suwerows Augen waren trüb, blicklos.

»In meiner Tasche ... nimm ihn ... rette dich«, flüsterte er.

»Nein. Es ist zu spät.«

»Für Alexandra.«

»Ich liebe dich.«

Der Motor der *Mary J* hörte auf zu scheppern, der Trawler wurde langsamer, schlingerte. Tatjana hörte die näher kommende *Norwich Castle*, das Donnern ihrer Maschinen, den Wellenschlag an ihrer stählernen Hülle, das Gebrüll aus dem Megafon.

Sie wischte eine Träne fort, die ihre Wange hinabrollte. Dann küsste sie Suwerow auf den Mund. Sie hob ihren Kopf und blickte ein letztes Mal auf Irland – es war so nahe, dass sie meinte, es berühren zu können. Dann drückte sie den Lauf der Tokarew an Suwerows Schläfe.

Die HMS *Norwich Castle*, 29. März

Mackenzie betrachtete die verloren wirkende *Mary J*, die wieder Kurs auf Neston nahm.

»Eine Schande, dass wir Suwerow und die Frau nicht lebend bekommen haben«, bemerkte er schließlich.

»Weil sie dermaßen in die Enge getrieben waren«, sagte Blackthorne nachdenklich, »haben die armen Schweine wahrscheinlich geglaubt, wir übergeben sie dem Henker, weil sie David ermordet haben, oder wir liefern sie aus, und sie kriegen in der Lubjanka wegen Fahnenflucht eine Kugel in den Kopf verpasst.«

Düster blickend sagte Mackenzie: »Nun, die Chance ist jedenfalls verpasst. Was immer sie auch über die *Isar* oder die *U-233* gewusst haben, sie haben ihr Wissen mit ins Grab genommen. Verdammt sollen sie sein!«

»Soll ich eine Nachricht an Admiral Ghorman aufsetzen?«

»Ja. Melden Sie, dass er ohne Hilfe die *Isar* und die *U-233* finden muss. Schicken Sie die angemessenen Entschuldigungen mit – Sie wissen ja, was wir in solchen Fällen sagen.«

»Gut.«

Mackenzie stellte sich auf die Zehenspitzen und schaute vom Steuerhaus aufs Hauptdeck hinunter. Dort erblickte er Houghton-Vickers, der mit einer Hand seinen Fedora-Hut festhielt, damit dieser nicht in die weiß schäumende Irische See geweht wurde, und mit der anderen von einem bewaffneten Unteroffizier, der das Enterkommando auf der *Mary J* geleitet hatte, eine kleine Segeltuchtasche entgegennahm.

»Viel ist nicht drin, Sir«, meldete der windzerzauste Chief Inspector, als er ins Steuerhaus trat und Mackenzie die Tasche reichte. »Der Obergeschützmaat hat bereits die drei russischen Pistolen in Verwahrung genommen, die wir auf dem Trawler gefunden haben.«

»Warten Sie noch, Martin«, sagte Mackenzie. Er wandte sich an Scarborough. »Mit Ihrer Erlaubnis, Captain, würden wir gerne diese Habseligkeiten durchsuchen, vielleicht gibt es einen Platz an Bord, wo ...«

»Selbstverständlich. Brown.«

»Sir?«

»Führen Sie Sir Stuart und die beiden Herren in meine Kabine.«

»Aye, Sir.«

In der Kabine schaltete Vollmatrose Brown ein Licht über einem kleinen Klapptisch an, dann ließ er sie allein. Blackthorne und Houghton-Vickers schauten Mackenzie zu, der sämtliche Gegenstände aus der Segeltuchtasche nahm und nebeneinander auf der Tischplatte aufreihte.

»Armselig«, lautete sein Kommentar.

Eine Männerarmbanduhr. Münzen. Ein gebrauchter Lippenstift. Ein Kamm. Ein trockenes Stück Käse in Wachspapier. Ein Benzingutschein mit dem Stempel »Bevorzugt«. Ein Päckchen, mit Öltuch umwickelt.

Mackenzie nahm es in die Hand. Sofort wechselte er es in die andere.

»Blut.« Er hob seine besudelte Hand, damit Houghton-Vickers und Blackthorne sich davon überzeugen konnten.

Die Verpackung war an einem Ende aufgegangen, und Blut war in die Falten des Wachstuchs gedrungen.

»Nehmen Sie das, Sir.« Blackthorne wollte seinem Chef ein Seidentaschentuch reichen.

Doch Mackenzie war bereits dabei, das Päckchen auszuwickeln. »Verdammt! Ein Baedeker über London?«

»Steckte in der Manteltasche dieses Suwerow«, erklärte Houghton-Vickers mit gerunzelter Stirn.

»Sieht ziemlich gebraucht aus«, bemerkte Blackthorne.

Mackenzie wischte seine Hand ab, dann schlug er den Baedeker auf. »Ist ja auch nicht ganz neu. Erscheinungsjahr 1931.«

Die oberen Ränder mehrerer Seiten hatten Suwerows Blut

aufgesogen, der Rest war jedoch trocken. Der Kunstledereinband des Reiseführers war leicht gewölbt. Dieser Baedeker war die typische Taschenausgabe, die bei den in London stationierten G.I.s äußerst beliebt war, und Suwerow hätte ihn an allen möglichen Orten erstehen können. Mackenzie blätterte rasch die Seiten durch. Nichts. Nur ein schmales rotes Stoffband, das als Lesezeichen diente und in die Bindung eingenäht war. Kurz hielt er sich bei einer Beschreibung von Kensington Gardens auf »... 275 Morgen groß, bevorzugt von Kindermädchen mit ihren Schützlingen frequentiert ...« Er ließ das Buch sinken.

»Scheint, als wäre unser guter Suwerow in seiner Freizeit ein eifriger Tourist gewesen«, kommentierte Blackthorne.

Die drei Männer standen um den linoleumbelegten Tisch herum und starrten auf die wenigen Habseligkeiten des russischen Pärchens. Weder spürten sie das Schlingern der *Norwich Castle*, noch hörten sie das Dröhnen der Motoren oder die trampelnden Stiefel der Mannschaft.

Schließlich brach Mackenzie das Schweigen. »Das war's dann also. Mehr können wir nicht tun. Verdammte Schande, dass wir sie so lange gehetzt und dann so jämmerlich versagt haben.«

»Aber wir haben Mr Rees' Mörder gefunden«, widersprach Houghton-Vickers. »Das ist doch auch etwas wert.«

»Stimmt.«

»Ich schicke jetzt einen Funkspruch an Admiral Ghorman«, sagte Blackthorne.

»Ja, tun Sie das bitte, Martin.«

»Ich würde auch gern Neston alarmieren«, sagte Houghton-Vickers, »damit der Yard schon mit einem Wagen bereitsteht, in den wir die Leichen laden können.«

Zerstreut nickte Mackenzie, und der Chief Inspector entschuldigte sich.

Ein Baedeker über London. Warum hatte Suwerow einen simplen Stadtführer in ein schützendes Wachstuch gewickelt?

Der Russe war kein verdammter Tourist gewesen. Erneut blätterte Mackenzie den gesamten Band durch. Was hatte er übersehen? Er klappte die Stelle auf, die durch das rote Lesezeichen markiert wurde. Auf der linken Buchseite war ein Lageplan des Erdgeschosses der Tate Gallery, dessen einzelne Räume mit römischen Ziffern bezeichnet waren. Auf der gegenüberliegenden Seite standen die Namen der Künstler, die Titel ihrer Gemälde oder Plastiken und römische Zahlen, um sie in den entsprechenden Ausstellungsräumen zu finden.

Vier Künstler, ihre Werke, und eine vierstellige Zahl, vermutlich eine Katalog- oder Eingangsnummer der Tate, waren mit schwarzer Tinte unterstrichen worden. Außerdem waren die vierstelligen Zahlen durch eine schwarze Linie zwischen der zweiten und der dritten Ziffer unterteilt.

Hatte Suwerow die Zahlen unterstrichen und unterteilt? Mackenzie nahm es an und suchte auf weiteren Seiten nach dieser Eigentümlichkeit, wurde jedoch nicht fündig. Er runzelte die Stirn. War Suwerow etwa ein Kunstkenner gewesen, der sich nur für diese vier Werke interessiert hatte? Er glaubte es nicht.

Die erste unterteilte Zahl war *58/10*, ein Porträt von William Hogarth, dem berühmten englischen Maler. Die zweite war *14/20*, eine Landschaft von Sir Joshua Reynolds, dem ersten Vorsitzenden der Royal Academy of Arts. Die dritte Zahl, *2330*, eine Landschaft von Thomas Gainsborough, Reynolds' Rivalen, war zwar unterstrichen, aber nicht unterteilt worden. Und die letzte Zahl, die ein Gemälde von John Crome bezeichnete, auf dem stämmige Bauern ein Feld pflügten, war gleich zweimal unterteilt worden: *4/28/5*.

Mackenzie nagte an seiner Unterlippe. Als ehemaligem Militär war ihm klar, dass *2330* eine Uhrzeit bedeutete: eine halbe Stunde vor Mitternacht. Und *4/28/5* konnte nur ein Datum bezeichnen – das Datum des gestrigen Tages.

Plötzlich schien die Beschreibung der Tate Gallery und ihrer unschätzbar wertvollen Sammlung Mackenzie aus den Seiten des Baedekers förmlich anzuspringen.

Er stürmte aus der Kabine, wedelte mit dem Baedeker und rief nach Captain Scarborough. Matrosen und Offiziere wichen rasch diesem Mann aus, der sich gebärdete, als sei er von bösen Geistern besessen. Mackenzie stürzte ins Steuerhaus und brüllte: »Rasch! Navigationsoffizier! Ihre Karten vom Nordatlantik. Tragen Sie diese Position ein.«

Blackthorne und Houghton-Vickers kamen herbeigeeilt. Ungeduldig bedeutete Mackenzie ihnen, zu schweigen.

Scarborough persönlich entrollte die Karte, während der verblüffte Navigationsoffizier ihm über die Schulter schaute.

Mackenzie schrieb auf einen Block: 58°10' Nord; 14°20' West. Er reichte Blackthorne den Baedeker und deutete auf die Seite, die Suwerow markiert hatte.

»Mein Gott, ich glaub's nicht«, sagte Blackthorne.

»Glauben Sie's ruhig. Suwerow wusste, wo die Begegnung auf See stattfinden sollte. Er kannte sogar Tag und Uhrzeit.«

Der junge Kapitän richtete die Pantograflampe über dem Tisch aus, dann nahm er ein Stahllineal zur Hand und zeichnete auf der Karte zwei Linien ein. Die Spitze seines Bleistifts markierte die Stelle, wo die beiden Linien sich kreuzten. Er warf Mackenzie einen fragenden Blick zu. »Ein Stück nordöstlich von Rockall Island, Sir. Was soll da sein?«

»Das ist die Stelle, an der Admiral Ghorman die beiden Schiffe finden wird, die wir suchen. Sie sollten sich um dreiundzwanzig Uhr dreißig treffen – also vor sechs Stunden – und könnten sich immer noch in dem Gebiet aufhalten.«

»Verdammt unglaublich«, sagte Houghton-Vickers. »Woher haben Sie das gewusst?«

»Hatte ich gar nicht – bis jetzt.«

Mackenzie ließ sich von Blackthorne den Baedeker zurückgeben und reichte ihn Houghton-Vickers. »Vielleicht möchte Scotland Yard dieses Buch eingehend untersuchen. Man kann ja nicht wissen, was sonst noch darin versteckt ist.«

Houghton-Vickers betrachtete den Reiseführer unter dem Licht des Kartentisches. »Sehr richtig, Sir. Man kann ja nie wissen …«

Mackenzie wandte sich an Blackthorne. »Die Meldung an Admiral Ghorman …?«

»Habe ich in dem ganzen Durcheinander noch gar nicht gesendet, Sir.«

»Sehr gut. Dann melden Sie ihm jetzt die Koordinaten, wo er nach der *Isar* und der *U-233* suchen kann, und dass er sich beeilen soll.«

Blackthorne schüttelte wie betäubt den Kopf. »Suwerow muss doch gewusst haben, dass wir das Buch finden und sein Geheimnis herausbekommen würden?«

»Natürlich hat er das gewusst, Martin. Und ich wette, Tatjana hat es nicht gewusst. Suwerow hat den Baedeker wohl deshalb als Code benutzt, damit sie etwas anzubieten hatte, falls er getötet wurde und wir sie gefangen nahmen. Aber sie hatte ihre Entscheidung bereits getroffen.«

»Kapitän Quin hat sie als sehr entschlossene Frau beschrieben.«

Mackenzie nickte langsam und nachdenklich. »Ich schätze, wenn einem klar ist, dass man sich nicht lebend fangen lassen will, ist das mit der Entschlossenheit nicht mehr so schwer.«

Die *U-233*, 29. März

Becker war einen Moment durch einen starken Lichtstrahl geblendet. Er hatte gerade das Beobachtungssehrohr ausgefahren, um nach der *K-53* zu suchen, denn das Horchgerät hatte achteraus Geräusche eines U-Bootes aufgefangen. In diesem Augenblick war ein englisches Flugzeug mit einem Leigh-Scheinwerfer – dem so genannten »Leichenlicht« – herabgestoßen und hüllte das russische Unterseeboot in grelles Licht. Einen Moment später stieß ein zweites Flugzeug mit Leigh-Scheinwerfern herab. An Bord der *K-53*, die vor dem Hintergrund des schwarzen Ozeans grellweiß ausgeleuchtet wurde, zählte Becker fünf Mann auf der Brücke; er sah auch den beschädigten Turm. Während er noch zuschaute, tauchte das Boot, das von den beiden Scheinwerfern wie ein Bazillus auf der Petrischale beleuchtet wurde, und hinterließ einen gewaltigen Blasenring an der Oberfläche.

In dem Moment, als die *K-53* verschwand, meldete der Horcher ein Unterseeboot, das sich rasch in nordwestlicher Richtung entfernte. Becker befahl Kurs in die entgegengesetzte Richtung und Tiefe hundert Meter.

»Was ist, Herr Kaleun?«, fragte der Leitende Ingenieur.

Becker, noch am ganzen Körper wund von Karpenkos Schlägen, schob sich vom Seerohr fort und schüttelte den Kopf. »Unglaublich. Zwei Tommy-Flugzeuge haben das U-Boot der Roten mit Leigh-Scheinwerfern erwischt.«

Becker und der Leitende Ingenieur kannten sich mit »Leigh Lights« aus, der jüngsten Errungenschaft des ohnehin beeindruckenden englischen Arsenals an U-Boot-Abwehrwaffen. Die Scheinwerfer, die unter den Flügeln von RAF-Sunderland-Bombern befestigt waren, wurden nachts gegen aufgetauchte U-Boote eingesetzt. Die *K-53* war zwar kein deutsches U-Boot, aber Becker nahm an, dass die Piloten in den Sunderlands das unmöglich wissen konnten.

»Die Tommys jagen in unserem Gebiet nach einem Unterseeboot«, staunte Becker, »und finden ausgerechnet die *K-53*.«

Becker und der Leitende Ingenieur wechselten einen Blick und stellten fest, dass sie dasselbe dachten. »Vielleicht, Herr Kaleun, glauben die Tommys ja, die *K-53* wäre eins von unseren.«

»Also haben sie keinen Schimmer, dass die *Isar* von einem russischen Unterseeboot unterstützt wird.«

»Da schlägt etwas aufs Wasser auf!« Der Horcher lehnte sich aus dem Funkschapp in den Gang und schaute Becker an. »Ich höre Platscher.«

Becker hatte gehofft, er hätte inzwischen mehr Abstand zu dem russischen Boot gelegt, aber zwei Knoten war nicht gerade eine hohe Geschwindigkeit. »Wasserbomben?«

»Zu schwach. Wahrscheinlich Horchbojen, Kapitän.«

Also Unterwasserhorchgeräte, die mit Mikrofonen und einem Sender ausgerüstet waren, der sogleich meldete, wenn ein getauchtes Boot sicher gepeilt war. »Verdammt. Wie viele?«

Der Horcher schüttelte den Kopf. »Ein halbes Dutzend, vielleicht sogar acht. Ich kann's nicht genau sagen ...«

»Schlecht für die *K-53*, gut für uns«, meinte der Leitende Ingenieur.

»Bis die Tommys spitzkriegen, dass zwei U-Boote in der Gegend sind –«

»Noch mehr Horchbojen!«

»Position?«

»Peilung eins-sechs-fünf. Entfernung … unter zweitausend Meter – Moment!« Er presste die Kopfhörer fester auf die Ohren. »Kapitän, Hochgeschwindigkeitsschrauben – mehr, als ich zählen kann. Alle auf Peilung Ost … fast über hundert Grad ausgebreitet.«

»Der Jagdverband«, sagte Becker nur.

»Mein Gott!« Der Horcher drehte sich entsetzt um.

Alle hörten die unmissverständlichen Geräusche: Einschläge und Detonationen von Bomben und Maschinengewehren, die das Meer zum Vibrieren brachten und die starke Hülle der *U-233* erschütterten. In unmittelbarer Nähe war eine Seeschlacht ausgebrochen.

»Da kriegt jemand ordentlich eins auf die Mütze«, bemerkte Freitag.

»Ja, aber nicht die *K-53*«, widersprach Becker. »Wollen mal nachschauen.«

Er fuhr das Seerohr wieder aus und beobachtete respektvoll prasselnde Feuer in Rot und Gelb, die Streifen der Leuchtgeschosse und die Spuren der Großkalibergeschütze vor dem Nachthimmel. Die *Isar* war in Feuer und öligen schwarzen Rauch gehüllt, Funken und heiße Metallteile ihres Rumpfes flogen in hohen Bögen in die kochende See. Wütend und nutzlos feuerte ihre Flakbatterie, selbst dann noch, als Brücke und Deckaufbauten von den Geschützen der amerikanischen und englischen Kriegsschiffe vollkommen zerschossen wurden.

In wenigen Minuten war es vorüber. Mehrere Zerstörer näherten sich unbehelligt und begannen aus nächster Nähe Granate um Granate auf die *Isar* zu feuern, bis sie nur noch ein Trümmerhaufen war. Voller Löcher war sie, ein brennendes

Gerippe, das Vorschiff sank zuerst, sie verharrte noch einen Moment lang in einem Winkel von 45 Grad, dann sank sie rasch durch Rauch- und Dampfwolken hinab in die See und verschwand.

Wie Geier umrundeten die Zerstörer das Grab der *Isar.* Suchscheinwerfer bohrten sich ins trümmerübersäte Meer. Dann blitzten Lichter auf, deren Bedeutung Becker zunächst nicht begriff. »Oh, nein!«, rief er dann voller Abscheu aus. Die Amerikaner und Engländer beharkten die Überlebenden der *Isar* mit Maschinengewehrsalven!

»Herr Kaleun ...?«

Kein Zeuge sollte über die Versenkung des sowjetischen Kriegsschiffes berichten können. Wer auch immer die Abschlachtung hilfloser, auf Rettung hoffender Matrosen angeordnet hatte, wollte, dass sie ausgelöscht wurden, als hätte es sie nie gegeben.

Erschüttert teilte Becker seiner Mannschaft mit, was er gerade mit angesehen hatte.

»Und das Gleiche werden sie mit Ihnen machen, Becker«, knurrte Karpenko von seinem Platz am Boden. »Inzwischen sind wir alle ersetzbar. Ich hatte recht, wie Sie sehen. Sie werden sterben. Ihr alle werdet sterben.«

Becker ignorierte den Russen. Er glitt ins Funkschapp und blickte seinen Horcher fragend an. Der Mann hob einen seiner Kopfhörer ab. »Zu viele Kontakte, Kapitän, die lassen sich nicht einordnen. Und die *Isar* ist ziemlich laut, bricht auf ihrem Weg zum Grund auseinander.«

»Und die *K-53*?«

Der Horcher schüttelte den Kopf.

»Letzte Peilung?«

»Annähernd Nordost, acht Grad.«

Müde sagte Becker: »Machen wir, dass wir hier wegkommen. Freitag, setzen Sie Kurs West. Bloß weg von dem Jagdverband!«

Er rieb sich mit den schmierigen Händen übers Gesicht. Sein ganzer Körper schmerzte. Sein Zorn war verraucht, und nun kam ihm alles, was er mit angesehen hatte, wie ein Traum vor, der sich unversehens in einen Albtraum verwandelt hatte. Und dennoch schien die Möglichkeit, dass er und seine Männer überleben konnten, nicht mehr so fernzuliegen.

* * *

Becker war in Charlottenburg. Immer spielten seine Träume in Charlottenburg. Es schien immer der gleiche Traum zu sein; er untersuchte ein Detail, irgendeinen längst vergessen geglaubten Fetzen seines Lebens. Alles war so klar, so wirklich, so unvergesslich.

Heddas Haut leuchtete im Mondlicht. Die Kälte hatte sie geweckt. Sie zog sich die Bettdecke über den Kopf, spielte Zelt, begab sich auf Entdeckungsreise. Kichernd lugte sie unter der Decke hervor. Ihr feines blondes Haar war elektrisch aufgeladen und stand vom Kopf ab.

»Hör mal, junge Dame ... Es ist spät. Wirst du wohl schlafen?«

Hedda zog einen Flunsch. »Papi, warum kannst du nicht bei uns bleiben?«

Becker tippte ihr auf die Nasenspitze. »Weil ich eine Arbeit habe. Deshalb muss ich fort.«

»Weil du im Krieg kämpfst?«

Wie viel verstand sie wirklich? Wie viel hatte Katia ihr über den Krieg erzählt, über die Gründe für die Lebensmittelknappheit, über die Bombenschäden in Berlin, in ihrem Viertel und in Heddas Schule. Die Schule. Becker überlief es kalt. Heddas Schule war bei einem Luftangriff getroffen worden. Zufällig waren die Schüler nicht im Unterricht gewesen ... »Ja, ich kämpfe im Krieg.«

»Meine Freundin Eva sagt, wir verlieren den Krieg gegen die Amis. Stimmt das, Papi?«

Becker steckte die Decke um den Körper seiner kleinen Hedwig fest und glättete ihre feinen Haare auf dem Kissen.

»Eva sagt, wir müssen alle sterben.«

»Du solltest nicht so viel auf Eva hören. Hör lieber auf deine Mama.«

»Aber werden wir sterben, Papi? Wirst du sterben?«

»Eines Tages müssen wir alle sterben. Aber nicht jetzt. Und nicht hier.«

Becker wurde mit einem Ruck wach. Freitag hatte ihn am Ärmel gezupft.

»Kapitän ... Horchalarm ...«, krächzte der I WO.

Becker quetschte sich neben den Horcher in das enge Funkschapp und hielt einen Kopfhörer ans Ohr. Donnernder Lärm. Dröhnend, langgezogen und einander überlappend. Wasserbomben. Irgendjemand bezog gerade fürchterliche Dresche. Die *K-53*. Der Jagdverband musste das Boot ausfindig gemacht haben und griff an, da er glaubte, es handele sich um die *U-233*.

»LI, auf Seerohrtiefe auftauchen.«

Am östlichen Horizont, vor der Morgendämmerung, zählte Becker fünf Zerstörer, einen Begleitflugzeugträger und fünf Catalinas. Sie schienen eine Art schwimmende Kiste gebildet zu haben, in deren Mitte, so vermutete Becker, sich die *K-53* befand, die mit Wasserbomben, Flugbomben und Igel beharkt wurde. Er ließ das Boot bis fast an die Oberfläche bringen, um einen guten Blick durch das Seerohr zu haben. Die See kochte vor Geschossen, die auf das russische Unterseeboot hinabregneten. Becker fuhr das Seerohr wieder herunter und stieg hinab in die Zentrale.

»Sie können nicht entkommen, Becker«, höhnte Karpenko. »Bald werden sie ihren Irrtum erkennen – und dann werden *Sie* gejagt.«

Becker ordnete neuen Kurs und schnellere Fahrt an.

* * *

Als es hell war, beobachtete Becker, wie der U-Jagdverband sich Richtung Osten zerstreute. Er musste das Seerohr einfahren, als ein Catalina-Aufklärer im Niedrigflug von Westen heranschoss, und noch einmal, als ein amerikanischer Zerstörer am Horizont erschien und auf ihn zuzuhalten schien. Doch dann steuerte der Zerstörer Gegenkurs und schloss sich dem zurückziehenden Jagdverband an.

»Schraubengeräusche werden schwächer, Kapitän«, meldete der Horcher.

»Dann ist es vorbei.« Becker gab Freitag Befehl, Kurs nach Südwest zu setzen, und übergab ihm das Kommando.

»Wollen Sie nicht nach Leichen suchen, Becker?«, fragte Karpenko. »Trophäen sammeln?«

»Wir müssen uns um unsere eigenen Toten kümmern, um die Männer, die Sie ermordet haben.«

»Ich habe Petrow nicht umgebracht.«

Becker wandte sich dem Russen erschöpft zu. »Das stimmt. Dennoch wird er ein anständiges Begräbnis bekommen.«

Catterham Green, London, 30. März

Mackenzie stocherte im Kamin herum und fachte das Feuer an.

»Ich weiß, dass es schrecklich lange gedauert hat, Martin, aber Sie werden nicht enttäuscht sein. Gefüllte Kalbsbrust und ein 25er Château Comard.« Er schaute über seine Schulter auf den müden Blackthorne, der mit gebeugten Schultern und einem Scotch in der Hand auf dem Sofa hockte.

»Machen Sie doch meinetwegen keine Umstände, Sir Stuart! Nach unserem Abenteuer auf der *Norwich Castle*, dem Rückflug nach London und der Fahrt hierher müssen Sie nicht auch noch den Gastgeber spielen. Sicherlich sind auch Sie völlig erschöpft.«

Mackenzie wischte Asche von seinen Händen und griff nach seinem Pink Gin. »Eigentlich bin ich überhaupt nicht müde. Zu viel Aufregung soll ja ungesund sein, aber am Schreibtisch versauern ist auch nicht das Wahre ... Prost!«

Blackthorne starrte versonnen ins Feuer. »Scheußliche Geschichte mit der *Isar*«, bemerkte er schließlich.

»Das stimmt, in der Tat, aber wir hatten keine andere Wahl.«

»Und die Amerikaner haben sich nicht davor gescheut? Die sind doch sonst so zimperlich.«

»Auch die Amerikaner waren der Meinung, dass es keine Überlebenden geben dürfe, keine Zeugen.«

Blackthorne nickte nachdenklich. »Hat die Task Force irgendeine Spur des Unterseebootes gefunden?«

Mackenzie las noch einmal die Meldung, die er von Ghorman erhalten hatte. »Ja, eine lange Dieselölspur in der Nähe der Angriffsstelle, einen oder zwei Kartoffelsäcke und Reste von

Lebensmitteln. Was man eben nach einer Versenkung findet – sagt Ghorman.«

»Was von den Russen gehört?«

»Nichts. Was sollen die schon sagen?«

»Dann ist es also vorüber. Kondor ist erledigt. Die Japsen ebenfalls. Sie könnten eigentlich gleich kapitulieren, dann wäre es ein Aufwaschen.«

»Ja, aber dennoch ist es schade, dass wir die Bakterienstämme nicht in die Finger gekriegt haben. Hätte uns helfen können, unsere eigenen Kulturen zu entwickeln. Denn das ist auf Dauer unvermeidlich, wissen Sie? Aber immerhin haben die Russen sie nicht in die Finger bekommen. Und wenn wir sie jetzt noch daran hindern können, die Atombombe zu bauen – ah!«

Ein Diener in weißer Jacke verkündete, dass das Essen aufgetragen sei.

Mackenzie und Blackthorne ließen sich an einem kleinen Tisch am Kamin nieder, der mit edlem Porzellan und Besteck gedeckt war. Mackenzie schnüffelte am Weinkorken und nickte anerkennend. Der Diener schenkte ein, servierte die Kalbsbrust, prüfte, ob die Wassergläser gefüllt waren, und zog sich zurück.

»Dieser Comard ... exzellent«, lobte Blackthorne.

»Da stimme ich Ihnen zu. Schade, dass es die letzte Flasche ist.«

Sie erhoben die dickbauchigen Gläser und stießen über den Tisch hinweg an.

Mackenzie lehnte sich ein wenig in seinem Stuhl zurück. »Eines ist mir aber immer noch ein Rätsel, Martin.«

»Ja?«

»Sie haben mir nie die eine Frage gestellt, die in Bezug auf Kondor immer noch unbeantwortet ist.«

Blackthorne betrachtete seinen Chef argwöhnisch. »Und die wäre?«

»Wer hat dafür gesorgt, dass David Rees in die Falle der Russen tappte?«

Nach einer fast unmerklichen Pause antwortete Blackthorne: »Ich nahm an, die Roten hätten das gemacht, wie sie es immer tun: Ein schwaches Glied ausfindig gemacht und sich eingeschmuggelt. In Davids Fall war das eindeutig so. Ich fand das ziemlich offensichtlich, deshalb habe ich nicht gefragt.«

»Ja, das macht durchaus Sinn. Sie meinen also, David sei schon lange als Opfer auserkoren worden, schon von dem Zeitpunkt an, als Bletchley die ersten Erwähnungen von Kondor entschlüsselte.« Mackenzie trank einen Schluck Wein. »Aber um einen so komplizierten Plan wie die Entführung der *U-233* zu entwerfen, müssen die Roten schon lange vorher gewusst haben, dass die Nazis eine wichtige Operation durchführen wollten. Mit anderen Worten, sie müssen schon die ganze Zeit gewusst haben, dass Kondor dafür stand, den Japanern zu einer atomaren Waffe zu verhelfen. Dass es sich letztlich um biologische Kampfstoffe handelte, spielt keine Rolle; die Roten hätten auf jeden Fall versucht, die Ladung des U-Bootes in die Hände zu bekommen. Keine Seite wusste ja vorher, was auf der Ladeliste stand. Ich möchte sogar behaupten, Martin, dass die beiden russischen Agenten an Bord der *U-233* keine Ahnung hatten, was das Boot geladen hatte. Sie befolgten lediglich ihre Befehle, und diese lauteten, das deutsche U-Boot unter allen Umständen zur *Isar* zu bringen. Ergibt irgendetwas davon für Sie einen Sinn?«

»Bis zu einem gewissen Grad ja.«

»Aber etwas fehlt doch, nicht wahr?«

Blackthorne legte den Kopf auf die Seite. Er wirkte alarmiert.

»Wie haben die Russen überhaupt von Kondor erfahren können? Nur Bletchley und der MI-6 wussten Bescheid. Die Amerikaner wussten nichts. Die Russen hätten es nur in Erfahrung bringen können, wenn sie unsere Post abgefangen hätten, und das glaube ich nicht.«

»Ich weiß nicht, worauf Sie hinauswollen.« Blackthorne hatte bereits Messer und Gabel zur Hand genommen, legte sie jedoch wieder hin.

»Dann hören Sie sich doch einmal Folgendes an.« Mackenzie schob seinen Stuhl zurück und ging zu seinem Schreibtisch. Er schaltete eine Lampe ein und fingerte ungeschickt an einem kastenförmigen Gerät herum, das auf der Schreibunterlage stand.

Blackthorne drehte sich auf dem Stuhl um und schaute zu.

Der Direktor des MI-6 ließ einige Sekunden verstreichen, bevor er fortfuhr. »Ich dachte, es könnte Sie interessieren, was dieses Aufzeichnungsgerät aufgenommen hat. Hören Sie gut zu.«

Man vernahm einen Wählton, einige knackende Laute und schließlich das Läuten eines Telefons. Eine Männerstimme meldete sich.

»Pfarrhaus, was kann ich für Sie tun?«

»Ist Vikar Davidson zu sprechen?«

»Sie sprechen bereits mit ihm.«

»Wann halten Sie Gottesdienst?«

»An Werktagen oder an Sonntagen?«

»An Werktagen.«

»Um zehn Uhr vormittags und um vier Uhr nachmittags.«

»Vielen Dank. Richten Sie Anatoly aus, die Information, die Putin hat, ist ganz neu. Er soll sie senden, sobald Putin anruft.«

»Ich erwarte Sie dann im Gottesdienst.«

Der Anrufer legte auf. Leise zischte das Band. »Dieser Vikar Davidson, dem gegenüber Sie Putin erwähnen – denn das ist Ihre Stimme, nicht wahr, Martin? –, wie lautet sein richtiger Name? Wir haben ihn nämlich in Gewahrsam, und diese Information würde uns ungemein helfen.«

Blackthorne erhob sich langsam. Seine Serviette rutschte zu Boden.

»Setzen Sie sich, Martin. Bitte. Es ist nur noch eine kurze Aufnahme, aber ich möchte, dass Sie alles hören.«

»Vikar Davidson am Apparat.«

»Ich möchte heute um vier am Gottesdienst teilnehmen.«

»Sie sind höchst willkommen. Die Predigt handelt vom Paulusbrief an die Römer. Ich glaube, sie wird Ihnen gefallen –«

»Sind Sie wahnsinnig? Diese beiden Schlächter zu der Frau in Soho zu schicken? Was sind das – Tiere?«

»Das geht Sie überhaupt nichts an. Haben Sie verstanden? Es interessiert mich nicht, was Sie denken oder fühlen. Ich wüsste auch nicht, dass Sie sonderlich um Ihren Freund Rees getrauert hätten ...«

»Das war etwas anderes. Er wusste um die Risiken, die er einging, als er sich mit der Kleinen einließ.«

»Und die Nutte in Soho kannte die Risiken, die sie einging, als sie Suwerow und der Frau half. Jetzt geben Sie mir entweder die Information, oder das Gespräch ist hiermit beendet.«

Langes Schweigen.

»Polizisten haben den Lastwagen verlassen bei Stoke-on-Trent gefunden. Kein Zeichen von Rossowitsch. Der Yard hat die Spur von Suwerow und der Frau nach Crewe verfolgt, dort haben sie in einem Pub übernachtet. Der Yard glaubt, sie wollen

nach Liverpool und lässt deshalb Busstationen, Bahnhöfe und Häfen beobachten.«

»Nun gut. Sonst noch was?«

»Nein. Oder doch. Melden Sie, dass der Yard und unsere Leute ihnen dicht auf den Fersen sind.«

»Kommen Sie zum Gottesdienst. Das wird Ihnen guttun.«

Mackenzie legte einen Schalter am Aufzeichnungsgerät um. Nach einem langen lastenden Schweigen sprach er mit dem Rücken zu Blackthorne. »Sie müssen sich doch heftige Sorgen gemacht haben, Martin, als Houghton-Vickers bestätigte, dass Weroschilow und Putin Suwerow und die Frau verfolgten. Ist doch interessant, nicht? Wie im Falle der *U-233* war es ein Rennen, bei dem man sehen würde, wer zuerst bei wem ankam. Ich nehme an, Sie hofften, Ihre Genossen würden Suwerow und Tatjana vor der Polizei aufstöbern und die beiden töten.«

Blackthorne schwieg. Mackenzie drehte sich um, und die beiden Männer starrten sich eine halbe Ewigkeit an. Blackthorne saß mit gefalteten Händen hinter seinem Teller mit Kalbsbrust, die er nicht angerührt hatte, und seinem vollen Weinglas und schaute in die Augen des Mannes, der ihm einst bedingungslos vertraut hatte.

»Zu schade, dass Suwerow Ihre Freunde Weroschilow und Putin auf Long Wharf erschossen hat. Aber es hätte sehr unangenehm für Sie werden können, wenn wir die beiden lebend gekriegt hätten. Sie müssen mir erzählen, was Sie für diesen Fall geplant hatten.«

»Wie haben Sie's rausgefunden?«, fragte Blackthorne mit heiserer Stimme.

»Ich hatte keinen phänomenalen Geistesblitz, falls Sie das meinen. Eine Handlung von Ihnen hatte mich stutzig gemacht.«

»Welche …?«

»In Rees' Arbeitszimmer, erinnern Sie sich? Sie haben eine Machorka-Kippe gefunden, haben sie aufgehoben und eingesteckt. Sie dachten, ich hätte es nicht gemerkt, und Sie hätten kein Sterbenswörtchen davon gesagt, wenn ich nicht im Wagen danach gefragt hätte.« Mackenzie verzog das Gesicht, als ihm vollends zu Bewusstsein kam, wie sehr er diesem Mann vertraut hatte und wie schlimm er verraten worden war. Seine Regung war ihm deutlich am Gesicht abzulesen. Blackthorne konnte es nicht übersehen.

»Ich hatte Verdacht geschöpft und ließ Sie an einem Tag, als Sie zur Christ Church fuhren, verfolgen. Ganz zufällig kam auch ein Mann von Bulwell Hall in die Kirche, man stelle sich das vor! Ich ließ Ihr Telefon anzapfen, und was Sie gerade gehört haben, ist das Ergebnis zweier Mitschnitte.«

Blackthorne schürzte die Lippen, als dächte er nach. Vielleicht ahnte er bereits den gähnenden schwarzen Abgrund, der seiner harrte.

»Ich schließe daraus, Martin, dass Sie sehr früh damit begannen, unsere Geheimnisse an Ihre Genossen weiterzugeben, denn nur so konnten sie frühzeitig den Raub der biologischen Kampfstoffe planen. Meine Frage lautet nun: Warum? Was hofften Sie zu gewinnen, wenn Sie den Sowjets Bakterienstämme verschafften, aus denen Waffen gezüchtet werden, die, wie Sie selbst zugegeben haben, moralisch verwerflich sind? Es ging Ihnen doch sicher nicht um Geld ...«

Nun stand Blackthorne auf, stellte sich vor den Kamin, starrte in die Flammen. »Sie haben recht, Geld spielte wirklich keine Rolle. Unsere Ziele sind so wichtig und so erhaben, dass Geld im Vergleich dazu nichtig ist. Ich spreche natürlich vom Überleben der Menschheit.«

Mackenzie betrachtete fasziniert und gleichzeitig entsetzt

Blackthornes Gesicht, das sich während seiner Rede erschreckend veränderte. Die sanften, vornehmen Züge verwandelten sich in eine Maske, die Mackenzie nicht wiedererkannte.

»Für mich ist es eindeutig, dass die Welt weniger gefährdet wäre, wenn die Amerikaner ihre Atomforschung mit den Sowjets geteilt hätten. Aber die Amerikaner betrachten die Sowjetunion als Erzfeind, machen sich damit eines schweren Irrtums schuldig. Dass Russen unter Einsatz ihres Lebens gegen die Nazis gekämpft und deshalb die Hauptlast des Krieges getragen und die meisten Verluste erlitten haben, bedeutet den Amerikanern gar nichts. Stattdessen hoffen sie, dass die Nazis Russland ausbluten werden. Jetzt, wo der Krieg sich dem Ende nähert, werden die Vereinigten Staaten bald die Atombombe besitzen und gegen die Japaner einsetzen. Die sowjetische Regierung weiß, dass Amerika mit der Entwicklung der Bombe beschäftigt ist. Sie weiß es schon lange. Und aus welchem Grund haben es die Amerikaner vorgezogen, diese Entwicklung vor der Sowjetunion geheim zu halten? Um einen Überraschungsschlag gegen die Japaner zu führen? Ja, aber auch und vor allem, um Russland einzuschüchtern. Was also sollen die Russen glauben? Doch nur, dass die Vereinigten Staaten beabsichtigen, die Atombombe auch gegen Russland einzusetzen. Deshalb finde ich es absolut nachvollziehbar, dass die Sowjets bis zur Entwicklung einer eigenen Bombe keine andere Wahl haben, als sich auf jede nur erdenkliche Art zu verteidigen.« Blackthorne wandte sich vom Kamin ab und starrte Mackenzie mit kalten, toten Augen an. »In diesem Licht betrachtet sind biologische Kriegsführung und Atomwaffen moralische Entsprechungen.«

»Verstehe.« Mackenzie bemühte sich, diesen verworrenen Wahnsinn nachzuvollziehen. »Und Sie haben beschlossen, den

Sowjets zu helfen. Ließen ihnen Informationen zukommen, damit sie die Bakterienstämme aus der *U-233* kapern konnten, um diese zur biologischen Kriegsführung einzusetzen.«

»Ja, ganz genau. Der Besitz dieser Kulturen würde die sowjetische Produktion von biologischen Waffen ganz entscheidend vorantreiben und die USA bedrohen, damit das – wie soll ich es nennen? – Gleichgewicht des Schreckens gewahrt bleibt.«

Mackenzies Kopf begann zu pochen. »Sie sind ja wahnsinnig, Martin. Vollkommen wahnsinnig. Was für eine verdrehte Logik! Die russische Armee hält derzeit halb Europa besetzt und hat Tausende von Panzern und Kanonen und zehn Millionen Soldaten, mit deren Hilfe sie jedes menschliche Wesen östlich von Berlin unterjochen will. Der einzige Gegner, der sich den russischen Gelüsten nach absoluter Hegemonie in Europa in den Weg stellt, sind die Vereinigten Staaten. Die Sowjets sind eine Gefahr, die wir aufhalten müssen, wenn wir nach der Niederlage der Nazis Frieden in der Welt haben wollen.«

»Was Sie eigentlich meinen, ist Folgendes: Die westlichen reichen Eliten fürchten, dass die Reformen des Sozialismus den Kapitalismus zerstören werden und mit ihm die Macht, welche diese Eliten über die westliche Gesellschaft ausüben.«

Mackenzie ging zu seinem Schreibtisch und drückte einen Knopf, der auf Kniehöhe unter der Platte verborgen war. Er wandte sich wieder an Blackthorne und sagte traurig und müde: »Nein, Martin, was wir fürchten, ist die Verrohung der Völker und die Auslöschung der Freiheit durch ein gottloses Regime unter der Führung eines Wahnsinnigen, der die Weltherrschaft anstrebt. Wir haben Hitler vernichtet, und wir werden auch Stalin vernichten.«

Die Tür ging auf, und Houghton-Vickers trat mit Blackthornes Regenmantel über dem Arm ein. Seinen Fedora-Hut in der anderen Hand stand er in der Mitte des Zimmers und wartete schweigend. Blackthorne zeigte keinerlei Überraschung. Stattdessen schien er erleichtert zu sein, dass nun alles ans Licht gekommen war.

Mackenzie schaltete das Aufnahmegerät aus und übergab es Houghton-Vickers. »Alle Informationen sind darauf, Chief Inspector.«

Er schaute Blackthorne an, um ihm eine letzte Gelegenheit zur Erklärung zu geben. Doch der Verräter wandte lediglich den Blick ab.

Houghton-Vickers betrachtete Blackthorne mit gerunzelter Stirn. Falls er Blackthorne zürnte oder von ihm enttäuscht war, so zeigte er es nicht. Stattdessen bewahrte er die neutrale Miene des erfahrenen Polizeibeamten. Einladend hielt er Martin Blackthorne den Regenmantel hin. »Wir sollten uns nun auf den Weg machen.«

Blackthorne schlüpfte in den Mantel, den Houghton-Vickers ihm über die Schultern breitete. Mackenzie stellte fest, dass der Mann sich kein bisschen verändert hatte. An seine Förmlichkeit, Höflichkeit, seine kleinen Eigenheiten in Bezug auf Kleidung würde sich Mackenzie stets erinnern, auch wenn er hoffte, Blackthorne nie wieder sehen zu müssen.

»Martin? Sagen Sie mir doch bitte: Wann hat es angefangen? Wann sind Sie übergelaufen?«

»Das, fürchte ich, ist wieder eine andere Geschichte. Eine ziemlich komplizierte, wie ich hinzufügen sollte. Vielleicht erzähle ich sie Ihnen ein andermal.«

»Ja, ich kann mir vorstellen, dass es kompliziert ist. Und Sie waren auch sehr gut, wie ich zugeben muss. Aber etwas bereitet mir noch Kopfzerbrechen. Warum diese ausgefeilte List mit der

Frau und mit Suwerow, diese sorgfältig aufgestellte Falle für Rees? Sie wussten so viel über Kondor wie wir anderen auch. Warum haben Sie nicht einfach Ihren NKGB-Kontakten mitgeteilt, was Sie wussten?«

Blackthornes Lächeln drückte aus, dass er Mackenzie für hoffnungslos naiv hielt. »Dementis. Es geht immer darum, offiziell jede Beteiligung abstreiten zu können. Ich kann mit dem Finger zeigen, wenn man es so ausdrücken will, handeln müssen jedoch andere.«

»Und doch gab es die Machorka-Zigarette und die Telefongespräche. Das waren, im Nachhinein betrachtet, eindeutige Fehler.«

»Eindeutig.«

»Und die russischen Agenten an Bord der *U-233* ...?«

»Schläfer. Waren schon seit 41 auf ihren Posten. Erst im Oberkommando der Wehrmacht, dann im RSHA.«

»Faszinierend.«

Blackthorne schielte auf die Kalbsbrust, die er nicht angerührt hatte und deren Sauce allmählich fest wurde, auf das schöne Porzellan, auf den Comard. »Bevor wir gehen ... darf ich wohl noch den Wein austrinken? Ich fürchte, dies wird für einige Zeit mein letzter Comard sein.«

Mackenzie nickte. Blackthorne angelte sein Glas vom Tisch und schnüffelte das Bouquet des Rotweins. Er nahm einen Schluck, schmeckte ihn, schwenkte den Wein im Glas.

»Etwas sollten Sie noch wissen.«

Mackenzies Gedanken rasten. Was hatte er übersehen? Nichts, da war er sicher. Und doch ...

»Und was sollte das sein, Martin?«

»Es gab zwei Unterseeboote«, sagte Blackthorne gelassen.

»Zwei ...?«

»Ja, da war noch ein russisches Boot, die *K-53*.« Blackthorne genoss Mackenzies konsternierten, ja entsetzten Blick. »Die Task Force hat doch gemeldet, sie habe ein Unterseeboot aufgespürt und versenkt. *Ein* Boot, nicht zwei. Das muss also bedeuten, dass das andere Boot, höchstwahrscheinlich die *U-233*, entkommen ist.«

Mackenzie schnürte sich die Kehle zu. War das möglich? Er erwog die möglichen Konsequenzen. Keine war sonderlich angenehm.

»Es war folgendermaßen«, sagte Blackthorne höflich, wobei sein verhaltenes Lächeln die steinerne Maske durchbrach, zu der sein Gesicht geworden war. »Die *K-53* hatte die *Isar* bis Schottland begleitet. Als sie Nachricht von Kondor und dem Plan der U-Boot-Entführung erhielten, blieb die *K-53* im Atlantik und wartete, bis die *Isar* in Greenock überholt worden war und Proviant an Bord genommen hatte. Dann trafen beide wieder zusammen, um die *U-233* abzufangen. Wir mussten Mittel aufwenden, die uns Beckers Gehorsam sicherten, und nichts macht einer U-Bootbesatzung mehr Angst als die Gewissheit, von einem andern U-Boot verfolgt zu werden.«

Mackenzie hatte selbst das Gefühl, verfolgt zu werden.

»Aber ... Ghorman hat doch gemeldet, dass sie Müll gefunden haben ... Öl ...«

»Tja, U-Boot-Leute sind ziemlich clever. Sie sollen schon mal absichtlich Treiböl aus den Tanks abgelassen haben oder ihre Torpedorohre mit Müll geladen und diesen an die Oberfläche geschossen haben.«

Mackenzie bekam einen ganz trockenen Mund.

Blackthornes Gesicht entspannte sich. Er lächelte nachsichtig. »Ja, und es gibt noch eine Menge anderer Tricks, die ich Ihnen verraten könnte, aber mehr Zeit habe ich leider nicht.«

Mackenzie wartete einen Sekundenbruchteil zu lange. Er stürzte sich auf Blackthorne, versuchte ihm die Zyanidkapsel aus der Hand zu reißen, bevor er sie in den Mund stecken konnte, hörte das laute Knacken, als Blackthorne die Kapsel zerbiss und das Gift freisetzte. Wie Houghton-Vickers konnte er nur hilflos zuschauen, wie Blackthorne auf den Tisch und dann zu Boden stürzte und das gute Porzellan, das Tafelsilber, die gefüllte Kalbsbrust und die Reste des Château Comard mit sich riss.

Der Nordatlantik, 31. März

Das Barometer war gefallen. Die Abenddämmerung, die mit einem sagenhaften Farbenspiel begonnen hatte, wandelte sich rasch zu einem bedrohlich wirkenden Mix aus dunklen Wolken und scharfem Westwind.

Besorgt wegen des Wetters trieb Becker den Leitenden Ingenieur und seine Arbeitsgruppe zur Eile an. Als es vollends dunkel war und die *U-233* in steigender Dünung schaukelte, begannen die Männer in Segeltuch gewickelte Körper durch die engen Turmluks zu stemmen. Oben nahmen zwei Seemänner die Bündel an und schleppten sie nach achtern hinter die Flakbatterie. Die Leichen wurden auf das Oberdeck gelegt und von zwei weiteren Matrosen in einer sauberen Reihe ausgerichtet. Becker wollte eine kurze Messe abhalten und die Leichen danach der See anvertrauen. Doch der kalte, heftige Wind, der zwischen den Antennendrähten heulte, die Gischt über der Brücke und die auftürmenden Wellen sorgten für Verzögerung, bis keine Zeit mehr zu verlieren war.

»Wer kann denn auch ahnen, dass ein Toter so viel wiegt?«,

murrte der Leitende Ingenieur. Er hielt kurz inne, um nach Luft zu schnappen, nachdem die letzte Leiche, Petrow, mit dem Kopf voran auf die Brücke gehievt worden war. Zwei Matrosen ließen Petrows Leiche auf das Deck hinab, wo sie neben die anderen gelegt wurde.

In der Zentrale packte Becker den gefesselten Karpenko und stieß ihn zur Leiter. »Nun können Sie Ihrem Genossen die letzte Ehre erweisen. Und auch unseren Männern, die Sie auf dem Gewissen haben. Hoch mit Ihnen!«

Er schob Karpenko voran. Draußen stellte er sich an die Reling und schaute achteraus auf das Oberdeck, auf dem die traurigen Bündel ausgelegt waren und jeden Moment Gefahr liefen, von einer Welle über Bord gespült zu werden. Die beiden Matrosen, die mit der Aufgabe betraut waren, die Bündel über die Seite zu rollen, hielten sich an den Spannseilen der Aufbauten fest, um nicht selbst fortgerissen zu werden.

Becker verstärkte seinen Griff um die Reling und dachte, wie wenig er doch diesen Männern mitgeben konnte. Obwohl er selbst nicht an Gott glaubte, zog er ein kleines, schimmeliges Gebetsbuch aus der Tasche seiner Lederjacke, schlug eine Seite auf, in die er ein Lesezeichen geschoben hatte, und begann vorzulesen.

»Herr, wir geben die Seelen dieser Männer in deine Hand.« Der eisige Wind riss ihm die Worte aus dem Mund und trug sie davon. Becker hob die Stimme, um die anbrandenden Wogen und die spuckenden Diesel zu übertönen, und beeilte sich, zum Ende zu kommen. Er hatte nicht den Wunsch, die Qual seiner Matrosen oder seine eigene zu verlängern. »Beschütze diese Männer, die wir dem Meere übergeben. Amen.«

Er gab den Matrosen auf dem Oberdeck ein Zeichen. Diese waren ebenso darauf erpicht, die Sache hinter sich zu bringen.

Wellen umspülten ihre Beine, als sie einen Leinentuchsack zum Rand des Decks zerrten und sich bereitmachten, ihn über Bord zu hieven.

»Genug gesehen?«, fragte Becker Karpenko.

Schwer lehnte sich der Russe gegen die Reling und hielt seine gefesselten Hände hoch. »Warum werfen Sie mich nicht gleich mit über Bord?«

»Wir sind ja keine Mörder.«

Das erste Bündel ging über Bord. Becker und Karpenko schauten zu, wie es über die runden Ballasttanks polterte und in einer schäumenden Rinne neben dem Boot verschwand.

»Natürlich seid ihr keine Mörder!«, kreischte Karpenko. Sein Gesicht triefte vor Gischt, seine wilden Augen waren auf Becker geheftet. »Denn ihr seid ja die Herrenrasse, für euch gelten solche feinen Unterschiede nicht!«

Ein zweiter Leichensack verschwand in der See.

»Was habt ihr jetzt mit mir vor?«, fragte Karpenko, ohne Becker aus den Augen zu lassen.

»Vielleicht halten wir ein Kriegsgericht ab. Sie sind ein Spion, der eine deutsche Uniform trägt. Spione werden erschossen, nicht ermordet.«

»Warum bringen Sie's dann nicht gleich hinter sich? Dann müssen Sie kein Kriegsgericht abhalten ...«

Hinter Becker brach ein Tumult aus. Freitag krabbelte aus dem Luk und schrie gegen Wind und Wellen an: »Kapitän! Horcher meldet Unterseeboot, das seine Tauchzellen anbläst!«

Becker erstarrte. Unmöglich! Das konnte doch nicht die *K-53* sein! Aber er wusste es besser. »Schnell! Schnell! Kommt rauf! Sofort!«, rief er den Männern auf dem Oberdeck zu.

Die Matrosen ließen den Sack fallen, den sie eben über die Seite rollen wollten, und rannten auf die Brücke zu. Becker beugte sich vor, ergriff eine hochgereckte Hand und half dem Mann über die Reling. Er musste die Brücke klären, alle nach unten bekommen.

Karpenko begann zu winken und etwas auf Russisch zu rufen, dabei hüpfte er wie ein Wahnsinniger. Becker beugte sich weit über die Reling, um dem zweiten Mann hochzuhelfen, kämpfte auf den feuchten, glitschigen Grätings um seinen Halt. Der Matrose rutschte, glitt aus und wäre fast von einer überkommenden Welle von Bord gespült worden.

»Komm schon!«, drängte Becker und streckte die Hand noch weiter aus.

Freitag erschien auf dem Turm. Mit vereinten Kräften hievten er und Becker den letzten Mann auf die Brücke.

»Runter!«, befahl Becker. »Tauchalarm läuten!«

Freitag und die beiden Matrosen ließen sich durch das offene Luk hinabfallen.

Ohne Vorwarnung rammte Karpenko Becker seinen Kopf und seine gefesselten Hände in den Magen. Er drängte Becker gegen die scharfkantige Flak, dann presste er ihm seine Unterarme auf die Kehle. Dem Ersticken nahe versuchte Becker sich wegzudrehen, doch Karpenko war wie eine ungebremste Maschine: Er wollte verhindern, dass Becker seinen Männern folgte, jetzt, wo das russische Unterseeboot schon in nächster Nähe war.

»Ala-r-r-r-m!«

Die *U-233* erzitterte.

Becker fühlte eine Ohnmacht nahen und schlug blindlings um sich, aber seine Fäuste konnten ihr Ziel nicht finden. Dennoch drängte er Karpenko zurück, und mit aller Kraft, die ihm geblieben war, rammte er dem Russen die Faust in den Magen und hörte, wie dem Mann pfeifend die Luft entwich. Nun war es Karpenko, der gegen die Kanten und Vorsprünge der Flak geschleudert wurde. Außer sich vor Zorn stürzte er sich mit hoch erhobenen Fäusten erneut auf Becker. Der reagierte mit einem Rammstoß seiner Schulter und warf den Russen zurück. Karpenko wollte wieder angreifen, doch seine Handschellen hatten sich in der Schwungkurbel der Flak verfangen. Wie ein knurrender Hund an der Kette versuchte er loszukommen, doch es gelang ihm nicht.

Becker atmete pfeifend und taumelte vor Schmerzen in Schulter und Arm, Er klammerte sich am schwankenden Brückenschanzkleid fest. Da hörte er Freitag seinen Namen rufen.

»Ich hab Ihnen doch befohlen, runterzugehen ...«

Die *U-233* neigte ihre Nase nach unten.

»Ich wollte nach Ihnen sehen, Herr Kaleun! Schauen Sie!«

Die *K-53* kam auf sie zu. Auf dem Oberdeck protzten Matrosen die Maschinengewehre ab.

»Mit euch geht es zu Ende! Ihr seid fertig!« Karpenko schrie wie ein Wahnsinniger und zerrte an seinen Handschellen. »Haben Sie gehört, Becker?«

»Wir müssen Karpenko nach –«

Beckers Worte gingen in Maschinengewehrsalven unter. Freitag und er warfen sich aufs Deck. Geschosse trafen die Brücke, prallten von Stahlflächen ab und bohrten Löcher in die Bodenplatten. Ein Hagel von heißen Eisensplittern traf ihre Jacken und Hosenbeine.

»Los, vorwärts!«, drängte Becker, und Freitag rutschte auf dem Bauch auf das offene Luk zu.

Die Salve verstummte. Becker hörte Männer auf Russisch rufen, dann das Dröhnen der Diesel des russischen Bootes. Ein klauenartiger eiserner Enterhaken an einem starken Tau wurde auf das Oberdeck der *U-233* geschleudert, zwei seiner Fanghaken bohrten sich in das Schanzkleid. Noch zwei Enterhaken wurden ausgeworfen, einer traf nur wenige Zentimeter von Beckers ausgestreckter Hand entfernt auf. Die Russen hatten zunächst versucht, so viele Männer wie möglich zu töten; nun kamen sie längsseits, um die *U-233* zu entern, bevor sie abtauchen konnte.

Becker hörte Karpenko etwas auf Russisch rufen. Er warf einen Blick über die Schulter und stellte fest, dass Karpenko es geschafft hatte, sich zu befreien. Er winkte mit beiden Händen über dem Kopf und rief seinen Genossen auf der *K-53* etwas zu. Ein vernichtender Feuerstoß aus dem Maschinengewehr war die Antwort, die Kugeln durchsiebten Karpenko, rissen ihn um. Er warf die Hände hoch, als wollte er die Kugeln abwehren, und starb mit einem fassungslosen Gesichtsausdruck.

Karpenkos Schreie und das Rattern des Maschinengewehrs wurden von dem Wasserschwall übertönt, der durch den freiflutenden Aufbau des Bootes schoss. Die Enterhaken rissen sich los, peitschend schlugen ihre Taue aufs Wasser auf. Zwei Hände zerrten Becker mit dem Kopf voran durch das Turmluk, durch einen dröhnenden Wasserfall, der abrupt gestoppt wurde. Dann hörte er zischende Luft und die raue Stimme des Leitenden Ingenieur, der den Tiefenrudergängern Befehle zubrüllte.

Becker saß triefend auf dem stark gekippten Deck der Zentrale. Ihm war speiübel, aber er wusste genau, dass es nicht an der Achterbahnfahrt der *U-233* lag. Es war Angst, nackte Angst.

* * *

»Aber warum? Wie ist das möglich?«, krächzte Freitag.

»Ich sag Ihnen, warum«, blaffte der Leitende Ingenieur. »Die *K-53* is 'n gottverdammtes Geisterschiff, darum.«

»Aber wie konnte sie den Angriff überstehen, den wir mit angesehen haben? Das ist einfach nicht möglich«, beharrte Freitag.

Eine Handbewegung Beckers beendete jede weitere Diskussion. Er sah sich nach Rotteck um. »Jemand verletzt?«

»Niemand außer Ihnen, Kapitän. Soll ich mir mal Ihre Schulter ansehen?«

»Nicht jetzt. Wir müssen die *K-53* finden und ausschalten.« Für einen Moment sah er wieder Karpenko vor sich, ein blutiges, zerfetztes Bündel auf dem Deck. Ein Albtraum, der ihm noch jahrelang im Gedächtnis bleiben würde. Dennoch waren Albträume besser als gar keine Träume.

Lediglich Minuten waren vergangen, seit die *U-233* getaucht war und auf Schleichfahrt lief. Er wandte sich an den Horcher. »Was zu hören?«

»Nichts.«

Becker hob die Zelluloidplatte von der Seekarte und stützte sich trotz der Schmerzen in seiner Schulter auf den Tisch. »Dies war unsere ungefähre Position, als die *K-53* längsseits auftauchte.« Er tippte mit dem Zirkel auf die Karte. »Ungefähr drei Minuten, nachdem wir getaucht waren und uns nach Süden gewendet hatten, hat der Horcher den Tauchvorgang der *K-53* gehört. Eine Minute später hörte er auf nördlicher Peilung lauter werdende Schraubengeräusche.«

Becker zog eine gerade Linie zwischen zwei eingezeichneten »X« auf der Karte, die für die *U-233* und die *K-53* standen. Er schätzte die Entfernung zwischen beiden Booten auf weniger als eine Seemeile – ungefähr 1 850 Meter.

»Der Russe ist auf Rache aus. Er wollte uns fangen, wollte eine Vorzeigemannschaft an Bord schicken und die *U-233* mit den Behältern heim in die Sowjetunion holen. Das hat leider nicht geklappt. Dennoch, er kennt sein Geschäft. Und er ist verdammt clever. Immerhin hat er den Angriff durch den Jagdverband der Alliierten überlebt. Also ist er ein abgebrühter Bursche. Wir müssen annehmen, dass er gehört hat, dass wir nach dem Tauchen auf südlichem Kurs abdampften. Deshalb klebt er uns an den Hacken und kommt immer näher. Er ist hinter uns, ist also klar im Vorteil. Wir können nicht mit voller Fahrt fliehen, denn dann würde er uns hören, und außerdem würden wir unsere Batterieladung aufbrauchen. Und hinzu kommt, dass unser Horchgerät keine Geräusche von achtern hören kann, weil unsere eigenen Schrauben so viel Lärm machen und Wirbel verursachen. Wir sind also nicht nur blind, sondern auch taub.«

»Also kann der Rote sich ranschleichen und uns einen Torpedo in den Arsch feuern«, resümierte Freitag.

Becker massierte seine schmerzende Schulter. »Ja. Und selbst wenn er nur nach Geräuschpeilung feuert, stehen die Chancen für einen Treffer gut. Während wir nicht feststellen können, wo genau er ist.«

»Aber wir haben doch noch einen oder zwei Stachel in besagtem Arsch«, meinte der Leitende Ingenieur. »Wir haben noch vier akustische Zaunkönige, zwei sind bereits in die Rohre geladen. Wenn wir nur nahe genug an den Russen rankommen …« Der Leitende Ingenieur schlug sich mit der Faust in dic Hand. »Dann Peng! Und futsch isser.«

Peng! Und futsch! Ja, aber wenn sie dabei nur einen winzigen Fehler machten, galt dasselbe für die *U-233*. Jede Faser in Beckers Körper sehnte sich nach Schlaf, doch er ignorierte seine Müdigkeit und zwang sich, klar zu denken.

So standen sie gedankenverloren da, alle drei mit der Vorstellung zweier Unterseeboote beschäftigt, die sich im schwarzen, eisigen Wasser des Nordatlantiks ein Rennen lieferten, während das eine dem anderen immer näher auf den Pelz rückte.

Becker tippte auf die Karte. »Wir müssen dem Russen einen Köder zu schlucken geben. Aber dazu müssen wir ihn erst einmal finden. Und wir haben nicht viel Zeit.« Einen nach dem anderen musterte er die schweißüberströmten Gesichter der Männer. »Vielleicht nur Minuten.«

Er erklärte ihnen seinen Plan. Die Frage, die im Raum schwebte, war: Würde der Russe den Köder schlucken? Becker stieß sich vom Kartentisch ab und sagte: »Das werden wir ja bald erfahren.«

* * *

»E-Maschinen stopp!«, befahl Becker.

Die *U-233* verlangsamte ihre Fahrt und sank ein wenig, weil sie sich in einem Zustand des negativen Auftriebs befand.

»Fünfundfünfzig Meter«, meldete der Leitende Ingenieur mit leiser Stimme. Die wichtigste Regel auf Schleichfahrt war, dass auf dem gesamten Boot absolute Ruhe zu herrschen hatte. Der Leitende Ingenieur beobachtete die Nadel des Tiefenmessers, die langsam über die schwarzen Striche vorrückte. »Sechzig Meter.«

Becker quetschte sich in das Funkschapp neben den Horcher.

Mit geschlossenen Augen drehte der Horcher die Skalen des Horchgeräts, erst nach links, dann nach rechts und wieder nach links. Eine volle Minute verstrich, in der das Boot weitere zehn Meter sank. Becker nagte an seinen Fingerknöcheln und musste an sich halten, dem Mann nicht die Kopfhörer abzureißen und sich selbst überzustülpen.

Dann nickte der Horcher, schob die Unterlippe vor. Er machte die Augen auf und sah Becker pfiffig an. »Ich hör ihn. Schwach zwar, aber ich hör ihn.«

Becker sog scharf die Luft ein. »Peilung?«

Wieder schloss der Mann die Augen und nahm eine Feinjustierung der Unterwassermikrofone vor. »Fast direkt achteraus, Herr Kaleun.«

»Können Sie die Entfernung schätzen?«

Der Horcher zuckte die Achseln. »Eine Seemeile ... vielleicht weniger ... oh, jetzt ist es weg.«

»Weg?«

»Ich glaube ... ja, hat auch die Schrauben gestoppt.«

Becker klopfte dem Mann auf die Schulter. »Gut. Gut.«

Am Kartentisch strich er nachdenklich über seinen Bart und sagte: »So ... der Russe hat uns im Visier ... Rotteck, rasch, die Strömungen in diesem Gebiet?«

Der Navigationsoffizier blätterte in einem Handbuch mit Gezeiten- und Strömungstabellen, bis er das Gesuchte gefunden hatte. »Für dieses Seegebiet ist nur eine Strömung gelistet, letzte Aktualisierung war Oktober 1941.«

»Und ...?« Argwöhnisch verfolgte Becker die Nadel des Tiefenmessers. »Ich verlange Antwort!«

»Aktuelle Strömung drei bis vier Knoten Südwest, unterliegt jedoch halbjährlichen Richtungswechseln von annähernd fünf Grad.«

Becker gab bereits Befehle. »Beide E-Maschinen dreißig Sekunden volle Fahrt voraus.«

Die *U-233* machte einen Satz und setzte ihren Kurs fort.

»Aktuelle Strömung drei bis vier Knoten«, überlegte Becker. »Das können wir zu unserem Vorteil nutzen. Und jetzt woll'n wir mal sehen, was unser Russe macht.«

Er warf einen Blick auf die Uhr. Dreißig Sekunden, dann stoppten beide E-Maschinen die Drehung der Propellerflügel, und wieder schwebte die *U-233* im Wasser dahin und sank ein wenig ab.

»Hören Sie ihn?«, fragte Becker den Mann am Unterwassermikrofon.

»Unsere Schraubengeräusche haben ihn übertönt, Kapitän. Dauert noch einen Moment, bis alles klar wird … nein, doch nicht. Ich hab ihn! Ich hab ihn! Schnelle Schraubenbewegungen achtern. Entfernung abnehmend.«

»Er hat gehört, dass wir Fahrt aufgenommen haben«, sagte Becker leise. »Und nun sucht er uns wieder. Bald schon wird er merken, dass er uns verloren hat, und dann, wette ich, wird er wieder seine Maschinen stoppen und lauschen.«

Er wandte sich an seine wartende Mannschaft. Der Plan, den er ersonnen hatte, musste klappen; sie hatten zu viel durchgemacht, um jetzt besiegt zu werden.

»Keine Schraubengeräusche mehr. Jetzt horcht er.«

Becker erlaubte sich den Anflug eines Grinsens. Wenn er es noch einmal schaffte, den Russen auf die falsche Fährte zu locken, dürfte das Spiel bald vorbei sein. Er wandte sich an Freitag.

»Ja, Kapitän?«

»Klarmachen zum Abschuss der Torpedos.«

* * *

»Rohre geflutet, klar zum Abschuss«, meldete Freitag. »Torpedovorhaltrechner auf Ziel eingestellt.«

»Sehr gut.« Becker stand in seiner üblichen Haltung da – breitbeinig, die Hände in die Hüften gestemmt. Seine Anspannung war ihm nicht anzusehen.

Sobald die Zaunkönig-Torpedos abgeschossen waren, suchte ihre akustische Zielsteuerung nach Schrauben- oder anderen Schiffsgeräuschen. Der Trick bestand darin, vor dem Abschuss die eigenen Schrauben zu stoppen, damit die Torpedos sich nur am Lärm des gegnerischen Bootes orientierten.

»Auf sechzig Meter gehen«, befahl Becker.

»Sechzig Meter.«

»Vorhaltewinkel null Grad.«

»Bestätigt.«

»Rohr schalten.«

»Geschaltet.« Freitag überprüfte mehrfach seine Schalterreihen und entsicherte die Magneten, die mit den beiden geladenen Rohren im Heck verbunden waren.

Der Horcher hob einen seiner Kopfhörer vom Ohr, um Beckers geflüsterte Befehle zu verstehen. »Wenn wir Fahrt zugelegt haben, stoppen wir die E-Maschinen erneut. Aber statt auf unserem Kurs weiterzufahren, drehen wir scharf steuerbord ab. Melden Sie, sobald die *K-53* Fahrt aufnimmt. Wir müssen unsere Torpedos abfeuern, bevor sie uns achtern kreuzt, damit der Schuss in ihre Breitseite geht. Verstanden?«

Es musste klappen, denn eine zweite Chance würde es nicht geben. Klappte es nicht, so lag der Vorteil auf Seiten der Russen, denn die kannten dann die Position der *U-233*.

»Beide E-Maschinen volle Fahrt voraus.« Seine Stimme klang, als sei ihr Schicksal besiegelt; Becker fragte sich, ob seine Mannschaft das auch so wahrnahm. Am liebsten hätte er sich versteckt, wäre in der Unendlichkeit des Atlantiks verschwunden. Doch dafür war es jetzt zu spät.

Der Zeiger des Chronometers am Schottrahmen bewegte sich ruckend vorwärts. Becker glaubte das Flüstern eines Mannes zu vernehmen, der seiner Angst Ausdruck gab. Wer hatte wohl keine Angst? Der Russe etwa? Auch das waren Menschen.

Dreißig Sekunden vertickten. »E-Maschinen stopp. Hart steuerbord!«

Freitags Finger schwebten über den Schaltern der elektrischen Magnete. Zwei Lampen über den Anzeigen der Rohre leuchteten grün. Er nickte Becker zu.

Becker ging das Manöver noch einmal im Kopf durch: Sein Boot würde in einem 90-Grad-Winkel oder einem kleineren Winkel vor der *K-53* abdrehen, dann würde die *K-53* in Reichweite kommen und, kurz bevor sie die *U-233* achtern kreuzte, von den beiden Torpedos zerfetzt werden ...

Der Horcher sprang auf. Becker wusste, warum.

»Torpedos!«

Drei »Aale«, die mit einer Geschwindigkeit von über fünfzig Knoten auf sie zurasten! Jeder an Bord hörte das Kreischen ihrer gegendrehenden Schrauben. Becker wusste, dass sie nichts mehr tun konnten, selbst Beten würde nicht helfen. Der Russe war verdammt clever! Er hatte Beckers Ausweichmanöver vorausgesehen und die neue Richtung erraten. Er hatte nach steuerbord gedreht und einen Fächer aus drei Torpedos auf die Stelle abgefeuert, wo er die *U-233* zum Zeitpunkt des Auftreffens vermutete.

Becker wollte, dass es endete. Er hatte genug von U-Booten, von dem Gestank nach Pisse und Scheiße, den ewig feuchten Klamotten, den schimmeligen Lebensmitteln, den beengten Quartieren, der Angst, die einem ständiger Begleiter war, selbst an Land. Er hatte genug von Hitler, von den Nazis, vom Krieg. Er hatte genug getrauert: um gefallene Kameraden, um seine tote Familie. In den Gesichtern seiner Männer sah er die panische Angst vor dem Augenblick, wenn das Boot auseinanderplatzen würde wie eine gespaltene Melone. Was würde er fühlen, wenn es so weit war? Schmerzen? Trauer? Oder gar nichts?

Srriiiiiieee! Instinktiv duckte sich Becker. Doch nichts geschah.

Zuerst rührte sich keiner. Dann löste sich der Bann, und die Männer fingen an zu jubeln. Einer fiel auf die Knie und betete, ein anderer weinte vor Erleichterung. Becker musste an sich halten, um nicht auch in Tränen auszubrechen. Doch er nahm sich zusammen. Es war noch nicht vorbei.

Zwei Torpedos hatten die *U-233* nur um wenige Meter verfehlt, der dritte war zu tief gelaufen und unter ihrem Kiel hindurchgeschossen.

Der Leitende Ingenieur brüllte: »Ruhig, seid doch mal ruhig, sonst hören die uns!«, und Becker wollte eben zu neuen Befehlen ansetzen, als sich seinen Augen ein absolut seltsamer Anblick bot: Der Leitende Ingenieur flog zusammen mit Freitag und den anderen quer durch die Zentrale, und dann flog er selbst durch die Luft und hörte das grässliche Knirschen von Stahl, das sich in Stahl bohrt, und schließlich ein ohrenbetäubendes Dröhnen und Krachen, das die *U-233* erzittern ließ. Dann krängte sie fast sechzig Grad nach steuerbord.

Die Lichter gingen aus, dann wieder an, und verloschen ganz, als Sicherungen durchbrannten und Unterbrecher sich einschalteten. Schreie und Fluchen waren zu vernehmen und das Stöhnen der Verletzten. Werkzeuge rutschten klappernd über das stark gekippte Deck, Besteck und Geschirr flogen aus den Wandschränken, und eine Million Silberkügelchen – flüssiges Quecksilber aus dem Kreiselkompass – prallten von Schotts und Maschinen ab.

Quälend langsam richtete sich die *U-233* wieder auf, schüttelte die Kollision mit dem feindlichen Boot ab. Von achtern drangen platschende Geräusche und Rufe: »Wassereinbruch!« und »Feuer!«.

Taumelnd kam Becker auf die Beine. Er schnappte sich eine Gefechtslaterne. Ihr Strahl drang durch die raucherfüllte Zentrale und beleuchtete Männer, die versuchten, sich wieder aus dem Menschenknäuel herauszuschälen.

Der Strahl beleuchtete auch den Leitenden Ingenieur, der mit den Tiefenrudern kämpfte und versuchte, das Boot unter Kontrolle zu bekommen, damit es nicht seine Nase steil nach unten richtete und in die Tiefe abkippte. Ein Matrose sprang herbei, drehte ebenfalls an den Handsteuerungen.

Becker fand das Sprachrohr der Sprechanlage am Kabel baumelnd, prüfte es und brüllte: »Alle Abteilungen Schadensmeldung!«

Wasser rauschte nicht mehr ins Boot, doch irgendwo hinter einem Schaltpult zischte und knallte noch ein Unterbrecher. Der Gestank von verschmorten Leitungen und Phenol biss in Lungen und Augen.

Nach und nach kamen die Schadensmeldungen. Schaden gering. Wassereinbruch gering. Feuer gelöscht. Leck an Brennstoffleitung. Eine Schnittwunde am Knie und ein verstauchter Knöchel. Schnitte und blaue Flecken.

Becker hörte Husten und Keuchen, Seestiefel schleiften über zerbrochenes Geschirr und Glas. Er half einem Mann, der aus einer Kopfwunde blutete, auf die Beine.

»Sind wir noch seetüchtig?«, fragte er, inmitten eines Durcheinanders stehend, das wie ein Trümmerfeld anmutete. Er spürte etwas Hartes unter dem Stiefel, schaute genauer hin und stellte fest, dass er auf einem riesigen Schraubenschlüssel stand. Der hätte leicht zu einem tödlichen Geschoss werden können.

»Einigermaßen«, erwiderte der Leitende Ingenieur.

»Freitag! Das ganze Schiff inspizieren und Meldung machen. Tempo!«

Freitag wandte sich nach achtern, aber Becker hielt ihn zurück. »Nein, schauen Sie zuerst nach, ob die Minenschächte unter Wasser stehen.«

Erst jetzt wurde Becker das ganze Ausmaß der eben überstandenen Gefahr bewusst: Sie hatten einen Zusammenstoß überlebt! Wie nah der Russe wohl gewesen war, als er seine Torpedos abgefeuert hatte? Und wie schlimm waren *seine* Schäden?

»Horcher! Wo steckt die *K-53*?«

»Habe Kontakt mit ihr verloren, Kapitän.« Der Mann am Unterwassermikrofon sah auch reichlich benommen aus, widmete sich jedoch ganz seiner Aufgabe.

»Dann suchen Sie!«

Die Lichter gingen wieder an. Becker schaute auf den Reservekompass: Immer noch Kurs Süd mit drei Knoten. Der Tiefenmesser zeigte fünfundsechzig Meter. Die Lage beruhigte sich allmählich. Becker verspürte einen Anflug von Optimismus.

Rotteck war vollauf mit der Versorgung der Verletzten beschäftigt. Seine Lederjacke war mit Blutspuren übersät. »Was ist mit Ihnen, Kapitän? Irgendwelche frischen Kratzer und blauen Flecken?«

Becker klopfte seinem Navigator und Sani aufmunternd auf den Rücken und begab sich zum Kartentisch, um sich neu zu orientieren.

Die *K-53* musste beim Abschuss bereits sehr nah gewesen sein. Vermutlich unter zweihundert Meter, der Hälfte der Distanz, die laufende Torpedos brauchten, um sich scharfzuschalten. Der Russe hatte sich wahrscheinlich von der aktuell starken

Strömung und den dadurch bedingten Horchstörungen täuschen lassen. Becker fragte sich, was wohl passiert wäre, wenn ein halb scharfgeschalteter Torpedo die *U-233* getroffen hätte, und beschloss dann, es sich lieber nicht vorzustellen. Stattdessen überlegte er, wo der verdammte Russe stecken mochte und was er vorhatte. Wahrscheinlich ging es ihm wie den Männern in der *U-233*: Er schätzte den Schaden ab und reparierte ihn, so gut es ging.

Becker stellte sich vor, wie sein Boot von außen aussehen mochte: Der Druckkörper immer noch intakt – wenigstens einigermaßen –, aber die Außenhaut aufgeschlitzt, Deckstützen und Geschütze fortgerissen. Wie schlimm hatte es die *K-53* getroffen? War ihr Bug eingedrückt worden, waren ihre Torpedorohre beschädigt und nicht mehr zu gebrauchen? Vielleicht machte sie stark Wasser und würde bald sinken ...

»Kapitän.«

»Sind wir noch heil und in einem Stück, Freitag?«

»Ja und nein. Die Schäden sind nur marginal, aber im Maschinenraum sieht es ernster aus. Hinter Maschine eins ist der Druckkörper eingedrückt.«

»Wie tief?«

»Einen halben Meter, und quer durch eine Schweißnaht.«

»Weiter.«

»Ein paar Lecks in den Dieselleitungen und kleinere Wasserlecks. Die bekommen wir aber geflickt.«

»Und die Minenschächte?«

»Keine Veränderung, die geplatzte Naht macht immer noch Wasser. Aber wir können nicht mehr mit der bisherigen Leistung abpumpen. Und in der vorderen Bilge steht das Wasser fast bis zu den Flurplatten.«

Becker rieb sich die Augen mit den Fingerknöcheln. Selbst

wenn die Bilge sich bis oben füllte, konnten sie nicht pumpen, weil der Lärm die Russen aufmerksam machen würde. Leider sorgte aber das zusätzliche Wasser im vorderen Teil des Bootes dafür, dass es seine Trimmung verlor und deshalb schwer auf Tiefe gehalten werden konnte.

Der Leitende Ingenieur und seine Männer kämpften wie wild, um das Boot durchzupendeln. Doch sie mussten die Tiefenruder immer steiler neigen, um den Bug hochzuhalten und die Tiefe zu halten. Auch die Schrauben mussten mehr Schub geben, deshalb machten sie mehr Lärm und verbrauchten mehr Energie aus den Batterien. Und sollte das Wasser aus der Bilge in den vorderen Batterieschacht eindringen, dann hätten sie es zur Abwechslung mal mit einem echten Gasalarm zu tun. Wie lange es dauerte, bis die Bilge voll gelaufen war, konnte man nur raten.

Becker wischte sich mit seinem schmutzigen Hemdsärmel den Schweiß von der Stirn. Er steckte in einem grässlichen Dilemma: Nicht genug damit, dass sie gegen den Russen kämpften, nun lief ihnen auch noch die Zeit davon …

Ein Mann winkte, um Beckers Aufmerksamkeit zu erregen. »Kapitän, ich hab sie, ich hab die *K-53*!«

* * *

»Hören Sie sich das an.« Becker nahm die Kopfhörer ab und reichte sie an den Leitenden Ingenieur weiter.

Ein schwaches *Wusch-wusch-wusch*, das abwechselnd lauter und leiser klang. »Wofür halten Sie das?«

»Für einen lauten Propellerflügel. Er muss beschädigt worden sein, als der *Russki* mit uns zusammenstieß.«

»Ich glaube, da haben Sie recht, LI. Das ist eine gute Horchsignatur, an der wir uns orientieren können. Im Moment ist er für unsere Torpedos noch zu weit weg, aber vielleicht können wir ihn heranlocken.«

»Noch einmal? Kommt mir jedes Mal so vor, als würden wir ihn zur Haustür reinspazieren lassen. Und wenn wir ihn verfehlen?«

»Wir müssen es tun, wenn wir das hier überleben wollen.« Für einen kurzen Moment sah Becker Sonnenlicht, das durch Bäume blitzte. Er sah ein Haus auf einem Hügel, das auf einen tropischen Strand mit blaugrünem Meer blickte. Und zum allerersten Mal waren Katia und Hedda nicht bei ihm, und wenigstens dieses eine Mal fühlte er sich nicht schuldig. Er stieg zum Haus empor. Auf der Veranda wartete Martha auf ihn. Er wollte zu ihr, er wollte mir ihr zusammen sein, aber dafür musste er am Leben bleiben.

Becker befahl, zehn Sekunden lang Druckluft in die See abzulassen. Nachdem der Lärm der zerplatzenden Blasen nachgelassen hatte, befahl er: »Beide E-Maschinen zuerst langsame, dann geringste Fahrt voraus.«

Sie brauchten nicht lange zu warten.

»Hab ihn«, meldete der Horcher. »Kontakt null-sieben-null. Entfernung ungefähr fünfhundert Meter.«

Becker hielt seinen Blick auf den Horcher gerichtet, der sich über seine Instrumente beugte.

»Wandert leicht nach Südwest ab. Langsame Schraubenbewegungen – weniger als zwanzig Umdrehungen.«

»Will sich mit dieser kaputten Schraube nicht verraten«, bemerkte der Leitende Ingenieur.

»Dreißig Grad backbord«, befahl Becker dem Rudergänger.

Eine Minute später meldete der Horcher: »Kontakt kreuzt

achtern dwars. Geschwindigkeit konstant.« Nachdenklich schaute er Becker an.

»Er denkt, er hat uns«, murmelte dieser. »Das wollen wir doch mal sehen. Langsam voraus.«

Achtern summten die E-Maschinen; die *U-233* beschleunigte ihre Fahrt.

Becker strich sich über den feuchten Bart, fuhr sich mit der Zunge über die trockenen, rissigen Lippen. Er wartete noch eine volle Minute, dann befahl er: »Zwanzig Grad steuerbord.« Zu Freitag sagte er: »Beide Rohre klarmachen.«

Freitag hatte diesen Befehl bereits erwartet. Tiefe – eingestellt. Winkel – eingestellt. Die grünen Lampen blinkten. »Rohre geschaltet.«

»Beschleunigt Fahrt, Kapitän«, meldete der Horcher.

Das *Wusch-wusch-wusch* der beschädigten Schraube klang nun schneller, der Lärm hallte durch die Außenhaut des Bootes. Instinktiv wusste Becker, was der Russe vorhatte. Der clevere Mistkerl drehte bei und näherte sich von steuerbord, um parallelen Kurs zur *U-233* zu fahren. Nur eine kurze Weile noch, dann würde er heranrauschen und seine Salve abfeuern. Becker blieben nur Sekunden, um dem Russen zuvorzukommen.

»Beide E-Maschinen stopp!«

Der Leitende Ingenieur bat den Kommandanten mit flehenden Blicken, die Torpedos jetzt zu feuern. Seiner Bitte wurde entsprochen.

»Rohr eins und zwei – Feuer!«

Ein Ruck und ein plötzlicher Anstieg des Luftdrucks verrieten, dass beide Torpedos ausgestoßen worden waren.

Becker lehnte sich gegen das schmierige Seerohr und schloss die Augen. Es gab nichts mehr, das ihn noch nach Berlin oder Deutschland zog. Aber er war ja nicht in Deutschland – er war bei Martha. Sie trug einen weiten schwingenden Faltenrock, schritt leise auf bloßen Füßen über die Veranda. Durch ihre dünne Bluse sah er ihre weichen Brüste mit den dunklen Nippeln. Martha schlang die Arme um seinen Hals und bog sich ihm entgegen. Er wusste nicht, wo er war, doch es war ihm gleich. Wichtig war nur, dass sie bei ihm war und dass er lebte …

Eine gewaltige Detonation und eine doppelte Stoßwelle nahmen Becker den Atem. Sie war so kräftig gewesen, dass er noch für längere Zeit ein grelles Pfeifen in den Ohren hörte. Um ihn herum sah er die Männer in Siegestaumel ausbrechen.

Jemand sprach zu ihm, versuchte, seine Aufmerksamkeit zu bekommen. Es war der Leitende Ingenieur, der nach neuen Befehlen fragte. Fahrt? Kurs? Becker dachte an seine Familie, an seine Verantwortung für die Mannschaft, die Pflicht gegenüber seinem Land. Er dachte an die Behälter in den Minenschächten und erinnerte sich, dass manche Stellen im Atlantik vor Südamerika eine Tiefe von dreitausend Faden hatten … fast fünfeinhalb Kilometer. Eine überwältigende Tiefe, die kein Mensch jemals erkunden konnte.

Die *U-233* nahm Kurs auf südliche Gefilde, wo es warm war und wo Becker eine Zukunft erkennen konnte.

Epilog

Er war vornübergesunken und lag wie schlafend auf der Erde. Als man ihn umdrehte, sah man, dass er sich nicht lange gequält haben konnte. Sein Gesicht hatte einen so gefassten Ausdruck, als wäre er beinahe zufrieden damit, dass es so gekommen war.

Erich Maria Remarque
Im Westen nichts Neues

Los Alamos, New Mexico, 16. Juli 1945

Sheriff Sam Haskins und sein Deputy Bobby Ray Klein saßen rauchend und schwitzend in ihrem schwarzen Ford Tudor unter der sengenden Sonne New Mexicos. Haskins versuchte seine Selbstgedrehte vor dem Auseinanderfallen zu retten, während Klein sich mit seinem Taschenmesser die Nägel reinigte.

Endlich erspähte Haskins eine Staubwolke über der Straße, die vom Canyon zur alten Blacklock Ranch hinaufführte; dort hatten sie ihren Ford im Hof einer einst prächtigen und nun verfallenen Hacienda geparkt.

»Wurde ja auch Zeit«, knurrte Haskins. Er angelte seine Winchester vom Rücksitz und stieg aus dem Wagen. Dann beschattete er seine Augen und beobachtete einen olivenfarbenen Plymouth Sedan, der sich über Schlaglöcher und Steine des Zufahrtsweges mühte.

»Wie viele Männer hat dieser General geschickt?«

»Bloß zwei, wenn ich das richtig sehe, Bobby.«

»Besser als nichts.« Auch Klein nahm nun sein Gewehr, stieg aus und postierte sich neben Haskins.

Der Plymouth rollte auf den ausgedörrten Hof, wobei er eine braune Staubwolke aufwirbelte. Zwei Männer in Anzughosen, Hemd und Krawatte stiegen aus und schauten sich um. Dann trat der Größere der beiden mit ausgestreckter Hand auf die Sheriffs zu.

»Sheriff Haskins?«

»Der bin ich.«

»Tom Elliot, Geheimdienst der US Army. Das ist mein Kollege John Webster.«

»Bobby Ray Klein, mein Deputy.«

»Immer so heiß hier?«, fragte Webster mit einem Blick auf die dunklen Flecken unter den Achselhöhlen der beiden Gesetzeshüter.

»Na ja«, meinte Haskins, »wir haben Juli. Wo sind Sie denn her?«

»Cleveland.«

Haskins musterte geringschätzig die Kleidung der beiden Stadtmenschen: handbemalte Seidenkrawatten, abgenutzte, jedoch teure Budapester. »Haben Sie Stiefel oder Overalls dabei?«

»General Groves war der Meinung, die würden wir nicht brauchen.« Elliot lockerte seine Krawatte. »Man hat uns gesagt, es würde höchstens eine Stunde dauern, um hier klar Schiff zu machen.«

»So, so.«

Klein bemerkte, dass die beiden Armeeangehörigen kurzläufige 38er am Gürtel trugen. »Haben Sie außer diesen Spielzeugdingern auch richtige Schießeisen dabei?«

Webster beäugte die Winchester-Gewehre und die langläufigen 45er Colts der Sheriffs. »Was ist denn an denen falsch?«

»Nix ... schätz ich. Außer, dass wir kein Zielschießen auf Dosen machen. Dieser Vargas schießt nämlich scharf. Hat schon vier auf dem Gewissen.«

»Na ja, lassen Sie das mal unsere Sorge sein. Geben Sie uns lieber die nötigen Informationen.«

»Da gibt's nich viel zu informieren«, meinte Haskins. »Wir haben ihn von Red Feather bis zu Opal Rock verfolgt, wo er 'nen Rancher ermordet und seinen Truck gestohlen hat. Hat auch nicht lang gedauert, da wusst er schon, dass wir hinter ihm her sind. An 'nem Trading Post zwanzig Meilen von hier hat er sich mit Proviant eingedeckt. Gibt hier ja nicht viele Verstecke, und die Straßen sind elend schlecht. Wir ha'm uns auf seine Spur geheftet, als er vom Highway 201 abgefahren ist. Dann ha'm wir Los Alamos angerufen, und dieser General von Ihnen, dieser Groves, meinte, er wollte Vargas unbedingt in die Finger kriegen, er würd Verstärkung schicken, genau das Wort hat er benutzt. Und die Verstärkung, das sind dann wohl Sie, was?«

»Ja, wir sind die Verstärkung.« Elliot wischte sich das Gesicht mit einem Taschentuch ab. »Und wo steckt Vargas jetzt?«

Haskins deutete mit seiner Winchester. »Da hinten. Hat sich in dem alten Pumpenhaus verschanzt, das man von hier grad noch sieht.«

»Woher wissen Sie, dass er darin steckt?«

»Och, das wissen wir schon. Und es gibt nur einen Ausgang – die Tür.«

»Und Sie sagen, er hat auf Sie geschossen?«

Haskins drehte sich um und deutete mit der Winchester auf den Ford. In der Windschutzscheibe war ein Einschussloch und ein Spinnennetz aus Risslinien.

Elliot schaute Webster an. Der erwiderte den Blick mit grimmiger Miene.

»Schätze, Sie woll'n ihn lebend erwischen, was?«

»Das stimmt, Sheriff«, sagte Elliot.

Haskins zog seinen Revolvergürtel hoch und den Hut tief in die Stirn. »Glaub nicht, dass das klappt. Wissen Sie, für die meisten Leute in dieser Gegend ist der Krieg fast vorbei. Aber für Typen wie Vargas kommt noch 'n anderer Krieg, und der fängt grad erst an.«

Ende

Quellen und Danksagungen

Wenige deutsche U-Boot-Veteranen sind noch am Leben. Der Krieg und die seither verstrichene Zeit haben die Reihen jener Männer gelichtet. Von den Übriggebliebenen wollen wenige an jene langen Monate auf Fahrt erinnert werden, in denen sie verbrauchte Luft atmeten, schimmeliges Brot aßen und vor den Wasserbombenangriffen des Feindes zitterten. Das Einzige, was ihre Mühen erträglich machte, war die Möglichkeit, selbst alliierte Handelsschiffe abzuschießen.

Da ich keine unmittelbare Erfahrung habe und die Kontaktaufnahme mit den Veteranen sich schwierig gestaltete, habe ich unzählige Bücher gelesen, Videos angeschaut und Archivmaterial über deutsche U-Boot-Operationen studiert. (Wer sich für weitere Informationen über die deutsche U-Boot-Waffe interessiert, sei gewarnt: Das zur Verfügung stehende Material ist so umfangreich, dass es einen schier überwältigt.) Sechs Bücher, die für meine Arbeit sehr wertvoll waren, verdienen besondere Erwähnung.

Das beste und meiner Meinung nach wichtigste Buch über Unterseeboote ist *Das Boot* von Lothar-Günther Buchheim. Es ist gleichzeitig Roman und Dokumentation und versetzt den Leser unmittelbar in die Tiefen des Atlantiks auf ein U-Boot mit seiner tapferen Besatzung, umgeben von der komplexen Maschinerie des Krieges. *Wolfpack* von Philip Kaplan und Jack Currie, und *Wolf Packs* von den Herausgebern der Time-Life Bücher waren ebenfalls eine wertvolle Hilfe. Beide Bücher beschreiben detailliert die schrecklichen Schlachten der Unterseeboote gegen die Geleitzüge der Alliierten und die Organisation der deutschen U-Boot-Waffe im Zweiten Weltkrieg unter Admiral Karl Dönitz. Eine große Hilfe war auch das umfangreiche, zweibändige Werk *Der U-Boot-Krieg* von Clay Blair: Hier findet der geduldige Forscher vielfältige Statistiken und Details über jede U-Boot-Feindfahrt des Zweiten Weltkriegs. *U-234. In geheimer Mission nach Japan* von Joseph Mark Scalia klärt das Geheimnis um die geheime Uranfracht, die per U-Boot nach Japan gebracht werden sollte, jedoch von den Amerikanern abgefangen wurde. *Twenty Million Tons Under The Sea* von Daniel V. Gallery, Oberbefehlshaber der Task Force, die die *U-505* aufbrachte, erwies sich als hervorragende Informationsquelle, wie U-Jagd-Verbände beschaffen waren und welche Taktiken sie bei der Aufbringung von Unterseebooten anwendeten.

Mein ganz besonderer Dank gilt Armando Rodriguez und Steve Ernst. Sie haben die Kugel ins Rollen gebracht.

Anmerkung: Im Februar 1941 durchlief das NKWD (Narodnyi Kommisariat Wnutrennich Djel – Volkskommissariat für Innere Angelegenheiten der Sowjetunion) eine Restrukturierung, im Zuge derer die OGPU, die Sicherheits- und Geheimdienstabteilung, in den NKGB (Narodnyi Kommisariat Gossudarstwennoi Besopasnosti – Volkskommissariat für Staatssicherheit) umgewandelt wurde. Weitere Umstrukturierungen und Namensänderungen folgten nach der deutschen Invasion in Russland. Um die Dinge jedoch nicht zu kompliziert zu machen, habe ich durchgängig den Begriff NKGB gebraucht, um den riesigen Geheimdienstapparat der Sowjetunion zu beschreiben, der während des Zweiten Weltkriegs Großbritannien und die Vereinigten Staaten infiltrierte.

Eine erotische Zeitreise voller Geheimnisse, Magie und Lust

Maya Hess
GÖTTIN VOM HIMMEL
Erotischer Roman
272 Seiten
ISBN 978-3-404-15996-3

Jenna Brights Flugzeug gerät in einen ungewöhnlichen Sturm, und als sie aufwacht, findet sie sich in der Welt der Kelten vor zweitausend Jahren wieder – verehrt als ›Göttin vom Himmel‹. Das Flugzeug zerstört und das Handy unbrauchbar, ist Jenna gezwungen, sich an ihr neues Leben anzupassen – und an die beiden mächtigsten Männer des Dorfes, die um sie buhlen. Jenna wird in einen Strom wilder, dunkler Leidenschaften gerissen.

Bastei Lübbe Taschenbuch